Lost Benjamin W. Lee

로스트 이휘소

공석하

1976년 12월 6일 〈Newyork Times〉지와 기자회견하는 이휘소

동서문화사

로스트 이휘소

차례

프롤로그
이휘소를 찾아서

한국이 낳은 세계적 과학자 이휘소. 단군 이래 최대의 천재라고 일컫던 인물이며, 아인슈타인보다 더 뛰어나다고 알려진 사람, 20세기 후반의 세계 물리학계를 지배한 학자. 노벨상을 타기 직전 42세의 젊은 나이에 의문사를 당해야만 했던 석학. 또한 그는 학문보다 조국을 더 사랑하여, 조국이 공산화될 위험에 처할 수도 있다고 판단했을 때에는 조국의 부름으로 목숨을 건 행동까지도 마다하지 않고 실천에 옮겼던 애국자. 그래서 끝내 먼 이국 땅에서 삶을 마감해야 했던 세계물리학계의 거목.

이 책은 바로 그 이휘소의 기적같은 삶의 기록이다.

지금 이 시대의 꿈을 가진 젊은이들이 이휘소의 삶을 진솔하게 아는 것은 중요한 의미가 있다고 생각한다. 그만큼 이휘소는 현대 한국사는 물론 세계과학사에 중요한 몫을 차지하고 있기 때문이다. 이휘소는 경기고등학교 2학년 때, 서울대학교에 수석으로 입학했고, 유학을 떠나 미국 역사상 최고의 점수로 박사학위 시험에 합격했다.

또한 한국인으로는 처음으로 세계 천재들의 전당인 프린스턴고등연구소 정회원이 된 것이 25세였으며, 외국인으로는 가장 젊은 나이인 28세에 미국 명문대 정교수가 되었다. 세계 최대의 실험소인 페르미랩의 이론책임자 겸 시카고대학교 교수가 된 것이 35세였다. 그보다 더 중요한 것은 이휘소가 내놓은 논문 하나하나가 세계 과학사를 앞당긴 사건이었다.

그의 생전 일거수일투족뿐 아니라 세상을 떠난 뒤에도 계속 미국·영국·독일·일본·프랑스 등에서는 그의 생애가 끊임없이 화제에 오르내리고 있는데, 정작 국내에서는 잘 알려져 있지도, 그의 의문사에 대해서도 별로 문제삼지도 않고 있는 실정이다.

이휘소 박사가 국내에서 한때 화제가 된 것은, 거의 내가 쓴 책과 관련이 있는 것 외에는 전무한 실정이었다. 그것도 정치적 사건과 관계된 것 뿐이다. 그가 평생 쌓은 학문적 업적에 대하여는 언급이 지극히 미미하였다. 그래서 이번 책에서는 그의 학문적 성과에 보다 비중을 두었다.

이 책에 로망이란 이름을 붙이고 싶은 의심스럽기 짝이 없는 몇 가지 사건 때문이다. 특히 이휘소 박사의 의문사에 얽힌 여러 추측들이 여전히 분명한 증거를 찾지 못하고 있으며, 당시 박정희 대통령의 특명으로 극비 진행된 핵개발에 이휘소가 연관되어 있었던가에 대해서도 박정희 대통령의 죽음과 함께 베일에 가려져 있다.

그러나 최근에 와서 단서가 되는 의문들이 하나둘씩 증언되어 사실로 드러나고 있다. 다음 자료들을 살펴본다.

박정희 X파일 핵 봉투 2개 봉인해 최규하에 전달……
전두환 신군부가 미국에 넘겼을 가능성

2009년도 저물어 가는 무렵, 한국이 200억 달러에 달하는 아랍에미리트연합(UAE)의 한국형 원자력발전소 수주 낭보가 전해졌다. 이를 계기로 전국민의 원자력에 대한 관심이 한층 더 뜨거워졌다. 정부가 원전 개발에 착수한 지 50여 년 만에 미국·프랑스 등 원전 선진국의 기술력을 따라잡은 것은 물론, 세계에서 6번째 원전수출국이 되는 쾌거를 이루어냈기 때문이다.

한국이 '원전 강국'으로 발돋움하게 된 출발점은 1956년 이승만 대통령의 원자력연구소 창설 특별명령에서 비롯되었다. 이어 박정희 대통령의 긴급명령으로 고리(古里) 원자력발전 1호기 설치에 이르러 가시화되기 시작한다.

박정희 대통령은 미국의 감시와 견제 속에 원전 기술 확보에 주력했다. 미국은 박정희 정권이 원전 기술을 확보해 핵무기를 개발하려는 게 아니냐는 의구심을 떨쳐버리지 못했다. 아직 많은 부분이 베일에 가려져 있지만, 실제 박정희 정권이 핵무기 개발에 착수했다는 것이 당시 관계자들의 증언과 관련 문서를 통해 드러난 바 있다. 한국의 핵무기 개발 노력은 박정희 대통령의 갑작스러운 죽음과 함께 중단된다. 핵무기뿐 아니라 원전 개발 노력도 중단됐다. 한국이 긴 잠 끝에 다시 원전 개발에 뛰어든 것은 그 뒤 10여 년이 지난 노태우 정권 때였다.

'원전 강국' 한국의 초기 원전 개발사에는 상당한 우여곡절과 비밀스러운 사연들이 담겨 있다. 박정희 정권 당시의 핵무기 개발이 실제 어느 정도까지 이뤄졌는지, 관련 성과물과 기록들은 다 어디로 갔는지 지금도 미스터리로 남아 있다.

박정희 정권 당시 원전 개발의 총괄책임자는 오원철 전 청와대 제2경제수석이다. 오원철 수석이 핵무기 개발 비사(秘史)에 대해 처음으로 입을 열었다. 그는 〈주간조선〉과의 수차례 인터뷰에서 "우리는 당시 핵무기 기술과 관련해서, 적어도 일본 정도의 기술력을 확보하라는 (박 대통령의) 지시를 받고 임무를 수행했다"고 말했다. 오원철 수석과의 인터뷰 내용을 토대로 원전 초기 개발사와 핵무기 개발에 관련된 숨겨진 이야기들을 정리해 본다.

긴급명령 "핵무기 기술력 확보하라"

박정희 대통령이 처음으로 핵무기와 관련된 구상을 한 것은 1970년 무렵이었다. 당시 한국에서 발을 빼려는 듯한 미국의 첫째 시도로 미군 철수 문제가 최대 현안으로 떠오르자, 심각한 안보위협에 직면한 한국은 절치부심의 '결단'을 내리게 된다. 박정희 대통령은 1972년 초 김정렴 비서실장과 오원철 경제수석을 집무실로 불러 "평화를 지키기 위해 핵무기가 필요하다. 기술을 확보하라"고 명령한다. 당시 국내에서도 중수로형 원자로 건설이 가능한 수준의 기술력은 확보된 상태였다.

총괄책임은 오원철 전 수석이 맡았다. 방위산업분야 총괄책임자였던 그는 박정희 대통령의 지시에 따라 한국과학기술연구소(KIST) 등 기존 연구기관을 동원해 핵무기 개발 기술력을 확보하기 위한 극비 프로젝트를 가동했다. 국방과학연구소

등 전문 인력을 갖춘 7개 연구기관에 저마다 연구과제를 지시
했다.

세계 한인 우수과학자를 모셔라!

그러나 핵무기를 만드는 데는 첨단과학지식과 뛰어난 능력
및 기술을 두루 갖춘 인재가 필요했다. 이에 따라 며칠 뒤 김
정렴 비서실장의 미국 방문이 이뤄졌다. 재미한인과학기술자
협회에서 한국의 과학 발전을 위해 헌신할 것을 약속했으며,
20여 명의 과학자들이 KIST로 대거 영입되었다. 대전 지역 대
덕에는 연구소와 실험실, 숙소 등이 갖춰진 과학기술연구단지
가 조성되었다.

영입할 과학자들의 이름이 거론될 때, 누구보다 앞서서 세
계 물리학계의 큰 별로 자리잡고 있던 이휘소의 이름이 거론
되었다. 이휘소의 미국 이름은 벤자민 리(Benjamin W. Lee)로
서, 미국 프린스턴고등연구소에서 소립자물리학(고에너지물리
학) 분야에 새로운 길을 튼 인물이다. 그는 제2차 세계대전
때 원자폭탄 제조책임자였던 핵물리학자 오펜하이머 박사가
매우 총애하던 제자였다. 오펜하이머는 그를 아인슈타인과 페
르미보다 더 뛰어난 과학자로 극찬한 바 있다. 이휘소는 길고
많은 양의 계산을 끝까지 해낼 수 있는 수학적 기교를 가진
물리학자였으며, 학생들의 교육평가에서 항상 우수하고 자상
한 교육자로 선출되는 인물이었다.

이휘소는 1935년 서울에서 태어났다. 서울사범대학 부속초
등학교와 경기중학교를 거쳐 경기고등학교 2학년 때 대입검정
고시를 치르고 서울대학교 공과대학 화학공학과에 수석으로

합격했다. 재학 중인 1954년 미국으로 건너가 1956년 마이애미대학교 물리학과를 수석으로 졸업하였다. 1958년 피츠버그대학교에서 석사학위, 1960년 펜실베이니아대학교에서 이학박사학위를 받고 이 대학 조교수를 거쳐 28세에 정교수가 되었다. 1967년 뉴욕주립대학교 교수를 거쳐 1974년에는 시카고대학교 이론물리학 교수 겸 '페르미국립가속기연구소' 이론물리학 책임부장을 맡았다. 그밖에 영국·프랑스·일본·이탈리아 등지 대학에서 교환교수로 활동하였다. 프린스턴고등연구소 재직 시 미국원자력위원회로부터 동양인으로는 처음으로 이탈리아 트리에스테에서 열리는 '국제고에너지물리학회의' 미국대표 10인 가운데 한 사람으로 추천을 받기도 하였다.

박정희 대통령은 이 세계적 물리학자 이휘소에게 모든 기대와 국운을 걸었다.

이휘소는 훨씬 뒷날인 2006년 한국과학기술원 과학기술인 명예의 전당에 그 이름이 올려졌고, 미국 페르미국립가속기연구소는 당대 최고 입자물리학자의 영어 이름을 따서 '벤자민 리' 펠로십제도를 제정할 정도였다.

미국의 독사 같은 감시 눈! 눈! 눈!

우리 연구진은 국내에서 우라늄 조달이 가능한지, 플루토늄 재처리 설비를 갖출 수 있는지를 검토해 기초자료를 만들었다. 국방과학연구소를 비롯한 여러 연구기관에 과제를 분산해 맡긴 것은 미국의 감시와 견제에서 벗어나기 위한 고육책이었다. 이때 미국은 '한국이 핵무기를 만들려고 한다'는 강한 의구심을 품고 '정보원'을 동원해 청와대와 유관 연구시설의 움직임을 예의주시하고 있었다.

청와대의 가장 큰 고민은 보안문제였다. 국방과학연구소에 연구를 통째로 맡길 경우 다수의 연구원이 핵무기 개발을 알게 되고 결국 보안을 유지할 수 없을 것으로 판단했다. 그래서 청와대가 지시한 연구과제가 핵무기 개발을 위한 용역이었다는 사실을 알지 못하도록 연구를 여러 곳으로 나누어 은밀히 진행했다. 7개 프로젝트를 하나로 연결하는 청와대의 컨트롤 타워에서만 종합적인 판단이 가능하게끔 운영했다.

오원철 수석은 "미국은 1975년 우리가 핵연료 재처리시설을 확보하기 위해 프랑스와 교섭을 벌이고 있다는 사실을 알고 국내로 들여오는 국방 관련 기자재를 철저히 검색했다. 하지만 여러 부분으로 쪼개서 진행되는 연구개발 방식 덕분에 미국이 핵무기 개발의 확실한 물증을 잡아내는 데는 실패했다"고 말했다.

핵무기 관련 연구 과제가 진행되는 동안 각 연구소에서 올라오는 보고서는 모두 박정희 대통령에게 직접 전달됐다. 보고서는 크게 두 가지로 분류됐다. 기술진들이 직접 올린 기술적 보고서와 오원철 수석이 작성한 추진계획 및 진행상황에 대한 보고서였다.

아! "한국 핵무기 거의 완성 단계 이르렀건만"

1972년 9월 8일 오 전 수석이 작성한 보고서 중 일부는 국가기록원의 정보공개를 통해 일반에 공개된 바 있다. 2급 비밀문서로 분류된 이 문건에는 다음과 같은 개괄적 내용이 있었다.

'핵무기의 종류 및 우리의 개발 방향'

'우라늄 탄두와 플루토늄 탄두에 대한 장·단점 비교'

이와 함께 '우리나라의 기술 수준에 맞춰 플루토늄탄을 개발한다'는 잠정적 결론이 담겨 있다. 이 문건은 박정희 정권 당시 핵무기 개발이 추진됐던 결정적인 근거 자료 중 하나이다. 그러나 연구 실무진들이 작성한 보고서는 현재 국가기록원에서도 찾을 수 없다. 보고서에는 핵무기 개발의 기술 관련 내용이 담겨 있지만 이들 보고서는 현재 '실종' 상태라는 것이 오원철 수석의 주장이다. 박정희 대통령 서거 이후 청와대의 대통령 개인금고에 보관 중이던 핵심자료들이 어디론가 유출됐다는 것이다. 오원철 수석은 당시 상황을 다음과 같이 설명했다.

"박정희 대통령 서거 직후 수석비서관들이 청와대에 모였다. 대통령의 서재 뒤편에 있던 풍금 크기만 한 금고를 열었다. 거기에는 여성 월간지 크기의 두툼한 노란 봉투 2개가 들어 있었다. 핵무기 관련 보안문서가 담긴 봉투였다. 문서가 더 있었을 수도 있다. 어쨌든 담당자였던 나는 해당 문서를 봉인해서 최규하 대통령에게 넘겼다. 이 문서들은 나중에 전두환 신군부에 전달됐다고 들었다. 내가 작성했던 핵무기 관련 일부 문서가 보통문서로 분류돼 (국가기록원을 통해) 일반에 공개된 것을 알고, 다른 핵무기 관련 문서들을 영구 비밀문서로 바꾸기 위해 국가기록원에 갔을 때는 이미 노란 봉투 속에 담겨 있던 문서들이 보이질 않았다. 외부로 유출된 것 같았다. 그게 미심쩍은 대목이다.”

오원철 전 수석은 다음과 같은 주장도 폈다.

“당시 핵 관련 문서는 미국으로 넘어갔을 가능성이 크다.”

박정희 대통령은 자신의 금고에 항상 일정 금액 이상의 현찰과 함께 핵 문서를 보관해 왔는데 박정희 대통령 서거 뒤 수석비서관들이 금고를 열었을 때는 금고 안에 단 한 장의 지폐도 남아 있지 않았다는 것이다. 오원철 수석은 “노란 봉투 속 문서 외에는 아무것도 남아 있질 않았다는 점에서 다른 누군가가 먼저 손을 댔다는 의구심을 품었지만 더 이상 금고에 대해서는 재론하지 않았다”고 말했다.

우라늄 농축에 사용되는 ‘옐로 케이크(정제우라늄)’

당시 핵무기 개발 프로젝트는 거의 완성단계까지 진행됐다. 박정희 대통령은 10·26사건이 발생하기 직전 우라늄 농축용 분말로 노란색인 ‘옐로 케이크(yellow cake, 정제우라늄)’를 선물받았다고 한다. 당시 정부는 핵연료 재처리를 금지한 미국과의 원자력 협정에도 불구하고 플루토늄 재처리 기술개발을 이어갔다. 박정희 대통령이 서거하기 전 우리 기술진은 우라늄이든, 플루토늄이든 핵연료를 100% 확보할 수 있는 기술력을 당당히 가지고 있었다.

오원철 수석은 “KIST 출신의 한 인사가 노무현 정부 시절 과거 우리 기술로 만든 ‘옐로 케이크’를 보관하고 있다가 미국 측에 들켜 큰 변을 치른 적이 있었다”며 “당시 정부가 떳떳하게 대응하기는커녕 그걸 (미국에) 해명하느라고 쩔쩔매 비애를 느꼈다”고 지적했다.

핵무기 기술개발이 정점으로 치닫던 1970년대 끝 무렵 박정희 대통령은 핵을 무기화하느냐 마느냐에 대한 마지막 결정을 내리기 위해 김정렴 비서실장, 오원철 경제수석, 서종철 국방장관, 국방과학원(ADD) 책임자 등 4명을 집무실로 불러들였다. 당시 상황에 대한 오원철 수석의 설명이다.

“이날 (핵무기 관련) 결정은 아주 중요한 내용이었다. 핵에 대한 박정희 대통령의 의지가 담겼고, 거기서 나눈 대화와 결정사항은 문서로 남겼는데 이 문서도 사라진 노란 봉투 속에 들어 있었다. (당시 대화) 내용은 기자께서 아무리 물어봐도 공개할 수는 없다. 다만 아주 긍정적인 내용이었다는 점만 알아 달라.”

‘긍정적인 내용’에 대해 오원철 수석은 더 이상 설명하지 않았다. 오원철 수석은 “박정희 대통령은 북한과 달리 평화를 지키기 위한 핵 이용을 줄곧 강조해 온 분”이라며 “핵무기만을 고집하는 지금의 북한과는 전혀 다른 차원의 접근이었다. 박정희 대통령은 그런 의미를 강조하듯 상징적 차원에서도 핵무기 관련 문서에 일절 서명하지 않았다”고 말했다.

원자력 기술 국산화 미국의 절대방해 신경전

오원철 수석은 이명박 정부의 UAE 원전 수주와 관련 “이번 원전 수출은 박정희 대통령이 토대를 잡아 놓은 원전 기술이 진정한 ‘무궁화 꽃’을 피운 결과”라고 말했다. 오원철 수석의 말에 따르면 박정희 정권이 원전 기술을 확보하는 과정도 순탄치 않았다. 한국의 원자력 역사는 이승만 대통령 재임 당시인 1956년 2월 한·미 간에 체결된 '원자력 비군사적 이용에 관한 쌍무협정'에서 출발한다. 이후 한국은 1957년 8월 국제원자력기구(IAEA)에 가입했고, 1958년 3월에는 원자력법을 공포했다. 당시 이승만 대통령은 원자력에 대한 강한 의지를 갖고 원자력연구소를 설립했으며, 이러한 의지는 뒷날 박정희 대통령에게 이어졌다. 박정희 정권은 1962년 3월 차관 도입을 통해 마련한 재원으로 국내 최초의 연구용 원자로를 확보했다. 그러나 이때부터 원전 개발과 관련된 미국과의 외교적 마찰이 수시로 발생했고 갈수록 그 마찰 수위가 높아졌다.

1970년대는 국제사회에서 핵무기 등 대형 살상무기를 제어해야 한다는 목소리가 높아지던 시기이다. 1975년 인도에서 핵실험 성공 사실을 공표하자, 미·소 열강의 핵무기 개발 확산을 막기 위한 압박은 한층 강화됐다. 당시 한국도 북한과 대치하는 상황에서 핵무기 개발 유혹에서 벗어나지 못했고 이를 눈치챈 미국은 한국 원자력 기술개발 전 과정을 철저히 통제했다.

미국의 견제 속에서도 한국은 1970년 6월 국내 최초의 원자력발전소인 '고리 1호기' 계약을 미국과 성사시켰고, 1972년에는 프랑스와 플루토늄 재처리기술 및 시설도입에 관한 교섭도 추진했다. 그러나 미국은 한국의 재처리시설 도입은 반대했다. 미국은 유사시 핵무기를 사용할 수 있는 서전트(Sergeant) 미사일부대를 한국에서 철수시키겠다며 압박을 가했다. 미국은 한국이 캐나다로부터 농축우라늄을 활용하는 원자로 수입을 추진할 때도 캐나다에 압력을 가해 무산시켰고, 고리 2호기 건설을 위한 차관 도입 승인조차 보류했다. 결국 박정희 정부는 1975년 핵확산금지조약(NPT)에 서명, 인준함으로써 미국의 압력에서 조금이나마 벗어날 수 있었다.

원자로 개발을 둘러싼 대미 외교전은 1979년 지미 카터 미국 대통령 방한 때가 그 절정기였다. 오원철 수석은 "경남 창원에 건설되는 대규모 원자로 생산시설에 대해 미국이 강한 의구심을 품었고 카터까지 직접 현장을 방문하려 했었다"고 말했다. 카터의 창원 방문은 현실화되지 않았지만 수십 명의 백악관 의전비서관들이 카터 방한에 앞서 창원 현지를 찾았다고 한다. 오원철 수석은 "카터는 박 대통령을 만나고 난 후 야당 총재를 만났다. 당시 우리 정치상황에서 미국 대통령이 야당 총재를 만난다는 것은 '나는 박정희 정권을 지지하지 않는다'는 의사를 표시한 것과 같다"고 말했다.

공교롭게도 카터의 방한 4개월 뒤 박정희 대통령은 핵심 측근인 김재규 중앙정보부장의 총탄에 사망했다. 어찌 보면 이것도 그 이면이 의심되는 의문의 죽음이라고 추측하게 된다. 그러나 박정희 대통령은 미국의 견제와 감시 속에서도 원자력 개발과 관련된 적지 않은 성과를 남겼다. 미국의 반대로 중도 폐기된 재처리시설을 제외하고 고리 1·2호기, 월성 1·2호기에 이은 핵연료봉 공장 등의 원전시설은 모두 착공됐다. 원자로와 원자력 발전기기의 국산화 계획을 위한 연구소도 활성화됐고 창원기계공업기지 내에 원자로 가공공장도 건설됐다.

전두환 신군부 집권하자 즉각 원자력 기술개발 '올스톱'

박정희 대통령이 서거하고 신군부가 집권하면서 국내 원자력 분야 기술개발은 사실상 중단됐다. 오원철 수석은 그 배경에 대해 "신군부가 정권 창출의 명분을 얻기 위해 미국의 눈치를 보며 각종 요구를 무조건 수용한 탓"이라고 분석했다.

"전두환 정권이 들어서고 나서 원자력이라는 명칭조차 쓰지 못하게 했다. 원자력연구소를 에너지연구소로 바꾸고 한국핵연료도 나중에 한국원전연료로 바꾸었다. 국방산업의 핵심이던 ADD 소속 연구원이 800명(당시 ADD 연구원은 총 1,000명 규모)이나 구조조정으로 모두 잘려 나갔다. (미국과) 뭔가 딜(deal)이 있었던 게 아닌가 싶다."

신군부가 집권한 시기에 원자력 산업은 최소한의 동력마저 잃었다. 핵 관련 주요 문서도 사라졌고, 당시 연구자들과 기획자는 대부분 일자리를 잃었다. 박정희 정부 때 청와대 핵심 인사들은 철저하게 격리됐고 보안당국의 감시 속에서 10년 이상의 세월을 보냈다. 당시 핵 관련 일부 담당자에 대해서는 '포살해야 한다'는 의견이 국무회의 석상에서 나왔을 정도였다. 원전 건설의 핵심 부품공장이던 창원 소재 현대양행도 정권과 여론의 비판에 밀려 사실상 공중분해됐다. 고 정주영 현대그룹 회장의 동생이 일군 현대양행은 전두환 정권 시절 현대가의 손에서 떠났고 이후 한국중공업을 거쳐 지금은 두산중공업으로 탈바꿈해 있다.

굶주려도 '강성대국' 북한의 핵무장

김일성 김정일 부자는 대남공작을 진두지휘했다. 김일성은 1973년 4월 "남조선에서는 고등고시에 합격만 되면 행정부 사법부에 얼마든지 잠입해 들어갈 수가 있다. 머리가 좋고 확실한 자식들은 데모에 내보내지 말고 고시준비를 시키도록 하라"는 지령을 공작원들에게 내렸다.

1987년 6·29선언 직후 김일성은 "전두환이가 백기를 들었다. 우리의 민주투사들을 상도동과 동교동으로 접근시키고 김영삼과 김대중으로부터 인정받도록 하라. 그래야 장차 그들의 후광을 업고 제도권에 진입하는 길이 열리게 된다"고 지시했다.

특히 김대중 노무현 집권기, 북은 물 만난 고기처럼 각 분야를 휘저을 수 있었는지도 모른다. 그리고 2대에 걸친 좌파정권은 북의 든든한 버팀목이 돼주면서 결국 북한 핵개발의 협력자가 되고 말았다.

북한 정권의 핵심세력은 전문가집단이다. 김정일부터가 1994년, 아버지 김일성의 권력을 세습하기 20년 전부터 '어떻게 하면 체제를 유지하고, 또 남쪽을 제압할지' 도를 닦은 사람이다. 당군정(黨軍政) 주축들도 수십 년째 한 우물만 파왔다.

지금으로선 북의 핵 포기를 기대하기 어렵다. 핵 포기는커녕 오히려 북한은 강성대국 완성의 해로 선포한 2012년까지 한반도 적화통일을 호언하고 있다. 세계가 부인할 수 없는 수준의 핵무장에 성공해 이를 강성대국의 증거로 삼으려 할 것이다. 아니 이미 그리 되었다고 공공연히 '핵보유국으로 인정하라'는 메시지를 던지고 있는 것이다.

이휘소의 죽음!
박정희의 죽음!
과연 무슨 음모가 있었던가?

박정희 정권과 함께 사라진 '원자력'이라는 단어가 다시 부활하기까지는 13년의 세월이 걸렸다. 노태우 정권은 경제 규모가 커지면서 국내 에너지 수요가 급증하자, 다시 원자력 발전에 관심을 두기 시작했다. 하지만 순수 에너지 확보 차원의 접근이었을 뿐 '핵주권'과는 거리가 있었다.

특히 핵무기에 대해서는 박정희 대통령 이후 어느 정권에서도 언급되지 않았다. 일본이 플루토늄 재처리시설을 확보하고 기술개발에 나선 것과 달리, 우리는 아무런 관련 시설도 도입하지 못한 채 30년 세월을 보냈다. 이와 관련 오원철 전 수석은 "원전수출국 반열에 오른 것을 계기로 우리도 '핵주권'을 확보할 때가 됐다"는 주장을 편다. 미국과의 원자력협정이 1956년에 체결돼 1973년 재개정되고 오는 2014년 종료된다. 이에 따라 최근 우리 정치권 및 학계에서 대한민국이 실질적인 원자력 강국이 되기 위해선 한·미 원자력협정 개정 때 우라늄을 농축해 핵연료로 사용한 뒤 사용 후 연료까지 재처리할 수 있도록 핵주기를 완성해야 한다는 주장이 나오고 있다. 미국은 글로벌 파워로써 세계 곳곳에서 일어나는 일들을 동시에 다뤄왔고 또 그래야 한다. 오바마 대통령이 북한과 북핵에 무관심하다는 것은 오해이다.

시대는 변화하고 있고 국제정세는 변화를 거듭한다. 2010년

2월 캐슬린 스티븐스 주한미국대사가 주목할 만한 발언을 했다. "사용 후 연료가 당면한 문제다." 스티븐스 대사는 "미국은 파이로프로세싱(핵연료건식처리)이 제기하는 문제 등에 대해서도 잘 알고 있다"면서, "오바마 대통령의 강력한 한미동맹을 반영하고, 한국에서 원자력 에너지의 중요성이 커진 점, 한국이 (원자로) 수출국으로서 더 큰 역할을 하고자 하는 점을 고려하며, 사용 후 연료와 핵확산에 대한 우려도 해소하는 합의를 찾게 될 것이다"라고 밝혔다.

또, 스티븐스 대사는 탄도미사일방어계획(BMD : Ballistic Missile Defense)과 관련, 우리 국방부의 부인과 달리 "한미 간에 초기단계 논의가 진행 중"이라고 밝혔다. 스티븐스 대사는 "세계가 직면한 미사일 위협 중 하나가 북한의 미사일 프로그램이기 때문에 미국도 관심이 있고 한국도 관심이 있다고 생각해 함께 논의하기 시작했다"고 한다. BMD는 발사거리가 긴 탄도미사일을 하늘에서 요격하는 미국의 미사일방어시스템이다.

스티븐스 대사는 이날 인터뷰에서 세계적 미사일 위협의 중요한 부분 중 하나로 북한 미사일을 지적하면서, "한국이 북한의 미사일 위협에 대처하기 위해 무엇이 필요하고 어떤 점을 강화해야 하는가에 대해 이야기하고 있다"고 밝혀, 한미 간에 이에 대한 논의가 진행되고 있음을 확인했다. 이는 한미 간 핵문제에 새로운 변화의 조짐을 보이는 것이다.

재처리시설이 없는 탓에 현재 국내 원자로에서 나온 핵연료 수만 톤은 고스란히 저장고에 보관돼 있다. 저장고를 만들고 유지하는 데 매년 막대한 예산을 투입해야 하는 게 우리 원자력산업의 가장 큰 골칫거리이다. 쓰고 남은 핵연료는 재처리를 통해 재사용이 가능하다는 점에서 전문가들도 재처리시설 도입의 필요성에 입을 모으고 있다.

이 시점에서 박정희와 이휘소의 핵개발 불굴의 우국신념을 새삼 돌아보게 된다.

핵 한 방으로 서울을 불바다로 만들겠다는 김정일 협박에서 벗어나기 위해 이제 우리는 핵주권을 확보해야 한다. 이를 갈망한 이휘소 박정희 죽음은 민족의 통분이 아닐 수 없다.

한국의 핵개발에는 과민반응을 보이며 적극적으로 방해했던 미국은, 결국 북한의 핵개발에는 손 한 번 써 보지 못하는 아이러니를 불러일으켰다. 아직도 미국은 그 질곡에서 벗어나지 못하고 있는 것이다. 우리의 원전수출을 계기로 미국은 우리의 진정성을 알아, 재처리시설에 대한 우리의 주권을 인정해야 한다.

박정희 이휘소의 핵개발 의지는 어떻게 시작되고 전개되었던가. 그들의 우국의 의지, 그 열망의 시간을 찾아서 그들의 구국염원에 울음을 삼킨다.

세계로

천재들의 비범한 업적은 언제나 우리들의 분석을 초월하는 심오한 확신에 의거했다. 이휘소가 바로 그런 사람이었음을 세계 거장들은 다음과 같이 증언한다.

"내 밑에 아인슈타인도 있었지만 이휘소의 능력은 이미 그 위에 있었다." 오펜하이머(프린스턴고등연구소장) "이휘소에게는 60년대에 이미 노벨물리학상이 주어졌어야했다." 양전닝(1957년 노벨물리학상 수상자) "그와 6개월간 생활하면서 나는 이휘소에게 많은 것을 배웠다." 겔만(Gell-mann : 1969년 노벨물리학상 수상) "이휘소는 현대물리학을 10여 년 앞당긴 천재이다. 이휘소가 있어야할 자리에 내가 있는 것이 부끄럽다." 살람(1979년 노벨물리학상 수상소감에서)

겨울 새벽 기운이 하늘을 검붉게 물들이고 있었다. 눈이 내린다. 멀리 남산이 눈발 가운데 뿌옇게 나타났다. 한강변으로 옹기종기 흩어져 있는 집들이 마치 그림처럼 아득히 보인다. 여의도에는 아직 전쟁의 상흔이 가시지 않은 파편에 쓰러진 나무들과 포탄자국이 곳곳에 그대로였다. 초가집 지붕들 여기저기 아침연기가 눈바람에 어지럽게 흩날린다.

여의도 미공군비행장은 일제강점기 간이비행장을 고쳐서 임시로 쓰고 있다. 가건물 막사 안은 식당과 잘 정돈된 안내판 등이 영문으로 쓰여 있었다. 미군 몇 명이 무언가 큰소리로 지껄여댄다.

1955년 1월 26일 오전 7시, 한 젊은이가 이제 세계로 비상하려 한다. 이휘소(李輝昭)였다. 그는 어머니와 동생들, 그리고 몇몇 친구들의 배웅을 받고 있었다.

"잘 가거라. 성공해서 돌아오너라."

어머니 박순희(朴順姬)가 손수건으로 눈을 가리면서 말했다.

"염려 마세요. 어머님…… 철웅아, 무언아, 어머니를 잘 보살펴 다오……. 영자도……."

"네……, 공부 열심히 하시고 집 걱정은 마세요."

고등학교 상급반에 다니는 교복차림의 철웅이와 중학생인 무언이, 중학교에 갓 들어간 영자가 나란히 서서 말했다. 막내인 영자가 눈시울을 붉히며, 작은 보따리를 내밀었다.

"큰 오빠, 비행기 속에서 출출하면 드세요."

"그래…… 고맙구나."

"영자가 밤새워 무얼 만들고 하더니 오빠 주려고 그랬구나."

휘소가 보따리를 받으며 영자를 정겹게 바라보았다. 어머니가 기특하다는 듯한 표정으로 엷은 웃음을 짓는다.

화학공학과에 함께 다니는 박찬규(朴贊奎)가 봉투 하나를 내밀면서 말했다.

"과에서 몇 명이 모금한 것이다. 우리가 대신 나왔지. 크게 성공해서 돌아와라."

"뭐, 이렇게까지, 고맙다. 너희 잊지 않고 기대에 부응하려 노력하마."

함께 나온 김인룡(金仁龍)과 신용철(愼勇徹)이 휘소의 어깨를 두드려 준다.

"그래, 크게 성공해라."

그때 비행기 출발시각이 임박했다는 안내방송이 계속되고 있었다. 이휘소는 어머니와 동생들 그리고 친구들과 인사를 나누었다.

"잘 가라. 건강해야 한다. 편지도 자주 하고……."

"네……."

이훈택(李薰澤)이 늦게 도착하여 휘소의 손을 잡았다. 이훈택은 경기고등학교 2학년 때 서울대학교 화학공학과에 함께 들어간 친구였다.

"경기 친구들 몇 명과 함께 네가 유학 간다고 용돈을 쪼개어 조금씩 모금했다. 약소하지만 요긴하게 써 다오."

"고맙다, 훈택아. 친구들에게 감사하다고 전해라."

휘소가 봉투를 받아 보니 이회창(李會昌), 이홍구(李洪九), 민희식(閔憙植) 등 낯익은 몇 명 이름이 보였다.

휘소가 어머니와 동생들, 그리고 친구들의 손을 잡으며 인사했다.

"어머니 안녕히 계십시오. 모두 잘 있어. 열심히 하마."

휘소는 감회가 불끈 치밀었다. 가족과 고국을 등지고 떠나는, 그리고 언제 돌아올지 모르는 유학길이었다.

비행기는 미공군전용기였다. 아직 미국과 항공로 개설이 안 된 상태였고, 또 휘소는 미공군 특별장학생으로 유학을 가게 되었기 때문이었다.

비행기 안은 미군 병사들이 대부분이었고, 몇몇 민간인이 띄엄띄엄 앉아 있었다. 전체 20여 석 가운데 민간인 차림의 복장은 두셋 정도만 보였다. 비행기가 천천히 이륙하고 있었다. 비행기가 여의도 상공을 한 번 돌고는 빠른 속도로 날아올랐다. 멀리 조국의 드넓은 산야가 펼쳐져 있었다. 강물이 보이고, 또 돼지 젖꼭지 같은 산들이 여기저기 흩어져 보였다. 저 산줄기 밑에 동족상잔의 아픔을 딛고, 우리의 순박한 국민이 고달프게 살아가는 것이다. 어느새 끝없이 넓은 바다가 펼쳐져 있었다.

휘소는 주먹을 불끈 쥐었다. 이것이 조국을 마지막으로 보는 것일지도 모른다는 생각이 들기도 했다. 가정의 현실……, 조국의 현실……, 전쟁이 남긴 흉터 속에서 제때에 끼니마저 잇지 못하는 가족들과 주위 사람들의 현실을 멀리하고 유학길에 오르는 그의 심정은 패기와 자만심만으로 차 있을 수만은 없었다.

초등학교를 입학하고 얼마 뒤 맞은 해방, 경기중학교 시절의 6·25전쟁, 부산 피란 시절 조산원으로 이집저집 드나들며 생활비를 마련해 주시던 어머니, 그즈음 수학과 영어 등에서 이미 전교수석을 했었기 때문에 휘소가 있는 반에 들어오시는 선생님은 따로 공부를 해야 한다는 농담, 시인 이석(李石) 선생님과의 인연, 이석 선생님은 휘소가 셋방살이하는 데까지 찾아와 어머님께 늘 "휘소는 이 나라뿐 아니라, 세계적인 천재일 것"이라는 진담인지 농담인지를 자주 하시며 끊임없이 따뜻한 용기를 주신 분이시다. 그리고 수복 직후 경기고등학교 2학년 때 검정고시를 거쳐 서울대학교에 수석 합격하여 화제가 된 기쁨, 화학공학과가 적성에 맞지 않아 물리학과로 전과를 희망했지만 서울대학교에서는 전과가 되지 않는다는 답변……. 그즈음 물리학과 상급반에서 쓰는 세계적인 물리학자 아이어링(Eyring) 교수가 쓴 양자역학(量子力學)의 계산이 틀렸다고 지적했을 때 아이어링 교수에게 정중히 받은 사과문, 그때 서울대학교 전완영(全完永) 교수까지도 자주 휘소를 불러 이것저것 묻고 토론하고 한 일……, 그리고 지난해 가을 아버지 이봉춘(李蓬春)의 갑작스러운 죽음……, 이제 어머니께서 소아과 의사로 개업을 하셨으니 굶주림은 면하게 되자 휘소는 유학길을 떠나게 되었다. 그것도 어머니의 용기가 아니었다면 결단을 내릴 수도 없었을 것이다.

주한미군 공군본부에서 서울대학교로 연락이 온 것은 지난해(1954년)의 일이었다.

귀 대학교 화학공학과에서 가장 성적이 우수한 이휘소 군이 미국 유학을 원한다면 주한미공군에서 비행기 삯과 원하는 미국 대학의 편입학금 및 등록금을 책임지고 지급하겠으니, 답변해 주시기 바랍니다.

1954. 12. 15.
주한미군 공군사령관 공군대장
Earle. E. Partridge

이것이 지난해 연말에 받은 통지서였다. 이휘소의 천재성이

미공군에까지 알려져 세계 곳곳 뛰어난 인재를 미국으로 끌어
모으는 국가정책에 의해 미국유학 장학생으로 뽑힌 것이다.
학교 측 연락을 받고 절차를 밟으며 전과도 가능하다는 확답
을 얻는 바쁜 몇 개월이 지나, 이제 미국유학이라는 꿈을 실
현하게 되었다. 주한미공군의 추천 장학생이라지만 비행기 삯
과 학교 등록금만 부담한다는 조건이었다. 기숙사비, 책값 그
리고 다른 용돈은 스스로 마련하든지 어머님의 도움을 받아야
했다. 이런저런 상념에 잠겼다가 창밖을 보니 비행기는 구름
바다 위를 빠른 속도로 날고 있었다.

뉴욕 공군전용 비행장에 도착한 것은 아침 8시 무렵이었다.
중간에 급유와 병사들의 이동 관계로 하와이에서 잠시 멈추었
던 시간까지 합치면 13시간 가까이 비행기 안에서 있은 셈이
었다.
안내방송이 계속되고 있었다.
"비행기가 뉴욕공항에 착륙합니다. 안전띠를 착용하시고,
비행기가 완전히 착륙할 때까지 자리에 앉아 계십시오. 감사
합니다."
미국, 그렇다. 세계의 두뇌가 다 모인, 세계인의 시선이 집
중된 이곳, 여기서 나를 시험해 보리라. 비행기 트랩을 밟는
휘소 얼굴엔 긴장과 호기심이 가득 차 있었다.
뉴욕에는 진눈깨비가 내리고 있었다. 을씨년스러운 먹구름
이 비행장 상공을 뒤덮었다.
미공군기지를 나온 휘소는 다시 오하이오주에 있는 옥스퍼
드행 버스를 탔다. 휘소에게 편입학허가가 나온 곳이 오하이

오주의 옥스퍼드시에 있는 마이애미대학이었기 때문이다. 뉴욕 시가지를 잠시라도 구경하고 싶었지만 휘소에게는 그럴 만한 여유가 없었다. 버스가 뉴욕의 중심가인 맨해튼을 지나고 있었다. 5, 60층 빌딩이 숲을 이루는 가운데로 자동차의 물결이 홍수처럼 밀리고 있었고, 거리의 젊은이들은 쾌활한 표정으로 웃으며 지나갔다. 온전한 집마저 별로 남아 있지 않은 전쟁 폐허 서울 거리와 완전히 다른 세계였다. 버스가 뉴욕 거리를 지나자 드넓은 대지가 도로 양옆으로 끝없이 펼쳐져 있었다. 풍요롭고 평화로운 모습이었다. 분단 조국 한국의 땅덩어리, 전쟁이 가져다 준 가난으로 허덕이는 조국의 풍경과는 너무나도 대조적이었다. 뉴욕은 진눈깨비가 내리고 있었지만, 뉴욕주를 벗어나자 이내 화창한 날씨로 변했다. 버스는 애팔래치아산맥을 옆으로 끼고 잘 닦여진 고속도로를 달렸다. 펜실베이니아주의 피츠버그 시가지가 멀리 보이기도 했다. 중간의 휴게소에서 잠시 식사를 한 것 말고는 계속 버스 속에서 시달렸다. 오하이오주에 들어서자 들판 가운데 공장 건물이 자주 보였다.

　오하이오주는 캐나다와의 국경을 접하고 있으며 그즈음 인구 7백여 만으로 미국에서는 비교적 작은 주이다. 주로 보리, 콩, 고추 등이 많이 생산되고, 석탄과 석유가 많이 매장돼 있어서 일찍부터 중공업 지대로 발전한 곳이다. 면적 10만 3055 km^2, 그러니까 우리나라 남북한이 합친 땅 반쯤 되는, 쉽게 말해서 남한만한 땅이다. 또한 오하이오주 안에서는 콜럼버스시와 옥스퍼드시가 비교적 큰 도시이다. 미국이 영국의 식민지로 있을 때, 시가 개간되면서 영국의 옥스퍼드대학 출신 장교가 자기가 다닌 학교명을 따서 옥스퍼드시라고 이름을 지은 것이다.

뉴욕에서 옥스퍼드까지 고속도로로 7시간 걸렸다. 비행기에서 13시간 버스로 7시간, 20여 시간의 긴 여행길이었다. 옥스퍼드시에 들어서자 역시 지방도시답게 깨끗이 정돈된 아늑한 느낌을 받았다. 인구 35여 만의 계획도시였다. 오후 3시 따뜻한 햇볕이 쏟아지고 있었다.

마이애미대학은 시가지의 서남쪽 외곽지대에 있는 30여만 평의 비교적 넓은 교정에 시설이 잘된 단과대학이었다. 옥스퍼드시에는 마이애미대학과 웨스턴여자대학이 있는데, 두 학교 모두 시설이 좋고, 세계 곳곳에서 비교적 우수한 학생들이 모이는 곳이다. 특히 건물 사이의 울창한 숲과, 넓은 잔디밭에서는 안온한 평화가 느껴졌다. 잔디밭에 있는 벤치에서는 쌍쌍의 젊은 남녀들이 담소도 나누고, 서로 손을 잡고 무슨 토론도 하는 것 같았다. 잔디밭 옆에 있는 운동장에는 미식축구 연습에 여념이 없는 젊은이들의 활기찬 모습이 보였다.

교무과에 들러 몇 가지 서류를 내미니 젊은 여직원이 급히 윗사람에게 보고하였다. 이미 서울대학교 성적표와 편입학 서류 등은 주한미공군을 통해서 접수된 뒤였지만, 그 복사본과 신원증명서, 수강신청서, 기숙사 입회허락서 등을 제출해야 했다. 외국학생 편입학실이 따로 있어 수강신청은 편입 온 외국학생에게는 필수과목인 영작문, 영어회화와 독일어 그리고 전공과목으로는 고급미적분학을 신청했다. 이런 과목의 성적에 따라 학년수가 결정되기 때문이다.

"기숙사는 학교건물 뒤편에 있네. 학생과에서 안내해 줄 걸세.”

“네, 알았습니다.”

이휘소는 조금 떨떠름한 표정으로 교무과를 나와 학생과에 들러 기숙사를 배정받았다. 기숙사 건물은 학교 뒤편 언덕 위에 좀 낡은 아늑한 건물이었다. 기숙사 방은 일본에서 온 유학생과 배정받았다. 기숙사 입회서를 낼 때 종교가 무엇이냐고 물어 없다고 했더니, 동양은 불교나 이슬람교를 믿는 학생이 많은 데라고 해서 그게 무슨 말인가 물었다. 그러니 불교나 이슬람교에서는 육식을 하지 않기 때문에 그런 종교 신자를 존중해서 식탁을 따로 준비하기 위함이라고 설명해 주었다. 책상과 침대, 의자 등이 낡았지만, 고풍스레 놓여 있었다. 방에 들어오니 어제부터 쌓인 피로가 엄습해옴직 한데도 의식은 더욱 맑아졌고 마음은 새로워졌다. 책상과 침구를 대강 정리하니 새로운 욕구가 솟아나는 듯했다. 이곳에서 외롭고 처절한 싸움을 시작해야 한다.

7시가 저녁식사 시간이지만, 6시쯤 기숙사를 나왔다. 학교 주위를 좀 더 관찰하고 싶어서였다. 기숙사에서 강의동이 있는 잔디밭을 끼고, 자연과학 강의동을 지날 때였다.

“한국에서 왔죠?”

잘 차려입은, 눈이 부리부리하고 날카로운 콧대가 세 보이는 여학생이 남학생과 벤치에 앉아 있다가 지나가는 휘소에게 우리말로 물었다.

“예, 그렇습니다만?”

휘소도 얼떨결에 우리말로 대답했다.

“저희도 한국에서 왔습니다. 축하해요.”

그 여학생은 옆에 있는 남학생을 아랑곳하지 않고, 대뜸 두 팔로 휘소를 껴안았다. 순간 가슴이 뭉클해 왔다. 볼에 짜릿한 입김이 와 닿는 듯했다. 같이 있던 남학생이 다가왔다.

"난 박영식(朴英植)이네. 화학과에 다니지. 영애가 아까 앞으로 지나갈 때부터 한국에서 온 학생이 분명하다며 기뻐했다네. 한국에서 이 대학에 유학 온 남학생이 자네까지 세 명, 여학생이 세 명이네. 옆에 있는 여자대학에 두 명까지 합하면 모두 여덟 명이네."

"반갑습니다. 물리학과로 편입 온 이휘소입니다."

"제 이름은 조영애입니다. 교육학과에 다닙니다."

영애가 손바닥에다 '曺英愛'라고 쓰며 웃었다.

"이휘소입니다. 식사시간이 다 되어 가는 길입니다."

"같이 가지, 휘소가 처음이라 서투를 테니까."

영식이 일어서면서 안내했다. 식당은 학생들로 붐볐지만 질서정연하게 움직이고 있었다. 프랑스, 독일, 인도, 파키스탄, 중국, 일본 등에서 온 학생들도 보였다. 육류를 꺼리는 불교나 힌두교 신자들을 위한 식사는 따로 마련되어 있었다.

"영애는 한국에서 경기여고를 나온 다음 바로 유학 와서 어학연수를 받고 이제 1학년이고, 나는 서울대 1학년을 마치고 편입 와서 3년, 이제 4학년이지. 유학 와서 일 년간 참 열심히 공부했지. 그런데 점점 자신이 서질 않아. 체력에도 자신이 없고…… 향수병이랄까 특히 설날이 가까워지면 고향 생각이 너무 나고…… 하여간 휘소도 알게 되겠지만 여기는 실력 제일주의야. 특히 과학분야는 실력 없으면 지탱하기 어려운 곳이야."

"그렇겠죠. 하여간 온 힘을 다해야죠."

휘소가 식사하면서 말했다. 식사는 야채소고기볶음, 감자튀김 등 몇 가지지만 맛이 있었다. 거의 하루 동안 제대로 밥을 먹지 못한 것도 그 이유일 것이다.

"한국이 발전하려면 먼저 과학 제일주의 국가정책이 필요한데……. 정치하는 사람들이 국가비전이랄까 미래관은 없고 정권 유지에만 매달리니 문제지. 사사오입까지 해서 권력을 유지하는 판이니……. 그 기사가 지난해 미국신문에도 화제가 되었었지……."

"영식이 오빠는 아버지가 무슨 차관인데도 저렇게 비판적이죠."

영애가 끼어들며 말했다. 지난해 자유당에서는 초대 대통령 이승만에 한해서 집권을 계속할 수 있게 헌법을 고쳤는데 과반수 통과가 안 되자 사사오입해서 그 헌법을 통과시킨 사건이 있었다. 다시 말해서 이승만 대통령의 3선을 위해 초대 대통령에 한해서 중임제한을 철폐한다는 개헌안을 제안했던 것이다. 지난해 11월 27일 국회 표결 결과 총 202표 가운데 찬성 135표, 반대 60표, 기권 7표로 1표가 부족하여 개헌안이 부결되고 말았다. 그러자 집권당인 자유당은 202표의 3분의 2는 사사오입하면 135명이 된다는 전대미문의 억지 계산을 들고 나와 개헌안의 가결을 선포했었다. 이 기사는 국내는 물론 세계의 유력신문에서까지 웃음거리 기사로 나갔었다.

"민주주의를 실행한 지 얼마 안 되니까 겪는 시련이겠죠. 앞으로 수십 년은 이와 비슷한 시련이 계속될 것입니다. 정치도 차츰 발전하는 것이니까요."

휘소가 차분히 말했다. 영애가 식사를 마치면서 커피를 손수 타 왔다.

"더욱 중요한 것은 앞서 영식이 형이 지적한 대로 과학 발전이 없으면 한국은 영원히 후진국에 머문다는 겁니다. 한국은 과학이 발전하지 않은 게 아니라 발전할 수 있는 환경이 조성되지 않은 게 문제입니다. 고등학교 국사 교과서는 상권과 하권으로 되어 있고, 정치·경제·사회·문화 등에 대한 내용은 모두 있지만 과학이나 기술이란 말은 없습니다. 다시 소제목 편에 과학과 기술 편이 있습니다. 450면에 속하는 고등학교 국정교과서에서 과학과 기술을 다룬 것은 10면도 안 됩니다. 미국이나 일본의 역사 교과서는 적어도 450면이면 100면이나 150면 정도 다루어져 있는 것과 비교하면 아예 과학이 없는 국가라고 볼 수 있습니다. 물론 과거 일본인들이 쓴 책이나 내용의 식민지 사관에 따라 한국을 과학 미개국으로 다룬 것을 그대로 답습했기 때문입니다. 예술의 한 분야인 미술에만 40여 면의 지면이 할애된 것에 비하여 너무 초라한 것입니다. 실제 미술가인 솔거, 정선, 김홍도, 신윤복 등을 기억하지 못하는 학생은 없지만 화약을 발명한 최무선, 천문시계를 발명한 장영실, 천문학자 이순지, 지구자전설을 말한 홍대용, 빛의 굴절을 설명한 정약용, 전기 기술자 상운(尙雲) 등에 대하여는 거의 모릅니다. 혹시 홍대용이나 정약용 정도는 안다고 해도 그들을 과학자로는 알지 못하고 실학자 정도로만 배웁니다. 그리고 거북선, 금속활자가 남보다 앞서 발명되었다고 배웁니다. 이것이 거의 전부입니다. 세계사 책에서 서양 역사를 배우면서 과학을 접합니다. 그러니까 우리나라는 과학이 없는 나라라는 이미지가 젊은이들 사이에 박혀 있게 되죠. 그런 가운데서 민족과학이나 전통과학이라는 말을 쓸 수는 없습니다.”

“과학에도 민족과학이니, 전통과학이니 하는 말을 쓸 수 있을까?”

“글쎄요. 모든 것은 상대적이기 때문에, 제 생각으로는 민족과학이나 전통과학도 있다고 봅니다. 우선 기후, 토양, 환경, 풍습, 언어 등이 다른 국가와 뚜렷하게 달라서 과학기구의 발명 방법이나 수법이 다를 수밖에 없을 것입니다. 예를 들면 한글은 세계에서 가장 과학적인 문자입니다. 일본어, 영어, 독어 등과 비교하면 한글이 얼마나 과학적으로 우수한가 알 수 있습니다. 또한 만든 이가 뚜렷한 것도 특징입니다. 세종대왕의 위대한 업적 중 하나가 바로 과학자 육성입니다. 장영실로 하여금 시간마다 저절로 종이나 북이 울리는 물시계인 자격루를 만든 것이나 측우기 발명 등도 중요하지만, 당시 이순지는 이미 서울의 북위가 37도 32분이라는 것을 정확히 계산해 내었습니다. 또한 칠정산(七政算)을 완성합니다. 칠정이란 태양, 달, 목성, 화성, 토성, 금성, 수성 등의 움직임을 수학으로 계산해 낸 것입니다. 사실 서양은 17세기 과학혁명 이전까지는 거의 과학다운 과학이 존재하지 않았습니다. 도리어 중국이나 한국이 더 앞서 있었죠.”

“홍대용의 지구자전설도 당시 학자들 사이에서나 일반 대중의 호응을 얻지 못했지?”

영식이가 호기심 어린 눈으로 질문해 왔다.

“코페르니쿠스의 지동설은 16세기 서양과학의 혁명과 같은 것이죠. 하나님이 지구를 만들고 천체를 만들었으니까 마땅히 모든 천체는 지구를 향하여 있다고 생각한 것에 대한 도전이었으니까요. 곧 신에 대한 도전이었습니다. 그런데 그보다 400여 년 뒤에 홍대용이 지동설을 말한 것은 중국이나 일본에서는 누구도 말한 적이 없었습니다. 더구나 코페르니쿠스의 지동설은 가톨릭이나 기독교에서는 그 당시까지 인정하지 않은 것이었습니다. 그런데 홍대용이 지동설을 주장했다고 해서 누구도 관심을 둔 사람이 없었습니다. 지구가 움직이거나 가만히 있거나 무슨 상관이냐 라는 식이었습니다. 홍대용의 지동설은 물론 동양에서는 처음 있는 독창적인 일이었고 또한 사람은 자기가 서 있는 자리가 우주의 중심이라는 자각을 심어준 사건이었죠. 당시로서는 혁명적인 인권사상인 셈이었죠. 또한 우주에 우리와 같은 사람이 또 있을 수 있다는 논리는 당시로써는 상상하기 어려운 발상이었죠."

"처음 듣는 이야기여서 신비스럽기까지 하네요? 우리에게도 그런 전통이 있었다니?"

영애가 흥미롭다는 표정을 지으면서 말했다. 식당 안에 있었던 학생들은 거의 자리를 비웠지만 그들에게 자리를 비워달라는 말은 하지 않았다. 이미 8시가 가까워지고 있었다.

"그러나 우리나라는 과학적 유산이 너무 빈약하지 않나? 유산이 부족하면 심리적 위축이 생기고, 위축된 상태에서는 창의성이란 아무래도 뒤질 수밖에 없지 않나 싶은데……?"

영식이가 진지한 표정이 되어 물어 왔다. 휘소가 다시 말을 받았다.

"사실이죠. 백제 금관, 서양보다 2세기 앞선 금속활자의 발명, 화약 발명, 거북선 등 유산이 있지만 대중화가 되거나 전승되지 않았으므로 국민 정서에 미치는 영향은 아주 적었죠. 그런데 유산을 눈에 보이는 것과 눈에 보이지 않는 잠재적인 것으로 나눌 수 있다면, 비록 과학적 유산은 빈약하더라도 문화적 유산은 상당한 수준에 있으므로 그 문화적 유산을 과학화시키고 그 정신을 과학정신이나 과학이론으로 활용할 수 있는 유리한 점도 있죠. 예를 들면 서양 조각의 표본처럼 되어 있는 비너스상을 보다가 경주의 석굴암에 있는 석불상이나 십일면관음상을 보면 세계적인 조각품이라는 비너스상이 어린아이 장난감처럼 보이죠. 그만큼 석굴암 불상은 조각품으로도 우수하고 뛰어난 예술작품이죠. 특히 본존불의 소박하고 장중한 모습에서는 신성한 분위기까지 풍기지요. 본존불 뒤를 장식하고 있는 십일면관음상은 정적인 면과 동적인 면의 혼연일체를 나타내죠. 중국이나 인도에도 비슷한 것이 있지만, 이처럼 자연스럽게 자연과 조화를 이루는 불상은 못되죠. 마치 자연의 숭고한 섭리가 응결된 느낌이죠. 이 석굴암이 만들어진 것은 8세기쯤(751년 완성)이니까요. 물론 왜구의 침략을 불심으로 막기 위한 호국불로 세워진 것이고 또 일제강점기 때 일본인들이 개보수한다고 시멘트를 칠한 것이 화근이 되기도 했죠. 석굴암 불상들은 동쪽을 향해 앉아 있거나 서 있죠. 비록 기록으로 본 것이지만 아침 해가 정면으로 불상에 비치면 햇볕이 동굴에 들어와 무지갯빛으로 변했다고 하죠. 그게 사실이라면 습도와 빛의 굴절까지 계산한 셈이죠. 굴에 들어오는 빛이 반사되어 일정한 습도를 유지시킨 것이 무지개를 서게 했다는 기록이 있죠. 제가 직접 가서 보니까, 당연히 그럴 수 있는 작품이라는 생각이 들었어요. 실제로 그런 것이 사실이 아니라 할지라도 석굴암은 예술품으로서 뿐 아니라 과학적 감각에서도 세계 최대의 걸작품이죠. 공기와의 마찰, 실내 습도, 불상과 불상 사이의 완벽한 공간 조화, 빛과 그늘, 움직이는 것과 고요함의 조화 등, 이론적 토대가 없었던 그 시대에 오로지 직감력과 기술력만 가지고 그런 예술품을 만든 것은 높은 과학 정신 가운데서 나온 것이라고 봐야 되죠.”

휘소가 좀 길게 설명하는 동안 영식이와 영애도 진지하게 듣고 있었다. 영애가 다시 질문을 해댔다.

“석굴암에 무지개가 선다고 한다면 그게 어떻게 가능했을까요? 저도 학창시절에 보고 참으로 훌륭한 조각이라는 생각은 했었지만 너무 놀라운 말이어서 다시 묻는 겁니다.”

“알 수는 없죠. 빛이 태양에서 지구까지 오는 데 필요한 시간은 8분쯤 걸리죠. 그러니까 우리가 떠오르는 태양을 보는 것은 8분 전 영상을 보는 거예요. 빛의 속도는 초속 18만 6천 마일(약 30만 킬로미터)이니까요. 고려 때 오윤부가 만들었다는 천상열차분야지도(天象列次分野地圖)에는 무려 1464개 별들과 12차 28수, 은하수 등과 함께 자세한 천체운행도가 나오죠. 천문학상 가장 자세한 설명이죠. 그리스 시대에 나온 천문도나 중국에서 나온 천문도도 있지만 1천여 개의 별자리를 도형으로 만든 것이었죠. 그런데 천상열차분야지도에서는 하늘과 땅의 상응작용을 하나의 도형 속에 당시로서는 비교적 자세히 음양 원리에 의해서 그렸죠. 여기서 천상(天象)이란 하늘 현상이나 천체 현상을 가리키는 것이죠. 이미 당시 하늘과 땅이 둥글다는 개념이 포함된 놀라운 천체운행도이죠. 그런데 그보다 450여 년 전, 지금으로부터 1200여 년 전에 만든 석굴암의 원리는 자연 원리를 최대한 활용하여 빛의 반사, 역행, 변화 등이 신비스러울 만큼 조화를 이룬 조각인 것만은 확실하죠. 그러니까 신라 말에 이미 천문학, 음양학, 역학 등이 상당한 수준에 있었다고 보입니다. 그것이 현대과학처럼 수학적 수치나 과학적 수치의 계산에서 나온 것이 아니라 직감력이나 연상작용 등의 결과라 보더라도 그 과학적 경지는 매우 놀라운 것이죠.”

영식이가 다시 질문해 왔다.

“우리의 과학적 경지가 그토록 높은데, 언제나 과학 열등국이라는 관념을 가지게 된 이유는 무얼까?”

“《일본서기》란 책을 보면, 이미 삼국통일 이전에 우리나라의 많은 과학자와 기술자 또는 예술가들이 일본에 건너가 일본과학의 바탕을 마련했다고 되어 있죠. 임진왜란 때도 도공들뿐만 아니라 유학자, 천문학자들을 데리고 가서 일본의 과학발전에 중심 역할을 한 것으로 알려졌죠. 7세기 이전에 첨성대를 만들어 천문관측으로 쓴 것은 세계에서 처음 있는 일이고요. 또한 고려 말기에 만들어진 상감청자의 비색(翡色)은 아직도 재현하지 못하는 기술이죠. 상감이란 청동기시대에 칼이나 금속물에 금, 은, 적동(赤銅) 등을 넣는 기술이었는데, 이것을 도자기에 넣어 고도의 열을 가하여 만든 것이죠. 이런 기술은 중국은 물론 일본, 서양 어디에도 없던 거예요. 맑은 날 햇빛에 비춰 보면 마치 푸른 하늘이 살아 움직이는 형상이죠. 문제는 상감청자나, 금속활자의 발명이나, 최무선이 중국에 이어 두 번째로 발명한 화약이나, 이순신이 만들었다는 거북선 등을 계속 사용하여 발전시키지 못했다는 데 있습니다. 금속활자나 인쇄술 발명은 서양에서 일종의 근대 과학혁명과 같은 것이었죠. 그런데 우리의 인쇄술은 그보다 200여 년 앞섰지만 주로 족보를 만드는 데만 사용한 반면, 서양에서는 대중교육에 사용했어요. 최무선이 고려 말에 발명한 화약도 역시 비슷한 경우라고 할 수 있죠. 최무선의 화약발명은 비록 중국보다 조금 뒤진 것이었지만, 중국에서 배운 것이 아닌 새로운 발명품이었죠. 이 화약을 만들어 이성계의 수하에서 왜구를 물리치거나 이성계를 왕위까지 올려놓는 결정적인 역할을 했지만 이성계가 왕위에 오르고 다시 평화로운 시대가 되자 화약을 만들던 화통도감은 폐지되었죠. 더구나 문관이 나라를 지배하는 시대가 오자 그의 이름을 꺼내는 것마저 꺼릴 정도가 되었죠. 그 원리 일부를 임진왜란 때 이순신이 사용하여 해상에서 승리하는 계기가 되었다는 기록은 보이지만, 계속 발전시켰으면 육지에서도 절대 밀리지는 않았을 거예요. 그보다 500여 년이 지난 19세기에 스웨덴에서 노벨이 화약의 일종인 다이너마이트를 발명해 엄청난 부를 축적, 그 유산으로 노벨상을 만든 것과는 대조적이죠. 문제는 과학 유산이나 정신이 부족한 게 아니라 여건과 환경이 문제죠."

"그런 환경 조성은 어떻게 해야 될까요?"

영애가 끼어들었다.

"예를 들면, 세종대왕은 그런 환경을 가장 잘 조성시킨 분이죠. 훈민정음 창제, 측우기 발명, 천문관 설치, 해시계, 물시계 등 수많은 과학 유산이 세종 때의 것이죠. 곧 정책자의 의지, 사회적 분위기, 탄력적인 국민운동이 필요하죠. 우리는 어린 시절에는 호기심을 가졌다가도 중고등학교에 가면, 과학 분야에 흥미를 많이 잃어요. 왜냐하면 사회적 분위기나 국가 적 분위기가 온통 권력 중심으로 짜여 있기 때문이죠."

시간은 벌써 8시를 넘어서고 있었다. 몇몇 학생들이 식당 내에서 벌이던 토론도 잠잠해졌다. 그리고 밖에는 늦겨울 바람이 금속성 소리를 내며 창문을 흔들고 있었다. 영애가 간단한 음료수를 준비해 왔다.

"그렇다면, 미국은 거의 문화의 불모지였는데……, 문화적 바탕이 없이 세계 최대의 과학국가가 된 배경은 무엇일까?"

영식이가 진지하게 질문해 왔다. 어느새 휘소는 두 사람의 답변자 입장에 서게 되었다.

"글쎄요. 미국은 본디 미국 문화가 있는 것이 아니라 받아들인 문화였죠. 영국, 독일, 프랑스, 스페인, 네덜란드, 그리고 19세기 이후에는 인도, 중국, 일본, 한국 등의 인구가 밀려오면서 미국이라는 드넓은 땅과 엄청난 자원을 바탕으로 흡수되었죠. 또한 서구의 민주주의라는 개인의 인권을 중시하는 사상에 많은 세계인이 동화되었죠. 모든 문화를 받아들이고, 모든 두뇌를 유치하는 가운데 뛰어난 과학정신이 살아나게 되었겠죠. 예컨대 20세기 과학계의 최대 화두는 아인슈타인과 페르미의 등장이죠. 아인슈타인은 독일에서 태어나 한때 스위스 국적이었다가 다시 독일 국적을 가졌고, '특수상대성이론', '일반상대성이론' 등으로 20세기 과학계를 주도했죠. 아인슈타인의 등장을 현대과학의 기적이라고 말하고 아인슈타인이 1905년 발표한 '특수상대성원리'를 기념해서 1905년을 현대과학 기적의 해라고까지 말하지요. 그러나 1930년대 초 결국 미국으로 망명해서 모든 과학적 업적은 역시 미국에서 쌓게 되죠. 미국은 개인의 인권을 존중하고, 특히 인재를 중시하는 나라니까요. 페르미는 조국 이탈리아를 버린 것이 아내가 유대인이기 때문이라고 하지만, 어쨌든 1938년 노벨상 시상식을 마친 뒤 노벨물리학상을 타게 한 조국을 떠나서 가족과 함께 미국으로 망명한 것은 미국에서 인권을 누리며 살고 싶기 때문이었죠. 지금 노벨물리학상 후보로 거론되고 있는 중국계 미국인 양전닝(楊振寧)이나 리정다오(李政道)도 결국 중국이라는 데서는 올바르게 공부할 수 없다고 생각해서 미국으로 와 정착하고 미국 시민권을 얻고 연구하는 학자들이죠(두 사람은 1957년에 노벨물리학상을 공동 수상함). 미국은 이렇게 동서양을 막론하고 인재들을 받아들이고 있으며, 또한 많은 인재가 미국이라는 데를 동경하죠. 왜냐하면 미국이 무엇보다 인권을 중시하기 때문이에요. 이곳에 오늘 도착했지만, 불교나 힌두교를 믿는 사람들을 위하여 육류가 없는 다른 식탁을 만든다든지, 한국인 학생이라야 나까지 6명인데 한국 음식을 따로 들 수 있게 만든다든지 하는 것을 보고 얼마나 한 사람 한 사람의 인격이나 문화까지를 중시하는가 감동하였죠. 그런데 문제는 그런 것보다 더 중요한 근본에 있죠. 미국은 기독교 문화가 중심이라고 할 수 있지만, 불교, 힌두교, 유교, 노자 등 세계 문화의 집결지이기도 하죠. 특히 20세기에 와서는 다른 종교나 문화까지도 미국은 적극적으로 받아들이고 있어요. 각 대학에 있는 불교연구소, 공자학회, 힌두교학회 등이 여기에 속하죠. 종교적이라기보다 학문적으로 접근하는 것이 특징이기도 하죠. 우리에게 친근한 공자학회만 하더라도 한국

에는 유림(儒林)에서 세운 성균관대학에마저 없는데, 미국에
는 하버드대학을 비롯해 10여 군데나 됩니다."

"그런 문화가 현대과학과도 관련이 있나요?"

조영애가 흥미 있는 듯 큰 눈을 껌벅거리며 물었다. 잘된
난방시설이지만 식사시간이 한 시간 이상 지난 뒤였기 때문에
추위가 조금 느껴졌다.

"이른바 근대과학의 시조로 일컬어지는 뉴턴의 《프린키피아
(Principia)》라는 책이 1686년쯤부터 19세기 끝무렵까지 도전
을 받지 않은 채 거의 과학의 철칙처럼 여겨져 온 것은 과학
은 객관주의 원리로만 이해가 가능한 것이라는 관념이 지배했
기 때문이죠. 그래서 뉴턴 이론이 신의 법칙이라는 말까지 나
왔죠. 그런데 이 원칙이 1905년 아인슈타인의 상대성이론에
의하여 깨지고 말았죠. 아인슈타인은 물질량이 모든 관측자에
게 같은 것이 아니라, 관측자의 운동상태에 따라 달라진다고
하지요. 그러니까 뉴턴역학에서 당연시했던 절대공간, 절대시
간의 개념이 부정된 것이지요. 철저한 인과율에 기초했던 뉴
턴역학은 확률학적 해설을 도입한 양자론에 의해 다시 한 번
타격을 입게 되지요. 아인슈타인은 이 이론을 빛의 속도 파장
으로 설명하고 있으며, 빛에도 질량과 무게가 있다고 설명하
죠. 빛은 질량과 무게에 의하여 지구까지 도달하는 시간이 대
강 8분이라는 계산이 나와요. 그런데 공간은 언제나 고정된
것이 아니며 상황에 따라 구부러져 있다고 보죠. 태양의 빛이
지구까지 오는 시간은 8분이라는 고정관념이 깨어진 것이죠.
공간이 구부러진 상황에 따라 달라진다는 거예요. 그러니까
뉴턴이 말한 절대공간 절대시간의 개념은 아인슈타인에 의하

여 허구성이 드러났으며, 마치 그리스 신화의 이카로스처럼 추하게 몰락하고 뉴턴의 철칙이었던 인과율 법칙은 하이젠베르크의 불확정성원리에 의하여 산산조각이 난 것이죠. 다시 말해서 고전과학의 원리가 거기 존재해 있는 것, 곧 '신이 만들어 준 상태대로 존재하는 것'이기 때문에 주관이나 상황, 시점은 배제했던 것인데, 현대과학은 상황이나 시점에 따라 변화하는 것, '내가 보는 것만큼 존재해 있는 것'이라는 개념이죠. 그런 면에서 동양사상이랄 수 있는 주관주의 또는 상대주의 개념과 통하죠. 동양의 유교나 불교, 힌두교는 마음이 주체이므로 도리어 객관적 존재에는 신빙성이 없다고 본 것과 통하죠. 불교에서 말하는 세상은 있는 대로 있는 것이 아니라 내가 보는 것만큼 존재하는 것이란 개념이죠. 형식적인 면에서 보더라도 기독교나 가톨릭은 일정한 시간에 일정한 내용을 가지고 통일된 형식으로 예배하거나, 미사를 드리게 되어 있어요. 거기에 비하면 불교나 힌두교는 믿는 사람이 필요로 할 때, 불공을 드리거나 경배를 드리게 되어 있습니다. 아인슈타인은 시간이란 다른 위치에 있는 관찰자에 따라서 동시성과 흐름을 달리하는 상대적인 것이며, 따라서 관찰자에 공통되는 절대시간이란 없다고 말하죠. 또한 물체를 담는 각각 다른 곡률(曲率)에 의하여 왜곡되어 있으므로 절대공간도 있을 수 없다는 것이죠. 이러한 개념을 양자물리학에서는 원자와 원자를 구성하는 소립자를 관찰하는 데 있어서 그 입자들을 공간에 독립적으로 존재하는 객체로서는 파악할 수 없으며, 그것은 존재와 비존재 사이에 변화하는 에너지의 일시적 상태라고 본 것이죠."

"그렇다면 현대과학이 동양보다 서양에서 성공한 원인은 무엇인가?"

영식이가 질문해 왔다.

"아인슈타인의 상대성이론이 나오고서 이른바 보어(N. Bohr)나, 하이젠베르크 또는 미국의 이론물리학자이며, 제2차 세계대전 당시 원자탄 제조책임자로 잘 알려진 오펜하이머 등도 초기에 객관적 인과율로써는 해결할 수 없다는 것을 알고 허탈과 절망을 느꼈죠. 그래서 동양의 주관주의에서 해답을 얻은 것이죠. 물론 그 이전 라이프니츠 등도 《주역》에서 해답을 찾은 예는 있지만, 그 후 애써 동양의 주관주의를 피하려 했었죠. 그러나 지금은 상황이 바뀌었어요.

이것을 예술 세계에서 말한다면 서양 예술이 양(陽)이라면 동양 예술은 음(陰)이라고 할까요. 양이 강하면 음을 위하여 물러난다는 말처럼. 서양 예술이 동적이라면 동양 예술은 정적이죠. 서양에서는 인물화가, 동양에서는 산수화가 주류를 이루죠. 음악에서도 서양은 감정을 불러일으키는 것이라면 동양은 감정을 가라앉히는 것이죠. 춤도 움직임의 아름다움을 추구하는 것이 서양이라면 동양은 움직임 가운데서 고요함을 추구하죠. 시(詩)도 서양이 극적이라면 동양은 관조적이죠. 이러한 두 문화의 양극을 조화시킨 것이 현대물리학의 한 면이죠. 기독교가 절대적 관념에서 태어난 종교라면, 불교나 힌두교 또 유교에서는 상대적이죠. 적어도 현대물리학은 동양의 주관주의 상대주의에서 벗어날 수 없게 되었죠.

다시 말하면 서양은 양의 문화이고 종합보다는 분석, 지혜보다는 합리주의적 지식, 종교나 자연보다는 과학, 협동보다는 경쟁 등을 중시한 편이죠. 19세기까지도 이것이 통하는 것처럼 보였죠. 그런데 19세기 끝무렵부터 이러한 문화에서 위기의식을 느껴 왔고, 이런 것이 아니라는 관념이 거세게 일어났죠. 문학에서 예를 든다면 스티븐 스펜더의 시에서는 내면 세계에 몰입하고 동화함으로써 내면으로부터 관조하는 동양적인 문학이 유행했고, 또한 보들레르의 〈교감〉에서는 자연은 가끔 수상한 발언을 하고, 상징의 숲으로 어둠과 밝음 가운데 향기와 색채와 음향이 화합하는 세계로 보았죠. 릴케의 〈마음이 무거울 때〉라는 시에서도 지금 이 세상의 어느 곳에서 울고 있거나, 웃고 있거나, 거닐고 있거나, 죽어 가고 있거나, 나를 바라보고, 나를 위해서 웃고 울고, 죽어 간다는 이야기가 있죠. 헤세의 시와 소설 등도 역시 동양적 접근이죠. 이러한 움직임은 인생의 가치가 객관적인 합리주의에서 찾아지는 것이 아니라, 어떠한 느낌이 드느냐는 주관적 체험에서 찾는 것이라는 문화가 싹트기 시작한 것이었죠.

아인슈타인은 어린 시절 열등생이었고, 수학에나 취미를 가진 아이였지만, 16살 때 이미 내가 배우는 것이 사실인가 의심하기 시작했다고 하죠. 그런 아인슈타인에게 학교교육은 흥미의 대상이 아니었죠. 성적이 나쁜 학생이었지만, 결국 상대성이론이라는 현대과학의 기적적인 업적을 낳았죠. 상대성이론은 질량이 에너지의 한 형태에 지나지 않는 것이며, 어떤 입자에 포함되어 있는 에너지양은 그 입자의 질량 m에 광속도의 제곱 c^2을 곱한 것과 같다는 $E=mc^2$라는 공식이 나왔죠. 곧 동양의 종교나 철학들은 무시간적 신비적인 인식에 중심을 두어 왔고, 서양은 그것을 계산해 내는 과학적 인식에 바탕을 두었죠. 1949년 일본의 유카와 히데키(湯川秀樹)가 노벨물리학상을 탄 것은 일찍이 동양의 주관적 상대적 철학 위에다가 서양의 과학적 객관적 철학을 과학에 접속시킨 결과이죠. 그러니까 한국인이어서 안 된다는 생각은 버려야 해요. 제가 고등학교 다닐 때 글방에서 한문 공부를 하면서 퇴계 이황의 차자(箚子 : 약식의 소(疏))편에서 태극도설(太極圖說), 서명도(西銘圖) 등을 공부한 적이 있죠. 그때는 이해가 되지 않았는데, 대학에서 물리학을 공부하다 보니, 놀랍게도 물리학의 많은 공식과 합일하는 것을 보았죠.”

영애가 흥미 있는 표정으로 휘소에게 질문했다.

“보들레르나 릴케, 헤세 등의 시나 소설이 주관적이라고 하셨는데 구체적인 예를 들 수 있나요?”

“글쎄요. 헤세 소설은 동양정신적 접근의 성공이라고 할 수 있죠. 시도 그렇고요. 제가 자주 암기하는 시 가운데 〈안개 속에서〉라는 시가 있어요.

안개 속을 거니는 이상함이여,
덩굴과 돌들이 모두 외롭고
이 나무는 저 나무를 보지 못하니
모두는 각각 혼자이다.

나의 삶이 밝던 그때에는
세상은 친구로 가득했건만
이제 여기에 안개 내리니
아무도 더는 볼 수 없다.

피할 수도 없고 소리도 없이
모든 것에서 그를 갈라놓는
그 어두움을 모르는 이는
정녕 현명하다고는 할 수 없다.

안개 속을 거니는 이상함이여,
산다는 것은 외로운 것
누구도 다른 사람 알지 못하고
모두는 각각 혼자이다.

이런 시죠. 사람은 신과 함께 있기 때문에 즐겁다거나 슬프
다거나 그런 시가 아니라, 인간은 누구나 혼자일 수밖에 없다
는 존재 가치를 말한 것이죠.”

“아주 좋은 시네요.”

이미, 시간이 저녁 10시에 가까워지고 있었다. 10시 30분까
지는 각자 숙소에 들어가야 했다. 영식이 다시 질문했다.

“구체적으로 퇴계의 어떤 면과 현대과학이 관계가 있는가?”

“글쎄요. 아직 풀린 것은 아니지만, 퇴계의 태극도설이라는
그림을 잘 살펴보면 새로운 물리학이론도 가능할 것이라는 느
낌을 당시에 받았죠. 무극(無極)과 태극을 하나로 보고, 태극
이 움직여 양(陽)을 낳고, 움직임이 극에 이르면 고요함(靜)
의 음(陰)을 낳고, 고요함이 극에 이르면 다시 움직인다. 고
요함이 서로 뿌리가 되고, 음과 양이 나누어져 양의(兩儀)가
된다. 이 양의가 이기(二氣)의 바탕이 되어 만물이 생기고,
무궁한 변화를 이룬다고 처음에 설명되어 있죠. 여기서 이기

라는 개념과 상대성이론이라는 개념은 서로 들어맞는 개념이
죠. 또한 무궁하게 변화된다는 개념은 절대적 객관적 관념을
깨버린 것이죠. 물리량은 모든 관측자에게 같은 것이 아니라,
관측자의 운동상태에 따라 달라진다는 것이 현대물리학의 개
념이라면, 이미 우리 철학 가운데도 현대물리학의 개념이 숨
쉬고 있다고 생각할 수 있죠.”

“아주 좋은 이야기를 들었어요. 저는 잘 모르지만…….”

영애가 초조한 듯 말했다. 밖에서 부는 바람 소리에 신경이
쓰이는 것 같았다.

“영애는 지루했겠지만 참 좋은 강의를 들었네. 내가 태어나
처음으로 많은 공부를 한 것 같군. 피곤할 터인데……, 또 다
음날 공부시켜 주게.”

시간이 10시를 넘어서자 관리인이 문을 닫겠다고 했다. 셋
은 벌써 오랜 친구가 된 듯한 기분으로 식당 문을 나섰다.

기숙사에 들어왔을 때는 시간이 10시 30분을 가리키고 있었
다. 휘소는 책상 앞에 정중히 앉아 서울의 어머니께 드리는
편지를 썼다.

어머님 전 상서

어머님, 오늘 도착하면서 이곳 마이애미대학에 편입학 절차
를 무사히 마쳤습니다. 서울대학교 학점 중 70학점(이곳 표준
으로 2년 반 공부한 분량)을 인정해 주되, 처음 2학기 동안 C
학점(평균 70~80점) 이상이어야 하며(C학점 이하면 무효),
어학 관련 학점을 인정하지 않았기 때문에 오늘 수강신청은

영작문, 영어회화, 독일어, 고급미적분학을 했습니다. 마음에 각오하고 있사오니 너무 걱정하지 마십시오.

학교는 깨끗하고 아름다워 보였으며, 학교에 계신 분들도 마음에 듭니다. 이곳 경치는 대단히 좋으며, 숲 사이 벽돌 건물이 보기 좋게 놓여 있고, 잔디밭이 학교 구내 곳곳을 덮고 있습니다. 학교는 꼭 세브란스의과대학병원 같은 양식 건물이 지치 위에 가끔 무수산재(無數散在)해 있는 것을 상상하시면 됩니다. 기숙사 방은 가구가 약 백 년쯤 오래된 것이라 반도호텔을 연상하셔도 좋습니다. 또 이곳 제가 있는 기숙사 핏셔 홀(Fishe Hall)은 신입생 편입생용이라 설비가 나쁘다는데도 참 편리한 곳 같습니다. 밑에는 응접실이 둘 있어 하나는 일반용, 하나는 여자와 키스해도 무방하도록 분위기가 보장된 곳이랍니다. 또한 저녁식사 때의 단정한 옷차림, 외국인에 대한 예의 등은 참으로 배워야 할 점이었습니다. 식당관리도 잘 되어 있어 동양 열대지방에서 온 금육학생(禁肉學生)들에게는 다른 요리가 늘 준비되어 있습니다.

편입학 절차를 마치고 한국에서 온 학생 두 명을 만나 재미있는 시간을 보냈습니다. 이곳에는 한국 학생이 남자가 3명, 여자가 3명 있어 그리 심심하지는 않을 것 같습니다. 한국에서 온 학생들과 이야기하느라고, 좀 늦게 기숙사에 도착하여 책상정리를 하고 책상 앞에다가 '작으나 나의 궁성, 외로우나 나의 옛집'이라고 영문 쪽지를 써 놓았습니다.

이곳에는 파키스탄, 이란, 인도, 일본, 콜롬비아, 홍콩, 프랑스 등 각국에서 온 학생이 많습니다.

기회가 되시면 집을 배경으로 가족사진을 찍어 보내 주십시오. 미국에 오니 가족들이 벌써 그리워집니다. 저도 학교를 배경으로 일간 사진을 찍어 보내겠습니다. 그러면 또 연락 드리겠습니다.

1955년 1월 27일
어머님을 존경하는 휘소

편지 쓰기를 마치니 자정이 훨씬 넘어 있었다.

아인슈타인을 바라보며

　학교생활은 나날이 바쁘고 벅차게 움직이고 있었다. 단조롭지만 탄력적인 하루하루이기도 했다. 오전 7시 기상, 7시 20분 아침식사, 8시부터 수업을 시작해서 5시까지 계속, 과제와 복습, 예습까지 하고 나면 새벽 1시 무렵 잠자리에 드는 반복되는 생활이었다. 긴장의 연속이었다. 기숙사 한 방에 있는 일본 유학생 다나카(田中)가 협조적이었고 품성이 바른 것도 휘소에게는 다행이었다. 또 다행인 것은 영작문과 영어회화는 담당교수가 첫 시간에 학생 하나하나를 불러 대화해 보도록 한 다음, 휘소에게는 서울대학교에서 받은 A학점을 그대로 인정해 주기로 하고, 곧바로 전공과목을 수강하게 해주었다. 그러니까 바로 3학년으로 편입이 인정된 것이었다. 그래서 영어에 할애했던 시간 대신, 처음부터 물리학과 필수과목인 전자기학, 원자물리학을 신청하고 교양과목으로 경제학과 세계문예사조사를 선택했다.

　그런데 문예사조사 첫 강의 과제가 입센의 희곡 《인형의 집》을 읽고 용지 10매 이상의 리포트를 써 오라는 것이었다. 《인형의 집》을 읽으면서 무엇보다 감탄한 것은 등장인물 5명 묘사와 사건의 치밀성, 성격 변화의 심리적 움직임이었다. 사건 자체로는 젊어서는 부모, 결혼해서는 남편, 자식들이 성장

해서는 자식의 인형으로밖에 살 수 없는 여자의 삶에 대한 저항적 결말이었다. 휘소는 리포트를 정리하면서 상대성 논리를 전개해 보았다. 여자 주인공 노라가 집을 나온 것은 여권 신장이나 인간성 존중, 사건의 극적 탁월성을 들 수 있지만, 아내로서의 책임 부정이나, 사회성 부정, 자식에 대한 가정윤리 부정을 예로 들었다. 그리고 성격이나 마음이 환경에 따라 바뀔 수 있다는 논리를 펼쳤다.

다음 고급미적분학은 수강신청자가 10명뿐이었다. 상당히 어려운 과목이었다. 전자기학과 원자물리학도 이미 많은 책에서 기초적인 것을 터득했지만 만만한 것은 아니었다. 무엇보다 어려운 것은 매일 과제물이 엄청나다는 점이었다. 도대체 쉴 수 있는 시간을 주지 않았다. 거기다가 조금이라도 일찍 졸업하겠다고 다른 학생들보다 두 과목이나 더 수강하고 있었기 때문에 힘은 배로 들었다.

더욱 휘소를 짓누른 것은 경제적인 어려움이었다. 방세 주 5달러, 식비 주 10달러, 평균 월 70달러에 책값과 잡비 등으로 월 20여 달러, 세탁비, 생활용품비까지 합치면 아무리 아껴도 월 100여 달러가 들었다. 거기다가 예상치 않았던 옷값이나 생활용품과 친목회비까지 낼 때가 되면 120여 달러가 되었다. 한국에서 어머니가 우선 부쳐 주기로 한 것은 월 50달러였지만 그것도 제대로 올 지가 의문이었다. 제대로 온다고 해도 턱없이 모자란 금액이었다. 그렇다고 아르바이트 자리도 구하기가 어려웠다. 우선은 학교생활에 적응하기도 벅찬 데다가 아르바이트까지 하면 견딜 수 있을 것 같지가 않았다. 더구나 6·25전쟁이 끝난 다음, 미국도 몇 년간 계속 불황에 시달리고 있었으므로 지난번 대학 졸업생들마저 반 정도만 직장을 잡고 나머지는 실업자로 지낸다고 신문에서는 보도하고 있다.

그렇다고 동생들 학비도 어려운 어머니 수입에 더는 요구하기도 어려웠다. 어머니가 개업한 소아과 병원도 한국의 사정이 그렇듯이 형편이 좋지 못하였다. 주한미공군에서는 등록금만 지급해 주기로 계약되었기 때문에 2월 한 달은 집에서 가져온 것과 친구, 친척들의 성금과 어머니가 따로 44달러를 보내 주어 그럭저럭 지낼 수 있었지만 앞으로가 문제였다. 한 달 정도 생활하면서 발견한 것은 완전자립으로 공부하는 학생이 20%나 되고, 부모가 반쯤 대는 반자립형 학생이 20% 정도, 나머지 60%는 부모에게 거의 의지하는 편이었다. 한 달에 50달러 정도라도 어떻게든 벌어야 학교를 계속 다닐 수 있을 것 같았다.

휘소는 3월 첫째일 수업을 마치고 물리학과 주임교수 아프켄(Arfken)을 찾아갔다. 학생과에 아르바이트 지망학생 신청소가 따로 있지만, 신청자가 많아 직접 교수님께 부탁하는 것이 빠를 것이라고 영식이 조언해 주었기 때문이었다. 아프켄 교수는 예일대학에서 박사학위를 받은 교수이지만, 소박한 생활과 해맑은 웃음으로 학생들에게도 상당한 인기를 얻고 있었다. 화학을 전공하다가 대학 2학년 때 이론물리학으로 전공을 바꾼, 어찌 보면 휘소와 학부시절 생활이 비슷한 입장이기도 했다. 아랍에서 이민 온 선조를 가지고 있다고 했다.

"박사님, 지난 2월에 편입한 이휘소입니다. 인사차 들렀습니다."

“알고 있네, 앞으로는 내 이름자에 박사란 말은 빼 주게. 그냥 아프켄 씨(Mr. Arfken)라고 하든지, 그렇게 부르기가 거북하다면 아프켄 교수라고 해 주게.”

아프켄 교수는 동양과 서양의 중간에서 태어난, 특유의 서글서글한 인상으로 친절하게 맞아 주었다.

“박사님도……. 앞으로 주의하겠습니다.”

“또 박사야. 자네도 고집이 세군. 학문은 박사라는 명칭이 말해주는 게 아니야. 그건 그렇고 국적이 한국이라고 했지.”

“네…….”

“전쟁 뒤라 상황이 매우 어렵겠군. 주한미군 공군본부에서 자네 등록금을 내고 있다는 것도 알고 있네만.”

“실은 그래서……. 혹시 아르바이트 자리라도 구해 주실 수 있으신지……. 죄송합니다.”

“그래, 아르바이트 자리를 구할 수는 있겠지만……. 수업에 지장이 있을 텐데.”

“각오하고 있습니다.”

아프켄 교수가 학생과에 연락하고 있었다.

“마침 학교 앞에 있는 중국식당에서 배달할 젊은이를 구하고 있다더군. 괜찮겠나? 신원보증은 내가 선다고 했네.”

“감사합니다. 폐가 되지 않게 열심히 하겠습니다.”

중국식당에서의 음식배달은 바로 다음날부터 하게 되었다. 수요일과 목요일은 오전 8시부터 오후 3시까지 수업이 있기 때문에 오후 3시 반부터 밤 11시까지 월, 화, 금요일은 아침 1시간과 오후 5시부터 10시까지 일하고 토요일은 수업이 아침 8시에 한 시간만 있기 때문에 오전 9시부터 저녁 9시까지 12

시간 일하기로 했다. 평일은 1달러 40센트 받기로 하고 토요일은 3달러를 받는다는 조건이었다. 잘하면 한 달에 40달러 정도 되는 수입이었다. 집에서 어머니가 보내주시는 50달러 내외의 돈과 합치면 매달 기숙사비와 용돈, 책값은 빠듯하게 될 수 있을 것 같았다. 배달이 없는 시간에는 접시닦기, 청소하기, 음식물 재료를 사는 심부름까지 해야 한다. 거기다가 기숙사에 돌아와서는 과제와 예습까지 해야 했다. 온몸에 열까지 겹치는 날이 계속되었다. 당시 상황을 휘소는 어머니에게 다음과 같이 말하고 있다.

어머님께

2월 25일 보내신 편지 오늘 받았습니다. 그곳에서 오는 편지는 일주일 이내에 오지만 이곳에서 보내는 편지는 10여 일 이상이 걸리는 모양입니다. 이 편지가 들어갈 즈음에는 또한 10여 일 편지를 기다리셨을 겁니다. 죄송합니다. 예의 서류 2월 18일 등기로 부쳤는데 받으셨을 줄 믿습니다. 환금 건으로 너무 심고(心告)를 끼쳐 드렸습니다.

저도 어제부터 일자리를 구해 오전 9시부터 오후 11시까지 학교수업이 없는 틈을 타서 시내 식당에서 간단한 일을 하고 하루에 1달러 40센트를 받기로 했습니다. 토요일에는 종일 일하고 3달러를 받습니다. 월(月)에 약 50달러의 수입이 되지 않을까 합니다. 이것과 집에서 보내 주시는 것이면 이럭저럭 될 듯싶습니다.

저는 한편 이 시련에 감사를 느끼기도 합니다. 미국 사람들의 독립정신을 몸소 미국에서 느끼고 배울 기회일 테니까요.

다만 걱정은 하기(夏期)에 학교에 나가 두 과목쯤 이수하고 내년 6월 무렵 졸업하려던 저의 마음속 셈이 실현될지 의심입니다만. 이곳에서 일해도 누구 하나 경멸하는 사람이 없고 오히려 저로서는 제 학비의 일부나마 제 손으로 마련하는 것이 여간 기쁘지 않습니다. 처음이라 이틀째인 오늘은 좀 몸이 배기는 듯합니다. 곧 극복하겠지요. 일을 하면서도 우등이라면 얼마나 장합니까? 공부도 한층 더 노력해 학기말에는 전부 A로 해보겠습니다. 안심하여 주시기 바랍니다. 저로서는 44달러만 송금된 것이 어머니 부담을 덜어 드려 더 잘된 것 같습니다.

이곳은 벌써 봄이 된 듯, 가끔 더운 날씨가 있고 풀밭의 아름다움이란 참 여간한 것이 아닙니다.

철웅이 일은 정말 잘되었습니까? 사실이 그렇다면 여간 반갑지 않습니다. 어머님에게 백배 사례합니다. 다음 주일에는 3가지 시험이 있습니다.

어머님 생일이 3달쯤 남은 것 같습니다. 송료가 비싸지 않으면 처음 번 돈으로 초라도 사 보내려고 합니다.

그러면 또.

1955. 3. 2. 휘소

중국식당 음식배달도 며칠이 지나자 좀 더 시간을 짜임새 있게 쓸 수 있게 되었다. 자전거로 배달하게 되는 좀 먼 거리는 어쩔 수 없지만, 매일 배달하면서도 예습, 복습이 가능해졌다. 한쪽 손에 배달 그릇을 들고, 한쪽 손에는 책을 들고 휘소는 옥스퍼드 시가지를 뛰어다녔다. 그러나 1시간 수업하고 12시간 일하는 토요일이 되면 일이 끝나고 기숙사에 들어가 샤워를 할 때 어김없이 코피가 터졌다.

수요일(1955. 4. 18.) 학교수업을 마치고 음식배달을 하는데, 뉴스에서 아인슈타인이 사망했다는 보도가 나오고 있었다. 뉴스에서는 아인슈타인이 프린스턴병원에서 마지막 숨을 거두는 순간까지 수학 문제를 풀고 있었다고 했다.

이휘소가 서울대학교 화학공학과에 입학하고서 화학보다 물리 쪽에 흥미를 더 느끼게 된 것은 아인슈타인의 '상대성이론'을 영문판으로 읽고 나서부터였다.

장례일은 일요일(22일)이었다. 마침 중간시험도 끝났고, 홀가분한 기분이었다. 그러나 몸은 지쳐 있었다. 음식배달과 시험공부로 온몸에 피로가 솜털처럼 퍼져 있었다. 22일 새벽에 잠에서 깨어 세수할 때는 다시 코피까지 쏟아졌다. 유학생활 3개월 반이 악몽처럼 연상되었다.

새벽에 버스를 타고 뉴저지주의 프린스턴으로 향했다. 날씨마저 흐려 축축한 빗방울이 대지를 덮고 있었다.

도시는 해변에 누워 천천히 기지개를 켜고 있었다. 아름다운 도시였다. 거기에 개나리, 자목련, 스위트피, 금잔화 등 봄꽃이 활짝 피어 있었고, 집집이 아인슈타인을 추모하는 조기(弔旗)가 매달려 있었다.

프린스턴고등연구소는 프린스턴 시가지에서 좀 떨어진 바닷가 가까이에 있었는데, 연구소의 드넓은 잔디밭이 연구소 분위기와 조화를 이루고 있었다.

장례식은 바로 이곳 프린스턴고등연구소 야외 잔디밭에서

진행되고 있었다.

10시, 장례식장에는 아이젠하워 미국 대통령, 이론물리학자이며 프린스턴고등연구소장 오펜하이머, 1922년 노벨물리학상을 받은, 원자구조와 그 복사(輻射)에 관한 연구로 유명한 보어, 양자역학으로 1932년 노벨물리학상을 받은 하이젠베르크, 파동역학(波動力學)의 형태를 발견, 이른바 파동방정식의 발견으로 현대 양자역학의 중심적 이론을 제기하여 1933년 노벨물리학상을 받은 슈뢰딩거(E. Schrodinger), 1929년 노벨물리학상을 탄 드브로이(L.V. de Broglie), 그리고 최근 양자역학의 중요 논문을 발표한 중국계 미국인이며, 프린스턴고등연구소 종신회원인 양전닝, 리정다오 등의 얼굴이 보였다. 그리고 수많은 정치인, 과학자, 문화인 등도 보였다. 도시 전체가 아인슈타인의 죽음을 애도하는 분위기였다. 사진이나 책에서만 보아온 세계적 석학들을 보는 휘소의 가슴에 잔잔한 파도가 일고 있었다. 아인슈타인의 시신이 있는 식장에는 세계 곳곳에서 보낸 수많은 조화가 놓여 있었고, 사람들의 표정은 모두가 엄숙하고 슬픈 분위기를 자아내고 있었다.

먼저 미국 아이젠하워 대통령의 추도사가 시작되었다.

오늘 우리는 인류 역사에서 가장 위대한 업적을 남기신 한 분과 이별하는 슬픔을 가지기 위하여 이 자리에 모였습니다. 지금 우리는 아인슈타인을 보내면서 한 인간이 세상에 태어나서 얼마만큼 위대할 수 있는가, 얼마만큼 창조적일 수 있는가 다시 생각해 봅니다.

내가 알기로는 아인슈타인은 국적 없이 살기도 했었고, 또한 굶주림과 고통 속에서 그의 창조적인 이론이 나온 것입니다. 1932년 이후에 그가 미국 시민이 되면서, 미국은 그에게 너무 많은 빚을 졌습니다. 특히 1939년 8월 2일 아인슈타인이 루스벨트 대통령에게 보낸 편지에서, 페르미나 질라드(L. Szilard)가 최근 연구하는 내용의 초안을 읽고 나서 우라늄 원소가 새롭고 중요한 에너지원으로 등장할 것임을 예언했으며, 특히 독일에서 먼저 연구한다면 세계는 무서운 전쟁에 휩싸일 것이라는 점을 경고했습니다. 벨기에령과 캐나다 등에 있는 우라늄의 확보가 시급하다고 강조했으므로 우리는 다른 나라보다 원자폭탄을 먼저 만들 수 있었고, 제2차 세계대전을 승리로 이끌 수 있었습니다. 아인슈타인 자신은 살상무기를 만드는 일에 관여하지 않았지만, 만일 아인슈타인의 경고가 없었다면, 미국이나 연합군이 제2차 세계대전에서 승리했으리라고는 보장할 수 없었습니다. 지금 아인슈타인이나 페르미 등이 중심이 되어 발견한 우라늄과 우라늄으로 인한 연쇄 핵반응력은 인류의 크나큰 에너지원으로 활용되고 있습니다. 또한 그의 상대성이론은 과학의 영원한 진리로서 빛날 것입니다.

인류 역사 이래, 아인슈타인보다 더욱 창조적인 과학자는 일찍이 없었습니다. 또한 앞으로도 그런 인물이 나올 수 있을까 의심스러울 지경입니다. 우리는 아인슈타인이 중년 이후 미국 시민으로 살았고, 미국의 명예를 높여주었다는 데 무엇보다 감사해야 합니다.

그러나 이제 우리는 아인슈타인을 보내야 합니다. 우리는 그의 정신을 계승할 것이고, 그의 뜻을 이어 그와 같은 과학자가 또 나올 수 있도록 모든 힘을 다할 것입니다. 그래서 우리는 아인슈타인을 슬픔 속에서 보내지만 견딜 수 있는 것입니다. 우리는 이 자리에서 아인슈타인의 업적과 그분의 뜻을 계승하겠다는 신념으로 이 프린스턴고등연구소에 들어오는 길을 아인슈타인 길(Einstein drive)로 이름 지을 것을 제안합니다. 또한 아인슈타인이 쓰던 물건이나 집은 모두 국보로 지정할 것을 제안합니다. 그렇게라도 해서 가신 분의 숭고한 뜻을 기릴 것입니다. 감사합니다.

아이젠하워의 추도사가 끝났다. 대통령이 한 과학자의 장례식에 직접 나와 추도사를 읽은 예는 세계 역사에서도 처음 있는 일이었다. 아이젠하워는 엄숙히 아인슈타인의 시신 위에 경례하였다. 이어서 프린스턴고등연구소장 오펜하이머의 추도사가 있었다. 휘소는 장례식장 뒤에 서서 한 마디 한 마디를 엄숙히 귀 기울여 듣고 있었다.

내빈 여러분, 그리고 국민 여러분, 오늘 우리는 현대과학사에서 가장 위대했던 과학자 아인슈타인을 보내기 위하여 이 자리에 모였습니다. 그는 과학사에 또는 인류 역사에 가장 위대한 업적을 남겼다고 장담할 수 있습니다.
그가 독일의 조그마한 도시 울름에서 태어나서 이곳 롱아일랜드 바닷가에 있는 프린스턴에서 22년을 보낸 것까지 합쳐 74년간 생애를 생각하면, 이야기 속에서나 가능하리만큼 기구했으며, 또한 인류 역사에서 창조된 현대 과학지식이 모두 한 개인에 의하여 이루어졌다는 데에, 놀라움을 금할 수 없습니다.
그는 가난한 한 상인의 자식이었고, 나이가 좀 들어서는 음악에나 취미가 조금 있는 평범한 유년시절을 보냈습니다. 그가 유년시절 과학에 흥미를 느꼈던 것은 자침(磁針)의 움직임과 피타고라스정리 정도였습니다. 그는 국적도 없이 외롭게 젊은 시절을 보냈으며, 그 시절 독학으로 공부한 종교, 수학, 과학이 그의 일생을 여는 계기가 되었습니다. 그가 받은 교육은 취리히의 스위스연방공과대학에서 받은 학사학위가 전부였습니다. 그는 말단 공무원으로 있으면서 맥스웰방정식을 독학했으며, 그 유명한 상대성이론은 어떤 물리학 논문도 참고한 적이 없는 독창적인 것이었습니다.

자, 이제 아인슈타인의 업적이 얼마나 위대했던가를 몇 가지만이라도 말해 보겠습니다. 물론 이 자리에서 그의 위대한 업적 일부를 말하기란 거의 불가능합니다. 그것은 마치 20세기 과학사를 말하는 것보다 더 어려운 문제입니다.

아인슈타인은 자유로운 창의성과 직관(intuition)을 중시한 사람입니다. 물론 1905년 발표된 상대성이론은 마이컬슨(Albert Michelson : 1907년 노벨물리학상 수상), 몰리(Edward William Morley) 등의 물리학자들에 의하여 언급된 것입니다만, 아인슈타인의 이론은 그들의 영향력을 전혀 받지 않고 나온 것입니다. 곧 정지 상태와 균일한 속도를 가지는 운동 상태는 어느 쪽 관측자에게도 구분될 수 없다는 새로운 논리였습니다.

우리가 보통 말할 때 1687년을 고전과학의 기적의 해라고 하며, 1905년을 현대과학의 기적의 해라고 합니다. 1687년은 뉴턴이 중력법칙(일명 만유인력법칙)과 역학법칙을 발표한 해였으며, 1905년은 아인슈타인이 유명한 특수상대성이론과 브라운운동의 법칙을 발표한 해이기 때문입니다. 두 사람의 공통점은 뉴턴은 과학과는 전혀 관련이 없는 조폐국(造幣局)에 근무할 때인 24세 때 발표한 것이며, 아인슈타인은 특허국의 말단 공무원으로 있을 때인 27세 때 발표한 것이라는 점입니다.

1905년 이후 세계 과학계는 아인슈타인의 말 한 마디 한 마디에 좌우되었고, 앞으로도 그럴 것입니다. 예를 들면, 1921년에 아인슈타인에게 수여된 노벨물리학상은 광전효과(photoelectric effect)에 대한 기여였습니다만, 그것은 1905년에 발표한 '빛의 발생과 변화에 대한 하나의 사색적 관점에 관하여(Concerning a heuristic point of view about the creation and transformation of light)'에 나타나 있는 하나의 소주제에 지나지 않습니다.

물리학에서 어려운 일은 정확한 문제를 이루는 것입니다. 문제가 이루어지면 해답을 얻는 것은 어려운 일이 아닙니다. 아인슈타인의 재능은 문제를 통찰하고, 그 문제를 밝힐 수 있을 때까지 지속적이고 순수한 정신으로 문제의 해답을 얻는 데 있습니다. 이러한 순수한 정신은 아인슈타인이 운명하는 마지막 순간까지 지속되었습니다. 그는 운명하기 직전까지 보호자들을 외면한 채 문제를 풀면서 마치 어린아이가 숙제하다가 잠든 것처럼 그렇게 순수하게 떠난 것입니다. 보호자 누구도 그가 운명했는지조차 얼마간 모르고 있었으며, 담당의사마저 그의 죽음 앞에 숙연한 감동을 느꼈다고 합니다.

내빈 여러분, 아인슈타인의 위대성은 바로 여기에 있습니다. 순수한 학문에의 열정, 끊임없는 노력, 직관적인 창조정신의 결정인 것입니다.

상대성원리는 물론 아인슈타인이 처음 말한 것은 아닙니다. 서양의 논리로 말한다면 아리스토텔레스에서부터 최근의 프랑스의 수리물리학자 푸앵카레(Henri Poincaré)까지 계속되었습니다. 또한 동양사상으로 말한다면 공자가 해설한 주역의 음양의 조화원칙이나 중용(中庸)이라는 사상이 여기에 가깝습니다. 그런데 왜 상대성원리가 아인슈타인의 원리인가? 왜 우리는 아인슈타인의 상대성원리를 두고 '새 코페르니쿠스 탄생'이라고 했던가. 해답은 다른 데 있지 않고 상대성원리를 실제로 실험적으로 과학화시켰다는 데 있습니다. 아인슈타인의 대명사 $E=mc^2$, 곧 어떤 입자에 포함된 에너지양은 그 입자의 질량에 광속의 제곱(c^2)을 곱한 것과 같다는 물리적 공식으로 사물을 과학화시킨 것입니다.

아인슈타인은 1915년 일반상대성이론을 발표합니다. 이것은 1905년의 '특수상대성이론'을 일반화한 것으로서 세계 과학사에서 '가장 완벽하고 가장 아름다운 창조물'입니다. 이 이론은 뉴턴의 만유인력론에 대신하여 행성 궤도운동의 변화—빛이 태양의 인력에 의하여 휘어진다는 사실을 발견하였으며 여기서부터 우주의 신비에 대하여 세계가 눈뜨게 되었습니다. 아인슈타인 이론은 그의 천부적인 관찰 능력에 바탕을 둔 이론이었지만, 실험은 1919년 제1차 세계대전이 끝난 직후 영국의 에딩턴(Arthur Eddington)에 의하여 이루어졌으며, 이것이 아인슈타인의 이론과 들어맞는 것을 보고 왕립학회, 천문학회는 경이로움에 사로잡혔습니다.

아인슈타인은 나치스 독일 치하에서 집과 재산을 몰수당하고 추방당한 뒤 모든 유럽에 나치스 독일의, 전쟁 광란에 주의하라는 요지문을 보내고서 1932년 10월 17일 미국 시민이 되어 프린스턴고등연구소의 교수가 되었습니다. 우연한 것은 프린스턴고등연구소가 설립된 것과 독일에서 히틀러가 득세하던 것과 시기가 같았다는 점입니다. 그는 셋집에서 살다가 1935년부터 머셔 거리 112번지에서 여생을 보냈습니다. 지금도 그의 서가에는 그가 즐겨 읽던 도스토옙스키, 톨스토이, 논어 등의 책과 그의 가까운 친구 카프카의 책이 그의 손때가 묻은 채 그대로 있으며, 물리학자로는 패러데이, 맥스웰, 뉴턴의 판화가 걸려 있습니다.

이탈리아 물리학자 페르미가 1938년 노벨물리학상을 타고 바로 미국으로 귀화하여 보어, 질라드와 함께 우라늄 원소가 중요한 에너지원이 될 것을 예언, 아인슈타인의 원자물리학이론과 함께 원자시대를 계획합니다. 물론 원자물리학이 새로운 것은 아닙니다. 원자물리란 말은 오래전부터 문화사 속에 있었으며, 멀리로는 불교나 힌두교 사상에서도 같은 말이 있었기 때문입니다. 그러나 원자물리란 말은 아인슈타인에 와서 새로운 것이 되었습니다. 1939년 8월 2일 루스벨트에게 전하는 편지에서 우라늄에 원자핵 연쇄반응을 일으키게 하는 것이 가능하다며, 만일 이러한 것으로 폭발물을 제조한다면, 폭탄 하나만으로도 몇 백만의 인명을 살상할 수 있을 것이며, 이것을 만일 독일이나 일본에서 만든다면 문제가 심각해지니, 빨리 조치를 취하라고 간곡히 부탁합니다. 독일이나 일본에서 원자폭탄이 제조되는 것을 막기 위한 것이었는데, 아인슈타인은 여러 경로를 거쳐 그것을 막으려 노력했습니다. 미국은 만일의 경우를 예상하고 저를 비롯한 많은 물리학자들을 동원하여 원자폭탄을 만들었고, 그것을 일본에 떨어뜨리는 비극을 낳기도 했습니다.

그 뒤 아인슈타인은 편지, 메시지, 신문칼럼, 인터뷰 등을 통해서 인류를 핵무기의 공포에서 구출하려 운동했습니다. 그는 이미 원자폭탄과 핵무기의 비밀을 알고 있었지만 만드는 데는 반대했던 것입니다. 다만 제조가 가능하다는 것을 경고했습니다. 또한 그는 미국이 세계의 패권국이 되려고 함을 경고했습니다.

1955년 4월 18일 밤, 그의 싸늘한 시신 곁에는 통일장이론에 대해 계산을 하다가 놓은 노트와 연필, 그리고 몇몇 종이가 놓여 있었습니다. 그는 다음날도 연구를 계속하려는 생각으로 잠이 든 채 떠나신 것입니다.

내빈 여러분, 국민 여러분. 아인슈타인은 갔지만 그의 시대가 끝난 것은 아닙니다. 지금도 그의 거대하고 확실한 빛을 뛰어넘을 수 있는 사람은 세상에 없기 때문입니다. 그러나 이 자리에서 우리는 모두 약속할 수 있습니다.

우리는 모두 아인슈타인의 유업을 계승 발전시키기 위하여 이 자리에 모였다고……, 그것이 가능한 일인지는 아직 모르지만……, 우리는 그것을 하려고 노력할 것이라고……. 그리고 인류 역사가 시작되고 또 계승되면서 누구보다 위대하고 소박하며 뜨거웠던 한 사람을 보내면서, 지금 우리는 모두 그의 명복을 비는 엄숙한 시간 속에 있다고…….

이제, 우리는 20세기 가장 위대한 인물을 보낼 시간입니다. 아니, 인류 역사 이래 아인슈타인보다 더 위대한 인물이 또 나올지는 모르지만, 적어도 지금까지의 세계사에서는 아인슈타인보다 위대한 인물은 없었을 것입니다. 그만큼 창조적 열정으로 순수했고, 그만큼 그는 수많은 기적을 이루었으며, 세계사를 변혁시켰습니다. 그러나 어떠한 위대한 분도 죽음을 피할 수 없다는 하나님의 섭리 앞에서는 다 같이 나약한 생명인 것을 실감할 수밖에 없습니다. 부디, 떠나시더라도 천상에서나마 계속 당신이 하시던 일을 계승 발전할 수 있게 도와주시기 바랍니다. 또한 가족들과 후학들의 슬픔이야 더할 수 없겠지만, 우리는 그분들의 슬픔을 위로하기 위해서라도 가신 분의 업적을 기리고 계승하는 노력을 계속할 것입니다.

오펜하이머의 추도사가 끝났다. 추도사는 길게 이어졌다. 가톨릭 추기경의 추도사, 목사의 추도사가 계속되었다. 이윽고 추도사가 끝나고 사회자 안내에 의하여 헌화 순서가 계속되었다. 휘소도 마지막으로 헌화했다.

장례식이 끝나갈 무렵 하늘에서는 빗방울이 떨어졌다.

버스정류장에 나와 뉴욕타임스와 워싱턴포스트 신문을 사들고 버스에 올랐다. 시간은 3시를 가리키고 있었다. 사람마다 가슴에 조화를 달고 있었고, 집집이 조기를 달아 추모하고 있었다.

신문은 첫 면부터 온통 아인슈타인 기사로 넘쳐났다. 아인슈타인을 아는 것은 곧 현대과학을 이해하는 것이기도 하다고 기사에서는 말하고 있었다.

다음은 1949년 아인슈타인이 손수 쓴 자서전(Philosopher scientist)의 내용과 그 뒤의 생활을 각색한 것이다.

아인슈타인은 독일의 울름에서 별로 성공하지 못한 상인의 아들로 태어나 1살 때 뮌헨으로 갔으며 주택을 얻어, 삼촌 야콥(Jakob Einstein)과 같이 사업을 시작하기도 했다. 그즈음 아인슈타인이 어머니의 영향으로 고전음악에 취미를 가졌으며, 6살 때부터 바이올린 교습을 받았던 그는 운동이나 장난을 싫어하였고, 늘 환상에 잠겨 있었으며, 말도 제대로 못 하는 편이었다. 그의 부모는 그가 3살이 되도록 말을 못해 비정상이 아닌가 우려했으며 그의 유모는 그에게 심심한 도련님(Peter dangwell)이라고 별명을 붙여 주었다.

5살 되던 해 아버지가 아인슈타인에게 자침을 보여주었다. 이 자침이 일정한 방향으로만 움직인다는 사실은 무의식적 개념들의 세계에 속한 일상적 사물들의 성격과는 일치하지 않는 것이었다. 자침이 일정한 방향으로만 움직인다는 사실은 어떤 마력의 실체를 실증하는 분명한 사실로서 받아들여졌다. 사람들은 왜 물건이 쓰러지지 않는 것을 놀라워하지 않는가? 바람이나 달을 보고도 놀라지 않는가? 달이 떨어지지 않는 것을 보고도 놀라지 않는가?

아인슈타인은 가톨릭 소학교에서 유일한 유대인 학생이었지만, 가톨릭교육을 즐겼다. 그의 가족들도 유대교 의식에 얽매이지 않았고 고대로부터 전해 온 안식일의 풍습을 나름대로 지켜왔다. 그는 그 시절 대수학에 관한 책 몇 권을 탐독했을 뿐이다. 뮌헨의 중등교육기관인 김나지움에서 아인슈타인은 당시 유대인 학생의 관습대로 구약성서를 특수교육 받았지만, 성서의 많은 부분이 사실일 수 없다는 확신을 하게 되었다. 12살 전후로 삼촌이 대수학과 기하학을 개인적으로 가르쳤는데 특히 유클리드기하학의 피타고라스정리까지 증명할 수 있었다. 그는 초등학교 시절이나 김나지움 시절이나 학교 공부에는 취미가 없었다. 그는 이렇게 투덜댔다.

"초등학교 교사들은 부사관 같고, 김나지움 교사들은 하급장교와 같다."

15살 때 아버지 사업이 실패하자 이탈리아 밀라노 가까이 있는 파비아(Pavia)로 이사했지만, 아인슈타인은 학교문제로 뮌헨에 남았다. 그는 6개월간 홀로 학교에 다니다가 신경과민 증명서를 제출하고 김나지움을 떠났다. 그가 학교를 떠날 때 선생님들은 도리어 '네가 있으면 학생들이 나를 존경하는 마음이 없어진다'라고 하며 환영했다.

부모가 계신 밀라노에 도착한 아인슈타인은 아버지에게 간청하여 독일 국적을 버렸다. 아인슈타인은 스위스 시민이 되고 싶었으나 미성년자이기 때문에 15살 때부터 21살 때까지 국적이 없는 몸이 되었다. 그는 주로 도보여행을 하며 시간을 보냈지만, 수학 자습만큼은 계속했다. 16살 무렵 다시 아버지의 사업이 실패하자 무언가 해야만 한다고 생각했다.

아버지는 아인슈타인에게 전기공학을 배우게 하는 것이 앞으로 유망한 직업을 갖게 해줄 수 있으리라 믿고 취리히의 스위스연방공과대학에 입학시험을 치르게 했으나 떨어졌다. 그런데 시험지를 검토한 학장이 수학 재능을 인정하여 부속고등학교 과정을 마치게 하고, 수학 특기생으로 다음해 공과대학 입학을 허락했다. 1896년, 그의 나이 17살 때였다. 대학에 입학한 직후 수학과 과학에 취미를 붙였고, 주로 실험실에서 지냈는데 그때 이미 지금까지 교과서에서 배우는 물리과목에 근본적인 결함이 있다고 보았다.

“아인슈타인, 너는 왜 수업시간에 번번이 안 들어오니?”

친구가 이렇게 질문했을 때 아인슈타인은 이렇게 대답했다.

“글쎄, 들어갈게. 그런데 책도 교수도 거짓말을 하는 것 같아.”

“그게 무슨 말이니?”

“모르겠어. 하여간 믿음이 가질 않아. 세상이 너무 거짓투성이야.”

“무엇이 거짓말이니?”

“이 우산의 크기가 150cm라고 가정할 때, 이 우산의 크기는 항상 150cm라고 정의할 수 있을까?”

“그럼 자로 재보면 되지 않니?”

“멀리서 보면 50cm로 보이고, 또 다른 각도에서 보면 30cm도 되는 거 아닐까?”

“그것은 다른 면에서 본다는 전제가 들어갔을 때를 말하지 않니?”

“우주는 신이 주인공일까? 내가 주인공일까?”

“물론 우주는 신이 창조하셨으니까 신의 것이지.”

“그럼 나는 뭐지? 내가 없으면 우주도 없는 것 아닌가?”

“넌 뭐, 신에 대하여 함부로 도전하니? 너 미친놈이구나.”

“미쳤다고 해도 좋아. 성서에도 거짓말이 많던데.”

“뭐라고? 감히 신에 대해 도전하다니.”

“뭔가 잘못되어 있어…… 과학도 세계도…….”

아인슈타인의 대학생활은 어둡고 침울했다. 그는 회의하고 방황하며 학교생활을 주로 실험실에서 보냈다. 그의 회의는 뉴턴식 우주의 무대인 유클리드기하학의 3차원 공간이었다.

그것은 언제나 정지하여 있고 변화할 수 없는 절대적 공간이나 시간이었다. 뉴턴의 절대공간은 그 자체의 본성에 있어서 외부의 어떤 것과도 관계없이 언제나 같으며 정지상태를 계속한다. 또한 시간 개념도 물질적 세계와 과거로부터 현재를 거쳐 미래로 일정하게 흘러가는 절대적 개념이다. 뉴턴은 "절대적이고 진정한 수학적 시간은 저절로 그 자신의 본성에 의하여 외부의 어떤 것과도 관계없이 한결같이 흘러간다"라고 말한다. 이것이 뉴턴법칙이며, 신의 법칙이라고 200여 년 전부터 세계를 지배한 과학법칙이다.

아인슈타인은 대학생활 1년간 어떠한 과학문제도 생각하기 싫어졌다. 무엇인가 잘못되어 있지만 해답이 나오지 않았다. 학교 실험실에서 지내는 시간 이외는 독일 물리학자 키르히호프(Gustav Robert Kirchhoff), 헬름홀츠(Hermann Helmholtz) 등의 연구결과를 보거나 칸트의 〈선험적 종합판단〉 등에 관한 책을 읽었다.

그러나 그의 방황은 여기서 끝난 것이 아니다. 대학생활 동안 내내 아인슈타인의 머리를 지배한 것은 무언가 바탕부터 잘못되어 있다는 느낌이었다. 태초에 하나님이 거기 그러한 물질이 있으라고 해서 생긴 것이 우주며, 하나님이 움직일 수 없는 시간과 공간을 부여함으로써 있는 것이라면, 인간은 무엇인가? 하나님이 있으라고 해서 존재하는 것을 인간이 함부로 손댈 수 없다면 '내가 보고 느끼는 것'은 그 일부에 지나지 않을 것이다. 그러나 나는 내가 보고 느끼는 것만 존재하는 것을 인식하는 것이 아닐까? 그렇다 하더라도 나에게는 내가 보고 느끼는 세계가 더욱 중요한 인식의 과정이 아닐까? 사람이 불완전한데, 사람이 느끼는 절대시간이나 절대공간이 가능할까? 동양의 신비주의 사상이나 주역 등에서는 변하지 않는 것은 없다고 하지 않던가? 절대시간, 절대공간을 인정한다면 몇 천 년간의 동양사상은 다 부정되어야 하는가? 아인슈타인은 당시 라이프니츠방정식과 맥스웰방정식을 혼자 독학했다(당시까지 영국 말고는 맥스웰방정식을 교과과목에 넣지 않았다). 그리고 톨스토이와 도스토옙스키의 소설과 논어 등을 틈틈이 읽었다. 특히 톨스토이 소설과 논어 등은 평생 그의 서재 책장 맨 앞자리에 늘 놓여 있었다.

1901년 아인슈타인은 스위스 시민권을 받았다. 그즈음 아인슈타인의 꿈은 고등학교 물리교사가 되는 것이었다. 그는 한 실업학교에서 임시교사직을 얻기는 했으나 무슨 이유에선지 쫓겨났고 특허국에 원서를 내어 시보(試補)로 취직했다. 7년간 직장생활을 했고, 1905년 상대성원리를 발표할 때도 특허국 하급관리인 3급 기사직이었을 때였다.

1905년 독일 학술지 〈물리학보(Annalen der physik)〉에 '특수상대성이론'의 첫 번째 논문 〈움직이는 물체들의 전기역학에 관하여(Zer elektrody namik be wegter korper)〉가 발표되었다. 이 글은 다른 과학자의 논문이나 견해는 한 구절도 없었고 단순하고 알기 쉬운 문장으로 쓰였다. 여기서 아인슈타인은 빛의 속도는 좌표계 속도에 의하지 않고, 항상 일정한 값을 취한다는 사실을 바탕으로 하여 서로 등속직선운동을 하는 관측자에 대하여, 모든 물리법칙은 같은 형식을 취한다는 이론을 주장한다. 이것을 이른바 4차원 기하학이라 한다. 이것이 뉴턴의 시간과 공간의 절대법칙을 부정한 첫 번째 논문이다. 당시, 아인슈타인은 실험을 위해 시계를 사고 싶었지만, 정작 현실적으로는 방에 시계 하나 마련한다는 것부터가 꿈이었을 뿐이라고 할 만큼 어려웠다. 또한 그는 '신은 오묘하다. 그러나 심술궂지 않다'라는 유명한 말을 했었다.

뒷날 위대한 수학자 힐버트(D. Hilbert)는 그를 이렇게 평했다. "거리를 지나가는 어떠한 젊은이를 붙들고 물어보아도 4차원 기하학에 대하여 아인슈타인보다 더 잘 이해하고 있었다. 그럼에도 아인슈타인이 만들었지, 다른 사람이 만든 것은 아니다. 그렇다면 어째서 아인슈타인이 공간과 시간에 대하여 우리 세대에 가장 독창적이며, 심오한 진리를 말할 수 있었는가? 그것은 그가 시간과 공간에 관한 모든 철학과 수학에 대하여 전혀 배운 바가 없었기 때문에 가능했다."

그 글을 읽은 아인슈타인은 이렇게 말했다. "지식보다 더 중요한 것은 상상력이지. 지식은 단순히 아는 것이고, 상상력은 독창적이니까." 같은 해 가을에 특수상대성이론에 속한 논문인 자기적 복사(磁氣的 輻射), 브라운운동 등을 발표하였다. 브라운운동이란 액체 속에 떠 있는 아주 작은 입자들이 쉬지 않고 움직이며 변한다는 논리이다. 브라운운동은 물론 브라운(R. Brown)이 1827년에 한 실험에서 유래하였다. 꽃가루를 물에 넣고 현미경으로 보니, 그것들이 운동하고 있음을 발견했다. 그 후 콜타르, 망간, 니켈, 흑연, 비소 등의 가루도 같은 운동을 하고 있음을 발견했다. 그리고 식물세포에 핵이 있음을 발견했다.

이 발견은 그때까지 뉴턴의 광학만을 굳게 믿던 학자들에게는 충격이었다. 뉴턴의 광학에서는 "태초에 하나님이 물질을 견고하고 무겁고 뚫리지 않을 만큼 단단하며, 잘 움직이는 입자들도 만들었다는 것은 타당하게 여겨진다. 이 입자들은 하나님이 이들을 이룬 목적에 잘 들어맞는 크기, 모양, 기타 성질들과 공간 배치를 하게 되었다. 그리고 이러한 원초적 입자들은 고체로 되어 있어서 닳아 없어지거나 조각으로 부서질 수도 없다. 보통 힘으로는 하나님 자신이 첫 번째 창조과정에서 하나로 만들어 놓고 이것들을 도저히 분할시킬 수 없다"라는 것이 신념이었다.

아인슈타인은 대학시절 똑같은 실험을 실험실에서 했는데, 그때까지 브라운이 이런 실험을 했다는 것을 알지 못했다고 전한다. 1905년 아인슈타인은 브라운입자가 움직여 간 거리는 그동안에 지난 시간의 제곱근에 따라 증가하며, 충분히 긴 시간이 지나면 이 입자는 분자들의 충격에 의하여 출발점으로부터 임의의 먼 위치까지 간다는 것을 계산해냈다. 1908년 페랭(J. B. Perrin)이 아인슈타인의 공식을 실험하여 확인되었다. 아인슈타인에게 영향을 준 것은 마하(E. Mach)이다. 아인슈타인은 대학 2학년 때인 1897년 마하의 《역학(Science of mechanics)》이란 책을 보았다. 이것은 충격이었다.

아인슈타인은 이 책을 읽고, 뉴턴의 절대공간 개념이 '해충'이며, 이 책이 회의(懷疑)와 독립정신으로 가득 차 있다고 말하면서, "여기에 나타난 대로라면 뉴턴의 사실만을 내세우는 의도가 어긋나게 행동하고 있음이 드러난다. 아무도 절대공간과 절대운동에 관한 것들에 대하여 뭐라고 단언할 수 없다. 역학의 모든 원리는 물체들의 상대적 위치와 운동에 관한 경험적 지식이다"라고 말하고 있다. 그리고 1907년 질량과 에너지의 등가를 나타내는 공식 $E=mc^2$을 발표하였다. 이것이 현대물리학이나 현대철학, 현대문학에까지 준 파문은 거의 혁명적이었다.

1911년 체코슬로바키아의 프라하대학에서 처음 강의를 시작했는데 프랑스의 퀴리부인 등의 소개에 의해서였다. 같은 해, 영국의 옥스퍼드대학에서 빛이 태양의 중력장에 의하여 휘어진다는 1905년 발표한 아인슈타인의 이론이 사실로 증명되자, 세상 사람들은 열광하기 시작했다. 그것이 무슨 말인지 모르는 사람들도 '아인슈타인, 아인슈타인……. 상대성이론, 상대성이론……' 하며 그를 우상화시켰다. 실제 영화 제목까지 〈상대성 관계〉, 〈상대성 사랑〉, 〈상대성 연구〉, 〈상대성 세계〉란 제목이 유행했으며, 아인슈타인이 지방의 조그만 호텔에 들렀을 때, 안내양이 아인슈타인 얼굴을 보는 순간 까무러치고만 사건까지 생겼다. 신문과 방송은 연일 아인슈타인의 업적과 그의 일거수일투족을 대서특필하고 있었다. 직장도 독일의 베를린대학으로 옮겼다.

1915년 〈일반상대성이론〉을 발표, 훗날 20세기 가장 잘 정돈된 논문이란 평가를 받았다. 1921년 노벨물리학상 수상, 1927년 보어, 하이젠베르크 등과 양자역학을 논쟁, 1932년 히틀러가 등장하자 미국으로 망명, 프린스턴고등연구소 회원 겸 교수가 되었다. 1939년 원자폭탄 제조와 관련된 편지를 그즈음 루스벨트 대통령에게 보냈다.

각하

페르미와 질라드가 최근에 연구하는 내용의 논문 초안을 읽어보고서 저는 우라늄 원소가 앞으로 곧 새롭고 중요한 에너지원으로 등장하게 될 것이라는 기대를 하게 되었습니다. 어느 면에서 본다면 이 상황이야말로 면밀한 주의를 요하며 필요에 따라서는 행정부의 시급한 조처가 요구된다고 하겠습니다. 그래서 저로서는 다음과 같은 사실과 건의에 대하여 각하의 관심을 촉구하는 것이 저의 의무라고 생각합니다.

지난 넉 달 동안에 있은 연구들—미국의 페르미와 질라드뿐 아니라 프랑스의 졸리오 퀴리 부부의 연구들—을 통하여 다량의 우라늄에 원자핵 연쇄반응을 일으키게 하는 것이 가능해진 것으로 보이는데 이 반응에 의해서 막대한 양의 출력과 많은 새로운 라듐 형태의 원소들이 생기는 것입니다. 현재로서 거의 확실한 것은 이러한 것이 지금 곧 이루어질 수 있게 되었다는 것입니다.

이러한 새로운 현상에 의하여 폭탄이 만들어질 것이고 아마도—이것은 그다지 확실하지 않지만—이렇게 제조된 폭탄은 새로운 형태의 대단히 강력한 폭탄이 되지 않을까 생각됩니다. 이러한 형태의 폭탄이 선박으로 운반되어 항구 내에서 폭파시킨다면, 폭탄 한 개만으로도 모든 항구와 인근 영역을 파괴해 버릴 수 있을 것입니다. 그러나 이러한 폭탄들은 너무 무거워서 항공기로 운반하기는 어려울 것 같습니다.

미국 내에는 질이 매우 좋지 않은 우라늄 광석이 약간 있을 뿐입니다. 캐나다와 체코슬로바키아에 품질 좋은 광석이 다소 있지만 우라늄의 가장 중요한 광산은 벨기에령 콩고에 있습니다.

이러한 상황에 비추어 볼 때 미국 내에서 연쇄반응을 연구하는 물리학자들과 행정부 간에 영구적인 접촉을 유지하도록 하는 것이 요망된다고 하겠습니다. 이러한 것을 가능하게 하는 한 가지 방법은 대통령의 신임을 받을 만한 인사로서 비공식적 직능을 가지고 일할 만한 분을 임명하여 이러한 임무를 맡기는 것입니다. 그가 맡아야 할 직책은 다음과 같습니다.

1) 정부 각 부처에 가까이해서 상황 진행을 그들에게 통보하고 필요한 정부 조처를 건의하여 미국에 우라늄광의 공급을 확보하는 문제에 대하여 특별한 주의를 환기시키는 일.

2) 필요에 따라서는 이러한 목적을 위하여 재정적 후원을 하려는 개인들을 만나 자금을 마련하며 또한 필요한 시설을 갖춘 산업계 연구소들의 협조를 얻어 현재 대학 실험실의 예산 범위 내에서 진행되고 있는 실험적 연구를 촉진하는 일. 제가 알고 있기로는 독일은 그들이 점령한 체코슬로바키아 광산에서 우라늄 판매를 실제로 정지시키고 있습니다. 독일이 이러한 조치를 그렇게 일찍 취한 사실은 아마도 독일 외무차관의 아들인 폰 바이츠재커가 베를린의 카이저 빌헬름연구소에 속해 있다는 점에서 이해되어야 할 것 같습니다. 우라늄에 관해 미국이 행한 연구들이 현재 이 연구소에서 반복되고 있습니다.

1939. 8. 2.
A. 아인슈타인 올림

그러나 아인슈타인은 원자폭탄을 만드는 데 관계하지는 않았다. 원자폭탄을 만드는 일은 이론물리학자이며, 시와 소설도 쓰는 오펜하이머에 의하여 만들어졌다. 원자폭탄은 미국의 뉴멕시코주의 로스앨러모스(Los Alamos)에서 만들었기 때문에 로스앨러모스 계획단이라고 말했다.

원자폭탄이 일본의 히로시마에 투하되었을 때, 아인슈타인은 한마디로 "오, 비통한 일이야(Oh, weh!)"라고 소리쳤다. 그 뒤 그는 철학자 버트런드 러셀 등과 함께 핵전쟁 방지선언을 발표하여 죽을 때까지 그 운동에 앞장섰다. 그는 마지막 죽는 순간까지 자연 연구의 마력에 도취되어 있었다. 그가 숨을 거두던 날 밤, 그의 병원 침대에는 통일장이론에 대하여 계산하다 둔 종이 몇 장이 놓여 있었다. 그는 다음날 아침에도 이 연구를 계속하리라 생각했던 것이다.

여기까지 읽어 가던 휘소는 문득 아인슈타인은 20세기 새로운 과학시대를 연 위대한 과학자이지만, 막상 꿈을 이룰 조국이 없었던 안타까운 인물이라는 생각이 들었다. 독일 시민에서 스위스 시민으로 또 독일 시민으로 그리고 미국 시민으로 옮겨 다닌 그에게 어느 국가라는 조국의 개념이 있지는 않았을 것이다. 더구나 독일이 원자탄을 만들 수 있으니 대비하라는 편지는 전쟁에서 반드시 승리하기 위해서는 조국인 독일에라도 원자탄을 써서 이겨야 한다는 생각이 숨어 있었을 것이다.

사람들은 독일에 그 당시에도 있었던 하이젠베르크라는 탁월한, 한때는 아인슈타인과 논쟁까지 벌였던 과학자에 대한 경계의 의미도 있다고 말하기도 한다. 불행히도 히틀러는 한 과학자의 힘이 어떤 것인가까지 생각하지는 못했다고 한다.

아인슈타인, 그의 위대성은 순수한 정열, 직감, 그리고 끊임없는 노력의 화신으로 가치가 있는 것이다.

절대의 노력, 놀라운 결실

"이론물리학에서 중요한 것은 이론적 과제의 설정이다. 이론적 과제란 실험적 사실과 경험적 사실에 입각한 통념, 또는 이미 얻어진 이론적 연구성과 등에 근거하여 현상의 일반적 법칙을 찾아낸 뒤 물질의 기본적 속성을 명백히 밝혀 체계를 세우는 일이다. 또한 이미 발견된 이론체계나 물질의 기본적 속성에 따라 현상을 이해하며, 현상에 관한 여러 법칙의 근거를 마련하고, 현상이나 여러 법칙의 인식을 심화시키는 일이다. 여기서 가장 중요한 것은 정밀성이다. 모든 정밀성은 수학에 나타난 여러 기법이다.

그러나 물리라는 과목이 수학은 아니다. 그래서 이론물리학에서는 모형을 설정하고 거기에 근거하여 고찰하는 경우가 생긴다. 모형이란 대상의 속성, 또는 운동과정을 인위적으로 구성한 역학계(力學系)이다. 이론적 과제와 그 해결이 이미 발견된 물질의 기본적 속성이나 기본적 법칙에 입각함으로써 때때로 미지의 입자 존재나 미지의 장(場)과 입자의 운동이 이론적으로 예견되고 예견된 이론이 실험에서 나타나는 경우가 많기 때문이다. 그런 면에서 이론물리학은 문학이나 철학과도 관계된다."

아프켄 교수의 이론물리학 강의는 처음 한동안은 별로 어렵지 않았다. 한국에 있을 때 자습하여 터득한 등식이 대부분이었기 때문이었다. 그러나 얼마가 지나자 계산능력을 요구하는 문제 등은 상당히 긴장해야 했다. 계산에 대한 문제에서 벗어나 응용편에 들어가서는 더욱 아득했다. 그래서 학생들이 농담을 했다.

"우리에게 열등감만 가르치십니까?"

그러자 아프켄 교수는 이렇게 답했다.

"너희가 조금씩 눈뜨고 있는 현상이다."

아프켄 교수의 강의는 계속되었다.

"현대물리학의 시발점은 뉴턴의 중요 개념들이 무너지면서 시작된다. 곧 뉴턴의 절대시간과 절대공간을 바탕으로 한 엄격한 인과법칙 등은 1905년 아인슈타인의 특수상대성이론과 자기적 복사에 대한 고찰론으로 산산이 부서졌다. 자기적 복사론은 뒤에 양자론 특성을 이룬다. 그래서 우리는 1905년을 현대과학 기적의 해라고도 한다. 그런데 아인슈타인이 논문을 발표했을 때의 반응은 대체로 냉담하거나 부정적이었다. 감히 누구도 뉴턴을 부정한다는 것은 상상하지 못했기 때문이었다. 아인슈타인의 논문은 빛을 잃어 갔다. 5년이 지난 어느 날 크라코브(Cracow) 대학의 비트코프스키(Witkowski)가 제자 로리아(Loria)에게 '새 코페르니쿠스가 탄생했어! 아인슈타인의 논문을 읽어 봐'라고 말했다.

그 뒤 로리아는 물리학회에 가서 아인슈타인의 글을 읽었느냐고 질문했지만, 아인슈타인의 이름마저 기억하는 사람이 없었다. 하급 특허국 말단직원이 쓴 논문을 읽을 만큼 한가하지 않았기 때문이다. 그래서 젊은 물리학도 막스 보른(Max

Born)에게 권유했다. 보른이 읽고서 자기도 이 분야를 공부하겠다고 결심해서 초기의 업적을 쌓는 데 공헌했다.

1902년 노벨물리학상을 받은 로렌츠(Lorentz)가 아인슈타인의 특수상대성이론을 읽은 것도 1910년 무렵이었다. 로렌츠는 1915년 《전자이론》을 발간하면서 아인슈타인의 논문을 인용한다. 로렌츠는 아인슈타인이 높은 평가를 받을 것이라고 예언했다. 그러나 로렌츠는 이미 당시 62세였고, 고전물리학을 내던지기에는 자신의 학문을 부정하는 결과를 불러오는 것이어서, 지극히 소극적인 찬양을 보냈을 뿐이다. 30여 년 간 차이가 있었음에도 아인슈타인과 로렌츠는 우정을 나누었다.

1919년 가을, 영국 옥스퍼드대학의 일식관측 파견단이 태양 근처를 지나는 빛이 실제로 휘어지며 그 정도가 아인슈타인의 계산과 맞아떨어진다는 사실을 발견하고 모두 몹시 놀라며 감탄했다.

아인슈타인이 노벨물리학상을 받은 것은 1921년이다. 정상적인 표준으로 본다면 1905년에 쓴 논문 하나만이라도 그는 노벨물리학상을 받아야 했다. 또한 1915년에 쓴 〈일반상대성이론〉으로도 그에게 마땅히 노벨물리학상을 주어야 했다. 그런데 아인슈타인에게 노벨물리학상을 준 것은 아인슈타인의 최고 업적인 상대성이론이나 브라운운동에 대한 업적 때문에 수여된 것이 아니고 그 당시까지도 혼돈 상태에 있던 광전효과에 관한 업적 때문이었다. 이 상은 1921년 받았어야 했음에도 1922년 11월 20일까지도 공표하지 않았고, 1923년 4월 베를린에 있는 스웨덴대사가 메달과 상장을 전해 주었다. 노벨물리학상 수상 이유도 석연치 않았다. 스웨덴 왕립아카데미는

1922년 11월 9일에 개최된 회의에서 '1895년 11월 27일 알프레드 노벨의 유언과 유서에 따라 물리학 분야에서 가장 중요한 발견이나 발명을 이룩한 사람에게 시상하는 1921년도의 상을 이론물리학 가운데 가장 큰 공헌을 한 알베르트 아인슈타인에게 주기로 했다. 특히 광전효과에 대한 법칙을 그가 발견한 공적으로 보았으며, 상대성이론이나 중력이론(결과적으로 확인된 이후에)이 인정받게 될지는 모르나 그 가치와는 무관하게 수상을 결정했다'라고 말했다. 이것은 무엇인가? 상대성이론이 아직 정착되지 않았다는 것이다. 광전효과는 1905년의 첫 번째 특수상대성이론 가운데 소주제인 하나의 절 가운데 나오는 '빛의 발생과 변화에 대한 하나의 모색적 관점에 대하여'에 지나지 않는다. 또한 상대성이론과 광전효과는 별로 관계있는 것도 아니다. 그러니까 당시 신문이나 방송에 연일 아인슈타인의 이름이 오르내리자, 스웨덴 왕립아카데미에서는 노벨물리학상을 주기는 줘야겠는데, 무엇을 줘야 할지 고민한 것이다.

1909년 아인슈타인이 하급 특허국 직원에서 떠나 취리히대학의 특별교수(professor extraordinary)가 되었는데 이름처럼 널리 알려진 것이 아니라 학력이나 경력을 인정할 수 없지만, 논문이나 공헌도가 있는 사람에게 주는 정교수 1/3 수준의 봉급을 주는 자리였다. 1911년부터 프라하에서 3여 년 있었지만 생활은 계속 어려웠다. 1914년 당시 막스 플랑크라는 독일의 대표적 물리학자의 추천으로 베를린대학 교수가 되었다. 다시 국적도 독일로 옮겼다. 그리고 1932년 독일을 떠날 때까지 그 대학에 있었다. 미국에서의 아인슈타인의 행적은 매우 잘 알려졌다.”

아프켄 교수는 여기까지 말하고 뒤를 이었다.

“아인슈타인의 상대성원리는 분명히 과학계의 기적이다. 공간은 3차원이 아니며 시간은 별개의 실체가 아니다. 둘은 밀접하게 관련되어 4차원의 시공 연속체를 이룬다. 그러므로 시간에 관한 언급 없이 공간에 대해서 말할 수 없으며, 또한 그 반대도 마찬가지다. 물론 거기에는 뉴턴식 시간의 전일적(全一的) 흐름은 존재하지 않는다. 그런데 더욱 중요한 것은 상대성이론이 아인슈타인에서 완성된 것이 아니라는 점이다. 다만 시작했을 뿐이다. 드브로이의 물질의 개념, 하이젠베르크의 행렬역학(行列力學), 양자역학 또는 원자핵이 양성자와 중성자로 구성되었다는 이론, 유카와 히데키의 중간자이론, 오펜하이머의 블랙홀 예언, 페르미의 중성자에 의한 핵분열 연쇄반응 등이 상대성이론에서 나왔거나 적어도 관련된 이론이다. 그러니까 상대성이론은 앞으로 발전할 수 있고, 또 큰 바다에 던져진 그물과 같은 것이다. 그런데 더욱 중요한 것은 이런 이론이 나온 문화사적 배경이다.”

아프켄 교수의 강의가 계속되었다.

“물리란 본디 그리스어에서 유래한 단어로 ‘사물의 본질’이란 뜻이었다. 그리스 시대에 사물의 본질은 상대적 조건에 의해서만 존재한다고 믿었다. 16세기 코페르니쿠스가 지동설을 주장한 것은 행성 공전운동의 상대성을 기초로 한 것이다. 갈릴레이도 천체운동의 상대성원리를 예로 든다. 갈릴레이가 지구는 태양의 주위를 돌고 있다고 선언했을 때, 그것은 당시로서는 받아들일 수 없는 학설이어서 결국 신학적 섭리에 반역

했다는 이유로 종교재판에 회부되었는데, 그 발언을 취소하라는 압력을 가한 사람 가운데 데카르트도 끼어 있었다. 근대철학의 창시자 데카르트의 철학은 물론 마음과 물질이란 두 개의 개념에서 시작된다. '나는 생각한다. 그러므로 존재한다'란 말은 존재와 사유의 이분법적 논리에서 성립한다. 곧 사유와 존재는 상대적 관계이다. 데카르트는 우주와 그 안에 있는 만물은 자동장치라는 결론에 이른다. 우주를 상대적으로 얽힌 거대한 기계로 본 것이다. 다음 여러분이 잘 아는 뉴턴의 중력법칙이 나온다. 뉴턴의 중력법칙은 그의 다른 업적과 함께 고전과학의 기적을 낳게 된다. 사과가 땅에 떨어지는 힘은 어떤 천체궤도에 의하여 가능한 것인가? 달을 지구궤도에 묶어두게 하고, 지구를 비롯한 여러 행성이 태양 주위를 도는 법칙을 계산한 뉴턴은 놀랍게도 천문학자들의 관찰과 일치함을 발견하고 천체역학을 확립한다. 이것이 유명한 〈자연철학의 수학적 원리〉이다. 오늘날 달 탐험 우주선은 지구상의 발사지점과 달 위의 착륙지점과의 상대적 위치가 최단거리였을 때 발사한다. 지금은 컴퓨터로 계산하지만 그런 과학적 사실이 전혀 없을 때 뉴턴은 이미 그 계산을 했으며 지금도 뉴턴식 계산법을 쓰고 있다.

그러나 이러한 원리는 반드시 서양의 과학사나 문화사 속에서만 나온 것은 아니다. 오펜하이머의 논리에 의하면 '원자물리학이나 상대성이론의 여러 가지 발견은 본질적으로 생소한 것이거나 전대미문의 것이거나 새로운 것이 아니다. 그것은 세계문화사 속에서도 하나의 맥락을 가지고 있다. 힌두교와 불교 사상 가운데서도 중요한 중심적 위치를 차지했던 것이다. 앞으로 우리가 추구해야 할 것도 옛 지혜의 예증이며, 그것은 한층 더 알고 더듬는 일이다'라고 말했으며 보어는 원자이론을 알기 위해서는 '부처나 노자, 공자와 같은 사상가들이 부딪혔던 인식론 문제로 돌아가야 한다'라고 말하고 하이젠베르크는 '인류 사상사에서 두 해의 다른 사상의 조류가 만나는 그러한 지점에서 가장 풍요한 발전이 이루어진다는 것은 전적으로 타당한 것이다. 두 사상의 진정한 상호작용으로 만날 수 있으면 우리는 그곳에서 새롭고도 흥미진진한 발전이 전개될 것이다'라고 말했다. 여러분은 아직 덜 연구된 동양사상을 중심으로 상대성이론이나 원자론의 근원을 연구해서 2주 뒤에 리포트를 작성해 오라. 매수에는 제한이 없다."

아프켄 교수의 강의는 전부가 학생들에게 문제만 제시해주고 스스로 해답을 구하게 하는 강의이다. 그러니까 문제의 핵심을 학생들 하나하나에게 해결시키는 강의 방식이다. 이것이 동양에서 유학 온 학생에 의하여 공자식 교육이라고 이름 지어졌다. 공자가 많은 제자의 개성이나 특성까지 짚어 가며, 개개인의 특성을 최대한 살려준 강의를 한 것과 비슷하다는 뜻이다.

동양의 《주역》은 독일 라이프니츠를 탄생시킨다. 라이프니츠는 이원산술로써 주역 64괘의 신비를 밝혔다. 이것이 유명한 라이프니츠방정식이다. 이 계산법이 현재 쓰는 계산기나 컴퓨터의 원리가 된 것이다. 이원산술의 기본은 음양 조화에서 만물의 이치를 보는 것이다. 이것이 도(道)의 기본이다. 앞과 뒤, 처음과 끝, 동(動)과 정(靜), 어둠과 밝음, 하늘과 땅, 위와 아래, 나아감과 물러감, 가는 것과 오는 것, 여는 것과 닫는 것, 찬 것과 빈 것, 생성과 소멸, 존귀함과 비천함, 겉과 안, 드러난 것과 감추어진 것, 마주한 것과 등 돌린 것, 따르는 것과 거슬리는 것, 살아 있는 것과 죽은 것, 얻은 것과 잃은 것, 나아가 일하는 것과 물러나 숨는 것이 여기에 속한다. 홀수와 짝수, 남과 여, 굳셈과 부드러움 등이 서로 화합하고 변화하여 생명을 만들고 우주를 이룬다. 높은 것과 낮은 것, 큰 것과 작은 것, 선한 것과 악한 것, 복된 것과 재앙적인 것, 지배자와 피지배자, 사랑하는 것과 미워하는 것, 기뻐하는 것과 슬퍼하는 것 등이 서로 변화하고 유전하며 삼라만상을 이룩한다. 여기서는 절대적 개념이 있을 수가 없다.

기원전 1500년 이전에 이루어진 힌두교에서는 베다에 정신적 원천을 두고 있다. 베다에도 여러 종류가 있지만, 그러나 힌두교 신자들은 베다를 완성된 경전으로 보지 않는다. 계속 쓰이고 있는 경전이다. 우주의 중심생명인 범(梵)과 개인생명의 중심인 아(我)는 궁극적으로 하나이다. 여기서 나온 철학개념이 유명한 범아일여(梵我一如)이다. 곧 내가 있으므로 세계는 존재할 수 있다고 본 것이다. 만상(萬相)은 상대적이고 유동하고 영원히 변화하는 마야(maye : 摩耶, 창조적 힘)이다. 이 역동적인 힘을 카르마(Karma)라 한다. 카르마는 창조의 힘이며 거기서 만물이 생겨난다. 여기에도 절대란 말은 없다. 불교에서도 존재하는 것(色)과 존재하지 않는 것(空)은 고정되어 있지 않고 끊임없이 윤회하며 변화된다. 우주는 생각하고 보는 것만큼만 존재한다고 말할 만큼 주관적이며 상대적이다.

상대성이론의 바탕은 어떤 사건이 어느 관찰자에게는 동시에 일어난다고 보이더라도 다른 관찰자에게는 별개의 사건으로 보일 수도 있다는 데 있다. 관찰자에 따라서 시간이나 공간의 개념도 달라진다. 그러므로 어떠한 측정에서도 절대적 의미가 있을 수는 없다. 또한 어떤 정지되어 있는 물체 안에서도 에너지가 담겨 있으며, 변화한다. 이것이 $E=mc^2$ 법칙의 근본이다.

휘소는 이러한 관점에서 과제물을 작성했다. 아프켄 교수는 휘소의 글을 보고 만족해했다. 우선 문장력에서부터 정연한 논리에 이르기까지 비록 창의성은 좀 부족해도 핵심을 파악하는 능력에 감탄했다. 그즈음 어머니에게 보낸 편지를 공개한다.

어머님께

……중략……

요사이는 물리에 다시 힘을 쓰기 시작하여 그동안 동심(童心)이 되어 버린 저의 심경에 다시 짐이 가기 시작하는 모양으로 한국에서처럼 항상 무엇을 찌푸리고 생각하게 됩니다.

대개는 $Srdir\bar{A}dr=S_S\bar{A}\cdot d\bar{a}$와 같은, 소인(素人)은 모르는 식의 회상(한국에서 자습하여 아는 것)을 합니다. 물리학과는 이곳에도 상아탑적 존재이고 제가 이번 수강하는 세 과목은 주로 4학년 8~9명이 들어 가정적 분위기입니다.

이론물리학 교수는 저처럼 대학 2학년에서 전과한 사람으로 강의의 재미로운 점, 인격 모두가 만점입니다. 첫 시간에 자기 이름을 아프켄 박사 대신에 아프켄 씨라고 적고 말하기를 '다른 많은 과에서는 박사학위가 무엇이나 되는 것처럼 취급되며, 나 자신도 예일(Yale)에서 하나 얻기는 했으나, 이와 같은 것은 물리학과의 경우가 아니다'라고 하십니다.

처음 3주간(앞으로 2주간)은 물리이론에 필요한 수학의 유도가 주인데, 제가 한국에서 혼자 공부한 것이 지금 쓰이게 되고 교수들도 저의 배경(미국 사람들은 과거의 연구, 교육에 대하여만 이 말을 씁니다. background…… 한국적 빽과는 다릅니다)에 기대 이상의 만족감을 표하여 저 역시 절대 실수가 없도록 하여야겠습니다.

교양과목인 유럽문학은 편지 쓴 다음에 약 10쪽만 읽으면 구약(舊約)은 그만입니다. 시편(詩篇) 등 또 한 권을 읽어야 되고 그 다음에는 희랍희곡도 보아야 합니다. 추상적인 문학이론이 아니고 고전을 즐기며 읽고 난 뒤 독후감을 써서 서로 반에서 이야기하는 것이 이 강의 목적입니다.

1955. 5. 15.
Love 휘소

며칠 뒤에 보낸 편지를 또 인용한다.

Dear mom

월요일에 글월 받아 보았습니다. 감기로 고생은 많이 하시지 않았는지요. 무엇보다 몸조심하십시오. 철웅이가 성묘하고 왔다니 기특하옵니다. 무언이, 철웅이 모두 편지들 좀 하라고 하십시오. 철웅이가 올봄의 실패 이래로 저에게 편지 안 하는데 이제는 고만 잊어버릴 때라고 생각합니다. 걱정하지 말고 재미있는 글이나 써 보내라고 하십시오.

지금이 1/4기 시험기간입니다. 특별한 지정이 없고 교수가 날짜를 잡아 시험을 칩니다. 영어는 평론이 주인 줄 알고 그렇게 준비하였더니 구약에 나오는 인물, 지명이 20개가 나와서 아주 잡쳤습니다.

물리학은 이해는 다 쉬우나(여태까지 다 한국에서 자습한 것이나), 응용과 단시간에 계산하는 능력을 요구하는 것이라 좀 벅찹니다.

저만이 아니고 전자과학, 이론물리의 급우는 거의 다가 우등생인데도 쩔쩔맵니다. 이론물리학 시간에 한 학생이 '이 과목을 배우니까 자꾸만 열등감만 늘어 탈입니다' 하고 농을 하니, 교수가 '너도 이제 제대로 알았구나!' 하고 응답을 합니다. 아무튼 겸손한 태도로 열심히 공부하여야 하는 좋은 분위기입니다.

며칠 뒤에 경제학 시험, 내주에는 이론물리 시험과 전자론 실험보고가 있고 해서 잠은 12시간씩 자던 걸 7시간으로 줄였습니다.

1955. 5. 20.

With much, much love

your son.

1956년 새 학기가 시작되었다. 지난 겨울방학에도 2개의 과목, 통계역학(統計力學)과 열역학(熱力學)을 들었다. 유학 온 지 1년이 지나고 있었다. 실로 벅차고 미친 듯이 책에 매달린 기간이었다. 어머니와 가족의 고생도 그만큼 컸을 것이다. 당시의 심정을 옮겨 본다.

　어머님 전 상서

　전번 편지 받으셨을 것으로 믿습니다. 시험은 약속 드린 바
와 같이 잘 치렀습니다. 2과목 전부 'A'가 나 왔습니다. 정식
통지가 나오는 대로 보내겠습니다. 내달 초에 있는 예비시험
이 또 한 달 동안을 바쁘게 할 것입니다. 선생들도 좋아하며,
새 학기 수강신청허가를 맡으러 갔더니, '너는 무엇을 택하여
도 좋다'고 합니다.

　2월 1일이 음력 정초였다지요? 떡국은 잘해 잡수셨는지요?
어머님의 연세도 철웅이가 가르쳐 주지 않았으면 잊어버릴 뻔
했습니다. 영자도 당당한 숙녀의 나이일 겁니다. 저는 새파란
학자고요. 풍파 많은 일 년이었을 줄 압니다. 영자는 그래 대
학입시 아주 포기하였나요? 철웅이는? 무언이도 많이 진보했
을 줄 믿습니다. 일전 일본 아저씨한테서 연하장이 왔습니다.
(제가 먼저 보냈었습니다.)

　편지에 장갑, 머플러 등을 저에게 부치셨더군요. 선편(船
便)이라 좀 늦은 것 같습니다.

　신학기 등록이 곧 시작됩니다.

　곧 또 편지하지요. 편지 자주 하십시오.

　　　　　　　　　　　　　　　　　　1956. 2. 5.
　　　　　　　　　　　　　　　　　　휘소 올림

　새 학기에는 양자역학, 전자회로, 수리물리학, 현대대수학

등과 편미분방정식론과 적분방정식론을 신청하였다. 편미분방정식론과 적분방정식론은 전원 대학생들만 듣는 것이고, 또 듣지 않아도 충분히 학점이 나오겠지만, 스노퍼(Snopper) 교수의 권유로 강의신청을 한 것이다. B학점 이하가 없는 이상 6월 졸업은 확정적이었다. 유학 온 일반 학생들은 6개월 정도 어학을 공부하고 정상적으로 다닌다 해도 2년 6개월 정도 걸리는 것이지만, 휘소의 경우 1년을 앞당길 수 있었다.

스노퍼 교수는 네덜란드 출생으로 프린스턴대학에서 박사학위를 받은 세계적으로 명성이 높은 교수인데, 이번 학기에는 현대대수학만 강의를 맡게 되었다. 스노퍼 교수는 마이애미대학의 특별재단에서 강의와는 관계없이 연봉을 받는 몇 안 되는 교수이다. 이른바 연구 중심의 교수로서 특별한 경우에만 강의를 맡는 사람인데, 이번 학기에 주당 1시간(100분)만 강의를 맡은 것이다. 스노퍼 교수의 명성 때문이기도 하지만 처음 이 과목을 신청한 학생은 25명이나 되었다. 물리학과에서 6명, 수학과에서 10명, 화학과에서 4명, 대학원생 5명 등이었다.

"현대대수학은 수학, 물리, 화학 등에 두루 쓰이는 최상의 공식이다. 현대대수를 이해하는 사람만이 첨단과학에 대한 이해도 가능하다. 따라서 중간에 포기하지 말기를 바란다."

스노퍼 교수가 첫 강의시간에 한 말이다. 강의가 시작되면서 지금까지 배워 온 수학과는 딴 세계를 보는 느낌이다. 어떤 문제는 몇 시간만에 해답이 나오기는커녕 보름이나 한 달 이상을 매달려 계산해야 해답이 가능한 경우까지 있었다. 스노퍼 교수는 문제의 방향을 제시하고 학생들에게 풀어 오게 하였지만 제날짜에 풀어오는 학생은 없었다. 결국 한 사람 한 사람씩 포기하는 학생이 생겼다. 얼마 후에는 대학원에 다니는 학생들마저 포기하여 휘소 혼자 남게 되었다. 휘소 혼자만 앉혀 놓고도 스노퍼 교수는 수십 명 학생이 앉아 있는 것처럼 열심히 강의했다.

"결국 자네도 포기할 걸세."

"글쎄요."

"내 강의를 끝까지 들은 학생은 이 대학에서는 아직 없었거든……."

"다른 데는 있었나요?"

"캘리포니아대학에 있을 때 한 명 살람(A. Salam)이라고…… 그 학생은 당시 대학원생이었지만……."

"네, 힘들기는 합니다."

수업은 계속되었다. 수업이라기보다 스노퍼 교수와 휘소와의 치열한 싸움이었다. 강의가 끝나면 숙제를 내었다. 휘소는 밤을 하얗게 밝히면서 꼬박 숙제를 해 갔다. 어느 것은 일주일 내내 거의 밤샘을 하며 문제를 풀기도 했다. 거기다가 식당일까지 겹쳐 건강마저 좋지 않았다. 64kg까지 나가던 몸이 54kg까지 줄었고 얼굴에는 눈만 살아 있는 것 같았다. 한 번은 금요일 강의가 끝나고 중국식당에서 일을 마치고 기숙사에 돌아오다가 입구에서 넘어졌다. 다리는 다리대로 놀고 몸이 붕붕 뜨고 있는 느낌이었다. 기숙사 직원이 나왔고, 같은 방을 쓰고 있는 다나카가 "휘소야, 휘소야" 울며 대학 구내응급실로 실어갔다. 다행히 다른 데는 이상이 없고 과로와 휴식 부족으로 판명이 났다. 그 가운데서도 그의 손에는 풀리지 않은 문제가 들려 있었다. 그때마다 어머니 얼굴을 떠올렸다. 그리고 먹을 끼니도 없어 길거리를 헤매는 고국의 국민들 모습도 떠올랐다. '그래도 나는 행복한 사람이다. 선택받은 사람이다. 유학을 오고, 좋은 시설에서 공부할 수 있고, 훌륭한 교수를 만났고, 그런데 여기서 좌절할 수는 없다. 차라리 공부하다가 죽는다면 어머니나 동생, 그리고 조국에 떳떳하겠지만……' 피를 말리는 작업이 계속되었다.

학기가 끝나면서 스노퍼 교수가 휘소의 손을 잡고 감격해 했다.

"이 학교에서 끝까지 내 강의를 들어준 학생은 자네가 처음일세."

"감사합니다. 저도 이제야 공부하는 방법을 좀 안 것 같습니다."

"내가 감사해야지. 자네는 한국에서 왔다지?"

"네."

"놀라운 일이야. 다른 과목도 지금까지 다 A학점을 받았더군. 아인슈타인이나 페르미나 오펜하이머 등을 이을 수재야. 칭찬이 아닐세……. 미국은 참 행운의 나라야. 자네 같은 사람이 미국에 있으니…… 그러나 자만하지 말고 계속해야지."

"네, 명심하겠습니다."

"실은 나도 자네한테 강의하기 위해 몇 번이나 밤샘을 했는지 몰라. 그 사이 많은 공부도 했고……."

"감사합니다."

스노퍼 교수는 무언가 더 할 말이 있는 표정이다가 말을 멎었다.

당시의 생활을 알린 편지를 소개한다.

어머님 전 상서

오래도록 편지 못하여 대단히 죄송합니다. 그간 중간시험이 있었습니다. 대개 잘 보았습니다. 지금 휴가가 시작되었습니다. 7과목 중 전부 A이고 1과목은 B일 것입니다. 그 중 말씀드릴 것은 영작문에서 A를 받았을 것 같습니다. 작문 5개 중 시험까지 쳐서 하나만 빼놓고 전부 A를 받았을 것 같습니다.

현대대수학 강의는 한 아이마저 기권하여 결국 반에는 선생하고 저만이 남았습니다. 선생인 스노퍼 박사는 네덜란드 사람인데 프린스턴대학 박사로 세계적으로 명성이 있는 분이며, 마이애미대학에서는 특별재단이 있어 강의가 있으나마나 연봉을 받는 분입니다. 개인교습을 받은 것이나 다름이 없습니다.

무언이 입학 축하합니다. 영어도 곧잘 쓰더군요. 어느 학교에 들어갔는지요?

오래간만에 라디오를 들으니 워싱턴에 벚꽃이 만발하여 화제(花祭)가 곧 있다고요. 서울도 그러리라 믿습니다.

대통령 후보 3인 중 조봉암 씨도 끼었다는 것도 들었습니다.

곧 또 편지하지요.

1956. 4. 3.

사랑하는 휘소

4월 중순이 되면서 대학원 지망생들을 위한 구두시험이 있었다. 미국의 대학원은 학부대학의 추천서를 성적보다 중시하기 때문에 대학원 지망생들을 위한 토론을 거치고, 칠판 앞에서 60분간 교수들을 앞에 두고 강의하는 것이었다. 곧 강의능력과 성적을 가지고 추천하는 것이 가장 중요한 비중을 차지하게 되어 있는 것이다. 그때 휘소는 '원자물리학' 강의를 선택했다. 주임 아프켄 교수뿐 아니라 모든 교수가 가장 만족한 강의라고 한결같이 칭찬했다. 그리고 원하는 어느 대학원이라도 책임지겠다고 말했다. 당시에 보낸 편지를 소개한다.

어머님께
반가운 편지, 송금, 인형 등 최근에 전부 받았습니다. 감사하옵니다.
기말시험이 26일부터인데 별로 준비한 것이 없어서 오늘부터 책하고 싸워야겠습니다.
올해 6월 졸업은 확정적입니다. 대학원은 하버드(미국 최고), 위스콘신(주립대학) 두 군데를 생각하고 마이애미 물리학과 교수회의 추천을 받기로 결정되었습니다. (칠판 앞에서 주어진 문제를 설명하는 1시간 구두시험의 결과) 주임교수 왈(曰) '나는 물리교육계에서 명성이 좋아서 내 추천이면 어느 학교나 입학은 문제없고, 또 두 군데 입학이 되어서 한쪽에 안 가면 후진에게 영향이 많으니, 한 군데만 지원하라'고 해서 생각 중입니다. 하버드의 세계적 명성은 상당합니다만 비싸서 조수직을 받더라도 일 년에 천 달러쯤 더 있어야 하는데 위스콘신은 조수직을 받으면 그냥 공부할 수 있고 또 질적으로 우수한 학교라 석사학위까지는 위스콘신에서 할까 생각하고 있습니다.

곧 편지해 주세요.

1956. 4. 14.

존경하는 휘소

4월 말이 되면서 휘소는 중국식당에 나가던 아르바이트도 중단했다. 중국식당에서는 1년간 고생했다며 따로 100달러를 주었다. 기말시험 준비와 대학원을 선택하는 문제 등을 생각하며 비교적 여유 있는 시간을 얼마간 보낼 수 있었다.

고국은 한참 대통령선거 열풍이 불고 있었다. 집권당인 자유당 대통령 후보 이승만과 부통령 후보 이기붕, 민주당 신익희, 장면, 진보혁신당 조봉암 등이 출마하여, '구관이 명관이다', '못살겠다, 갈아보자', '혁신만이 살길이다' 등의 구호를 내걸고 각기 고군분투하고 있었다. 특히 5월 2일 민주당 신익희, 장면이 벌인 한강 백사장 유세는 35만이라는 유사 이래 초유의 인파가 모여, 대세는 이미 결정된 것 같이 여겨졌다. 정권교체가 눈앞에 보이고 있었다. 그런데 5월 5일 신익희가 호남지방 유세를 위하여 이리행 열차를 타고 가던 중 심장마비를 일으켜 갑자기 사망하는 사건이 일어났다. 한국은 물론 미국 교포, 유학생들까지 이 비보를 접하고 슬픔에 젖어 있었다. 선거날을 10일 앞둔 비극적 사건이었다. 부통령 후보로 나선 장면만이 외롭게 싸우고 있었다.

마이애미대학 학생회관 앞에는 신익희 사진을 검은 띠로 감아 걸어 놓고 교포학생 몇 명이 조의를 표하고 있었다. 먼저 이런 뜻을 발의한 사람은 유학 온 지 오래된 박영식으로 휘소와 의논하여 급히 준비한 것이었다. 사진도 신문에 난 것을 조금 확대하여 조그만 상자에 정성스레 담은 것이었고, 향과 술은 휘소가 아르바이트를 했던 중국식당에서 얻어 와 조그만 상 위에 그릇을 놓아 피우게 했고, 그 옆에 술 한 병을 올려놨다. 그리고 영식이가 태극기를 그려 사진 옆에 가지런히 놓았다.

추모식에 참여한 사람은 박영식, 이휘소 그리고 새로 화학과 2학년에 편입학한 김완길(金完吉), 조영애, 또 웨스턴여자대학 사회학과에 얼마 전 들어온 박정자(朴貞子) 등 다섯 명이었다. 또 한 학생이 있었지만, 다른 일로 참석하지 못하였다.

박영식이 먼저 말을 꺼냈다.

"오늘은 조국에서 민주화운동과 구국운동에 평생을 바치신 신익희 대통령 후보의 장례식 날입니다. 우리는 이국땅에서 간단한 추모식을 할 수밖에 없습니다. 조국의 앞날을 염려하는 마음은 누구나 같은 것입니다. 그래서 이휘소와 의논하여 이 자리를 만들었습니다. 우리는 모두 어떠한 이유에서든지 조국을 떠나 외롭고 괴로운 가운데 배움의 길만이 조국에 보답하는 길이라고 생각하는 젊은이들입니다. 그러니 조국의 우리 형제들이 슬퍼할 때는 같이 슬퍼해야 합니다. 그렇다고 우리의 희망을 버리지는 맙시다. 그리고 또 조국의 국민들이 기뻐한다고 같이 기뻐하지도 맙시다. 우리는 조국에 기쁨을 주는, 꽃을 피우고 열매를 맺게 하는 뿌리가 되겠다고 다짐합시다. 왜냐하면 어떤 이유에서든지 유학까지 와서 공부할 수 있는 것만도 선택받은 사람들이기 때문입니다. 조국의 아픔을 조국에 계신 분들보다 더 아파하면서 공부하고, 아픔을 안고 조국을 사랑합시다…….”

“다음은 이휘소 학우를 소개합니다.”

완길이의 소개로 앞에 나선 휘소가 인사를 했다.

“저는 물리학과에 편입해 온 지 1년 3개월이 된 이휘소입니다. 지금 박영식 형의 인사도 있었지만, 참 우리는 선택받은 사람들입니다. 우리 부모님들께서 학비를 대주고 있다 하더라도 결국은 우리의 가난하고 굶주린 국민들이 우리를 이곳까지 오게 했습니다. 더구나 이태 전 이른바 사사오입이라는 세계 헌정사상에도 없는 방법으로 이승만 대통령의 중임제한을 철폐하고, 자유당의 영구집권을 획책하고 나서 처음 치르는 선거인데 마땅히 야당후보인 신익희 씨가 대통령이 될 것이라고 믿었는데, 이런 결과가 나타난 것입니다. 앞으로 어떻게 될지는 모르지만 한국에서 진정한 민주주의가 실현되려면 적어도 몇십 년은 기다려야 되지 않을까 싶습니다. 왜냐하면 서구에서도 민주주의를 정착시키는 데 걸린 시간이 200여 년 되니까요. 정치가 안정되어야 진정한 의미에서 경제나 문화나 과학이 발전한다고 생각하면, 안정된 민주주의를 실현할 수 있는 절호의 기회를 잃은 셈입니다. 우리가 지금 슬퍼하는 것은 민주화투쟁에 앞장섰던 신익희 씨 개인의 죽음도 죽음이지만, 건실한 민주주의가 실현될 수 있는 천우(天佑)의 기회를 잃어버린 데 있습니다. 우리는 지금 미국이라는 나라에 유학을 와서, 미국을 배웠습니다. 그 가운데서도 가장 깊이 배운 것은 민주식 교육, 민주적 학교 운영, 민주적 정권교체, 민주적 경제나 문화 운영입니다. 그래서 아인슈타인도 페르미도 조국을 버리고 미국에 와서 여생을 마쳤던 것입니다. 그리고 그들이 지금까지 공부했고, 창조한 모든 업적을 미국을 위해 썼던 것입니다. 한 나라의 제도는 그만큼 중요한 것입니다. 더구나 이승만 대통령도 미국에서 민주주의를 배울 만큼은 배우고 체험한 분인데도, 주위의 아첨배들과 자신의 권력욕이 겹쳐 헌법을 고쳤고 대통령을 종신토록 하려고 한 것입니다. 이러한 악순환이 언제까지 계속될지는 모르겠지만 이른 시일 내에 개선되기는 어려울 것이 아닌가 생각됩니다. 그렇다고 우리가 이곳까지 와서 투쟁할 수도 있는 것이 아니고 또 그럴 수도 없습니다. 다만 우리는 조국의 미래를 책임진다는 소명의식으로 지금은 학업에 열중하는 길이 곧 나라를 돕는 것입니다. 여러분 뵙게 되어 반갑습니다."

완길이가 다시 영애를 소개했다.

"다음은 교육학과에 다니는 조영애 양의 인사말이 있겠습니다."

영애가 앞으로 나와 공손하게 인사를 했다.

"저는 유학 온 지 2년 3개월이 되었지만 이제 2학년생입니다. 유학 와서 처음이나 지금이나 늘 느끼는 것은 조국의 교육제도에 문제가 많다는 것입니다. 무엇보다 우리나라는 초등학교나 중고등학교나 한 반에 60명 또는 70명씩 모아 놓고 수업을 합니다. 오로지 초등학교나 고등학교나 좋은 학교에 들어가는 것만이 목적이 되어 암기 위주의 공부를 합니다. 그러니까 공부를 하는 법이나 과정은 거의 생략된 채, 먼저 좋은 중학교나 대학교에 합격하면 끝나는 교육이며 거기서 일류나

하류냐가 판가름나는 제도입니다. 민주주의에서 가장 중요한 것은 방법과 과정인데, 이런 교육은 완전히 무시한 채, 결과만을 중시하는 것이 한국의 현실입니다. 만일 이런 상황이 계속되면 앞으로 이런 교육을 받은 사람들이 사회의 중요 간부직이나 지도층이나 말단 공무원이나 노동자가 될지라도 국가가 어떤 혼란에 빠질까 두렵습니다. 정치도 혼란에 빠질 것이고, 경제도 계속 어려워질 것이고, 혹시 성공하는 기업인이 나온다 할지라도 악순환이 이어질 것입니다. 방법과 과정을 무시한 결과는 꼭 모래성처럼 언제나 무너질 위험이 있기 때문입니다. 참다운 민주주의 건설만이 모든 것을 앞당기는 길이라고 생각했는데 신익희 후보의 갑작스러운 별세로 언제 무슨 일이 벌어질지 모르는 상황에 맞닥뜨린 것입니다. 대통령은 이승만 씨가 되어 그 이후 정국을 예상할 수 없지만 다행인 것은 열악한 정치나 경제상황 가운데서도 자식을 가르치겠다는 열정만으로 사시는 부모님들이 계시다는 것입니다. 만일 교육제도나 방법이나 과정이 미국과 같아져 우리 학생들이 민주적인 제도 가운데서 교육을 받는다면, 우리나라는 놀라운 속도로 발전할 수 있다고 여겨집니다. 여기, 이휘소 씨도 계시지만 우리나라에서 공부를 잘하는 학생들은 얼마나 뛰어납니까? 여러분이 조국에 가서 일하실 때는 오늘 저의 의견도 참고하시기 바랍니다.”

그리고 완길이의 인사말이 있었다.

“저는 지난 학기에 화학과에 편입 온 김완길입니다. 제가 와서 느낀 것은 몇 명 안 되는 교포들의 모임이 별로 없다는 느낌이었습니다. 특히 이휘소 형님과 같이 전교수석을 하는 분이 우리 한국 사람이라는 데 커다란 자부심마저 들었습니다. 우리나라는 아시는 대로 다른 모든 면이 그렇지만 과학적으로는 현재 세계에서도 가장 빈약한 약소국입니다. 우리나라가 선진국이 되기 위하여는 다른 부분도 골고루 발전하여야겠지만 특히 과학적으로 발전하여야 한다고 생각됩니다. 이휘소 형님과 같은 수재가 계속 나온다면 우리나라의 미래가 반드시 어둡지만은 않다는 생각이 듭니다. 아시겠지만 이휘소 형님은 이번 6월에 졸업입니다. 마지막으로 이휘소 형님의 말씀을 듣고 오늘 추모행사를 마칠까 합니다. 이휘소 형님, 특히 한국의 과학적 장래랄까 그런 점을 중점적으로 마지막 인사말을 부탁합니다."

이휘소가 자리에 앉은 채 말을 꺼내기 시작했다. 이미 저녁빛이 감돌고 있었다.

"과학 발전은 정치나 사회적인 면도 중요하지만 문화적인 면과의 관계가 중요하다고 느낍니다. 최근 저는 라이프니츠의 단자론이라는 책을 보았는데 이른바 라이프니츠공식이라는 것이 주자가 해석한 주역에서 나온 것이라는 것을 알았습니다. 우리나라 태극기 원리는 주자의 주역에서 형상의 기본을 만든 것이죠. 음양 이분법을 계산해서 오늘날 전자계산기가 컴퓨터 원리가 된 것이죠. 그러나 라이프니츠의 이분법은 주역의 초보단계의 공식이고, 우리가 배운 주역만 가지고도 더 복합적이고 우주의 기하적인 공식이 나올 수 있지 않나 싶었습니다. 왜냐하면 주역은 이분법적 바탕 위에서 수많은 계산을 할 수 있는 원리를 담고 있기 때문입니다. 예를 들면 양과 음은 항상 대립관계가 아니라 상대관계이기 때문입니다. 양이 절정에 이르면 음을 위해서 물러나고 음이 절정에 이르면 양을 위해 물러난다 라든지, 지금 어둡게 하는 것이 이제 밝음을 나타내는 것이다 등이나 삶은 음양의 조화라고 보는 것은 그대로 현대과학과도 상응하는 원리입니다. 그리고 또한 영어, 독일어, 일어, 프랑스어 등을 공부하면서 느낀 것은 우리의 한글처럼 과학적인 글자는 없다는 것입니다. 천지인(天地人) 삼재(三才) 곧 하늘(ㆍ), 땅(ㅡ), 사람(ㅣ)이라는 주역적인 우주의 바탕에다가 ㄱ, ㄴ, ㅁ, ㅅ, ㅇ 등도 입술과 혀, 이, 목구멍 등의 모양을 아주 쉽고 과학적으로 만든 독창적인 문자라는 느낌이 듭니다. 더구나 세계사에서 지은이가 확실한 문자는 우리 한글뿐입니다. 그뿐만 아니라, 우리글의 우수성은 과학적이면서도 가장 실용적이라는 느낌이죠. 영어나 독어 등에는 없는 '어, 우, 으' 등이 잘 활용된 글자죠. 인체 구조에는 우주 원리가 숨어 있다는 주역적 논리와 과학적 계산이 잘 어우러진 것이죠. 그런 면에서 생각한다면 과학을 한다거나 기술적인 면에 종사하는 사람을 천민 취급한 가운데서도 우리의 과학적 유산은 결코 가벼운 것이 아닙니다. 고등학교 시절 국사 교과서에 실린 칠정산(七政算)이란 세종 24년(1442년)에 만든 책을 보면 달력 이야기가 나옵니다. 칠정이란 태양, 달, 수성, 금성, 화성, 목성, 토성 등의 천체운동을 정확하게 계산한 달력이 500여 년 전에 나온 것입니다. 이 달력에는 서울에서 일식과 월식이 몇 년 몇 시에 나타난다는 것까지 계산되어 있습니다. 그즈음 해시계와 자격루, 물시계 등의 발명과 함께 놀라운 천문학 책입니다. 1442년이면 미국은 물론이지만 일본 등에서도 이런 계산이 나오지 않았습니다. 그래서 일본

과학사를 조사했더니 칠정산이 나온 지 241년이 지난 1683년 정향력(貞享歷)이란 역법이 나옵니다. 이것을 일본 중고등학교 국사 교과서에서는 4면이나 할애해서 자랑하고 있는데, 칠정산은 우리 교과서에서 한 줄밖에 나오지 않습니다. 사실은 일본의 정향력이란 역법적 달력은 조선에서 배워간 것이란 기록까지 있는 데 말입니다. 이러한 예는 우리 역사에서도 수없이 들 수 있습니다. 지동설을 주장한 홍대용, 금속활자, 물시계, 거북선, 화약 발명 등이 중요한 유산입니다. 서양 과학에서 커다란 변화를 가져온 것은 20세기 첫 무렵입니다. 아인슈타인의 상대성이론, 보어의 원자물리학, 하이젠베르크의 양자역학, 오펜하이머의 원자탄 발명 등이 세계 과학사의 놀라운 변화를 가져온 것입니다. 그런데 이들의 공통점은 과거의 기계론적이고 분석적이며, 절대적인 법칙을 깨어버리고 종합적이며 직관적이고, 정신적인 면으로 과학을 변화시킨 점입니다. 곧 데카르트나 뉴턴처럼 인간만이 탁월한 존재이며, 자연은 정복의 대상으로 삼은 데서 벗어나 인간도 자연 일부로서 자연의 신비 가운데서 나온 결론들입니다. 곧 동양의 주역이나, 불교, 힌두교 등의 원리를 다분히 과학화했다는데 공통점이 있습니다. 우리 과학사나 문화사를 잘 받아들인다면 새로운 과학적 입지도 나올 수 있지 않나 하는 것이 지금의 제 소견입니다. 오늘은 이만 줄이고 다음에 기회가 닿으면 제 의견을 자세히 말하겠습니다."

완길이가 다시 말을 이었다.

"오늘 신익희 후보의 별세는 국내외적으로 슬픈 일이지만 우리를 결속시키는 계기가 되었습니다. 앞으로 자주 만나 더 좋은 의견을 듣고 싶습니다. 감사합니다."

여섯이 합동분향을 하고 기숙사 구내식당에서 저녁을 같이 했다. 고국의 선후배들과 같이 몇 시간 있었다는 것이 왠지 편안한 마음을 가져다주었다. 고국의 유학생들과 헤어진 휘소는 기숙사 앞 잔디에 누워서 하늘의 별들을 바라보고 있었다. 분단 조국, 일제강점기에서 얼마간 배운 초등교육, 다시 중학교에 입학하자 6·25이라는 동족상잔의 피비린내 나는 싸움, 먹기 위해서 허덕이는 조국동포들의 행렬……, 휴전으로 전쟁은 끝났지만 먹을 것까지 아직도 구걸하는 현실……, 이런 모든 것이 약소국이니까 감내해야 하는 아픔이라고 느꼈다. 우리 의사, 우리 뜻대로 되는 것이 없는 현실, 분단된 조국부터가 강대국의 이권싸움에서 희생된 것이 아닌가?

어머니의 희생……, 남편도 없이 가족들을 위하여 끝없이 희생하는 어머니……, 의지할 데도 없이 단신으로 유학 온 지도 이미 1년 3개월……, 이제 바로 졸업이다. 한국에서라면 4학년 1학기가 될 것이지만……, 휘소는 다시 손을 불끈 움켜쥐었다.

별빛이 그의 머리 위로 쏟아져 내리고 있었다.

1956년 6월 25일, 마이애미대학의 졸업식이다. 미국 땅을 밟은 지 1년 5개월, 그동안은 거의 미친 사람처럼 책에 매달려 있었다.

졸업성적은 평균 96.5점 올 A로 전교수석이었다. 정상적으로 다니면 4학년 1학기, 그러니까 1학기를 건너뛴 셈이다. 미국에 와서 1여 년간 어학연수를 따로 받는 대부분의 학생에 비하면 3학기를 건너뛴 셈이다. 방학 동안도 쉬지 않았고 할 수 있는 데까지 학점을 딴 것이 일찍 졸업하게 된 원인이다. 무엇보다 어려운 생활 가운데서도 생활비를 대 주시는 어머니와 고통을 감수해 준 동생들에게도 감사한 마음이 들었다. 그리고 전쟁 이후 황폐한 조국 현실에 보답하는 길이 지금은 공부밖에 없다는 집념으로 버텨 온 보람이기도 했다.

수석졸업은 초등학교 때나, 중학교 때도 한 것이지만, 이국 땅에서 받은 감회는 특별한 것이었다. 세계의 유능한 학생들과 경쟁한 결과가 아닌가? 더구나 1학기를 건너뛰어서 받는 졸업장이었다. 어머니가 보고 싶었다. 그러나 어머니에게는 따로 연락하지 않았다. 어머니가 미국에 올 수 있는 형편이 아니라는 것을 잘 알고 있었다.

졸업식에는 영식이, 완길이, 영애, 정자 등이 와서 축하해 주었다.

대학원은 하버드, 위스콘신, 피츠버그대학 등을 생각했다. 물리학과 스노퍼 주임교수는 말했다.

"원하는 어느 대학원이나 추천하겠네, 그러나 한 군데만 지원하게. 미국에서는 석사과정까지는 학부 생활과 성적을 중시하기 때문에 따로 시험을 치르지 않아도 학부 추천으로 결정되네."

하버드대학은 등록금이 엄청나서 생각하기 어려웠다. 조교직을 맡아도 따로 연간 천 달러나 드는 학비를 감당할 수 없었다. 무엇보다 어머니에게 부담을 적게 드리고 싶었다. 위스콘신이나 피츠버그는 조교직만 맡으면, 그냥 공부할 수도 있을 것 같아 다시 스노퍼 교수를 찾았다.

"그러지 않아도 찾으려고 했네. 자네 성적이면 피츠버그대학원에서는 장학생으로 입학할 수 있다는 답변을 받았네."

휘소는 피츠버그대학원에 입학원서를 냈다. 입학금은 물론 등록금도 전액 면제해 준다는 조건이었다. 석사학위까지는 형편에 맞게 다니는 것이 휘소 자신뿐 아니라 주위 분들을 위한 선택이라는 생각이었다. 당시 어머님께 보낸 편지를 소개한다.

어머님 전 상서

전번 보내드린 졸업생 명부며 사진, 지금쯤은 받으셨을 것으로 믿습니다. 저 역시 무사히 학교에 다니고 있습니다. 무더운 여름이라 공부하려면 무척 힘들지요. 서울도 몹시 더운 줄로 상상하옵니다.

이곳에는 마이애미대학에서 조수로 전자학 실험을 지도하던 친구와 둘이서 하숙을 하고 있고 적분방정식 시간을 같이 듣고 있어, 매일같이 공부하고 토론하고 합니다. 문리대 화학과 여러 선생님이 퍼듀대학 화학교실에서 박사학위논문을 위해 연구를 하고 계셔 가끔 만나 뵙니다. 공과계통의 학교도 모두 열심이며, 여학생들도 드문드문 눈에 뜨이나, 미국 여자치고는 굉장히 무뚝뚝하게 보입니다.

화학과 최상업(崔相業) 선생은 부인까지 오셔서 살림하고 계셔서 며칠 전 한국에서 온 뒤 처음으로 김치를 먹어 보았습니다. 뜻밖에 맛이 있더군요. 나중에 트림이 나서 혼났습니다.

전번에 이야기했는지 모르지만, 물리학과에는 여자부 교수가 계서(Miss Vivan A. Golwson) 한 번 만나 보았습니다. 노트에 하나 가득 수식을 쓴 것을 보고 여자 재평가를 했습니다. 강의도 잘한다고요.

영자는 좀 어떤지요. 대단히 궁금하옵니다. 철웅이는 지금 5학년입니까? 6학년입니까? 장래 대학이며, 희망이며, 궁금하여 알고 싶으니 편지하라고 하십시오. 무언이는 생일이 며칠 안 남은 듯합니다. 선물이라도 간단히 해주었으면 합니다.

필요한 듯하오니 다음 서적을 좀 찾아 놓아주십시오. 지금 곧 부치실 필요는 없습니다.

임(林), 고등함수표

ポーリンダウイルンン, 양자역학

영궁(永宮), 미분방정식론

피츠버그 건은 잘 진행되었는데 그곳 외국학생 고문이 조수직은 시간제 근무이므로 이민국의 허가가 있어야 한다고 하옵니다. 그 뒤 알아본 결과(퍼듀에는 외국인 조수가 많습니다.) 조수직은 대학원 교육의 일부분이며 이민국에서 간섭 안 한다고 합니다. 피츠버그 고문을 납득시키기 위하여 자료 수집 중입니다. 잘될 줄로 믿습니다.

저의 여권을 올해 내로 연기해야겠는데, 나중에 상세한 말씀 드릴 테니 외무부로 가실 때에는 좀 조속히 하도록 해주십시오.

1956. 7. 2. 그러면 또
사랑하는 휘소 올림

대학원 입학절차를 마치고, 이사도 끝냈다. 우선은 펜실베이니아주 피츠버그시에 하숙방을 얻었다. 마침 마이애미대학에 조수로 있던 독일인 친구가 있어 같이 쓰기로 했다. 학교까지는 걸어서 20여 분 거리가 되는 곳이었다.

8월 신학기 준비도 해야 하지만, 그래도 오랜만에 좀 한가한 시간을 가질 수 있었다. 논어와 퇴계의 차자편에서 주역의 원리를 해석한 태극도설도 보았다.

그 시절 휘소는 셸리(Shelley), 키츠(Keats), 예이츠(Yeats) 등의 시를 읽으면서 표현의 묘미에 잡히기도 했다. 중학교와 고등학교 시절 민희식이란 문학지망 친구가 영미시선집을 선물로 준 것을 하나하나 밑줄을 그으며 읽었다. 특히 셸리의 〈사랑의 철학〉이란 시는 애송시의 하나로 감상문까지 노트에 적고 있다.

사랑의 철학

1.
샘물은 흘러서 강물이 되고
강물은 흘러서 바다가 된다.
하늘의 바람은 또한 바람끼리
즐거운 모양으로 어울린다.
모든 것은 신성한 법칙에 의해
이 세상에 홀로인 것은 없다.
다른 모든 사물은 다 어울리는데
왜 나는 당신과 화합하지 못하는가

2.

보라, 산은 높은 하늘과 키스하고
파도는 또 파도끼리 포옹한다.
만일 오빠 꽃을 경시한다면
누나 꽃을 용서하지 못하리.
빛은 대지를 포옹하고
달빛은 바다와 키스한다.
모든 것이 다 어울린다 할지라도 만일
내가 당신과 키스할 수 없다면 무슨 가치가 있는가?

(번역 : 필자)

인간은 얼마나 고독한 존재인가? 불안, 초조, 갈등, 번민, 불확실한 미래, 그리고 무엇보다 처절한 나와의 싸움, 어머님의 기대에 호응하겠다는 각오, 가난한 조국을 등지고 혼자 이방(異邦)에서 싸우는 외로운 투쟁……, 원자물리학의 아버지라 불리는 보어와 양자역학을 완성한 하이젠베르크도 한때 절망에 빠져 '자연이 이렇게 불합리한 것이냐'고 한탄했으며, 아인슈타인도 당시 '땅이 꺼져가는 것 같았다'고 하지 않던가? 이들은 다 같이 입자세계의 변화가 뉴턴식으로 인과율에 의해서가 아니라 확률에 의해서만 예측할 수 있으며, 어떤 실험에서 어떤 결과가 나올 것인가를 결정적으로 말할 수 없고, 실제로 실험을 해보아야 알 수 있지만, 그 결과도 수학적 확률에 의해 나타난다고 말했다. 자연은 관찰자의 물음에 따라 다른 성질의 대답을 한다. 그러므로 과학자는 자연의 관찰자이면서 동시에 자연현상에 참여하여야 한다. 우주는 결코 누구에게나 똑같은 것이 아니다. 객관적인 진리는 존재하지 않는다. 이러한 절망적 고뇌 가운데서, 아인슈타인의 상대성이론이 나왔으며, 하이젠베르크의 양자역학의 공식 불확정성원리가 나왔으며, 슈뢰딩거의 파동역학이 나왔다.

셸리는 인간의 속성과 자연의 속성을 이미 꿰뚫어 본 것일까? 자연은 변화를 계속하지만 변화 가운데서도 질서를 유지하고 있다. 그러나 아직도 확실한 것은 없다. 무엇보다 중요한 것은 이 불확실한 가운데 내가 서 있다는 것이다. 그러나 어떠한 경우라도 나의 가치는 내가 참여하고, 내가 나로서 설 때만이 나에게는 가치 있는 것일 테다.

1956.7.10. 일기에서

휘소는 50여 편의 시를 노트에 적고 감상해 보았다. 그 가운데서 존 던(J. Donne)의 시 〈누구를 위하여 종은 울리나(For whom the bell tolls)〉라는 시를 노트에 적고 있다.

어느
누구고
하나의 섬이요
자기 스스로가
온전한 것이
아니니라. 사람은
모두 대륙의 한 조각,
본토의 일부분,

유럽의 땅, 줄어듦과 같이 봉우리
사라지리. 너의 친구의 네 자신의 농토
사라지노라. 어떤 사람의 죽음도 네
자신의 소모이나니, 너 또한 인류의 일부이므로,
그러기에 묻지 말지어다. 종(弔鐘)은 누구를 위해
울리느냐고. 종은 너를 위하여 울리므로

(번역 : 필자)

인간은 고립된 존재일 수는 없다. 모든 사람은 전체의 일원이고, 한 사람의 죽음도 전 인류의 손실일 수 있다. 절망은 죄악이다. 더구나 나와 같이 조국을 떠나 이국에서 성공하러 온 사람에게는.

1956.7.10. 일기에서

또한 존 던의 시를 읽고 그의 시에서 소설 제목을 따온 헤밍웨이의 《누구를 위하여 종은 울리나》에 빠져 있었다. 헤밍웨이가 조국 다음으로 가장 사랑하는 나라인 스페인의 내란이 작품무대가 되었고, 때는 1936년 공화정부군이 독일, 이탈리아의 파시스트 정권의 원조를 받은 프랑스군에게 패배 기색이 짙을 무렵 자유를 사랑하는 미국의 스페인어 청년강사 로버트 조단이 자진 의용군으로 정부군에 가담한다. 그는 공격을 책임진 사단장의 명령을 받고, 총공격과 함께 철교폭파라는 임무를 띠고 산중의 게릴라대로 찾아간다. 그곳에서 마리아라는 스페인 처녀와 사랑에 빠진다. 결국 철교폭파에는 성공하지만, 게릴라부대가 도주할 때 조단은 상처를 입고 공격해 오는 적군을 기다리며 최후까지 기관총을 잡고 그가 믿는 대의를 위하여 이국땅에서 죽는다는 이야기이다. 특히 조단이 마지막으로 마리아의 생명을 구하려고 전쟁의 극한상황 가운데서도 마리아에게 소리치는 말을 휘소는 노트에 적고 있다.

"이제 당신은 곧 나야. 당신은 그걸 알아야 해. 알겠어. 당신이 가면 나도 가는 거야, 난 그걸 당신에게 맹세해."
"이제 됐어, 고마워. 이제 당신은 무사히 자꾸만 어디까지나 가는 거야. 그리고 우리 둘은 당신 속으로 들어가 있는 거야. 이제 당신 손을 여기에다 놔 봐. 자 머리를 숙이고 이 위에다 놔 봐요. 아냐 머릴 숙이는 거야. 됐어 이젠. 그럼 내 손을 거기다 놓겠어. 당신은 참 착해. 이젠 쓸데없는 생각을 해서는 안 돼. 이제 당신은 당신이 해야 할 일을 하고 있는 거야. 이제 당신은 착하게도 내 말을 잘 듣고 있어. 내게가 아니라 우리 둘에게. 당신 속에 내가 있으니까. 자, 이제 당신은 우리 둘을 위해 어서 가 줘. 정말이야. 이제 우리 둘은 당신 속에 함께 있는 거야. 이 일을 난 당신에게 약속했지. 당신은 참 착하고 아주 친절하니까 가줄 거야. 이젠, 그렇지? 당신이 사는 길이 곧 내가 사는 길이니까."

휘소는 이 소설을 읽으면서 사랑하는 사람을 위하여 자기를 버릴 수 있다는 것, 그 사랑의 대상이 사람이든지 또는 조국이든지, 그것은 숭고한 정신이라고 느껴졌다.
휘소는 또 미첼의 《바람과 함께 사라지다》를 읽었다.
남북전쟁과 남군의 패전, 전쟁 가운데 조지아주를 배경으로 급격히 변화하는 사회상을 그리면서, 생활력이 강한 스칼렛 오하라와 배덕자로 볼 수 있는 남편 버틀러, 그리고 젊은 시절 흠모했던 애슐리와 멜라니와의 결혼, 그 사이에서 벌어지는 인간의 생활과 애욕이 눈에 보이게 나타난 묘사에 매료되었다. 전쟁은 하룻밤 사이에 남부의 전통과 질서를 '바람과 함께 사라지게' 하고 부농의 딸 스칼렛 오하라는 패전의 소용돌이 속에 휘말린다. 스칼렛은 그러한 역경에서도 결코 자기를 포기하지 않고, 온갖 수단으로 살길을 개척한다. 그러한 삶의 의욕과 자기가 사랑하는 사람들을 지키려는, 집요하면서도 야생적인 정열에 매료되고 있었다. 작품 속에 나와 있는 삶의 긍정적인 정열, 감미롭고 애절한 사랑, 섬세한 묘사 등에 깊이 빨려들고 있었다.

휘소는 이 소설을 읽으면서 6·25전쟁 이후의 한국 상황을 내내 생각했다. 그리고 남편마저 잃은 가운데서 '나'를 비롯한 자식들에게 사랑과 정열을 쏟는 어머니를 생각했다. 어머니의 헌신적인 사랑, 황폐화된 조국, 다시 재건의 의지로 폐허 속에서 허덕이는 고국 사람들의 영상이 휘소의 머릿속에 환영처럼 번지고 있었다.

또한 당시 아인슈타인이 즐겨 읽었다는 톨스토이의 《예술이란 무엇인가》와 《전쟁과 평화》 등도 읽었다. 그의 노트에는 톨스토이가 시골 조그만 역 광장 관사에서 죽을 때, 마지막으로 한 말 '나는 진리를 사랑한다'라는 말을 적어 놓았다. 그즈음 휘소의 생활을 적은 편지를 인용한다.

어머님 전 상서

전번 편지 받아 본 지 약 5일쯤 지났습니다. 철웅이 편지도 7월 5일 받았습니다.

방학 중이라 역시 시간의 여유가 있어 한국 학생들 집에도 놀러다니고 신문도 보고 이야기도 합니다. 글자도 작고 하여 (경향신문 축소판) 일면 기사는 먼저 읽은 학생의 '종합보고'만 듣고 광고면의 영화광고만 봅니다. 미국 제품이 굉장히 빨리 들어가더군요.

지난해 크리스마스쯤에 본 〈바람과 함께 사라지다〉가 벌써 들어가 있더군요. 제목 번역(바람에 쓰여진 사랑?)은 잘못됐습니다만 볼만한 영화입니다. 〈열사(熱砂)의 무(舞)〉는 선전과 달리 삼류의 하(下)이고 〈산(山)〉은 올해 본 좋은 영화라고 생각합니다. 이 밖에도 여러 가지 있습니다만 〈누구를 위하여 좋은 울리나〉는 옛날 영화이나, 제가 보고 감격하여 울었던 한 영화입니다. 소설은 더욱 좋고요. 미국에서 좋은 영화(제가 생각하는)는 외국 사람에게 이해가 어려운 점, 기타 관계로 수출하기 어려운 모양입니다. 제주도에서 고아원을 하던 황 여사를 그린 〈전장의 찬송가〉라는 영화는 아마 한국에 수입이 안 될 겁니다.

요사이는 밤에 자기 전에 《바람과 함께 사라지다》를 읽습니다. 미국 남북전쟁 당시의 사정이 어떻게 그렇게 한국의 과거 몇 년과 같은지, 마치 나 자신의 이야기를 읽는 것 같습니다. 그중에서도 꿋꿋이 싸워 오신 그리고 아직도 싸우시는 어머님의 거룩한 모습은 저로서는 항상 자랑이요, 그리고 힘의 근원입니다. 이 소설을 읽으며 알지 못하던, 예전에 알려고 해본

일이 없던 사실 하나를 안 것 같습니다. 곧 여성의 힘, 심리, 그리고 도덕. 가장 이상한 마음의 동요를 느꼈던 구절은 사람들이 불안 속에서 무의식 속에 부르는 노래가 나오는 부분이었습니다.

　　잘 쉬어라 쉬어
　　우지 말고 쉬어,
　　어려운 시절이 닥쳐오리니
　　잘 쉬어라 켄터키 옛 집

그러고는 그들이 이 '켄터키 옛 집' 노래와 자기네의 운명을 비교하고 몸부림치는 곳에서 여러 가지 경험이 떠올랐습니다. 어머니, 우리 광릉(光陵)에서 지내며 똑같은 경험을 한 것을 아직 기억하시지요.

아름답고 거룩한 어머니 모습이 눈앞에 아른거립니다. '재건이야말로, 전쟁 이상의 쓰라린 시기이다'라고 이 책에 쓰여 있습니다.

1956. 7. 15.
사랑하는 휘소 올림

피츠버그대학원

　　1956년 8월 5일, 피츠버그대학원의 입학식이다. 펜실베이니아주 피츠버그시는 상공업 중심지로 세계적인 철강생산지로 유명한 도시이다. 펜실베이니아주에는 펜실베이니아대학과 피츠버그대학이 가장 유명하다. 본래 피츠버그대학은 1787년 피츠버그 아카데미란 이름으로 시작, 1908년 종합대학으로 인가를 받았으며, 특히 의과대학과 공과대학은 명문대학으로 알려졌다.

　　물리학과의 신입생은 6명, 그 가운데 휘소가 가장 어린 나이였다. 만 21살, 그러나 휘소의 마음이 즐거운 것만은 아니었다. 월반이 허용되는 미국 학제에서는 21살에 박사학위를 받는 사람도 때로 있었다.

　　또한 얼마 전에 받은 어머니의 편지가 휘소를 우울하게 했다. 휘소의 생활비와 동생들 학비 등으로 과수원을 팔겠다는 내용이었다. 광릉 숲에 있는 2천여 평의 과수원은 휘소의 아버지가 마련해 놓은, 휘소가 가장 좋아하는 곳이었다. 휘소는 어린 시절부터 간직해 온 꿈이 깨지는 느낌이었다. 휘소가 유학생활을 하면서도 늘 꿈꾸었던 것은 박사학위까지 받고 나면 조국에 가서 교수나 선생을 하면서 과수원에서 농사나 지으며 계속 공부하겠다는 생각이었다.

입학식이 끝나고 학과주임인 랄릴레이(Dr. Rallilay) 교수를 찾아갔다. 좀 뚱뚱하고 날카로운 눈을 가진, 머리는 거의 벗겨진 60대 교수였다.

"스노퍼 교수에게서 자네에 관한 소개서와 성적증명서를 받았네. 또 따로 찾아와서 특별히 부탁까지 했네, 놀라운 일이야. 국적이 한국이라면서……?"

"네."

"과목은 무엇을 신청했나?"

"핵물리학, 고전전자이론, 양자역학, 중간자론을 택했습니다."

"조교직을 맡게 되었으니까, 학부의 공과대학과 의예과 학생들에게 물리실험을 담당하는 데 배정될 걸세."

"감사합니다."

"자네 국적은 아직 한국으로 되어 있나? 사사로운 이야기네만 외국학생들은 알게 모르게 차별을 하지, 생각해 보게."

"아직 그럴 생각은 없습니다. 저의 소망은 조국에 가서 농사나 지으며 선생 노릇하는 게 꿈입니다."

"그렇게 쉽게 될까? 그런다고 할지라도 자네 공부를 위해서 하는 말일세."

"염두에 두겠습니다."

주임교수실을 나오면서 얼마간 머리가 아팠다. 국적을 옮긴다. 국적을 옮기면 더 많은 혜택을 주겠다. 그렇게 하고 싶지는 않다. 그렇다면 어떻게 할까. 휘소는 곧 게르쥬오이(Dr. Gerjuoy) 교수를 찾아갔다. 게르쥬오이 교수는 소립자계의 권위 있는 교수로 알려져 있다. 소립자란 자연계에 있는 가장 기본적인 단위로, 그 이상 간단한 것으로 만들어진다고 생각할 수 없는 작은 입자를 통틀어 이른다. 아인슈타인을 비롯해 20세기 후반은 소립자 연구 발견시대이다. 휘소의 마음속에는 지도교수로 내정해 놓고 있었다.

"새로 입학한 이휘소입니다."

"자네가 스노퍼 교수가 극찬한 학생이군 그래. 놀랍더군."

게르쥬오이 교수는 놀란 표정을 지으며 자리를 권했다. 인자한 기운이 맴도는, 아직도 소년 같은 웃음기와 깨끗한 눈동자, 작달막한 키에서 풍기는 인상이 푸른 바람을 일으키는 듯했다.

"앞으로 더욱 열심히 하겠습니다."

"같이 해야지."

"폐가 많이 되겠습니다."

"음, 그런데 국적이 한국이라고? 놀랍네. 그런데 자네와 같이 뛰어난 학생은 임시로라도 국적을 옮기는 것이 어떨까?"

"한국국적을 포기하라는 말씀인가요?"

"예를 들면 이중국적을 가지든지."

"생각해 보겠습니다."

숙소에 돌아온 휘소는 밤을 꼬박 새웠다. 만일 미국명이 필요하다면 이름을 무엇으로 지을까? 그러고 싶은 생각은 없지만 공부하는 데 필요하다면, 그리고 그것이 욕된 일이 아니라면 우선 생각해 놓아야 할 것 같았다.

로버트(Robert), 시인 프로스트(Frost)가 연상되는 이름이다. 살아 있는 미국의 시인 이름을 따기가 좀 거북하였다.

랠프 월도(Ralph Waldo), 에머슨(Emerson)을 연상하는 이

름이다. 19세기 미국 초기의 종교가며 철학자이다.

벤자민(Benjamin), 프랭클린(Franklin)의 이름이다. 미국이 영국의 식민지 아래에 있을 때 보스턴에서 태어나 12세 때부터 형이 경영하는 인쇄소에서 일하다가, 42세 때부터 정치외교가로 활약, 미국의 독립을 위하여 노력하고 1776년 '독립선언'을 작성했다. 특히 동양사상에 심취되어 프랑스대사 시절에는 '공자학회' 회원이기도 했다. 과학자로서 프랭클린 벤자민은 번개가 전기와 같은 것임을 알아내고 피뢰침을 발명하였다. 특히 그의 묘비에는 '그는 하늘에서 번개를, 폭군에게서 매를 빼앗았다'라고 적혀 있었다.

이휘소가 프랭클린 벤자민에게 감동한 것은 그의 자서전을 읽고부터였다. 가난과의 싸움, 쉬지 않는 탐구욕, 84세까지 살면서 마지막 생애까지 독립한 미합중국의 헌법제정위원으로 활약한 점과 과학자로서의 자세가 마음에 들었다.

그래서 휘소는 노트에 다음과 같이 적었다.

Benjamin W. Lee(벤자민 리)

휘소는 이렇게 마음이 정해지자 홀가분한 마음이 들었다. 프랭클린 벤자민이 미국 독립의 창시자이며, 미국 과학의 창시자라면 '나'는 한국 과학의 창시자거나 적어도 어떤 면에서는 세계 과학의 창시자적 역할을 하고 싶었다.

미국 땅을 처음 밟을 때의 두려움, 무언가 마음을 억눌렀던 거대한 힘, 가난과 억압과 전쟁 와중에 보아온 고국의 정경—이제, 휘소는 미국 땅에서, 아니 세계를 걸고 싸우고 싶은 의욕이 생겼다. 경쟁자는 세계 곳곳에 있을 것이다. 그러나 일만 적이라도 상대해 보자는 속마음의 자부심이 솟고 있었다.

그 당시 휘소의 편지에는 다음과 같이 자신에 찬 말이 적혀 있었다. "육체적으로나 정신적으로도 일만 적과 싸워 이길 각오가 되어 있다."

대학원 생활은 순조롭게 진행되었다. 서울에서 유학 온 수학을 전공하는 박삼열(朴三悅 : 훗날 시인 김송희의 남편)과 같이 자취 생활을 시작했다. 박삼열은 대학원에 다니면서 수학과 조교도 맡고 있는 비교적 유복한 집안의 성실한 학생이다. 서울에는 부모님이 운영하는 사립 중고등학교가 있다고 했다. 휘소 역시 조교를 맡았다. 실험실에서 학부학생들의 실험을 직접 지도하고, 이론적인 설명도 해주어야 하는 상당히 부담스러운 일이었다. 대부분 학생이 휘소보다 나이가 많은데도 진지하게 들었으며, 실험에 임하는 태도도 진지해 도리어 휘소가 감명을 받기도 했다. 더구나 대학생 가운데는 인도, 일본, 독일, 프랑스, 스페인 등에서 온 유학생들도 있었다. 미국은 세계의 모든 학생을 자유롭게 오게 해서 미국 문화로 받아들이고 있다는 생각도 들었다. 미국 힘의 바탕이 그런 데서 나오는 것이리라.

자취생활도 크게 불편한 점은 없었다. 다만 경제적으로 어려움을 겪고 있었지만. 9월 들어 카네기공과대학 교수이자 건축가인 버데트(Mr. Burdett) 씨 댁에서 아르바이트로 건축 자재를 보관하고, 또 그것을 차에 옮기어 배달하는 등의 잡무를 맡아 다행이었다. 하루에 3시간씩 하는 중노동이었다. 본디 체질적으로 약한 휘소는 3시간의 중노동에 시달리고 나면 밤새껏 앓는 일도 있었다. 그래도 그 덕분에 그동안 못 산 책을 더 살 수 있었다. 무엇보다 어머니가 보내 주는 돈과 합치면,

여유 있는 것은 아니지만 좀 편히 대학원 공부를 하며 보낼 수 있을 성싶었다. 이 시절 생활을 알리는 편지를 인용한다.

어머님 전 상서

어머니 편지를 일주일 전쯤에 받았습니다만 그간 이사 등으로 여태 답신 못 하였습니다.

9일 전 서부 라파예트 투디아나(West Lafayette Tudiana)를 떠나, 이곳 피츠버그에 닿아 겨우 자리를 잡았습니다. 방 하나에 냉장고와 가스가 있어 자취하고 있습니다. 학교까지 약 20분쯤 걸으면 되어 편리합니다.

과주임인 랄릴레이 교수를 며칠 전에 방문하였더니 퍽 친절히 맞아주시며, 이번 학기 저의 일은 아마 공과대학과 의예과 학생의 물리실험을 담당하게 되리라고 합니다.

이 피츠버그대학은 사립이며 40여 층의 마천루(摩天樓)가 중심건물로 엘리베이터로 교실에 갑니다. 물리학과는 따로 건물이 있어 그리 복잡하지는 않습니다. 전차가 마천루(Cathedral of Learning : 배움의 전당이라고 부릅니다) 바로 앞에서 서고, 또 이 건물과 물리학과 건물 사이에서도 서고 하여, 컬럼비아대학처럼 교실에서도 자동차 소리가 들립니다.

지난번 편지에서 그동안의 자세한 소식 듣고, 다시금 어머니께 뭐라 감사의 말씀을 올려야 할지요. 다만 눈 가장자리가 뜨거워집니다.

가능한 일이면 과수원을 그냥 보관하시면 저로서는 좋겠습니다. 제가 이론 계통으로 들어섰으니 한국에 나가면 대학에서 가르치는 한편 농사를 짓고 싶습니다. 그러나 모든 일을 어머니 편하신 대로 처리하십시오.

앞으로 송금, 편지 등은

Mr. Benjamin W. Lee

Department of physics

Thawl Hall

University of Pittsburgh

Pittsburgh 13, Pennsylvania

이곳으로 하시든지(8월 송금하여 주시면 감사하겠습니다. 학기 초 비용이며, 학교조수를 하는 만큼, 의복 등도 장만하여야겠고 해서) 혹은 현주소로 하시든지. 문 선생, 권 선생, 완길 군에게 감사의 말 전해주시고, 무엇보다 가족 모두의 건강과 영자의 회복을 바랍니다.

철웅, 무언의 편지 바랍니다.

1956. 8. 12.

휘소 올림

어머님 전 상서

25일에 보내주신 편지를 오늘 반가이 받아 보았습니다. 무고히 계신 듯하여 안심입니다.

현재 저는 버데트라는 분 댁에 있습니다. 버데트 씨는 유명한 카네기공과대학 교수로 건축가이며, 부인도 교양 있는 분입니다. 식사와 방(침실과 서재)을 쓰고 일주일에 약 20시간씩 가벼운 일을 해줍니다. 돈을 좀 모아서 서적 등을 장만할까 하는 목적입니다만 무리는 안 하오니 염려하실 것 없습니다.

이곳에 9월 10일쯤에 옮겨와 13일에 심한 두통이 있어서 버데트 씨가 간호하여 주었고 가족 의사인 엘락손(Elakson) 씨를 청하였으나 마침 바쁜 일이 있어 친우인 다른 의사를 보내 주었습니다. 어머니가 의사인 것을 알고 왕진료까지 거부합니다. 크리스마스 때 선물이라도 할 예정입니다. 황애덕(黃愛德) 여사의 아들 박삼열 군(수학과 조수)이 같이 있습니다. 심심하지 않아 좋습니다.

학업도 무사히 잘 진행되고 있습니다. 현재 고전전자기이론, 양자역학, 고체물리학, 핵물리학을 수강하고 있습니다. 고전전자기이론은 굉장히 수준이 높아서 또 박사학위를 곧 받게 될 친구들이 반에 많아 경쟁이 세질 성싶습니다.

벌써 세 반에 들어가 1시간씩 강의를 하였습니다. 그리 겁이 안 나고 침착할 수 있어 다행입니다. 모레부터는 실제로 실험지도를 합니다. 간단한 듯하면서도 어려운 일이 남을 가르친다는 것으로 매우 배울 점이 많으며, 예의 바른 미국 학생들(야간학생은 전혀 없고, 모두 진지한 듯이 보입니다)에게 감사합니다.

2주일 전쯤 서울문리대 외교학과 주임교수 이용희(李用熙) 씨가 피츠버그대학을 들러 갔습니다. 영어도 곧잘 하고 인상도 좋더군요.

영자 생일은 기억하고 있었습니다만 아무것도 못 하여 정말 죄송합니다. 모두 명동에 가서 놀았다니 감사합니다. 제 생일은 제가 깜박 잊고 있었습니다. 이곳 시내에는 중국 요릿집이 많아 틈만 있으면 행차(行次)하는 고로 마찬가지입니다.

한일관 이야기를 하시니 김상사(金上士), 윤, 양, 일들이 궁금합니다. 모두 좋은 벗이었습니다(신용철, 김인용 군도 같이 갔지요). 그날 밤 철웅이가 무언이 비위를 거스르게 했지요. 저도 그때는 퍽 미숙했지요. 그러나 요사이는 골도 못 내는 성인(聖人)이 된 듯싶습니다.

참, 병 이야기 하나 더하지요. 의사가 왕진 와서 반사기능과 제 생각에 뇌압(腦壓 : 척추와 목을 굽힙니다) 검사 같은 것을 하더니, 페니실린과 (아마) 모르핀을 놓고는 뇌막염이나 뇌염인가 걱정하였습니다만, 그날 저녁쯤에 완쾌하고, 그 다음 날 의사 말이 수막염(髓膜炎)인가 염려하였더니 '아니다' 하고 페니실린을 또 하나 놓아줬습니다.

지금은 완쾌하니 염려는 전무!

1956. 9. 3.
사랑하는 휘소 올림

박사학위과정은 펜실베이니아대학원으로 결정했다. 하버드와 펜실베이니아를 놓고 저울질했지만, 비용이 많이 드는 곳을 택하여 부담을 느끼고 싶지 않았고, 또 펜실베이니아 교수진이 더 마음에 들었기 때문이었다.

시험은 1958년 7월 18일부터 23일까지로 공고되었다.

7월 18일 9시. 해석역학 시험이 180분간 있었다. 1시 30분부터 광학시험 90분, 전자기학 90분, 8시간 동안의 시험이었다. 만족하게 치렀다.

7월 19일 9시. 상대성원리 120분, 원자 및 핵물리학 120분, 2시부터 열역학 100분, 통계역학 100분. 그러니까 8시간 동안의 시험이었다. 거의 주관식 문제였다. 만족하다고는 할 수는 없지만 온 힘을 다했다고 스스로 위로했다.

7월 20일 9시. 양자역학 180분, 전자회로 120분, 수리물리학 120분, 약 8시간의 시험이었다. 필기시험은 이렇게 끝났다. 그러니까 매일 8시간씩 3일을 치른 셈이다.

7월 23일은 구두시험 날이다. 주어진 문제를 교수들 앞에서 강의하면, 교수들이 질문하고 답변하는 형식이다. 한 학생이 평균 40분씩 4과목을 선택해서 총 160분을 강의하게 되어 있었다. 휘소는 해석역학, 상대성원리, 핵물리학, 양자역학을 택하였다. 휘소는 성의껏 강의했다.

교수들 전원이 칭찬했다. 특히 크라인(L.A. Klain) 교수는 직접 찾아와 깊은 관심을 보이면서 칭찬하였다.

1958년 8월 26일 합격자 발표가 있었다. 펜실베이니아대학원 박사학위과정 물리학과 예비시험에 합격한 사람은 모두 16명이었다. 응시생 70여 명 중, 54명을 예비시험에서 떨어뜨린 것이다.

박사과정 본시험에 응시한 16명 중 합격생은 8명이었다. 물론 휘소의 이름도 나와 있었다.

수석이었다. 담당직원의 안내에 의하면 펜실베이니아대학 박사과정 입학시험에서 총점이 93점(차점은 71점)인 것은 처음이라고 했다. 박사학위 시험성적이 90점 이상인 경우는 한 문제도 틀리지 않았을 때에 주는 성적이다. 더구나 차점과의 성적 차이가 22점이나 되는 예는 지금까지 없었던 기록이다. 또한 93점은 미국 역사에도 없었던 점수라고 했다.

그 말에 휘소도 좀 흥분되었지만 더욱 열심히 하겠다고 인사하고 돌아왔다. 이제 자신감이 생기는 느낌이었다. 논문을 쓰거나 시험을 치를 때마다 어머니 모습이 떠올랐다.

저녁에 자취방에서 밥을 먹고 있는데 프린스턴고등연구소에서 연락이 왔다.

"네, 이휘소입니다."

"프린스턴고등연구소에 있는 '프레이저(Frazer)'입니다. 찾아뵐까 해서요."

"저를요?"

"네, 소장님의 부탁도 있고……."

"소장님이시라면, 오펜하이머 박사님의……?"

"그렇습니다."

"제가 가죠."

"아닙니다. 지금 댁에 계신다면 한 시간 내에 가겠습니다."

"알았습니다."

오펜하이머 박사가 이휘소의 이름을 알고 또 관심까지 두고 있었다면, 이것은 엄청난 사건이다. 페르미, 아인슈타인이 죽은 이후 미국뿐 아니라 세계적인 물리학 문제에 가장 깊이 관여하고 있고, 또 실질적인 지도자로서의 역할을 하고 있는 사람이 오펜하이머가 아닌가. 약 1시간 뒤에 찾아온 프레이저 박사는 30대 후반의 세련된 용모를 지니고 있었다.

"이런 누추한 숙소에 오시게 해서 죄송합니다."

"이휘소 군이요? 프린스턴고등연구소 소장님이 지난번 나온 석사학위논문을 읽고, 또 최근 박사학위 시험지까지 보시고는 만나 보라고 해서 왔습니다."

"감사합니다. 대단한 일도 아닌 것 같은데……."

"대단한 일이 아니라뇨? 귀하의 성적은 펜실베이니아대학뿐만 아니라, 전 미국의 물리학과 박사학위 지망생 가운데 역사 이래 가장 뛰어난 성적이라는 게 저의 연구소 조사결과입니다. 특히 귀하의 시험지를 검토한 결과 새로운 이론이나 학설까지 포함되어 있다는 것이 저희 연구소의 검토 결론입니다. 놀라운 일입니다. 더구나 한국에서 유학 온 학생으로서 이런 성적을 올렸다는 것은 기적에 가까운 일입니다. 무슨 비결이라도 있습니까?"

휘소가 답변했다.

"저의 조국 한국은 일제의 통치와 6·25전쟁과 전쟁 뒤의 폐허 속에서 허덕이고 있습니다. 그런 조국을 등지고 떠나온 저로서는 최선을 다하는 것(盡人事待天命 : 진인사대천명)이 저의 도리라고 믿고 성의를 다했습니다. 특히 저는 어린 시절 공자의 논어에 심취해 있었는데, 공자의 말씀 하나하나가 저에게는 힘이 되고 있습니다."

프레이저가 다시 질문한다.

"귀하께서 낸 답안지 중 원자 및 핵물리학에 관한 답안지는 그 자체가 훌륭한 논문인데, 앞으로 박사학위논문은 무엇으로 정하실 예정입니까?"

"글쎄요. 아직 확정하지는 않았습니다. 가제목으로 〈K중간자와 핵자현상의 이중분산 표시식에 의한 분석〉이라고 해놓고 구상하는 중입니다."

"좋은 것 같습니다. 저희 연구소에서도 꼭 필요한 것 같습니다. 졸업하고 저희 연구소에 오시겠다면 저희 연구소에서 여러 가지로 협조하겠습니다만……."

"감사합니다. 그러나 지금 무슨 결정을 하기는 어려울 것 같습니다. 학기 시작되고 학교와 의논도 해 보고……."

“네, 알았습니다. 귀하를 만난 것이 영광입니다. 또 귀하가 저희 연구소와 관계를 맺는다면 영광이겠습니다.”

“네, 저도 그렇게 생각합니다.”

휘소와 프레이저는 몇 번 더 만났다. 주로 전공에 대한 이야기를 나누었지만, 프레이저 마음속에는 휘소의 놀라운 두뇌에 만날 적마다 감탄하는 계기가 되었다.

어머니에게 보낸 편지를 인용한다.

어머님 전 상서

그동안 편지를 드리지 못해 대단히 죄송합니다. 어머님의 덕분으로 이번 박사학위시험은 1등으로 합격하였습니다. 18일, 19일, 20일, 3일간 하루에 8시간씩 필기시험이 있었고, 23일에 구두시험이 있었습니다.

제1일에 해석역학, 광학, 전자기학, 제2일에 상대성이론, 원자 및 핵물리학. 열역학. 통계역학, 제3일에 양자역학, 전자회로, 수리물리학이었습니다. 저의 총점이 93점. 차점이 71점으로 저의 성적은 학과 유사 이래 최고라 합니다(16명 중 8명 합격).

전부 16문제 중 93점이면, 한 문제도 틀리지 않은 것입니다. 학과에서 모두 놀라고, 또 친한 교수와 친구들은 제가 최우수로 합격하리라는 자기들의 예언이 적중했다고 좋아하고 있습니다. 전번 편지에 말씀드린 바와 같이 시험공부하느라고 고전물리학(이곳에서 고전이라는 의미는 최근의 신연구를 제외하고라는 뜻)은 저의 일생에서는 물론, 어떤 사람의 일생에서도 자랑할 수 있을 만큼 많이 공부하고 이해하였다고 생각합니다.

시험공부 중에는 건강하였습니다만, 시험 약 2주일 전에 기관지염(broonchitis)에 걸려 병원에 갔더니, 가슴 X선, 가래 배양검사, 혈액검사를 의사가 병원 시험실에 의뢰해서 결핵인가 걱정이 되었습니다만, 알고 보니 기관지염을 진단하는 데는 대개 이 검사를 한다고 합니다. X선검사에서 가래는 음성 반응이 나왔고, 혈액검사에서는 무엇인가가 많아서(약 180개) 알레르기성이라고 합니다만, 미국에 왔을 때 말씀드린 것처럼 고단하면 무엇이 돋고 가려워지는 병세가 있습니다(문 선생님도 이런 게 있지요).

가래검사의 결과로 항생제를 쓰지 않고 비타민제와 가래 삭이는 약과 그리고 진정제만 투약을 받았으나, 시험 직전에 완쾌하였습니다. 이번 주말에는 좀 쉬고 원기회복을 하였습니다. 그리고 학위논문 건을 다시 착수하였습니다.

오늘은 프린스턴고등연구소의 연구원으로 저와 같은 분야를 연구하는 프레이저 박사가 놀러 와 토론을 하고 지냈습니다. 저의 논문 착상이 퍽 좋다고 칭찬했습니다.

그동안 집 소식이 궁금합니다. 소식 빨리 전하여 주십시오.

1958. 8. 27.
그대의 사랑하는 아들 휘소 올림

펜실베이니아대학은 1751년에 자금 부족으로 건축이 중단되어 있던 학교건물을 프랭클린이 인수하여 새로운 학교로 세웠다. 프랭클린은 무엇보다 과학자로서 전기 분야의 최초 개척

자이다. 벼락도 전기작용의 일종임을 밝혀 피뢰침을 발견했다. 학력도 거의 없었고, 형제들과 사이도 좋지 못하여 인쇄공이 되었다가 펜실베이니아주의 서기, 우체국장 등을 하였지만, 40세 때부터 전기를 실험, 과학자로서의 입지를 굳혔다. 그의 자서전에는 피뢰침을 발견하는 과정이 아주 사실적으로 쓰여 있다. 1725년 연(鳶)을 가지고 벼락의 성능을 실험할 수 있다고 믿고 먼저 가벼운 삼나무 막대 2개를 X자 모양으로 묶어 뼈대를 만들고, 거기에 커다란 얇은 명주 수건을 발라서 연을 완성해 끝이 날카로운 1피트가량의 철사를 매어 날렸다. 이것을 벼락 품은 구름을 향하여 튼튼한 삼베 실을 달아서 올려놓고, 사람은 움집 안에 들어가서 그 결과를 조사하였다. 실을 쥐고 있는 손의 가까운 끝에는 전기가 통하지 않는 명주 끈을 매어 달았으며, 그 맺은 곳에는 열쇠 모양의 금속을 달아두었다. 이렇게 하여 열쇠에다 손가락을 가까이한다거나 또는 열쇠에다 라이덴병을 이어 달아서 벼락이 전기임을 확인하였다. 처음에 이런 실험을 할 때 신(神)을 모독하는 일이라고 비난을 많이 받았다. 그는 미국 최초의 잡지 〈제너럴 매거진(General magazine)〉을 발행하였고, 순회도서관을 설립했으며, 미국철학자협회를 세웠고, 펜실베이니아대학을 인수했다(초기에는 다른 사람과 함께). 그는 영국 과학의 실상을 알기 위하여 두 번이나 내왕, 미국 독립혁명의 지도자가 되었으며, 독립선언 기초위원이 되었다(1776년). 특히 미국의 과학 발전에 앞장섰고 그의 〈자서전〉은 과학사뿐만 아니라 문학사에서도 빼어난 자전문학의 걸작이다.

펜실베이니아대학은 처음 의과대학을 설립했고(미국 최대

의대로 유명하다), 특히 상과대학은 하버드대학과 함께 쌍벽
을 이룬다. 그런데 최근 프랭클린의 과학정신을 본받자는 주
장으로 세계적인 과학자들을 영입하여, 공과대학도 미국 내
명문대학으로 부상했다. 공대는 본디 시카고대학, 컬럼비아대
학, 캘리포니아대학, 하버드대학과 MIT공과대학이 유명하지
만 그 대학들과 경쟁자로 펜실베이니아대학을 꼽는다.

불안하고 초조한 날의 계속이었다. 미국 신문이나 뉴스에서
는 한국의 1960년 3·15부정선거와 심상치 않은 분위기를 가
끔 보도할 뿐이었다. 3·15선거일 마산에서 부정선거에 저항하
다가 죽은 7명의 명단도 미국 신문에까지 나왔다. 휘소는 좀
늦게 보았지만 불안한 마음을 어찌할 수 없었다. 더구나 두
개의 긴박한 논문을 완성하기까지는 모든 외부 접촉을 피했지
만 박사학위논문 시일을 앞두고 시시각각 들려오는 소식은 불
미스러운 일들뿐이었다. 행정 능력과 행정에 대한 법의 정신
마저 모자란 사람들이 정치하는 듯해 두려움마저 느껴졌다.
게다가 박영식의 전화가 더욱 휘소를 불안하게 했다.
“나 귀국해야겠어. 불안해서 견딜 수가 없어. 영애도 귀국
을 서두르는 모양이야.”
“남들은 미국으로 도피한다는데?”
“그래도 고국에 가야 뭐 마음이라도 편해질 것 같아.”
“좀 더 기다려 보자구요.”
박영식, 조영애라면 마이애미대학 시절 친구들이다. 영식이
는 아버지가 무슨 차관이라던가? 박삼열이 예고 없이 찾아왔
다. 피츠버그대학원 시절 같이 자취했던, 지금은 피츠버그대

학 수학과에서 박사과정을 밟는 친구다.

"너는 이 판에 공부가 되니."

"그럼 어쩌니? 할 수 있는 게 공부뿐이니."

"우리도 무슨 성명이라도 내자."

"글쎄, 여기 있는 재미유학생 몇 명이 함께 성명서를 낼 수는 있겠지만 별 효과가 있을까?"

"결과가 어떻든 간에 해야 할 것 아니니? 3·15선거는 무효이다. 이승만은 하야하고 선거는 다시 해야 한다는……."

"삼열이, 네가 해봐. 나도 동조할 테니까."

"그래, 네가 전면에 나서면 좋겠지만 워낙 바쁘니까 내가 동원해서 재미유학생 이름으로 성명서를 내겠다. 대표자 명단에 네 이름도 넣고."

"음, 좋아, 미안하네."

"아니, 뭐……."

삼열이는 피츠버그, 마이애미, 뉴욕에 있는 대학, 펜실베이니아에 있는 재미유학생들에게 열심히 연락을 해서 재미한국유학생연합회를 조직하고 있었다. 비록 투표권은 행사하지 못했지만 분명한 의사를 전달하겠다는 의지였다. 연락된 학생이 30여 명 된다고 전해 왔다.

휘소도 전면에 나서고 싶었지만 시간도 마음도 여유가 없었다. 영식이처럼 귀국도 생각했지만 그럴 시간도 돈도 없었다.

펜실베이니아대학 수업 준비로 바쁜 틈에 크라인 교수가 도와줄 사람으로 심만청(沈蔓菁, 미국명은 마리안느)을 소개해 주었다.

만청은 의대 예과 졸업반 학생으로 성적도 좋고, 특히 휘소

를 정성껏 도와주었다. 만청은 부전공으로 도서관경영학을 택
했는데, 자료를 찾는 일과 독일어와 프랑스어 책을 사주는
일, 특히 중국 과학서를 영어로 번역해 주는 일 등, 큰 도움
이 되었다.

"너무 걱정마십시오. 집에까지 무슨 일이 있겠습니까?"

만청은 휘소가 안절부절못하는 모양을 보고 침착하게 격려
해 주었다. 여성 특유의 침착함이 몸에 배어 있는 것일까? 또
한 휘소가 잠자는 시간 말고는 연구실에서 책과 원고와 싸우
는 모습을 보고, 손수 중국요리도 만들어 주었다.

박삼열과 박영식, 조영애 등이 주동이 되어 결성한 재미한
국유학생연합회가 4월 15일 뉴욕의 명동식당에서 결성식을 갖
고 정부에 대한 성명을 발표한다며 꼭 나와 달라고 했다. 휘
소는 도저히 시간을 낼 수가 없었다. 격려의 말만 전하고 빠
졌다.

저녁때 삼열이의 연락을 받았다. 참석자 30여 명이 결성식
을 갖고 3·15선거 무효성명을 발표했으며, 조국의 민주 발전
을 위하여 공동의 노력을 기울인다는 결의를 했다고 했다.

며칠 뒤 4·19혁명 기사가 온통 미국 신문을 장식하고 있을
즈음 휘소의 몸은 말이 아니게 축이 났다. 62kg이던 체중은
55kg으로 줄었고, 눈만 살아서 움직이는 형상이었다. 뉴욕타
임스 등에서 한국의 4·19혁명을 '피의 화요일'이라면서 일면
기사로 다루었다.

거리에서 피를 흘리는 학생들, 경무대(지금 청와대) 앞에서
쓰러지는 젊은이들, 불타는 파출소, 그런 정경이 온통 신문을
장식하고 있었다. 휘소는 어머니에게 전보를 쳤다.

“급히 소식 바람. 휘소.”

4월 25일 어머니의 속달편지를 받았다. 가족은 무사하다는 내용이었다. 휘소는 2월부터 3월까지는 논문 쓰는 일로, 4·19 이후는 집안 걱정과 나랏일로 제대로 잠을 자본 적이 없었다.

휘소가 이러한 불안 속에서도 중요 논문을 두 편이나 쓸 수 있었던 것은 크라인 교수의 강한 지도력과 만청의 섬세한 배려가 상당한 힘으로 작용하였다.

휘소가 박사학위를 받을 날이 가까워지자, 프린스턴고등연구소에 있었던 프레이저 박사가 찾아와 캘리포니아대학의 ‘라호야’ 이공학부 연구원으로 취직하는 것이 좋겠다는 의견을 타진해 왔다. 휘소는 바로 크라인 교수와 상의했다.

“그냥 있어 보게. 내가 자네를 어느 직장에 소개할까 지금 궁리하고 있네. 첫째는 내 모교인 하버드대학의 교수로 가는 길과 또 하나는 프린스턴고등연구소의 정회원으로 추천하는 방법이 있는데, 내 추천이면 두 군데 중 어디라도 될 걸세. 너무 성급하게 결정하지 말고 학위를 받고 나서 펜실베이니아에서 조교수 자리를 줄 테니까 몇 개월 충실하게 일하면서 생각해 보게.”

이휘소는 마음속으로 프린스턴고등연구소를 생각하였다. 아인슈타인, 보어, 페르미, 디랙(P.A. Dirac), 파울리(W. Pauli), 라비(Rabi : 1944년 노벨물리학상 수상, 원자탄 제조에 참여), 겔만, 양전닝, 리정다오 등 세계 물리학자들이 집결되어 있던 곳, 세계 물리학자를 지배하는 오펜하이머가 소장으로 있는 곳, 지금도 세계 물리학계는 사실상 프린스턴고등연구소가 지배한다고 할 수 있었다.

어머니의 편지를 받고 휘소는 편지를 썼다.

어머님 전 상서

한국 소식은 미국 신문을 통하여 알고 있습니다. 뉴욕타임스는 사건이 있었던 화요일을 '피의 화요일'이라고 부르며, 보내주신 한국 신문에서는 볼 수 없는 장면 씨의 담화 등 상세한 보도를 하고 있습니다(북한과 중공의 태도도 도쿄발 통신으로 보도되고 있습니다). 집 걱정이 되고 하여 잠 못 잔 날이 며칠 계속되었습니다만 어머님 편지를 받고 안심하였습니다. 철웅이, 무언이 몸조심하라고 전해주십시오. 안타까운 노릇은 한국의 비참한 현실은 정부 수뇌부의 갱생으로써, 혹은 재선거로써, 혹은 자유당의 약화로써 이루어질 수 없다는 것입니다. 장래 계획 없이 시위하는 게 무효한 것은 3·1운동의 예를 지적하지 않아도 자명합니다. 민국당(民國黨)의 행정 능력은 군정시대를 회고하면 가히 짐작할 수 있습니다.

저의 연구결과는 그간 결실이 있어서 〈π중간자와 K중간자 산란에 있어서의 P공명〉이라는 논문을 작성해 오늘 편집부에 보냈습니다. 지도교수인 크라인 박사는 '물리학의 다건문제회의(多件問題會議)' 참가차 이탈리아 여행 중입니다. 출판 전에 논문을 읽고, 검토하고 출판하도록 말해 주었습니다. 이 논문들은 저의 학위논문의 일부가 될 것입니다.

참, 장학금(fellowship)은 내년에도 받게 되었습니다.

크라인 교수 출발 전에 교제했던 프레이저 박사에게서 제가 박사학위를 받은 다음 자기가 가게 될 캘리포니아대학의 '라호야' 이공학부에 연구원으로 취직하라는 초청이 있어, 크라인 교수와 상의한즉, 크라인 교수는 저를 프린스턴고등연구소 (오펜하이머 교수가 소장, 고 아인슈타인 박사의 근무처)나 자기의 모교인 하버드로 추천할 예정이었다고 하며, 프린스턴에 내년 9월에 입소하도록 전력을 다해 보겠다고 말합니다. 프린스턴고등연구소는 세계 각국의 학자들이 모여 연구만 하는 곳으로, 들어가게 되면 대단히 영광입니다만, 두고 보아야 할 일입니다. 학위는 올해 내로 받고, 내년 봄 학기는 이곳에 강사 자격으로 있다가 내년 9월부터 딴 데로 옮기는 것이 현재 예정입니다.

크라인 교수는 학적(學的)으로 저의 아버지 역할을 하여줄 뿐 아니라 개인적 교제로도 퍽 고마울 뿐입니다(저의 예정 등은 여권 관계도 있고 하니, 비밀로 하여 주십시오). 크라인 교수는 올해 만 35세로, 부럽고 저의 모범이 되는 바 많습니다(내일 워싱턴학회에 참석하기 위하여 여행).

1960. 4. 26.
어머니를 그리워하는 사랑하는 휘소 올림

편지를 띄운 날 저녁 뉴스에서 이승만 대통령이 물러났다는 소식을 들었다. 한국 정세가 어느 정도 진정되면서 휘소의 마음도 안정되어 갔다.

프린스턴 시절

1961년 9월 6일, 이휘소는 프린스턴고등연구소 정회원으로 입소하였다. 그리고 펜실베이니아대학에서 강의를 그대로 하도록 배려해 주었다. 아인슈타인이 있었던 자리, 페르미가 있었던 자리, 그리고 지금도 세계 석학들의 집, 석학들이 모인 자리, 20세기 물리학을 실질적으로 주도하는, 오펜하이머가 소장으로 있는 세계 일류 연구소. 세계 과학의 두뇌들이 집결된 장소에 26살의 휘소가 정회원으로 입소한 것이다. 프린스턴고등연구소에 26살로 정회원이 된 것도 외국 국적을 가진 사람으로서는 처음 있는 일이었다.

프린스턴시는 미국의 뉴저지에 있는 아름다운 도시이다. 동쪽은 대서양에 면해 있고 북에는 뉴욕주, 서남쪽은 펜실베이니아주, 델라웨어주와 접하고 있다. 또한 허드슨 강이 시가지 옆을 흘러 뉴욕으로 흐른다. 프린스턴시에는 미국 최대의 명문대학인 프린스턴대학이 있다. 프린스턴대학은 설립 당시인 1756년 뉴저지대학이었다가 1896년 프린스턴대학으로 명칭을 바꾸었다.

프린스턴고등연구소는 프린스턴대학과는 완전히 다르다. 다만 백화점 운영으로 돈을 번 루이스 뱀버거(Louis Bamberger)

와 그의 누이 캐롤린 뱀버거 펄드(Caroline Bamberger Fuld)가 거금을 투자해 부지를 확보하고 건물을 지을 때까지 프린스턴 대학의 파인홀(fine hall)이라는 건물에 3년간 50만 달러에 세 들어 있었다. 고등연구소란 말은 그리스의 철학자 플라톤이 세운 아카데미아(Akademia)란 세계 최초의 고등학술원을 아테네 교외에 세웠던 데서 따왔다. 1930년 지금의 건물로 이사했지만, 사람들은 그곳이 무엇을 하는지조차 몰랐다. 단과대학처럼 해변 가까이 숲 속에 있지만 언제나 조용하고, 사람의 왕래가 거의 없기 때문이다. 그래서 사람들은 저곳이 결핵요양소이거나, 정부의 비밀정보처가 아닌가 여길 정도였다. 아인슈타인 길을 따라 프린스턴고등연구소에 들어서면 수위가 지키는 정문이 나온다. 정문이라고는 하지만 열고 닫는 문이 있지도 않다. 본래 숲 속에 깊숙이 있기 때문에 다른 사람들이 찾아오는 경우는 거의 없다. 문을 통해 계속 아인슈타인 길을 가면 길 양편에 고등연구소 회원들이 사는 집들이 나오고 바로 본관인 펄드홀(Fuld Hall)이 나온다.

펄드홀이란 명칭은, 1930년 프린스턴고등연구소를 세울 때, 거금을 투자한 캐롤린 뱀버거 펄드의 이름에서 따온 것이다.

붉은 벽돌로 된 조지 왕조풍의 3층 건물이다. 그 안에는 교수실과 관리실, 수학도서관과 물리학도서관이 있다. 오후 3시에는 차와 과자가 무상으로 나오는 휴게실도 있다. 그 시간이면, 연구원들이 잠시 쉬러 나오는 경우가 많기 때문이다. 펄드홀을 사이에 두고, 대학건물 같은 아담한 건물이 있으며, 건물마다 연구원들을 위한 사무실이 있다. 한쪽으로 뚝 떨어진 곳에는 전통적인 양식이 아닌, 유리와 콘크리트로 지은 현대식 건물군이 눈에 띈다. 거기에는 식당, 역사 도서관, 사회과학 사무실 등이 있다. 도서관 뒤로는 작은 호수가 있으며, 연구소 전체는 숲으로 우거져 있다. 때때로 까치 소리와 참새 소리만이 정적을 깨고 있다. 이곳이 지성인들의 호텔, 천재들의 전당이라는 곳이다. 프린스턴고등연구소의 회원에게는 의무가 없다. 아무것도 하지 않아도 월급을 주고 주택을 주고, 온갖 혜택을 준다. 다만 불편한 점이 하나 있다면 1인용 침대만 있고 2인용 침대가 없다. 그 해답을 아는 사람은 없다. 연구에만 전념하라는 압력인지도 모른다. 연구분야는 수학, 자연과학, 역사학, 사회과학이지만, 회원 대부분이 수학이나 물리학이다. 미국의 명문대학에서 박사학위를 받은 물리학도나 수학도가 그리는 꿈의 궁전이다. 한때는 200여 명까지 회원을 두었으나, 보통은 100여 명 정도가 남아서 오로지 연구에만 전념한다. 200여 명이 있을 때나 100여 명이 있을 때나 연구소는 정적에 휩싸여 있다.

프린스턴고등연구소에 가장 큰 사건은 1932년 건물이 완성되고 얼마 안 되어 독일에서 망명한 아인슈타인이 들어온 것이다. 1932년 10월 17일 아인슈타인과 그의 부인 엘가가 탄 웨스트 모어랜드호가 뉴욕항에 도착했을 때, 미국의 신문들은 호들갑을 떨고 있었다. ‘바티칸궁전이 로마에서 신세계로 옮겨온 것이나 다름없다. 물리학 교황이 미국으로 온 것이다. 이제 자연과학의 중심은 미국이 될 것이다.’ 그러나 달라진 것은 없다. 아인슈타인은 연구실 115호실에 언제나 있었고, 그가 화장실에 가거나 식당에 갈 때에만 만날 수 있었다. 그는 언제나 맨발이었고, 10여 년 된 노동복 차림이었다. 아인슈타인은 평생 넥타이를 맨 적이 없었고 빗질을 한 적이 없었다. 바지와 좀 헐렁한 옷을 입고, 천천히 그리고 주위 사람들에게 상냥하게 대했을 뿐이다. 1934년 프린스턴고등연구소 회원으로 들어온 오펜하이머는 아인슈타인을 처음 보았을 때 "멍청이 같다. 저런 멍청이 때문에 온 세상이 호들갑을 떨다니……"라고 투덜거렸다. 그래서 1940년대 말 프린스턴고등연구소 회원이었던 토인비(A.J. Toynbee)는 '학자들의 강제수용소'라고 말하기도 했고, 이곳에 오래 있으면 뿌리가 없는 학문을 할 수밖에 없을 것이라고 혹평하기도 했다. 왜냐하면 그곳에 들어가면, 세상과는 거의 결별하기가 쉽기 때문이다.

프린스턴고등연구소 정회원들도 불평이 없는 것은 아니다. 무엇보다 월급이 너무 많다는 것이다. 프린스턴고등연구소로 올 때 아인슈타인은 월봉 3천여 달러를 제시했는데, 프린스턴고등연구소의 초봉이 1만 5천 달러였다. 사실 1930년대 1만 5천 달러는 지금으로 말하면 엄청난 액수에 달한다. 그러나 아인슈타인은 월봉의 10분의 1 이상 써 본 적이 없다.

아인슈타인이 죽은 뒤, 그의 방에 있던 책상, 노트, 파지, 만년필, 볼펜, 비누, 구두, 손수건, 책 등은 국보로 지정해 따로 건물을 지어 보관하고 있다. 뿐만 아니라 그의 뇌까지도 미주리주 웨스턴시의 토머스 하비(T. Harvey) 박사의 연구실 포르말린 병 속에 영원히 안치되어 있다. 가장 창조적인 두뇌를 가질 수 있었던 뇌를 분석하기 위함이다. 그러나 아직도 아인슈타인의 뇌가 다른 사람과 특별히 다른 점을 발견하지는 못했다.

프린스턴고등연구소 회원이 되면 어떤 부담도 없는 것처럼,

회원을 중단하고 떠날 때도, 아무런 부담을 주지 않는다. 그냥 사임서만 내면 '안녕히 가십시오.' 인사하며, 남은 월급과 퇴직금을 바로 지급해 준다. 그러나 누구나 프린스턴고등연구소 회원이었다는 사실 하나만으로도 최고의 대우를 받는다. 프린스턴고등연구소 물리학전공 회원 30여 명 가운데 이미 노벨물리학상을 받은 사람만 10여 명이지만, 누가 또 노벨물리학상을 언제 받을지도 모른다.

특히 물리학의 경우는 나머지도 거의 노벨물리학상 후보자들이거나, 적어도 그럴 수 있는 사람들만 입소할 수 있었다.

당신이 프린스턴에 가서 프린스턴고등연구소가 어디냐고 묻는데도 아는 사람은 거의 없다. 프린스턴고등연구소는 그렇게 고요하고 아름답고 비밀스럽다.

아인슈타인 길 31번지, 휘소가 혼자 사는 아파트의 주소이다. 천재들의 전당, 학자들의 천국이라는 말이 실감 나는 35평형의 최고급 아파트이다. 아직 미혼인 사람들을 위한 것으로, 아파트 내에는 컴퓨터시설과 혼자 생활하기에도 손색이 없도록 주방기구와 옷장 그리고 책상, 서재, 가구들까지 거의 완벽하게 준비되어 있었다.

이삿짐을 나르고, 짐을 정리하는 것까지 프린스턴 직원이 나와 하나하나 도와주었다. 펜실베이니아대학에서 나오는 봉급과 연구발표 때마다 나오는 사례비, 그리고 연구소에서 나오는 연구비 등을 합하면 1500여 달러가 넘었다. 한국에 계신 어머님께 300여 달러를 부쳐 주고 나면, 넉넉하지는 않지만 대학 때나 대학원 시절에 비하면 비교할 수 없을 만큼 넉넉한 생활이었다. 이제 남은 과제는 학문적으로 성공하는 것뿐이었다. 생각하면 지금까지의 성과는 시작에 불과하였다.

새벽에 잠을 깨니, 수풀 속에서 새소리가 유쾌하다. 넓은 잔디밭을 중심으로 은행나무와 물푸레나무가 가지런히 서 있는 가운데로 새벽 기운이 감돌고 있었다. 하루 계획을 그리며 필요한 기구 몇 가지만을 챙겨서, 집을 나선다. 이미 연구실에는 연구원 몇 명이 연구에 열중하는 모양인 듯 불이 켜져 있다.

새벽 공기가 상쾌하다. 연구소로 향하는 4,5분 거리가 정답다. 잔디밭과 수풀, 그리고 멀리 보이는 바닷가. 아인슈타인이 항상 다니던 길, 아인슈타인이 산책하던 길이어서 아이젠하워 대통령이 직접 아인슈타인 길이라 이름 지은 길이다. 초가을 새벽 공기마저 상쾌하다. 행복감이 땅 밑에서부터 솟아오르는 느낌이다. 아인슈타인을 비롯하여 수많은 세계 석학들이 다니던 길, 지금도 세계 석학들의 집결지인 연구소에 당당하게 정식 연구원으로 그것도 가장 어린 나이로 들어온 게 스스로 생각해도 자랑스럽다.

연구소의 분위기, 연구소의 각종 실험시설과 실험기구, 아무리 세계에서 꼽는 잘된 곳이라고 하지만 이렇게 완벽할 수 있을까 싶을 만큼 만족스럽다.

이휘소의 연구실은 2층, 30여 평의 방에는 책과 타자기, 컴퓨터시설이 되어 있다. 새벽 6시 30분 커피를 타 마신다. 그리고 지금까지의 연구결과와 앞으로의 계획을 점검하며 책에 파묻힌다. 그리고 8시에 식사. 식단은 원하는 모든 것을 준비해 놓았다. 연구소 내에는 각종 운동기구와 시설까지 되어 있다. 탁구장, 배드민턴장, 테니스장, 농구장 그리고 혼자서도 할 수 있는 놀이기구까지 준비되어 있다.

8시 30분부터 계속되는 연구이다. 처음 출근하던 날 오후 3시쯤 오펜하이머 소장이 직접 방을 둘러보러 왔다. 동양란 화분을 손수 들고 비서도 없이 혼자 찾아온 것이다. 짙은 눈썹과 넓은 이마, 굳게 닫힌 입술, 훤칠한 키, 그리고 희끗희끗한 반백의 머리, 날카로운 눈동자, 전체의 느낌은 온화한 표정이지만 좀 피로한 듯한 인상이었다.

"크라인 교수께서 보내온 이 박사에 대한 소개서를 받았죠. 전에도 이 박사의 논문을 몇 편 읽고 놀란 적이 있었지만……. 프린스턴고등연구소의 새로운 영광이오. 이 박사가 미국에 있다는 것이 안심이오. 미국과 자유진영의 꿈이 이 박사 같은 젊은이의 어깨에 달렸소. 더욱 열심히 해 주시오."

오펜하이머가 누구인가? 뉴욕의 부유한 유대계 사업가의 아들로 태어나 하버드대학 화학과를 졸업하고, 독일의 괴팅겐대학에서 원자와 분자, 양자역학으로 23세에 물리학 박사학위를 취득했다. 괴팅겐대학은 자유로운 연구활동을 특히 강조하는, 분위기만 만들어 주고 교수는 간접적인 관여만 해 주는, 개인의 창의성을 가장 중시하는 과학대학이다. 귀국 후 캘리포니아대학 교수로 있으면서 우주로부터 지구에 내리쏟는 고에너지 방사선을 강의했다. 이것을 물리학에서는 우주선(宇宙線)이라고 한다. 곧 양성자를 주체로 하는 우주로부터의 입자선을 1차 우주선, 그것들이 대기 중의 원자핵과 충돌하여 생기는 많은 중간자, 전자, γ선 등을 2차 우주선이라 한다. 1차 우주선을 관측하려면 3만 미터 이상 관측장치를 올려야 한다. 그러기 위하여 사진 건판이나 계수관을 실은 기구와 로켓 및 인공위성 등으로 연구된다. 1차 우주선은 80퍼센트가 양성자이며, 그 외의 것은 모두가 무거운 원자핵이다. 1차 우주선은 지구의 외부에서 오는 것인데, 어디서 어떻게 발생하여 오는 것인지는 아직 밝혀지지 않은 분야이다. 태양 또는 특정한 별에서 발생하는 것이란 설만 있다. 1차 우주선은 대단한 에너지를 갖고 있어서 대기 중에 돌입하면 산소나 질소의 원자핵과 충돌해서 이들이 원자핵을 파괴하며 중성자, 양성자, 중양자 알파입자 등으로 흩어지게 하며 파이(π)중간자(전기적으로 +, −, 중성 등의 3종류)를 만들어 낸다는 원리이다. 우주선 원리를 발견한 오펜하이머는 1930년대에 들어와 상대성이론과 중간자이론을 개척했으며, 1941년 정부의 요구로 원자탄 개발에 착수, 로스앨러모스 연구소장으로 원자탄을 발명했다.

원자탄을 만들 때의 일화 가운데 몇 가지만 소개한다.

1939년 여름, 프랭크 에이델로트가 소장으로 부임했을 때, 아인슈타인은 펄드홀의 새 사무실 115호에 있었다. 고등연구소의 모든 방이 그런 것처럼 그 방도 바람이 잘 통하고 햇볕이 환하게 들어오는 창문이 있었다. 그리고 그가 루스벨트 대통령에게 편지를 쓴 곳도 여기였다. 아인슈타인은 최근 몇 사람들에게 열등감에 시달렸다. 그 첫 번째는 페르미였고, 두 번째는 오펜하이머였다. 지난해(1938년) 초겨울 노벨물리학상 수상을 마치고 가족과 함께 미국으로 망명 온 페르미는 곧 시카고에 정착했는데, 미국은 국가적인 행사로 그를 맞이하였고, 과학계도 덩달아 들떠 있었다. 물론 아인슈타인이 1932년 10월 미국으로 망명왔을 때에 비하면 초라한 것이었지만. 그런데 정작 아인슈타인은 행사에 참석하지 않았다. 아인슈타인은 행사나 예식을 본래부터 좋아하지 않았다. 그의 구두는 4년이 된 것이었고, 그의 작업복은 10여 년 된 것을 바꿔 입을 뿐이었다. 그는 자주 연구실에 있는 실내목욕탕에서 머리를 감고, 세수를 하고, 또 목욕을 하지만, 목욕탕에는 비누와 수건 두 가지만 있을 뿐이다.

아인슈타인이 페르미에게 열등감을 느끼게 되는 것은 페르미의 생활태도도 하나의 이유였다. 물론 근본적인 것은 페르미는 초등학교 때부터 천재성을 발휘하여, 계속 수석을 하였고, 또 노벨물리학상을 타기까지 적극적으로 세계 과학계를 주도했으며 세계 과학계는 아인슈타인의 명성과는 관계없이 페르미에 의해서 움직이는 느낌이었다는 것이다. 페르미는 항상 정장을 했으며, 그의 옷차림은 언제나 신선했다. 그런데 페르미가 지난 7월(1939년) 중순에 아인슈타인을 찾아온 것이다. 아인슈타인은 문 밖에까지 나가 마중하였다. 페르미가 온다는 소문으로, 연구소 회원들도 몇 명이 나와 있었다. 그는 겸손했지만, 그렇다고 비굴하거나 아첨하지는 않았다.

“박사님을 뵙게 되어 영광입니다.”

이것이 그의 처음 인사였다. 아인슈타인은 내심 기분이 좋지 않았다. 박사라니? 나는 스위스연방공과대학 학사증밖에 없는 인물인데……. 더구나 학교성적은 거의 꼴찌에서 맴돌았는데 …….

“들어가십시다.”

아인슈타인은 평상시대로 양말도 신지 않은, 5년이나 된 구두를 신은, 좀 짧은 작업복 차림이었다. 방은 30여 평이나 되었으며, 한쪽 벽면으로는 커다란 칠판이 놓여 있었지만, 단조로운 낡은 가구들과 책상이 놓여 있었으며 아무런 장식도 없었다. 책상 앞에는 뉴턴 초상화와 톨스토이 사진, 그리고 공자 초상화가 조그만 상자에 걸려 있을 뿐이었다.

"제가 박사님을 찾아 뵈온 것은……."

페르미는 커피를 마시면서 단도직입적으로 말을 이었다. 아직 40살도 안 된, 날카롭지만 무언가 안정된 느낌이 들게 해 주는 그리고 자신감에 넘쳐 있는 느낌이었다.

"독일이나 일본의 유능한 학자들에 의하여, 가공할 무기를 생산할 수도 있다는 생각이 들었습니다. 독일에 있는 하이젠베르크나 일본에 있는 유카와 히데키의 능력이면, 우라늄이나 플루토늄을 이용하여 가공할 무기를 생산할 수 있을 것입니다. 박사님께서 미리 대비해 주서야겠습니다."

그 순간, 아인슈타인은 빠르게 회전이 되었다. 아! 그렇구나. 상상은 지식보다 중요하다는 자신의 신념을 앞질러 본 페르미의 머리는 도대체 어느 정도인가?

"왜, 페르미 군이 직접 당국에 보고하지 않고 나를 찾아왔소."

"저는 이탈리아에서 온 지도 얼마 안 되고, 박사님의 능력이나 명성에 비하면 비교가 안 됩니다."

"알았소."

페르미가 떠나고서 바로 아인슈타인은 미국 대통령 루스벨트에게 장문의 편지를 쓰게 된 것이다. 편지는 1939년 8월 2일자로 붙였다.

아인슈타인이 프린스턴고등연구소에 들어온 지 1년이 조금 지난 1934년 오펜하이머가 연구원으로 들어왔다. 독일에서 박사학위를 받고 이곳에 온 오펜하이머는 만 30살로 큰 키에 몇 개 국어에 능통하며, 줄줄이 시(詩)까지 암송하고 다녔다. 그는 언제나 정장 차림이었고, 그의 사람은 이미 하버드대학을 3년 6개월에 수석으로 졸업한 명성답게 여러 사람의 입에 오르내렸다.

"아인슈타인의 시대는 끝났어⋯⋯. 두고 봐. 오펜하이머의 시대가 오고 있어⋯⋯. 23살에 박사학위를 받은 것도 미국 역사에서 처음 있는 일이지⋯⋯."

오펜하이머는 1927년 독일에서 박사학위를 받고 캘리포니아대학에서 몇 년간 근무한 다음 좀 더 깊이 있는 연구활동을 하기 위하여 온 것이다. 오펜하이머는 다른 자리에서 가끔 투덜거렸다.

"아인슈타인을 보면 말이야, 저런 사람이 어떻게 20세기 과학 기적을 낳을 수 있었는지 모르겠어. 키도 난쟁이에다 꼭 할렘 거리의 거지옷 같은 거나 걸치고⋯⋯."

그는 계속 〈우주선 샤워이론〉, 〈중간자론〉을 발표하여 아인슈타인을 압도했다. 그러다가 1936년 다시 캘리포니아대학으로 돌아갔다. 아인슈타인이 1939년에 보낸 편지로 미국 대통령 루스벨트는 여러 경로를 거쳐 결국 이론물리학자로 오펜하이머에게 원자탄을 만들 것을 권유했다. 1940년의 일이다.

오펜하이머는 원자탄(atomic bomb)이란 단어를 책상 위에 써놓고 고민했다.

결국 내 운명이 이렇게 귀결되는가? 이론상으로는 충분히 가능하다는 신념이 생겼다. 우라늄 235, 플루토늄 239를 원료로 하여 1kg의 우라늄, 235가 폭발하여 반응하는 에너지는 TNT 20만 톤의 에너지와 같은 폭탄이 터지게 할 수 있다. 핵분열 때 발생하는 γ선, β선 중성자선(中性子線) 등에 의한 방사성 장애, 열복사(熱輻射)에 의한 화재와 화상(火傷), 충격파로 인한 파괴 등을 일으켜 엄청난 살상을 할 수 있다. 그런데, 정말 이것을 내가 만들어야 되는가?

오펜하이머는 대통령에게 면담신청을 요구했다. 루스벨트 대통령이 문 앞까지 나와 기다려 주었다.

"오피(오펜하이머의 애칭) 박사. 반갑습니다."

"네, 각하."

안내된 오펜하이머는 대통령을 눈여겨 바라보았다.

"각하, 그런데, 제가 이것을 꼭 만들어야 되겠습니까?"

"그렇소. 오피 박사만이 할 수 있다는 것이 중론이요. 더구나 이것은 극비 문제요. 국가에서 지원은 하겠지만……. 지금 독일, 일본, 이탈리아가 수상하오. 그들이 먼저 만들어 미국을 침입하면 우리는 속수무책이오."

"이것을 사용할 것입니까?"

"장담할 수는 없지만, 사용하지 않을 예정이오."

"어떤 경우에도 사용하지 않겠다고 약속하실 수 있겠습니까?"

"그렇소. 국가의 큰 위험상태가 아닌 이상, 사용하지는 않겠소."

"각하. 장소는 어디가 좋겠습니까?"

“모든 책임은 오피 박사가 알아서 하시오.”

“적게는 500여 명, 많게는 2만여 명의 지원이 필요할 때도 있겠습니다만⋯⋯.”

“알았소.”

백악관을 나온 오펜하이머는 원자탄을 만들기로 결심했다. 장소는 뉴멕시코주의 사막 가운데 있는 로스앨러모스 산이었다. 그리고 그는 그곳을 먼저 혼자 가 보았다. 뉴멕시코주의 조그만 역 라미에서 내렸을 때 보이는 것은 황막한 사막뿐이었다. 역 가까이에 50여 채의 흙벽돌로 된 집들이 있고, 거기에 나무가 몇 그루 있을 뿐이었다. 그리고 긴 철로역 길만 보일 뿐이었다. 오펜하이머는 굳은 얼굴로, 로스앨러모스 산을 바라보았다. 그리고 여장을 풀었다. 다음날 그는 그 거친 사막을 혼자 말을 타고 달렸다. 꼬박 하루가 걸려 로스앨러모스의 정상에 닿을 수 있었다. 거기서 간단한 텐트를 치고, 하루를 묵었다. 다음날 내려와서 민가에서 하루를 보낸 그는 2만 명의 군사와 장비를 요구하는 긴급전보를 대통령에게 직접 보냈다. 다음날 5천여 명이 또 다음날 5천여 명의 군대와 장비가 들어와 라미 역에서 사막 가운데를 뚫는 임시도로 개설작업이 시작되었다. 2만여 명의 군대가 오펜하이머의 명령에 따라 밤낮으로 움직였다. 작업은 한 달 만에 끝났다. 그리고 산 꼭대기에 임시숙소와 필요한 기구들을 준비해 놓았다.

오펜하이머는 핵심이론가와 실험학자를 10여 명으로 짜 보았다. 로버트 윌슨(Robert Wilson), 라비, 존 맨리(John Manly) 등 프린스턴, 하버드, MIT, 시카고대학 교수진을 선발하였다.

　　1941년 제2차 세계대전이 확장일로에 있을 때, 소위 로스앨러모스계획단을 태운 차는 라미 역을 통하여, 황막한 산 가운데를 지나고 있었다. 당시의 상황을 로버트 윌슨은 다음과 같이 회고한다.

　　"우리는 무엇을 하러 어디로 가는지도, 언제까지 있어야 되는지도 정말 몰랐어요. 오펜하이머는 낭만적인 휴가일 것이라고 했으니까요. 모든 것은 극비였고, 언제 가족이나 학교로 돌아올 수 있을는지도 몰랐어요. 우리는 육군 졸병옷을 입고, 뉴멕시코주의 황막한 사막 산꼭대기에 던져져 버렸거든요."

　　차는 세계적인 학자들에게 졸병옷을 입히고 달렸다. 기이한 바위가 나타났다가는 평원을 지나기도 했다. 신비로운 세계에 던져지는 느낌이었다. 라비는 이렇게 회상한다.

　　"이윽고 나지막하고 붉은 절벽을 지나자 곧 다시 높은 절벽이 나타났고, 차는 산꼭대기의 비밀스런 곳으로 올라갔죠. 양옆은 깎아지른 절벽뿐이었어요. 그 사이로 포장도 안 된 돌길을 따라 올라갔죠. 공기는 맑고 따뜻했어요. 산은 마치 날카로운 칼로 자른 듯이 뾰족하게 솟아 있었고 그 맞은편에 메사(Mesa : 꼭대기가 평탄한 지역)가 있었죠. 얼마나 아름다운 광경이었던지. 거기에는 아메리칸인디언의 유족도 있었죠."

　　그 자리에 오펜하이머가 있었다. 그는 마치 전지전능한 과학자이자 통치자 같았다. 그가 호주머니에서 꺼낸 초콜릿 덩이를 먹으며, 말을 끌고 나타났다.

　　연구실은 풍요롭고, 생활은 단순하였다. 가족과 연락은 주로 전화만 허용했지만, 무엇을 하는지는 말하지 못하게 했다. 그리고 그 자리에 나와 있는 일꾼들에게까지 비밀리에 일은 진행되었다. 정말로 가능한 것인가? 누구도 몰랐지만, 그들에게 오펜하이머만이 전지전능한 신이었고, 영웅이었다. 그렇게 4년을 지낸 것이다.

그 뒤 오펜하이머는 '원자탄의 아버지'로 불렸다. 제2차 세계대전 당시 뉴멕시코주의 앨라모고도(Alamogordo) 사막에서 1945년 7월 16일 제1회 실험폭발이 성공했다. 그런데 오펜하이머의 강력한 반대에도 1945년 8월 6일에는 일본 히로시마(廣島)에, 9일에는 나가사키(長崎)에 원자폭탄을 투하하여 몇백만의 인구가 죽거나 원자병에 걸리게 되었다. 이후, 오펜하이머는 항상 악몽에 시달렸다고 한다. 전쟁 뒤에 트루먼 대통령과 회담하면서 오펜하이머가 말했다.

"대통령 각하, 제 손에서는 피가 흐르는 것 같습니다."

이렇게 그가 자책하자 대통령은 웃으며, 손수건을 꺼내고 말했다.

"자, 이걸로 닦으시오."

오펜하이머는 자신의 몸 이곳저곳에서 피가 계속 흐르는 몽상에 시달려야 했다.

"신의 잘못이다. 신이 이런 것을 만들도록 내버려둔 것이 잘못이다."

오펜하이머는 때로 이런 말을 중얼거리는 버릇까지 생겼으며, 또 원자탄을 처음 실험할 때 그가 말한 〈바가바드기타(Bhagavad gita)〉의 시 한 구절을 자주 버릇처럼 읊었다.

"나는 이제 죽음의 아버지, 세계의 파괴자가 되어 버렸다."

그 뒤 술과 담배를 가까이하였다. 1947년부터 프린스턴고등연구소 소장으로 임명되었으나 1949년 미국 정부에서 수소폭탄 개발의 총책을 맡겼을 때, '인류를 더는 무기의 공포 가운데서 살게 할 수 없다'는 이유로 반대했다. 미국 정부는 아인슈타인이 죽은 뒤 그를 공산주의자 또는 소련의 스파이라고 몰기도 하여, 국회 청문회에 불려가기도 했으며 한때, 공직에서 물러나기도 했고, 출국금지령까지 내렸었다. 그의 죄목은 소련의 스파이로 소련의 지령을 받고, 미국의 수소폭탄 개발을 지연시켰다는 것이었다. 1954년에는 로젠버그 부부를 사형에 처한 것도 관련이 있다는 설도 있었다. 그 뒤 오펜하이머가 처한 죄명이 사실무근으로 밝혀졌지만, 정부기관에 관여한 과학자의 한계를 드러낸 사건이었다. 이것이 그 유명한 오펜하이머사건이라 해서 세계 과학사에서나, 영화에까지 자주 등장하는 소재이다. 1955년 이후 오펜하이머는 결국 원자력위원회 자문의장뿐 아니라, 국방군사 동원사무국의 공군자문위원회 의장까지 겸하게 되었다. 어쨌든 그는 미국 과학의 살아 있는 수뇌이다.

6년 전 아인슈타인의 장례식에서 먼발치로만 바라보았던 오펜하이머가 지금 손수 휘소의 방까지 찾아와 격려하고 있는 것이다. 그리고 그 6여 년 사이에 오펜하이머에게는 엄청난 사건이 있었던 것이다.

"감사합니다. 열심히 하겠습니다."
이휘소는 깎듯이 인사를 했다.
"앞으로 이 박사의 도움이 필요할 거요. 이 박사가 쓴 논문 가운데 중간자에 대한 이론과 핵자와 중간자의 산란현상에 관한 글은 놀라운 발견이죠."

"많이 지도해 주십시오."

"아인슈타인이나 페르미가 못 다한 일을 이 박사가 해주시오."

"더욱 열심히 공부하겠습니다."

"이 박사는 한국에서 태어났죠?"

"네."

"그래, 한국이 분단국이 된 것은 미소의 미숙한 정책에서 비롯된 것이죠. 당시, 미국에서 좀 더 강하게 밀어붙였으면 분단 비극은 없었을 텐데……. 생각하면 한국은 일본의 식민지였다는 것밖에는 무슨 다른 이야기가 될 것이 없었는데. 분단시키려면 독일처럼 일본 본토를 분단시켰으면 몰라도 왜 한국이라는 조그만 나라를 분단시켜 전쟁을 하게 했는지 모를 일이오. 정치지도자들이 인류애에 바탕을 두지 않고 있기 때문이죠."

"그런 것 같습니다. 한국은 남의 나라를 침범한 적도 없고, 오직 침범만 당한 수난의 역사를 가지고 있습니다."

"그래요. 나도 동양사나 동양사상사, 그리고 동양종교사를 공부한 적이 있고, 또 그것이 내 연구나 책을 쓰는 데도 많은 도움을 주었죠. 특히 한국의 홍익인간사상이나 중국의 정이(程頤)와 주자가 주장한 이기설(理氣說)이 한국의 퇴계사상에 와서 논리적으로 완성된 것이 아닌가 느꼈죠. 우주가 형이상학적인 이(理)와 형이하학적인 기(氣)로 구성되어 있으며, 바로 이기(理氣)에 조화에 의하여 만물이 생성된다고 본 것이죠. 음과 양, 이와 기의 이원론적 조화로 우주 원리를 동양에서는 이미 기원전 500여 년 전에 논리적으로 말했고, 그런 이론이 몇천 년간 연구되어 왔다는 것은 놀라운 일이죠.

　그런 이론을 좀 더 일찍 과학이나 수학적 산술로 계산했더라면, 좀 더 일찍 과학시대를 맞았을 것이라는 생각을 하기도 하죠. 그리고 일본의 유카와 히데키, 사카다 쇼이치(坂田昌一)나 지금 프린스턴에서 같이 공부하는 중국 출생의 양전닝, 리정다오 등이 연구가 거의 중간자이거나 중간자이론과 관련이 있고, 또 이 박사의 논문도 중간자와 관련이 있는데, 한국에서는 한때 중국이나 일본보다 역경이나 유학에 대한 연구가 깊었죠. 그와 관련이 있지 않나 생각했지요. 문화란 교류가 원활할 때 창조의 열기도 강해지는 것이죠. 한국에서 온 이 박사는 두 나라의 연구가들의 중간자 역할을 해서 아직 풀리지 않은 실마리를 풀어 주시오.”

　“네, 노력하겠습니다. 저도 퇴계사상에 대하여는 얼마간 공부한 적이 있고, 또 제가 공부하는 데 상당한 도움이 되고 있습니다.”

　“그런데 이 박사.”

　“네.”

　오펜하이머가 다시 담배에 불을 붙였다. 거의 줄담배를 피우고 있었다.

　“한국에서 전쟁은 끝났다 하더라도 분단상황이 바뀐 것은 아니니, 남북이 계속 군비경쟁을 할 테고 앞으로도 계속 작고 큰 충돌이 자주 있을 테요. 더구나 지금 한국은 박정희 씨라는 상당히 날카로운 분이 권력을 잡고 있는데, 나중에라도 이 박사는 정치논리에 휘말리지는 마시오.”

　“저는 순수이론만 공부하고 있습니다.”

"나도 젊은 시절에는 순수 이론물리학만 공부하겠다고 수없이 다짐했었죠. 국가가 위험하다고 대통령이 직접 부탁하는데야 어쩔 수가 없더군요. 독일이나 이탈리아나 일본에서도 이런 무기를 안 만든다는 보장이 없었고 해서 원자탄을 만들었지요, 수소폭탄도 소련에서 먼저 만든다니까 처음에는 강력히 반대했다가 결국 만들었고, 우주선도 소련에서 먼저 띄우니까 만드는데 가담할 수밖에 없었어요. 그런데 아인슈타인은 끝까지 가담하지 않았어요. 그는 자기 조국 유대인들을 600여 만이나 죽인 히틀러에게까지도 원자탄을 쓸 수는 없다고 생각한 것이지요. 지금 생각하면 아인슈타인이 옳았어요."

오펜하이머는 담배 연기를 들이키며 계속 말을 이었다. 하버드대학의 수석 출신, 화학을 전공하고 다시 독일에서 물리를 전공한 사람. 시인이며 소설가이며 철학자이기도 한 오펜하이머는 물리보다도 문학을 즐기며, 8개 국어로 자유롭게 논문을 쓴다는 이 시대의 거물이었다. 오펜하이머의 머리 위로 저녁 햇볕이 감돌고 있었다. 쓸쓸한 표정이었다.

"나를 소련의 스파이라고……. 하하, 그래서 나를 감시하고, 그리고 또 필요하니까 수소탄을 만들라고 하고……. 나는 미국이라는 조국을 위하여 삶을 다 희생했지만, 그리고 보상을 원하지는 않았지만, 나는 미국 정치인들의 꼭두각시 노릇이나 한 것이 아닐까요?"

"소장님은 미국 영웅이십니다. 국민들은 다 알고 있습니다. 진정한 애국자는 누구인가. 그리고 학자로서 소장님 능력도 다 알고 있습니다."

이휘소는 원로학자가 슬퍼하는 모습을 보며 위로의 말을 했다.

　“이 박사는 나와 같이 어리석게 살지 마시오. 이 박사의 재능은 이미 아인슈타인이나 페르미나 하이젠베르크를 넘고 있어요. 무서운 일이오. 이 박사 능력은 이미 살아 있는 물리학자 누구보다도 앞서 있어요. 농담이 아니오. 그러니 이 박사, 다시 한번 말하지만 이 박사는 나와 같이 살지 마시오.”

　오펜하이머는 문학인다운 다감한 표정으로 말했다.

　“지금 저는 어떤 판단도 서지 않습니다. 지금은 공부나 더 열심히 하고 어떻게 사는 것이 올바른 삶인가는 좀 더 생각해 보겠습니다.”

　“그래야지요. 그런데 말이오. 사람들은 나를 원자탄의 아버지라고 하지. 또 죽음의 아버지라고도 하고……. 아인슈타인은 나보다 철학이나 사상으로는 한참 아래였는데, 그는 사는 법을 알았고 나는 사는 법에 서툴렀어요. 이 박사도 먼저 사는 법이랄까 그런 것도 생각해야 될 것 같소.”

　“감사합니다.”

　어둠이 깔리고 있었다.

　“그것이 내 운명이라고 여기고 살지만…….”

　“명심하겠습니다.”

　“자주 만나주시오.”

　“네, 감사합니다.”

　오펜하이머가 자리에서 일어났다. 그리고 휘소의 손을 잡았다.

　“며칠 내로 양전닝과 리정다오와 같이 식사 자리를 만들겠소. 감사하오.”

"네."

오펜하이머가 떠나고서 한동안 이 휘소는 어지러웠다. 과학자가 정치에 휘말리는 일은 있을 수 없다. 그러나 또 모든 과학정책도 정치에서 나오는 것이다.

휘소는 어머니에게 편지를 썼다. 어지러운 감정이나, 감상은 넣지 않았다.

어머님 전 상서

브룩헤이번(Brookhaven)에서 한 엽서와 9월 5일에 한 송금은 잘 받으셨는지요?

이곳 프린스턴에 9월 6일 도착하여 어머님 편지 잘 받았습니다. 그간 이곳에 자리잡고 또 연구 관계로 바빠서 오늘까지 편지 못하였습니다.

프린스턴은 조용하고 또 분위기가 학자 중심이라 공부하기에는 천하에 다시없이 좋은 곳입니다. 저처럼 젊은 사람들에게는 너무 공부를 많이 하는 경향이 있어 정신적으로 너무 부담이 많다고 하는 것이 세평입니다. 조심하여 쉬어 가면서 하고 있으니, 염려하지 마십시오. 연구소는 프린스턴 시가지에서는 퍽 떨어져 있고 풀밭과 수풀 속에 있습니다. 연구소 주택은 연구소에서 도보로 약 5분간, 잔디밭 속에 있는 최신식 주택건물입니다 '아인슈타인 길'은 주택계획의 중앙을 지나는 길입니다.

참, 병역징집 건은 어떤지요? 한국 유학생 중에서 병역 미필자에게는 여권 연장을 안 해준다는 풍문이 있어 퍽 걱정하는 학생이 많던데, 어떻게 되었는지요?

저는 이곳에서 여름 동안에 브룩헤이번에서 시작한 연구계획을 프린스턴에 있는 친구와 진행 중이며, 진전 결과는 퍽 좋습니다. 참 영자 생일은 어떻게 지내셨습니까?

저는 이번 주말에 필라델피아에 가서 '걸프렌드'와 같이 지내고 왔습니다. 놀러 갈 때마다 중국요리 대접을 받아 살이 찝니다.

내일이 월요일, 오늘 밤도 늦어서, 그러면 또.

1961. 9. 7.
사랑하는 그대의 휘소 올림

생활은 단조롭고 평이했다. 오펜하이머는 양전닝, 리정다오, 이휘소 등을 불러 같이 구내식당에서 식사를 즐겼다. 그는 특히 동양의 음양론과 이기론에 대하여 질문해 오기도 했다. 양전닝은 휘소보다 13살이나 위이기도 했지만, 연구에 필요한 자료와 방법까지도 조언해 주었다. 그는 넓은 이마, 예리하고 큰 눈, 긴 눈썹, 그리고 섬세한 이론을 가지고 있었다. 거기에 비하면 리정다오는 휘소보다 9살 위인 30대 중반이지만, 아직도 소년티를 벗어나지 못한 순진함이 보였다. 그는 프린스턴고등연구소 종신회원으로 있으면서, 컬럼비아대학 정교수직을 맡고 있었다.

그 가운데서도 휘소는 〈비탄성적인 산란현상의 생성진폭(Production amplitudes)〉, 〈장론에서 본 복조 각운동량(regge poles)이론〉, 〈군론과 강작용 대칭성(對稱性)〉 등의 논문을 계속 발표했다. 이런 논문들은 세계 과학계의 시선을 끌었고

Su(3)군을 기초로 한 소립자를 이해하는 데 사전처럼 쓰이게
되었다. 또한, 같은 연구소 회원인 겔만은 Su(3)군을 3종류의
쿼크 q=(u.d.s), 반입자인 반쿼크 q̄=(ū.d.s̄)는 반3중항으로
설명해 주었다. 그러나 겔만은 바로 캘리포니아대학 정교수로
떠났다.

 이휘소는 주말이면 심만청을 만났다. 심만청은 같은 동양인
이라 편했고 또 의사라는 직업에 안정감을 주었다. 어머니가
의사이기 때문만은 아니지만, 어머니에 대한 조건 없는 애정
같은 것이 심만청에게도 보인다고 할까? 어머니가 온갖 고통
가운데서도 의사 자격증을 따고, 쉬지 않고 책을 읽는 모습에
서 휘소는 어머니를 늘 존경하고 있었다. 아니, 어머니에 대
한 애정은 무조건적이었다.
 심만청은 여성 특유의 침착함으로 끊임없이 학문에 열중하
고 있었으며, 휘소를 대하는 태도도 어머니처럼 헌신적이었다.
프린스턴에 올 때는 손수 중국요리까지 해서 가져다주었다. 만
청은 필라델피아에 있었으므로 이휘소도 몇 번 기차로 그곳에
가서 음식 대접을 받기도 했다. 중국인이 가진 절제와 예의도
늘 즐겁게 해 주었다. 셰익스피어의 시에 나와 있는 표현대로
그녀는 조용하고 성숙했으며, 깊고 따뜻했고 아늑했다.
 그 당시 이휘소의 일기장에는 영시가 몇 편 적혀 있었다.
일기는 거의 영문이나 독일어로 쓰기도 했고, 때로는 우리말
도 보이지만 매일 쓴 것이 아니라 메모 형식으로 정돈되어 있
다. 당시 노트에 적혀 있는 시 가운데 브라우닝(Browning)의
〈최고선(最高善)〉만 인용한다.

Summmum Bonum

Robert Browning

All the breath and the bloom of the year in the bag of one bee:

All the wonder and wealth of the mine in the heart of one gem:

In the core of one pearl all the shade and the shine of the sea:

Breath and bloom, shade and shine-wonder, wealth, and-how

far above them-

Truth, that's brighter than gem,

Trust, that's purer than pearl,-

Brightest truth, purest trust in the universe

-all were for me

In the kiss of one girl.

최고선(最高善)

한해의 숨결과 꽃은 한 마리 꿀 자루 속에

광산의 경이와 풍요는 하나의 보석 가운데

바다의 그늘과 햇빛은 진주의 빛 가운데

숨결과 꽃, 그늘과 햇빛, 경이와 풍요—

그들보다 그 위에

진실은, 보석보다 빛나더라

믿음은, 진주보다 순수하더라

이 우주 속에 빛나는 진실, 순수한 믿음

—그 모든 것이 나에겐

한 소녀와의 키스 속에 있었네

(번역 : 필자)

이 시는 브라우닝이 6살 연상의 연인이었던, 벨레트 브라우닝(Barrett Browning)에게 보낸 시이다. 14살에 낙마하여 걷지도 못하는 여인을 평생 사랑했던 브라우닝, 심만청의 헌신적인 사랑에 감사를 느낀다. 심만청이 한국인이 아닌 것이 좀 섭섭하지만, 사랑은 많은 것을 가지게 하고 또 많은 것을 배우게 하는 것일까? 어머니와 만청의 기대에 대한 절실한 책임……

당시 상황을 직접 어머니에게 고백한 글을 소개한다.

어머님 전 상서

전번 편지는 잘 받았습니다. 그간에 또 연구로 바빠서 답을 빨리 못하였습니다. 그간 무고하셨습니까? 동생들도 모두 건강히 지내는지요? 저는 여전합니다. 참 이곳의 학생에게는 어머님 편지를 받는 대로 수표를 주었습니다.

이곳은 가을 날씨로 참 좋습니다. 방송에 의하면 오늘 밤에는 영하로 기온이 내려간다고 하니 겨울이 되는 셈입니다. 이때쯤이 되니 어머님 생일이며 김장 때가 되어 퍽 돈이 필요하실 것 같아 불안합니다. 11월에는 그 한국 학생을 통해 환금되는 것 이외에 약 백 달러를 더 송금할 예정이니, 생일날에 고깃국이나 끓여 드십시오. 이곳의 연구비는 월당(月當)으로 나오므로 큰돈은 없습니다. 송금은 큰 은행에서만 취급하므로 요다음 주말에 '필라델피아'에 놀러 가는 겸 송금 절차를 밟겠습니다.

참 전번 편지에 여권의 건 말씀하셨는데, 저의 여권 유효 기간이 내년 5월까지인데, 영주권은 빨라야 내년 9월에야 나올 것 같습니다. 영주권을 받을 때까지는 여권이 유효하여야 할 것 같아 걱정입니다. 좀 알아보실 수 있으면 알아봐 주십시오. 참 이곳에 '걸프렌드'가 있느냐고 하셨지요? 연구원에 총각은 아주 드물고, 현재 물리학과에는 여자가 없습니다. 또 프린스턴대학은 남자대학이라 여자는 없습니다. 연구소의 수학과와 역사학과에는 여성학자가 있습니다만 노처녀들이라 흥미가 없습니다.

전번에 말씀드린 중국 여학생(이름은 심만청)과 주말에는 만납니다. 이 주말(오늘)에는 프린스턴에 놀러왔습니다. 프린스턴은 필라델피아와 뉴욕의 중간지점으로, 기차여행을 합니다. 퍽 마음씨가 좋고, 나를 잘 이해합니다. 대학을 졸업하고 현재는 메르크(Merck) 회사 연수실에서 세균검사를 하고, 내년 여의대 본과 입학준비를 하고 있습니다. 마음씨가 동양적이고 저를 퍽 존경하고 헌신적으로 대합니다. 내년 여름에 결혼할까 생각하고 있습니다. 결혼하면 어머님 모셔 오자고 그 애가 말을 냈습니다. 저의 가정환경도 이해하고 있고, 생활방식 등은 한국 사람과 별차가 없습니다. 여름 동안에 찍은 사진을 동봉합니다.

만청이랑 오늘 찍은 사진은 요 다음에 보내드리지요.

1961. 11. 5.
그대의 사랑하는 아들 휘소 올림

새해가 밝고 있었다. 지난해는 이휘소가 억척스럽게 많은 일을 한 해이기도 했다.

뉴욕에 있는 컬럼비아대학의 라비 교수가 조교수로 채용하겠으니 와 달라는 연락을 받았다. 라비 교수는 역시 뮤온(μ)에 대한 중간자이론으로 유명하다. 원자핵의 자기성, 핵자기 공명 흡수법에 의해 원자핵의 자기모멘트를 측정한 것으로도 유명하다. 무엇보다 컬럼비아대학은 미국뿐 아니라 세계의 대표적인 물리학자들의 집결지여서 거절하기가 어려웠다.

크라인 교수에게 편지했다. 당시 크라인 교수는 프랑스에 교환교수로 가 있었기 때문이었다. 크라인 교수는 신학기에는 프린스턴고등연구소에 있던 것을 가산해서 펜실베이니아대학에서 부교수로 채용할 터이니 그리하는 게 좋을 것이라는 답장이 왔다. 또한 오펜하이머 소장도 좀 더 여기 있기를 원했다. 프린스턴고등연구소 회원이면 어디를 가나 바로 교수 대우를 해 주는 것이 상례이니, 얼마간 같이 있는 게 좋을 것이란 부탁이었다.

1962년 2월 25일, 이휘소는 심만청과 프린스턴에서 좀 떨어진 해변의 호텔에서 약혼했다. 약혼식에는 크라인 교수와 박영길, 박삼열, 조영애 등이 참석해 주었고 만청편에서는 만청의 고모와 친구 두 명이 참석하였다. 두 사람이 다 같이 조국을 떠나 공부하겠다는 일념으로 유학을 왔고 또 미국에는 가까운 친지가 별로 없었다.

어머니만이라도 모셔 오고 싶었지만, 오가는 경비며 또 얼마 동안 병원 문도 닫아야 하고, 다른 가족들도 오고 싶어 할 것을 생각하여 연락 없이 간소하게 한 것이다. 휘소는 월급 가운데 저축한 것으로 2부짜리 다이아몬드 반지를 선물로 주었다. 심만청은 스위스제 시계를 휘소에게 주었다.

이제 이휘소 나이도 27세, 유학을 온 지 6년에 접어들고 있었다. 약혼식이 끝나고 나서는 약혼녀 심만청의 세심한 배려로 편안하게 연구에 몰두할 수 있었다. 우선은 신선한 요리를 늘 먹게 해 주었고, 옷가지까지 챙겨 주고 빨아 주었다. 심만청은 미국에 교환 의사의 비자로 입국했으므로 적어도 2년 내에 떠나야 되지만 의대 학생 신분이기 때문에 지연시키고 있었고, 이휘소도 영주권이 없어서 여러 가지 문제를 안고 있었다. 7월까지 영주권이 나오게 된다는 것에 희망을 걸 수밖에 없었다.

미국 생활 7년여 동안 혼자서 투쟁하고 혼자서 살아왔다. 오로지 학자로서 성취하고자 하는 뜻으로 살아온 것이다. 이제 조금은 성취했지만, 그래도 늘 불안했던, 초조했던, 안타까워했던 마음이 얼마간은 해소되는 느낌이었다. 마음이 편안해지니까 논문을 쓰면서도 정돈된 느낌이었다. 더구나 심만청의 부전공이 도서관경영학이었으므로 책을 정돈하고, 필요한 부분까지 세밀히 찾아 주었다.

심만청과의 약혼 이후 결혼시기를 7월쯤으로 하자고 합의하였지만 각기 독신으로 살고 있고, 도리어 일찍 결혼하는 것이 경제적으로나 시간적으로나 유익하리라는 생각에 앞당기기로 했다.

그래서 우선 필요한 대로 필라델피아에 20평 아파트를 전세로 얻었다. 이휘소가 비용 일부를 대고, 심만청이 직장 나가면서 저축한 돈과 합쳤던 것이었다.

1962년 5월 7일, 워싱턴 교외에서 간단하게 결혼식을 올렸다. 주례는 크라인 교수가 섰고, 휘소 측에서는 프린스턴고등연구소의 양전닝 교수와 한국인 유학생 10여 명과 프린스턴고등연구소에서 생긴 친구들 몇 명이 참석해 주었다. 어머니를 꼭 모시고 어머니 앞에서 결혼하고 싶었지만 더 큰 성공을 하는 것이 효도라는 생각으로 감정을 눌렀다. 심만청 측에서도 친척 몇 명과 직장동료, 그리고 친구 몇 명이 자리를 빛내 주었다. 주례사에서 크라인 교수는 두 사람을 이렇게 소개해 주었다.

"내가 지도한 학생 가운데 누구보다도 열성적이고 의욕에 차 있으며, 이 시대 젊은이 가운데 가장 유망하고 아인슈타인과 페르미 이후 가장 명석한 두뇌의 소유자이며, 지금 세계 물리학계에서 가장 큰 관심과 두려움을 가지고 바라보는 이휘소 군과 냉정하고 침착하며 동양적인 섬세함을 두루 갖춘 심만청 양의 화합입니다."

결혼식을 올리고 워싱턴 교외에서 하루를 지낸 다음 새로 산 아파트로 돌아왔다. 무엇보다 이휘소가 시간에 쫓기고 있었기 때문이었다.

다음날 프린스턴고등연구소에는, 미국의 원자력위원회에서 선발되어 올해 여름 이탈리아 '트리에스테(Trieste)'에서 개최되는 국제고에너지물리학회의에 미국의 대표 자격으로 참석해 줄 것을 부탁하는 편지가 이휘소에게 와 있었다. 그리고 프린스턴고등연구소 직원이 정중하게 와서 정부 부탁이니 꼭 참석해 달라고 당부하였다. 미국 과학자 가운데는 컬럼비아대학의 라비 교수, 핵자기의 정확한 측정으로 1952년 노벨물리학상을 탄 스탠퍼드대학의 블로흐(Felix Bloch), 역시 같은 연구로 함께 노벨물리학상을 탄 하버드대학의 퍼셀(Edward Mills Purcell) 교수, 유대인으로 1954년 노벨물리학상을 탔으며 핵무기 개발에 정면으로 반대했던 보른 교수, 그리고 프린스턴고등연구소 회원인 양전닝 교수, 컬럼비아대학의 리정다오 교수, 그리고 프린스턴고등연구소에 있다가 지난 2월 캘리포니아대학으로 가 최근 소립자의 쿼크론을 발표하여 화제가 되고 있는 겔만 교수, 핵자와 소립자 관계로 휘소와 함께 최근 논란이 되고 있는 버클리대학의 와인버그(Weinberg : 1979년 노벨물리학상 수상), 그리고 약중성 전류의 예측을 포함한 소립자 사이의 약한 상호작용 등의 논문을 발표하여 화제가 되고 있는 캘리포니아대학의 살람(Abdus Salam) 등이었다. 그러니까, 휘소가 미국을 대표하는 10명의 대표적인 과학자로서 정식으로 인정된 것이다. 더구나 아직 국적이 한국으로 되어 있는데, 세계 에너지문제나 원자문제를 다루는 대표로 참석한 예는 동양인으로서는 처음으로 선발된 것이기도 하다. 더구나 참석자의 과반수가 이미 노벨물리학상을 받은 사람들이었다. 그리고 다른 사람들도 거의 노벨물리학상에 오르내리는 학자들이었다.

직접 휘소의 말을 인용한다.

어머님 전 상서
지금쯤에는 전보 받으셨을 것으로 믿습니다.

지난 5월 7일 날 워싱턴에서 만청과 결혼을 하고 현재는 필라델피아의 아파트에서 생활하고 있습니다. 모든 것이 원만히 되고 있으니 걱정하지 마십시오. 만청이 어머님께 선물하고 싶다고 합니다만 세관 관계로 기다리라고 하였습니다. 만청은 자기 어머니와 의가 맞지 않아 어머님을 퍽 사모하고 그리워하니 사랑해 주십시오.

전번 편지에 영주권 절차에 필요한 것이 호적 초본인지 등본인지 물으셨지요? 사실 필요한 것은 서양말로는 출생증명서입니다. 따라서 호적 초본이면 충분합니다. 한국말을 아는 제삼자가 번역을 하여 공증인의 입회하에 번역이 정확하다는 선서를 한 다음 한국어와 영어로 번역한 것을 이민국에 제출합니다.

참 저는 이번 미국의 원자력위원회에 선발되어 올여름 이탈리아의 '트리에스테'에서 개최되는 국제고에너지물리학회의에 미국 대표단의 일원으로 참가하도록 추천을 받았습니다. 최후의 초청은 '제네바'의 국제원자력위원회에서 나옵니다. 내달 초순에 말이 있을 것입니다. 국적 문제들에 당착(撞着)되지 않고 저를 10명 중 하나로 선발한 미국 정부의 고식(高識)에는 존경할 바가 있습니다. 회의는 7월 15일경부터 약 6주간. 회의가 꼭 만청의 휴가와 일치하여 신혼여행을 그때 콜로라도로 갈까 했습니다만, 만청은 미국 외에 여행을 못해서, 또 만청이 이와 같은 영예를 거절 못 한다고 저 혼자 이탈리아로 가라고 해서, 독신으로 갈까 합니다.

한 가지 난관은 한국 정부가 저의 여권을 내줄지 문제입니다. 미국 정부가 이렇게 나오는데 한국 정부의 태도가 곤란하면 참 피곤한 노릇입니다.

국제회의의 의제는 전부 저의 전공 분야이며, 또 프린스턴 고등연구소에서 발표한 논문(프린스턴에 있는 동안 논문을 미리 작성하였습니다)과 관계되는 것으로 퍽 기대하고 있습니다.

그러면 또.

1962. 5. 14.
사랑하는 자식 휘소 올림

이 사실이 미국 뉴욕타임스 등 각 신문에 나오자 한국 신문에서도 기사화가 되었다.

이휘소가 한국 신문에 기사화되기 시작한 것은 이것이 처음 있는 일이었다. 국내 신문의 기사들은 박스로 전 신문에서 취급하였다.

그 가운데 하나만 인용한다.

국제물리학회의에
미국대표로 추천
—약관 이 박사—

미국에서 원자핵물리학 박사학위를 받은 한국인이 동양인으로는 처음으로 국제물리학회의에 미국 대표단의 일원으로 추천을 받았다. 1955년 서울공대 재학 중 미국으로 유학을 떠난 이휘소(27세 : 동대문구 보문동1가 3, 박순희 여사의 장남) 군은 1960년 12월 펜실베이니아대학원에서 〈K이론 파이(π)중간자와 핵자현상의 이중분산 표시식에 의한 분석〉에 관한 논문으로 원자물리학 박사학위를 받은 뒤, 프린스턴고등연구소(고 아인슈타인 박사가 일하던 곳)에 연구원으로 재직 중, 미 원자력위원회(AEC)로부터 올여름 이탈리아의 '트리에스테'에서 열리는 국제고에너지물리학회의에 미국 대표단(10명)의 일원으로 추천받았다.

(1962년 6월 4일, 〈조선일보〉)

7년 만의 외출이었다. 그것도 미국을 대표하는 과학자 한 명으로 나가는 외출이었다. 물리학을 가지고 노벨물리학상을 받은 사람들도 몇 명 있지만, 그들마저 제외하고 이휘소를 미국 대표로 뽑은 것은 미국 정부가 이휘소에게 그만큼 기대한다는 의미도 내포되어 있었다. 세계 과학 노벨물리학상의 4분의 3을 독차지하는 미국이고 보면, 미국을 대표한다는 것은 곧 세계를 대표한다고 해도 잘못된 말은 아니었다.

고에너지물리학회의 주제는 물론 원자력의 평화적 이용을 말한다. 1955년 7월 미국, 소련, 영국, 프랑스 등의 대통령이나 수상이 제네바회담에서 원자력의 평화적 이용을 역설한 미국의 대통령 아이젠하워의 뜻에 따라 미국의 포드모터(Ford motor)회사에서 내놓은 1백만 달러의 기금으로 제네바에 설립된 것이 고에너지물리학회이다. 1957년에는 가맹국을 우리나라까지 포함하여 112개국으로 확장하고 정식으로 국제원자력기구(International Atomic Energy Agency)를 발족시켰다.

취지는 원자력의 평화적 이용으로, 여러 나라가 서로 지식을 교환하고, 협조하여 인류 복지에 사용하는 방법을 연구한다고 되어 있다. 원자력은 종래에 있었던 어떤 에너지보다도 크고 또한 방사성을 띠고 있으므로 잘못 써서 폭발하면, 방사 물질이 대기와 해안에 흡수되어 엄청난 피해를 보게 된다. 그 파괴력은 인류가 수만 년에 걸쳐 축적한 문화와 부(富)는 물론 생명까지도 일시에 잿더미로 바꿀 수 있다. 이러한 불행이 전쟁이나 다른 관계로 언제 돌발할지 모르는 처지에 있으므로 국제 관리하에 두고, 불행을 방지하고, 원자력에서 나오는 에너지를 이용하여 인류 문화생활의 수준을 향상시키고, 복지를 진전시켜서 세계의 미개지역과 사막 등 현대문명을 흡수하지 못하는 곳까지 사람이 문화 혜택을 받으며 살 수 있고, 또 공업을 일으켜 인류 복지에 쓴다는 취지로 만든 것이다. 미국원자력위원회에서도 원자력 이용관리에 대한 원자력법을 공포하여, 국방안전보장에 대한 기여와 아울러 평화적 이용을 통한 일반복지를 개선하여 생활 향상에 이바지함을 목적으로 삼는다고 규정하고 있다.

고향의 어머니를 그리며

1962년 8월 학기부터 이휘소는 펜실베이니아대학 부교수로 임명되었다. 그리고 다음 학기인 1963년 2월에 정교수가 되었다. 파격적인 대우였다. 만 28세에 정교수가 된 예는 미국 역사에도 지극히 드문 예였다. 더구나 대학 중간에 유학 온 학생으로서는, 어학 계열의 모국어를 강의하는 특수한 경우를 제외하고는 처음 있는 일이었다.

그런데 문제가 생겼다. 1963년이 되면서 오펜하이머가 강력히 프린스턴고등연구소에서의 연구시간을 더 많이 할애하라고 요구하였다. 펜실베이니아대학 측에서도 주 2일만 강의하도록 배려해 주었다.

프린스턴고등연구소에서 다시 연구에 전념하면서 이휘소는 거의 매달 Su(6)에 대한 연구논문을 물리학지에 발표하였다. 프린스턴고등연구소의 물리는 이휘소가 독차지하고 있다는 인상까지 주었다.

이휘소의 명성이나 학문적 성과가 어느 정도냐 하는 것은 1963년 캘리포니아대학 메이어(Maria Goeppert Mayer : 퀴리부인 이후 여성으로서는 처음 1963년 노벨물리학상을 받은 사람) 교수와 캘리포니아의 라졸라대학에 있는 옌젠(J. Hans D. jensen : 1963년 노벨물리학상 수상) 교수가 당시에 쓴 논문에서 이휘소의 논문을 인용한 것만 보아도 알 수 있다.

이 당시 이휘소는 입자와 대칭성 이론 문제를 주로 다루었다. A. E. 그리고 3세 중핵자의 붕괴 진폭 사이의 동력학적인 관계식을 발견하여 중핵자에 대한 실험치가 퍽 미약한 그 당시 실험학자들에게 새로운 지침을 마련해 주었다. 이휘소가 이룩한 큰일 가운데 하나는 'Su(6)군론을 소립자의 전자기작용 형상에 응용'한 것인데 핵자들의 자기 능률을 이론적으로 계산하여 Su(6)연구이론의 개가를 올렸다.

프린스턴고등연구소장 오펜하이머는 이휘소를 특별히 감싸고돌았다. 본디 오펜하이머는 시카고대학의 페르미에게서 배운 양전닝, 리정다오, 잭 스타인버거(Jack steinberger : 1988년 노벨물리학상 수상) 등을 프린스턴고등연구소로 입소시켜 노벨물리학상을 받게 한 장본인이기도 했다.

양전닝과 리정다오는 중국 출생 물리학자들로 〈패리티(parity) 비보존에 대한 연구〉라는 이른바 핵의 약한 상호작용에서의 반전성 비보존론을 가지고 중국계 물리학자로는 처음 노벨물리학상을 탄 사람들이었다. 두 사람은 논문 32편을 공동 집필했으며 양전닝은 프린스턴고등연구소에서 연구에만 정진하고 있었고, 반면 리정다오는 컬럼비아대학에서 강의도 하는 처지가 되면서 조금씩 멀어지기 시작했다. 양전닝은 특히 이휘소와 가까이 의논하고 연구실적을 같이 공개하는 시간이 많아졌다.

그 당시 오펜하이머는 이휘소의 진지하고 열성적인 연구열에 찬탄을 아끼지 않았다.

"벤자민 리(이휘소)는 까다롭고 지루한 계산을 끝까지 파고

드는 유일한 학자이다. 그는 물리학자이며 수학자이고, 핵과학자로서 20세기에 아인슈타인, 페르미 등보다 이미 앞서 있는 창조적 지도자이다.”

오펜하이머는 항상 이휘소라는 젊은 학자가 다른 나라가 아닌 미국에 있다는 것에 감사해야 한다고까지 말했다.

오펜하이머가 젊은 사람들을 될 수 있는 대로 끌어들인 이유는 연구소에 너무 늙은이들이 많아 경로당처럼 취급받던 전 연구소장 에이델로트(Aydelotte)에 대한 평가를 쇄신시키기 위한 것이었다. 1947년 그가 소장이 되면서, 파이스(Pais), 다이슨(Dyson), 양전닝, 리정다오 등을 끌어들여 노벨물리학상 수상자들을 배출시킨 이후 꾸준히 젊은 학자들을 선호하고 있었다.

1963년 11월 일과를 마치고 귀가할 준비를 하는데 오펜하이머가 일층 식당으로 와 달라고 부탁했다. 특별한 외부 손님이 올 때에 이용하는 응접실이었다.

“이 박사하고 술 한잔하려고 불렀지.”

“감사합니다.”

응접실에는 포도주 몇 병과 간단한 안주가 준비되어 있었다. 안주는 중국식당에서 준비한 듯, 닭조림과 쇠고기튀김이 있었다.

“한잔하지요.”

“네.”

“이 박사의 조국은 지금 군권이 장악하고 있지요? 북한도 김일성이라는 군권이 장악하고 있고요?”

“그렇습니다. 민간이양을 한다고 몇 번이나 약속하고도 계속 정권을 잡고 있습니다.”

“한 번 잡은 정권인데, 박정희 씨가 쉽게 내주겠소? 기대
하지 마시오.”

“그래도 기대는 해보고 있습니다.”

“그래, 민주주의 역사를 사람들은 철학이나 정치사에서 보
는 게 일반적 인식이지요. 이른바 루소의 사회계약설이나 자
연권 사상의 영향에서 온 것이라든지, 홉스의 생명존중 사상
에서 나왔다고 하지요. 그런데 민주주의 발전과정을 살펴보면
그들의 영향도 있었겠지만, 국민 의식이나 정책자 의식이 과
학에 바탕을 두었을 때에만이 성공한다고 할 수 있어요. 과학
발달과 민주주의 발달은 같이 간다고 할까요?”

“그게 무슨 말씀이십니까?”

“과학은 누구에게나 공평하지 않나요? 인간은 누구나 같
다. 똑같은 구조와 사고능력을 갖췄다. 과학 앞에서는 누구나
평등하다는 사고가 민주주의의 바탕이지요. 논리적 사고, 합
리적 실험, 엄격한 증거와 경험 등이 필요한 것도 민주주의
형식과 같은 것이라고 볼 수 있지요. 군부독재가 생기거나 하
는 나라가 과학이 발전하지 못한 데서 생겨나는 경우가 많은
것도 같은 이유고요.”

“그렇다면 소련과 같은 공산국가의 과학이 발달한 이유는
무엇입니까?”

“그거야 제2차 세계대전 당시 연합군과 함께 승리를 이루었
고, 드넓은 영토나 인구를 동원해서 여러 모양의 과학기구를
설립했기 때문이겠지요. 그런데 그런 형태의 정책 가운데서는
인재가 고루 활용되지 못하고, 정책에 따라 과학 방향이 바뀌

고, 또 전쟁에 대비한 과학 발전만 앞세우기 쉬워서 생명이 오래갈 수는 없다는 게 내 신념이지요. 과학이 강제성을 띠면 비판정신이 사라져 버리고 오로지 과학자는 정책의 도구로 전락하지요. 일종의 로봇이랄까? 인간을 로봇으로 만들고 선진국이라고 하면, 그런 사회나 국가가 오래갈 수는 없을 테니까요."

"그런 것 같습니다. 미국의 민주주의가 건전하게 발달한 것도 과학정신이 깃들어 있기 때문인 것 같습니다."

"이 박사, 그런데 내가 얼마 전 입수한 정보에 의하면 북한이 핵무기를 개발하고 있다더군요."

"네? 북한에서 핵을 개발한다고요?"

"뭐, 아직 기초단계이겠지요. 남한보다 국력이 강하고 지하자원도 많으니까요. 또 한국전쟁 때 미국에 너무 당했으니까, 방위수단으로 생각하고 있겠지요. 하여간 함흥인가에 총본부를 만들고, 다른 지역에서 만들 준비를 하는 것은 확실한 모양이오."

"아, 네."

"그렇게 되면, 언젠가는 남한에서도 만든다고 할지도 모르지요? 그럴 때 혹시 이 박사를 이용하려 할지도 모르고요."

"저는, 몇 번이나 다짐하고 있습니다. 어떤 경우고 이론물리학자로만 남겠다고."

"그래, 나도 젊어서는 그랬어요. 자, 술이나 하지요."

"네."

"이 박사?"

"네."

"나처럼 살지는 마시오."

"감사합니다."

오펜하이머와는 그 뒤에도 자주 만났다. 아니, 일주일에 두세 번은 언제나 식당에서 함께 식사를 했다.

이휘소의 생활은 상당히 안정되었다. 심만청과 이휘소 사이에는 천(泉 : 미국명은 제프리(Geoffrey))이 태어났고, 학교에서 나오는 일정한 금액으로는 어머니에게 정기적으로 송금까지 해 주었으며, 때로는 가족들과 가까운 바닷가 등에서 지내기도 했다. 그러나 어머니에게 보내는 편지는 상당히 횟수가 줄어들었다. 그것은 그만큼 여유가 생기고 또 어머니의 목소리를 직접 듣고 싶어서 자주 전화를 하였기 때문이다.

그 당시 생활을 적은 편지를 인용한다.

어머님 전 상서

그간 편지 못 드려서 대단히 죄송합니다. 엽서와 만청의 편지는 받으셨는지요? 5월 첫날에 한국은행 편으로 송금하였는데, 그것은 받으셨는지요? 저희는 태평양 해안에서 어느덧 1개월간 지냈답니다. 천(泉)이도 퍽 커서, 이제는 우유 외에도 유아용 식품을 잘 먹고, 또 이(齒)가 앞에 두 개나 났습니다. 어미 아범도 알아보고, 퍽 재미가 있습니다. 저는 이곳 연구소에서 연구와 또 강의로 매일 정진하고 있습니다. 이곳은 태평양 해류로 여름은 시원하고 겨울은 비가 많고, 따뜻하답니다. 작년에는 이곳에서 세계박람회가 있어서 아직도 시설이 남아 있습니다. 서울의 고려정이 박람회의 한국 음식점으로

왔다가 이곳에서 개업하고 있어, 만청을 데리고 몇 번 갔습니다. 만청이 김치, 갈비, 불고기, 닭찜, 신선로 등을 퍽 좋아하고 집에서도 자주 한국요리를 합니다.

약 일주일 뒤에 저희는 캐나다를 통하여 위스콘신대학의 하기 이론물리학연구소에 갈 예정입니다. 그곳에서 약 1개월 반 있다가 필라델피아로 돌아갈 예정입니다. 미국의 대서양 해안은 하기에 기온이 높고(35도), 습기가 높아 냉방장치가 없이는 지내기 어렵습니다.

영자 결혼은 어떻게 되는지요? 저희는 어머님께서 오시는 날을 고대하고 있습니다. 미국 입국사증(入國査證)은 발행 후 약 반년 간 유효하니, 빨리 받으시는 게 좋지 않을까요?

철웅이 취직 축하한다고 전하여 주십시오. 일에 정진하기를 바랍니다. 무언이 미국 유학 건은 알아보셨는지요? 어떻게 도와주고 싶습니다만 자신이 우선 서둘러야만 되는 일이니까요.

전번 편지에 동봉하신 묘지 사진은 감읍하고 받아 보았습니다.

저는 아무것도 못하여 퍽 낯이 없습니다.

그러면 '위스콘신'에서 편지 올리겠습니다.

1963. 10. 14.
사랑하는 휘소, 만청, 천 올림

1964년이 되면서 오펜하이머가 가장 아꼈던 양전닝과 리정다오가 갈라섰다. 리정다오가 프린스턴고등연구소에 사표를 내고 컬럼비아대학으로 간 것이다. 양전닝은 리정다오보다 6

살이나 위로 언제나 동생이나 제자처럼 대우해 주었고, 또 자상히 보살펴 주었지만 자기를 버린 리정다오 때문에 몹시 마음이 상해 있었다. 오펜하이머도 직접 리정다오의 집까지 방문하여 설득했으나 실패하고 말았다. 리정다오 입장에서는 대학과 연구소를 오가는 것이 힘들었고, 컬럼비아대학은 고등연구소와 같은 연구환경이 조성되어 있었다. 또한 컬럼비아대학 교수진에는 라비를 비롯해 노벨상을 이미 탄 교수진이 3명이나 더 있어, 그들과 함께 연구하기도 벅찼으므로 결단을 내린 것이었다. 양전닝 입장에서는 어쨌든 심한 배신감을 맛보았다. 더구나 현대물리학은 거의 공동연구 시대를 맞고 있는 실정이었다.

양전닝 연구실과 이휘소 연구실은 건물 하나를 마주하고 있었다. 이휘소는 5월 초여름에 양전닝의 연구실을 찾았다.

"이 박사, 반갑습니다. 지난번 식사 도중 오펜하이머 소장님이 수학문제를 냈을 때 그 자리에서 10분 뒤에 해답을 내놓으셔 혹시 틀리지나 않나 하고 연구실에 와 10여 일만에 해답을 얻었는데 이 박사 해답이 맞는 것을 보고 깜짝 놀랐습니다."

"아, 네."

보름 전 오펜하이머 소장과 양전닝 교수와 함께 식사 도중 소장이 두 사람에게 수학문제를 낸 적이 있었다. 생전 처음 보는 문제였다. 오펜하이머 소장은 최근 어려운 문제가 생기면 같이 의논하여 문제를 풀게 하여 해결해 가고 있었다. 그는 1945년쯤부터 술과 담배에 찌들어 육신도 정신도 피로해 있었고 최근에는 걸음걸이마저 둔해 있었다. 그때 이휘소가 식사를 하면서 정답을 풀어준 적이 있었다. 양 교수가 그 사건을 칭찬하고 있는 것이다.

"놀라운 일입니다. 이 박사님, 저도 많이 도와주시오."

"무슨 말씀을. 양 박사님께서는 중국과 타이완 가운데 어디에 더 가깝습니까?"

"장제스(蔣介石) 정부 시절, 이른바 제2차 세계대전 후 연합군이 일본에 승리하고 정부의 국비유학생으로 미국에 공부하러 왔지만 장제스 정부가 타이완으로 가고 가족은 그냥 중국 쪽에 남아 있죠. 그러니 어느 쪽도 아닙니다. 양쪽이 다 조국인 셈이죠. 1950년쯤 국적도 미국으로 옮겼고요. 이 박사의 가족들은 서울에 계시죠?"

"네, 서울에 어머님과 동생들이 있습니다."

"국적은요?"

"이중국적을 가지고 있습니다. 양 박사님의 고향은 중국의 상하이 근처이죠?"

"중국 안후이성(安徽省)입니다. 상하이에서 얼마 안 되죠."

"양 교수님께서는 지금도 조국이 필요하다면, 조국으로 돌아가시겠습니까?"

"물론이죠. 수구초심(首丘初心)이란 말이 있지 않습니까? 짐승도 태어난 곳을 늘 그린다는데, 그러나 중국과 타이완이 다 조국인 셈이죠. 더구나 두 나라의 관계가 적대해 있으니까 지금은 이곳에서 더 열심히 공부하는 길이 최상의 선택이라는 신념을 가지고 있습니다만 그래도 역시 가족이 있는 중국에 더 애정을 느끼죠."

양 교수가 커피를 들면서 질문해 왔다.

"이 박사를 특히 총애하시는 오펜하이머 소장님처럼 혹시 이 박사를 조국에서 불러 큰일을 시키신다면 어떻게 하시겠습니까?"

"조국 발전에 도움이 되는 일을 해야겠지요. 그러나 파괴적인 물건은 결코 만들지 않을 각오입니다."

"글쎄요. 오펜하이머 소장이라고 원자탄을 만들고 싶었겠어요. 대통령이 손수 부탁하니까 어쩔 수 없었겠죠. 딴은 소장님은 노벨물리학상을 탔어서 벌써 타실 분인데, 원자탄을 만든 것 때문에 상도 못탔죠."

"그러게 말입니다. 노벨물리학상을 타고 안 타고가 중요한 것은 아니겠지만……."

"네, 잘 들었습니다. 부인과 아이들도 잘 계시지요?"

"네."

"부부 동반해서 제가 저녁 초대를 하고 싶습니다."

"감사합니다."

양전닝 교수와는 자주 가족 간의 모임도 했다. 양전닝 교수의 부인은 같은 중국인이어서 특히 이휘소의 아내와 사이좋게 지냈다.

1965년 말, 정서적으로 황폐되고 기력을 잃은 오펜하이머가 송별식도 없이 프린스턴고등연구소를 떠났다. 후임으로 케네디 대통령 시절 경제 자문위원을 지냈던 칼 캐이슨(C. Katson)이 들어왔다. 연구원들은 동요했고, 분위기는 삽시간에 바뀌기 시작했다. 신임소장은 모든 것에 관여하려 했고, 모든 것을 정치적으로 이용하려고 했기 때문이다.

주위의 분위기와는 관계없이 휘소의 가정은 안정되어 갔다. 그 사이 딸 안(安 : 미국명은 아이린(Irene))이 태어났고, 천이는 하루가 다르게 크는 느낌이었다. 또한 한국에 계신 어머니에게도 많지는 않지만 매달 200달러는 꼭 송금했다. 동생들은 자신이 중국식당에서 음식을 배달하며 공부하던 때처럼 고생하지 않길 바랐다.

1966년이 되면서 양전닝 교수가 휘소에게 뉴욕주립대학(Stony Brook)으로 자리를 옮기길 권했다. 이휘소에 대한 펜실베이니아대학 총장이나 학장의 기대나 애정이 매우 극진하고, 학교에 많은 은혜를 입었기에 많이 고민했지만 앞으로의 연구를 위해 주립대학으로 직장을 옮겼다. 새로 설립된 뉴욕주립대학은 총장에 물리학자 톨(Toll), 물리학과 주임이자 자연대학장에 양전닝 교수가 있었다. 휘소는 이들과 함께 주립대학을 이끄는 핵심 구성원이 되었다. 양전닝과 휘소가 있다는 소문은 중국과 한국에까지 널러 퍼져 미국유학을 준비하는 많은 학생이 주립대학으로 몰리는 경향이 있었다.

강주상(姜周相 : 고려대학 명예교수)과 피서영(皮瑞英 : 현 보스턴대학 교수)도 그 가운데 몇 명이었는데 이휘소에게 박사학위를 받은 대표적인 인물들이었다.

특히 강주상은 졸업하고 국내에 들어와 대학교수를 하는 동안에도 계속 이휘소와 그의 가족(어머니)과의 중간 역할을 해 준 분이다. 또한 피서영은 영문학자이며, 수필가이며 시인인 피천득의 딸이며, 서울대학교 물리학과 출신으로 이휘소가 연구하는데 도움도 많이 준 여성이다. 여성적인 섬세함으로 이휘소의 논문에 신경을 써 주었으며, 이휘소도 강주상이나 피서영의 논문을 지도할 때는 특별한 신경을 써 주었다.

그리고 컬럼비아대학의 이원영 교수나 브라운대학의 강경식 교수 등 재미한국과학자들과도 관계를 맺고 연락도 되었다.

이휘소가 있는 곳에는 언제나 많은 수의 학자들이 모였다. 그들은 휘소에게 끝없이 질문하고, 휘소는 끝없이 답변하였다. 이휘소의 동태는 매월 발간하는 과학잡지에 자주 나왔으며, 이휘소의 논문을 구하기 위하여 잡지마다 혈안이 되어 있었다. 휘소는 무섭게 공부했다. 이미 세계 최첨단의 경지에 올라와 있는 것을 스스로 느끼고 있었지만, 학문을 중단하거나 쉬어 가면서 한다는 것은 용서되지 않았다.

이휘소의 생활에 갈등이 없었던 것은 아니었다. 전 프린스턴고등연구소장 오펜하이머가 정신이상이 생겼다는 연락을 받고 양전닝 교수와 같이 정신병원으로 달려갔다.

담당의사와 간호사의 부축을 받으며 병실 밖으로 나온 그의 몰골은 몹시 초췌했다. 건장했던 몸은 술과 담배에 찌들어 있었고, 온몸을 떨며 눈은 허공을 맴돌고 있었다. 그는 무언가 주문처럼 열심히 외우고 있었다. 거의 실성한 듯 보였다.

1967년 초에 오펜하이머는 죽었다. 한 시대를 지배했던 사람이, 세상 사람들의 조롱거리인 미치광이가 되어 죽은 날짜도 확실하지 않게 거리에서 얼어 죽은 것이다.

1970년이 되면서 이휘소는 프랑스의 파리대학교에 가 있었다. 그곳 대학에서 강의도 했고, 파리과학고등연구소에서 수학과 과학의 연구를 보완했다. 같은 해 여름, 도모나가 신이치로(朝永振一郎 : 1965년 노벨물리학상 수상)의 초대특강이 있어 일본의 교토대학에서 일주일 동안 머물렀다. 당시 교토대학 박물관에서 독도가 한국 땅임을 입증하는 지도를 발견했다. 이것은 당시 두 나라 간 신문에 화제가 되기도 했다. 교토에 있으면서도 한국을 들르지 못한 것은 일정이 짧았기 때문이었다.

생활은 단조로우면서도 활기에 차 있었다. 뉴욕주립대학 근처에 새집도 마련하였다. 대지 100여 평에 건평 50여 평의 2층 집이었다. 차로 가면 5분 내외로 대서양 바닷가에 닿을 수 있는 곳이었다. 또한 천이도 많이 커 유치원에 다니기 시작했고, 안이는 활기차고 장난도 잘 치며 호기심이 많은 아이로 잘 자라고 있었다.

그러나 한국의 가정사정은 좋지만은 않은 듯했다. 가정에 여유가 생기자 이휘소의 둘째 동생 무언이 독일로 경제학을 공부한다고 갔지만, 건강이 악화되어 귀국도 못하고 병원비만 한없이 들어가고 있다고 했다. 거기다 자폐증 증세까지 보여 가족들을 안타깝게 하고 있다는 것이다. 전쟁통에 굶기를 밥 먹듯이 했기 때문일 것이다.

이휘소는 3일간은 뉴욕주립대학에 나가고 하루만 프린스턴 고등연구소에 출근하였다. 대학에서의 생활도 안정되었다. 양전닝 교수와의 관계도 원만하였고, 대학은 신설된 곳이지만, 연구실, 도서실, 실험실 등 물리학과 중심대학으로서 손색이 없었다.

1970년 12월 초에는 고에너지물리학 세미나 관계로 샌프란

시스코에서 양전닝 교수와 함께 10일간 있었다. 거기서 이휘소는 고에너지 분과위원장을 맡아 사회도 보고 연구발표도 하였다. 대부분이 노벨물리학상을 탔거나 탈 후보들이 중심이 된 회의였다. 라비, 겔만, 와인버그, 살람, 글래쇼(S. Glashow) 등과의 교분도 두터워졌다. 특히 겔만은 휘소에게 극진한 애정을 보였고, 자기가 제시한 쿼크에 대하여 해답 찾기를 부탁하기까지 했다.

겨울방학 때는 될 수 있으면 외출을 피하고 집에서 보냈다. 2층 서재에서 책을 읽거나 정원을 새로 단장하거나 아이들과의 놀이도 즐겼다. 그러나 그의 연구열이 중단된 것은 아니다.

겔만이 제시한 쿼크란 양성자, 중성자, 중간자 등과 같은 소립자를 구성하고 있다고 생각되는, 보다 기본적인 입자를 말한다. 그런데 소전하(素電荷)의 3분의 1이나 3분의 2의 전하를 가질 것이라는 가설만 제시했을 뿐이었다. 자연의 기본법칙 가운데 가장 두드러지는 것이 중력이다. 중력이란 지구상의 물체가 지구로부터 받는 힘을 말한다. 만유인력과 지구의 자전에 의한 원심력의 합력이다. 이것도 지구상의 장소에 따라 다르게 나타나며, 특히 적도 부근에서는 가장 작게 나타난다. 중력보다 몇조 배나 강한, 중성자와 양성자를 결속하여 원자핵을 이루고 있는 힘으로 중간자에 의해서 매개되는 강핵력(强核力)은 원자핵을 한데 묶어준다. 전자를 원자핵에다 속박시키고 있는 힘으로 광자에 의하여 매개되고 있는 전자기력(電磁氣力)은 원자핵 둘레에다 전자들을 잡아두고 일반 물질이 단단하게 보이는 역할을 한다. 원자핵은 자발적으로 붕괴하며 핵 내의 중성자가 양성자로 전환하면서 전자와 반중성미자가 탄생되어 핵 외로 방출되는 붕괴현상을 지배하는 약핵력(弱核力)은 우라늄과 같은 일정한 원자의 방사성 붕괴를 일으키는 원인이다. 아인슈타인은 말년 30여 년간 수학의 늪을 헤매며 서로 다른 자연법칙들을 하나로 어우르는 방법을 찾으려 했지만 성공할 수 없었다. 1945년 노벨물리학상을 받은 파울리는 이런 통일법칙을 연구하다가 '하느님이 흩어놓으신 것을 인간이 어찌 합칠 수 있으랴'라는 푸념을 늘어놓았다. 겔만이 제시한 쿼크란 원자보다 더 작은 아원자입자(亞原子粒子) 가운데서도 아원자입자이다. 이것을 찾는 것은 확실히 우주의 신비를 벗기는 데 진일보하는 계기가 될 것이다. 그러나 겔만은 물론 누구도 당시로써는 쉽게 접근하지 못하고 있었다.

그럴 때는 문제와 멀리 떨어져서 있는 게 편하고 그러다 보면 또 대상을 더 정확하게 볼 수 있을 때도 있다. 아인슈타인은 이럴 때 바이올린을 켜거나 논어나 톨스토이를 읽었다고 했고, 보어나 하이젠베르크는 정처 없는 여행을 떠났고, 페르미는 역사책을 즐겨 읽었고, 오펜하이머는 몇 달이고 동양철학에 빠져 있었다고 한다. 또한 쿼크론을 주장한 겔만은 심리주의소설을 주로 읽는다고 하던가?

휘소는 즐겨 시를 읽었다. 중학교 때나 고등학교에서 배운 시부터 최근 흥미를 느낀 19세기 영국 시인 키츠의 섬세한 미적 감수성과 탁월한 유추를 좋아했다. 유추는 모든 학문이 아니던가. 그리고 하나하나 노트에 적어 놓았다.

千里家山萬疊峯 (천리가산만첩봉)

歸心長在夢魂中 (귀심장재몽혼중)
寒松亭畔孤輪月 (한송정반고윤월)
鏡浦臺前一陣風 (경포대전일진풍)
沙上白鷺恒聚山 (사상백로항취산)
波頭漁艇各西東 (파두어정각서동)
何時重踏臨瀛路 (하시중답임영로)
綵服斑衣膝下縫 (채복반의슬하봉)

신사임당의 〈사친(思親)〉

천 리 먼 고향산은 만 겹 봉우리로 막혔고
가고픈 마음은 오래도록 꿈속에 있네.
한송정 가에는 외로운 둥근 달이요
경포대 앞에는 한 줄기 바람이로다
모래 벌엔 백로가 언제나 모였다 흩어지고
파도 위엔 고깃배가 오락가락 떠다닌다.
어느 때 고향길을 다시 밟아서
색동옷 입고 어머님 곁에서 바느질할꼬.

(번역 : 필자)

天步西門遠 (천보서문원)
君儲北地危 (군저북지위)
孤臣憂國日 (고신우국일)
壯士樹勳時 (장사수훈시)
西海魚龍動 (서해어용동)
盟山草木知 (맹산초목지)

讐夷如盡滅(수이여진멸)
雖死不爲辭(수사불위사)

이순신의 〈진중음(陣中吟)〉

임의 행차 서쪽으로 멀리 뜨시고
왕자님도 북방에서 위급한 때로다
나라를 걱정하는 외로운 신하
장사들은 공훈을 세울 기회다
바다에 다짐하니 어룡이 동하고
산에다 맹세하니 초목이 아네
원수를 모조리 무찌른다면
내 한 몸 죽음을 즐겨 맞으리.

(번역 : 필자)

O Attic shape! Fair attitude! with brede
Of marble men and maidens overwrought,
With forest branches and the trodden weed;
Thou, silent form, dost tease us out of thought
As doth eternity : Cold Pastoral!
When old age shall this generation waste,
Thou shalt remain, in midst of other woe
Than ours, a friend to man, to whom thou say'st,
"Beauty is truth, truth is beauty"—that is all
Ye khow on earth, and all ye need to know.

Keats, 〈ode on a Grecian urm〉에서

오 아티카의 모습이여! 아름다운 자태여!
대리석 위의 남자와 처녀들의 그림과
숲의 나뭇가지와 짓밟힌 잡초로 온 표면이 수놓인,
말 없는 형상이여! 너는 영원처럼
우리의 생각이 미칠 수 없게 괴롭히누나! 차가운 목가여!
늙음이 이 세대를 황폐케 할 때
너는 우리의 고통과는 다른 고통의
한복판에서, 인간에게 친구로 남으리
그리고 인간에게 말하리
"아름다움은 진리이고, 진리만이 아름다움"이라고, 이것이
너희들이 이 세상에서 아는 전부며, 알 필요가 있는 전부라고
　　　　　키츠의 〈그리스 자기에 부치는 노래〉 가운데서
　　　　　　　　　　　　　　　　　　　　(번역 : 필자)

휘소는 〈사친〉을 읽으며 고향과 어머니를 생각했고, 〈진중음〉을 읽으며 조국의 현실을 생각했을 것이다. 그리고 키츠의 시를 읽으며 진리를 추구해 보려는 자신을 달랬을 것이다.
1971년 새해가 되면서 로스앤젤레스에 있는 캘리포니아대학의 겔만 교수의 초청이 있었다. 한 학기 동안 같이 연구하자는 제안이었다.
그때 보낸 편지를 공개한다.

어머님 전 상서
편지와 카드 잘 받았습니다. 철웅 가족에서 온 카드도 잘 받았습니다. 이곳 저희 가족은 잘 있습니다. 오늘이 신년입니

다. 이곳에는 눈이 약 20cm나 와서, 집에만 있습니다.

우선 저희 소식부터 말씀하지요. 저는 가주공과대학(加州工科大學, California Institute of Technology)의 초청으로 그곳에 약 5개월 가 있을 예정입니다. 그곳에 겔만 교수의 초청으로 1월 15일부터 약 5개월간 가족을 데리고 따뜻한 남가주(南加州)에 갑니다. 아이들은 그곳 대학 근처의 학교에 입학시킬 예정입니다. 그곳에 도착하는 대로 편지하겠습니다.

무언이와 같은 숙소에 있는 미국 유학생이 방학에 미국에 돌아와 크리스마스 직전에 뉴욕 비행장에서 전화했습니다. 무언이 일을 퍽 걱정해 주고 하는 말이, 꽤 회복은 됐으나 아직 시원치 못하다고요. 독일생활에 아직 익숙지 못하고, 독일 학생들과도 잘 지내지를 못하고 해서요(동숙하는 학생들은 친절히 해주느라고 노력한답니다).

어머님, 경제적으로 퍽 곤란하신 것 같아서 마음이 아픕니다. 어떻게 철웅이가 일이 잘돼, 생활이 폈으면 합니다만 한국 사회 경제는 좀 더 공정하고, 모든 사람이 살 수 있게 되기는 아직도 먼 것 같습니다.

천이와 안이도 모두 잘 자라고 있습니다. 천이는 수학과 과학을 좋아하고 안이는 퍽 예술적입니다. 안이는 그림을 잘 그리고 발레를 배우고, 천이와 정겹게 노는 것을 보면 저의 어린 시절이 생각납니다. 소학교 5학년 때 웅변대회에서 상으로 3백 원을 받아, 고모님 댁에 가서 현미경을 얻은 생각이 납니다. 중학교 1, 2년 때 병원 2층에서 화학실험하던 생각도 나고요. 천이와 안이는 전쟁도 없고, 경제적 곤란도 없는 사회에서 자유롭게 크기를 원하며, 저는 그것을 이루기 위해서 일

해야 하겠습니다.

저의 행복스러운 시절은, 어머님께서 주신 것입니다. 감사합니다.

신년에 복 많이 받으세요.

1971. 1. 4.
사랑하는 휘소 가족

로스앤젤레스의 생활은 캘리포니아대학의 특별배려와 겔만 교수의 자상한 관심으로 평탄하였다.

특히 캘리포니아공과대학(CIT)은 미국 동부에 있는 매사추세츠공과대학(MIT)과 함께 가장 권위 있는 과학기술대학이다. 학부과정은 교수와 학생 비율이 1대 3으로 강의하며, 대학원에서부터는 1대 2로 강의한다. 그러니까 학생 3명이나 2명과 함께 끊임없이 토론하고, 과제를 주어 평가한다. 캘리포니아공과대학 박사학위 출신 노벨상 과학부문 수상자가 당시 15명(현재 30여 명)이나 된다. 그러니까 캘리포니아공과대학 박사학위시험에 합격하면 노벨상 후보에 오르는 것과 같다.

강의는 박사과정의 소립자론을 택한 학생 2명을 상대로 주당 2시간 맡았을 뿐이고, 나머지 시간은 연구활동에 할애해 주었다. 저녁에는 가족들과 함께 한국식당에 들러, 김치와 불고기도 맛보고 또 바닷가에서 커피를 마시는 시간도 즐겼다. 거기서 몇 번이고 잠시 시간을 내어 귀국을 꿈꿔 보기도 했다. 무엇보다 심만청과 아이들이 한국을 보고 싶어했다. 그 시절 이휘소는 어머니와 고향을 그리는 시도 써 보았다.

‘어머니’라고 부르면
머언 먼 바다를 보는 것 같지요.
젖내음 같은 그리움이
출렁이는 파도를 타고 밀려오며
언제나 신선하게 감싸 안고
가슴을 뛰게 하지요.

‘어머니’라고 부르면
거대한 산을 보는 것 같지요
마땅히 정상에 올라
온 누리가 적은 것을 바라보며*
언제나 새로운 꿈에 젖어
마음을 설레게 하지요

* 두보의 〈망악(望嶽)〉 간접인용
—이휘소의 ‘어머니’에서—

휘소의 사상적 바탕은 아무래도 유교적인 데서 벗어나지 못하는 것일까. 어머니를 생각하면서도 ‘언제나 천하에 이름을 떨쳐 부모까지 명예롭게 하는 것’(立身行道 揚名於後世 以顯父母 孝之終也)이라는 다소 목적적인 이미지가 주류를 이루고 있다. 이휘소는 연구에 파묻혀 있는 시간 이외는 시를 감상하고, 또 서툴지만 스스로 시도 써 보았다.

4월로 접어들어 첫 번째 휴일, 겔만 교수는 같이 콜로라도 강가를 타고 로키산맥 근교로 산행을 가자고 제안해 왔다. 가족들과 같이 소풍을 간 예는 두어 번 있었지만, 단 둘의 산행은 처음이었다. 콜로라도 강은 그랜드캐니언을 돌아 로스앤젤레스 근교로 흐른다.

휘소가 간편한 옷차림으로 약속장소에 도착한 것이 오전 10시 30분, 이미 겔만 교수가 기다리고 있었다. 초봄의 빛깔로 산과 강이 약동하고 있었다.

"겔만 교수님께서는 산에 자주 가십니까?"

"그럼요. 한 달이면 한두 번은 다니는 셈이지요. 최근 몇 달은 못 다녔습니다만, 이 박사님은 자주 안 가십니까?"

"어쩌다가 갑니다만……."

"아, 네, 한국에도 산이 많지요. 어느 기사를 보니까, 세계의 수도 가운데 서울만이 사방이 산으로 둘러싸여 있다고 하던데요."

"네, 그렇습니다. 북한산, 도봉산, 관악산, 수락산, 불암산, 수리산 등으로 둘러싸여 있지요. 자연환경이 아름다운 도시지요."

"기회가 닿으면, 한 번 같이 가보고 싶습니다."

"감사합니다."

계곡을 타고 30여 분 걷다가, 잠시 쉬면서 가게에서 커피를 사 마셨다.

"내가 이 박사를 다시 만난 것이 1962년 이탈리아의 트리에스테에서 뵈었지요. 프린스턴고등연구소에 좀 더 있었으면 이 박사와 의논할 시간이 많았을 터인데요. 내가 1957년에 들어가서 4년 반 있다가 나온 관계로 잠깐만 뵈었지요."

“네, 알고 있습니다.”

“이 박사님, 시카고에 세워지고 있는 페르미국립가속기연구소(Fermi National Accelerator Laboratory ; 약칭 페르미랩)에 대하여 알고 계십니까?”

“관심을 갖고 기사를 보았습니다만.”

“물론, 페르미를 추모하는 의미로 붙여진 이름입니다만, 아마 세계 최대의 연구소이며 실험실이 될 것입니다. 미국의 52개 대학들이 연합해서 세우고 또 미국원자력위원회에서 지원하는 곳이죠. 그런데 페르미가 시카고대학에 있었고 시카고대학에서 가장 많은 돈을 출연했으므로 시카고과학대학에서 우선 책임지고 운영하게 되어 있죠. 그런데 나에게 시카고 과학대학 책임자 겸 페르미랩 이론물리학 책임자로 와 달라는 부탁을 받았습니다.”

“그러면, 그리로 가십니까?”

“그게 아니고요. 그래서 내가 이 박사님을 그 자리에 추천했습니다. 물론 이 박사님께 미리 말씀드리고 추천하는 게 예의인 줄 압니다만.”

“제가 어떻게 박사님께서 가실 자리로 가겠습니까?”

“미국의 과학대학은 동부의 MIT대학, 뉴욕의 컬럼비아대학, 일리노이주의 시카고대학, 그리고 이곳인 캘리포니아대학들이 대표하는 곳일 것입니다. 하버드, 펜실베이니아, 프린스턴 등이 있지만, 아무래도 국민 의식과 오랜 전통이 네 개 대학에는 못 미치죠. 이 박사님이 계신 뉴욕주립대학도 훌륭한 대학이긴 하지만 신설된 곳이고, 또 양전닝 교수라는 너무도 잘 알려진 분이 계십니다. 물론 양 교수님과 같이 있으면 여러 가지 좋은 점도 있겠지만 이 박사님의 능력이 가려질 수도 있을 것입니다. 내가 아는 이 박사님의 능력은 이미 그러한 경지를 넘어서 있습니다. 그래서 나보다 더 유능하고 나보다 더 이론에 밝은, 그리고 누구보다 성실한 이 박사님만이 시카고대학 교수직과 페르미랩 이론물리학 책임자로 일할 수 있다고 추천했습니다.”

“네, 감사합니다만 제가 그런 엄청난 일을 기대에 어긋나지 않게 수행할지 모르겠습니다.”

“내 판단에는 지금으로는 이 박사만이 하실 수 있을 것입니다. 나도 왜 가고 싶지 않겠습니까만 냉정하게 나 자신을 돌아보고 또 미국 과학계를 관찰하였습니다. 그 결과 나대로 얻은 결론입니다. 이 박사님, 내 성의를 저버리지 말아 주십시오.”

“네, 너무 가슴이 벅차 무슨 말씀을 드릴지 모르겠습니다. 바로 답변해 드리겠습니다.”

겔만이 누구인가? 아인슈타인, 페르미, 오펜하이머 이후 실질적으로 미국 과학계를 주도하는 사람이 아닌가? 그런데 그가 지금 이휘소에게 마땅히 자기가 가야 할 자리이지만 휘소의 능력이 자기보다 위에 있다고 판단되어 시카고대학 교수 겸 페르미랩 이론물리학 책임자로 가 달라고 부탁하는 것이다. 생각하면 뉴욕주립대학의 생활도 즐겁고 보람 있는 것이었다. 특히 양전닝이라는 같은 동양인 교수와의 생활이 즐겁고, 또 그의 자상한 보살핌에 늘 감사하고 있었다. 그런데 겔만이 지금 미국의 최첨단 실험실까지 갖추어진 페르미랩 책임자로 추천했다는 것이다.

"물론 사사로운 정을 생각하시거나 개인적인 의리를 생각하시면, 현재 계신 뉴욕주립대학도 좋은 곳입니다. 그러나 친구나 형제 사이에서도 더 공부할 수 있고 더 발전할 수 있는 길이 있다면, 그런 길을 택하게 해 주는 게 더 의미 있는 일이며 아름다운 점일 것입니다. 내 개인적인 욕심만 부린다면 '이왕 이곳에 오셨으니 나와 같이 있자'라거나, '같이 시카고 대학에 가자'라고 제안할 수도 있습니다. 그러나 그런 것은 이 박사가 20대였을 때나 갓 학위를 땄을 때는 몰라도 지금의 이 박사께 그런 부탁을 할 수는 없습니다. 만약 이 박사께서 시카고에 가시면 누가 한 업적보다 큰 업적을 남기실 겁니다."

"감사합니다. 박사님의 기대에 어긋나지 않게 노력하겠습니다. 제가 그곳에 가게 되면 멀리서지만 계속 지도해 주십시오."

"알았습니다. 이 박사, 감사합니다."

겔만과 이휘소는 산에 오르며 인간적으로나 학문적으로 깊이 신뢰하는 관계로 발전했다.

며칠 뒤 이휘소는 어머니에게 로스앤젤레스의 생활을 보고하는 편지를 썼다.

어머님 전 상서

그동안 편지 못 드려서 죄송합니다. 이곳 모두 잘 지내고 있습니다. 천과 안 모두 학교에 잘 다니고 있습니다. 4월 중순에 성적표를 받아 왔습니다. 사본을 동봉합니다. 천이는 퍽 잘하는 것 같습니다. 안이도 곧잘 하고요.

무언에겐 그동안 몇 번 편지했습니다. 어머님이 2백 달러

송금해 주셨다고요. 어머님이 큰 희생을 하셔서 돈을 보내 주신 것 같아서 퍽 감격했습니다. 감사합니다. 그곳 의사 말이 휴가로 귀국했다 돌아오면 어떻겠냐고 합니다만 어떻게 생각하시는지요? 경비도 많이 들고 해서요.

수일 전 이곳 로스앤젤레스 근방에 있는 한국기술자회에서 초청강의를 하고, 전에 신설동 저희 근방에 살았다는 권 박사(저보다 1, 2년 젊은 사람)를 만났습니다. 조규억의 집에 올라가는 길옆에서 살았다고요(토관공장 위), 한국에서 본 기억은 없습니다만 참 반가웠습니다.

이곳 서해안에서는 동양이 좀 가까워, 할 수 있으면 이곳에 있는 동안 한 번 귀국했으면 좋겠습니다만, 아직 시간상, 금전상 할 수 있을지 확실히 모르겠습니다. 어멈과 5월 말이나 6월 초에 한국을 방문하자고 가끔 의논합니다만 아직 결정을 못 하고 있습니다. 어멈은 한국 구경가기를 퍽 바라고 있습니다. 결정되는 대로 곧 연락하겠습니다. 약 일주일밖에 있을 수 없겠습니다. 딴 사람에게 너무 이야기하지 마십시오.

어머님과 철웅 가족을 만나 보고, 천, 안, 어멈 한국 구경시키고, 공주 산소 가는 것이 목적이니까요.

1971. 4. 10.
사랑하는 휘소 가족 올림

그러나 귀국의 꿈은 무산되고 말았다. 별안간 직장을 옮길 수밖에 없었다. 무엇보다 겔만 교수의 부탁도 부탁이지만 페르미, 오펜하이머 등이 있었던 곳, 그리고 양전닝, 리정다오

등 수많은 노벨물리학상 수상자가 나온 시카고대학의 과학대
학 책임자 자리도 매력이 있지만, 세계 최대의 고에너지 입자
가속기가 장치되어 있는 페르미국립가속기연구소의 이론물리
학 책임자라는 자리에서 더 넓게 미래를 전망하고 싶었다.

페르미랩에서

캘리포니아공과대학에 있는 동안 꿈꾸었던 귀국이 무산되고 시카고대학으로 가게 되었을 때, 그동안의 정리로 겔만 교수를 중심으로 한 몇 사람들이 이휘소와 석별의 정을 나누기 위해 파티를 열어 주었다.

파티에는 겔만을 비롯하여 파인만(Feynman), 메이어, 옌젠, 파울러(Fowler : 1983년 노벨물리학상 수상) 등이 참석해 주었다.

아인슈타인 2세라는 별명까지 붙은 겔만은 비교적 젊은 (1929년생) 교수이다. 특히 15세에 예일대학에 입학, 21세에 매사추세츠공과대학에서 물리학 박사학위를 받아 세계 유수의 신문에서까지 화제가 되었던 인물이다. 오펜하이머가 독일에서 23세에 박사학위를 받은 기록을 깬 겔만은 24세에 프린스턴고등연구소원이 되었고, 26세에 캘리포니아공과대학 정교수가 되었다. 보통 사람들이 평생을 연구해도 들어가기 어렵고 또 들어간다 해도 보통 60세가 넘어서야 가능한 미국과학아카데미 회원이 된 것이 31세였다. 겔만이 1969년 40세가 되어서야 노벨상을 탄 것이 가장 젊은 나이에 세계 역사를 바꾼 기록에서 단 한 번 제외된 예라 할까? 그런 면에서 이휘소와 겔만은 여러 가지로 비교가 된다. 겔만은 26세에 정교수가 되었고 이휘소는 28세에 정교수가 되었다. 다만 이휘소는 대학 재학 중에 유학을 왔으므로 좀 늦었다. 또한 한국의 학제가 월반을 허용하지 않았으므로 그 당시 초등학교와 중학교를 정상적으로 다닌 것이다.

겔만은 프린스턴고등연구소에서 몇 년간 근무한 것 외에는 주로 캘리포니아공과대학에서 근무했는데, 특히 소립자들의 종류와 그 상호작용에 대한 연구로 이휘소와 같은 계통의 연구를 하는 학자였다. 그는 원자탄, 핵폭탄, 우주탐사선의 발사 등으로 이어지는 물리학의 발자취 가운데 새로운 중간자를 발견, 그 중간자들이 10^{-23}초보다 긴 10^{-10}초 정도 오래 존재하는 새로운 것들을 발견했다. 또한 1532MeV의 에너지에 들어맞는 질량을 가진 입자들을 예언, 그것들이 발견되면서 이른바 쿼크 모형을 독창적으로 제안한 사람이다. 캘리포니아에 있는 동안 이휘소는 겔만 교수와 자주 토론했고, 또 바닷가로 산으로 다니면서 야영도 즐겼다. 그뿐만 아니라 시카고에 새로 설립한 페르미랩에 이휘소가 합류하는 것을 적극적으로 권장했으며 시카고대학에 가는 것도 설득했다. 사실은 겔만 교수가 오기를 원했지만 "나보다 더욱 유능한, 그리고 누구보다 유능한 이휘소"가 필요할 것이라고 말한 사람이 그였다. 특히 겔만이 이름 붙인 여덟 갈래의 길(8정도 : 깨우침을 얻기 위한 불교에서 올바로 사는 8가지 법도, 팔중항모형)도 불교 용어다. 곧 동위원소 다중항은 Su(3)그룹으로 불리는 수학적 구조에 따라서 초다중항(14) 안에 그룹 지어져 있다. 이것은 3° 불리는 8번째 중간자의 존재를 암시했고, 또 그것을 발견한 것이다.

캘리포니아공과대학에서 1950년 이후 줄곧 근무한 파인만 역시 소립자 연구로 1965년 노벨물리학상을 받은 사람이다. 광자들을 포함한 소립자들의 상호작용을 그림으로 나타낸 것은 소립자론의 교과서이다. 《파인만의 물리학강의(Feyman Lecture in Physics)》는 현대의 고전으로 알려진, 우리나라에서도 많이 나가는 책이다.

메이어는 퀴리 부인 이후 처음으로 노벨상을 탄 여성이다. 독일의 괴팅겐대학원 시절 오펜하이머와 인연을 맺었고, 1946년부터 1960년까지 시카고대학에 있을 때는 페르미와 같이 핵구조에 대하여 연구한 적도 있으며 1960년 이후 캘리포니아대학에서만 근무하고 있다. 그는 핵입자들의 껍질구조에 대한 발견과 《핵 껍질구조의 기초이론(Elementary Theory of Nuclear Shell Structure)》이라는 저서로 유명하다. 남편 에드워드 메이어도 캘리포니아대학 화학과 교수로 자리를 같이했다.

옌젠도 메이어와 같이 원자핵 구조에 대한 연구로 유명하다. 메이어와 한때 공동 연구도 했고, 노벨상을 같이 받았다. 특히 원자번호 50, 82번 그리고 126번을 발견한 그는 캘리포니아의 라졸라대학 명예교수로 있는 사람이다.

파울러는 우주에 있는 화학 원소들의 생성과정에 있어서 중요한 핵반응에 대한 이론적 실험으로 유명하다. 캘리포니아공과대학에 있는 켈로그방사능연구소(Kellogg Radiation Laboratory)의 책임자인 그는 특히 원자폭탄의 무핵 성분 생산에 참여했고, 1950년대는 로켓개발계획의 감독도 맡았다.

먼저 겔만 교수의 인사말이 있었다.

"저는 제 생애의 몇 개월을 벤자민 리(이휘소) 박사와 같이

했다는 것을 매우 자랑스럽게 생각합니다. 이 기간에 저는 인간이 얼마나 성실할 수 있고 인간 능력이 어디까지인가 하는 끝없는 의문점에 어떤 해결책을 발견한 느낌입니다. 그리고 학문하는 사람의 자세는 모름지기 어떠해야 하는가 하는 표본을 보아 온 시간이었습니다. 동양에서 건너온 가냘픈 체구의 젊은 학자인 이 박사의 능력은 학문하는 자세만 뛰어난 것이 아닙니다. 한집안의 가장으로서 그는 어떻게 아내를 사랑해야 하고, 아이들을 어떻게 교육해야 하는가 보여준 사람입니다. 그는 저와 함께 주말에 소풍이나 산행을 갈 때도 항상 아내와 아이들을 동반했으며, 아내나 아이들에게 더는 그럴 수 없이 자상한 남편으로서 아버지로서의 표본이었습니다. 제가 노벨상을 먼저 받았고, 또 그런대로 알려진 학자이지만 저는 사사로운 문제부터 전반적인 문제, 전문적인 문제부터 철학적인 문제까지 항상 질문하는 처지였으며, 이 박사는 자상한 스승으로 제 질문에 대답해 줬습니다.

평소에 제가 가장 존경하던 학자는 페르미였습니다. 제가 MIT대학을 졸업하고 페르미가 근무하던 시카고대학으로 갔을 때, 그는 이미 병고에 시달리고 있었고, 제가 페르미 연구 그룹에 들어간 지 얼마 안 되어 페르미(1954. 11. 사망) 교수께서는 이승을 떠나셨습니다.

그런데 그로부터 17여 년 가까이 지난 지금 제가 이 박사를 만났고, 그를 보는 순간 페르미를 떠올렸으며, 얼마간 이 박사와 생활하는 동안에도 같은 생각을 했습니다. 지금도 같은 생각일 뿐만 아니라 페르미보다 더욱 위대한 학자를 만난 기쁨입니다.

  오늘 이 박사께서 사사로이는 저와 함께 생활하는 기간을 마감합니다. 물론 아주 헤어지는 것은 아닙니다. 우리는 또 만날 것이고, 저는 멀리서나마 앞으로도 이 박사의 자상한 지도를 받을 것입니다.

  박사님, 그동안의 노고에 더 할 수 없이 감사한 마음으로 치하를 드립니다."

  이휘소의 답변이 이어졌다.

  "우리 시대에 살아 계신 가장 위대한 학자 겔만 교수께서 저를 초청해 주셨을 때, 더없이 기뻤습니다. 그동안 겔만 교수께서 저에게 베푸신 은혜는 무엇이라 말할 수 없었습니다. 겔만 교수와 같이 있는 동안 저는 사실상 많은 공부를 했습니다. 겔만 교수께서 과찬의 말씀을 해 주셨지만, 여기 계신 파인만 교수님, 파울러 교수님, 옌젠 교수님, 메이어 교수님 부부, 그리고 특히 겔만 교수님 등 모든 분이 저를 지도해 주시고 아껴 주신 은혜에 깊이 감사드립니다. 여러 선배 교수님들의 기대에 어긋나지 않도록 앞으로 더욱 공부하고 노력하겠습니다. 더구나 겔만 교수께서는 저를 시카고대학 교수 겸 페르미랩의 이론물리학 책임자로 추천해 주셨습니다. 제가 그 일을 감당할 수 있을지 모르지만, 혹시 부족한 것이나 의문이 나는 점이 있으면 여러 교수님께 문의하고 자문할 것입니다. 무엇보다 그동안 여러 교수님께서 제게 보여주신 따뜻하고 자상한 관심을 늘 잊지 않고, 저 스스로 충심의 노력을 기울여 제게 맡긴 의무를 충실히 이행하겠습니다. 이렇게 하는 것만이 여러 교수님께서 제게 보여주신 사랑에 보답하는 길이라고 믿기 때문입니다. 계속해서 지도 편달해 주실 것을 바라며 인사를 대신하겠습니다. 감사합니다.”

박수가 있었고 간단한 파티가 시작되었다.

겔만이 이휘소를 극찬했지만 그는 사실상 미국 물리학계를 이끄는 핵심 중의 핵심인물이다. 페르미, 아인슈타인 이래 세계 최대의 입자물리학자이다. 그런 면에서 겔만은 페르미와 유사한 점이 많은 사람이다. 아인슈타인이 학교시절에는 별로 두각을 나타내지 못하다가 늦게 알려지기 시작한 인물이라면, 어려서부터 천재성을 발휘한 페르미는 죽을 때까지 수많은 업적을 남긴 인물이다. 그런 면에서 겔만과 비슷하다고 할까? 이휘소도 역시 같은 인물이라고 할 수 있다. 한 번도 수석을 놓친 적이 없었고, 또 몇 년씩 월반까지 하고서도 세계사에서 가장 뛰어난 성적을 가진 면도 그렇고, 10여 개 언어를 자유로이 구사하고 철학이나 문학에까지 심취한 면에서 같다고 할까? 더구나 겔만은 대통령의 과학자문까지 맡고 있어서, 실제 미국의 중요한 과학 시책이나 정책까지 책임지고 있었다.

겔만이 창안한 쿼크론은 제임스 조이스의 소설 《피네간의 경야(Finnegan's Wake)》에 나오는 한 구절 ‘출석부에 표시된 세 개의 쿼크(Three quarks for muster mark)’에서 따온 것이다. 겔만이 여덟 갈래의 길 이론에서 Ω-입자가 실험물리학자들에 의하여 현실로 발견되자 점과 같은 입자들이 1보다 작은 전하를 가졌다고 가정했고 그 입자를 쿼크라고 불렀다.

메이어 교수 부부가 다가와서 먼저 이휘소에게 인사를 했다. 메이어는 정년퇴직을 한 뒤 캘리포니아대학의 명예교수로 몇 시간 강의를 맡고 있는 미국원자력위원회의 핵심 구성원이었다. 그녀의 머리는 은색 백발로, 노교수다운 침착함을 유지하고 있었다.

“이 박사님께서 시카고대학에 가게 된 것을 축하합니다. 1946년 이후 제가 시카고대학에 얼마간 있을 때 페르미도 함께 있었습니다. 제가 그곳의 아르곤국립연구소(Argonne National Laboratory)에서 일하면서 의문나거나 문제가 되는 것은 페르미에게 물었고, 그는 저와 거의 비슷한 나이인데도 자상한 스승의 역할을 했습니다. 그때 저는 페르미에게 이런 질문을 했습니다. ‘우라늄에 중성자로 충격을 가할 때 원자핵은 두 개의 같은 조각으로 깨어지고, 약 230MeV의 에너지를 내놓으며 이 분열과정에서 중성자가 나오면 연쇄반응체계에서 거대한 양의 에너지를 방출, 이른바 원자탄 원리를 처음 이론적으로 말한 사람은 페르미 당신이었는데, 왜 아인슈타인을 시켜 루스벨트 대통령에게 적국이 원자탄을 만들 수도 있으니 경계해야 한다고 편지를 쓰게 했습니까?’ 그랬더니 페르미가 ‘독일에는 하이젠베르크가 있으니까요’라고 대답했습니다. 그래서 다시 질문했죠. ‘왜 페르미 박사님께서 직접 대통령에게 경고편지를 쓰지 않았습니까?’라고 물었더니, 그는 또 ‘아인슈타인이 있으니까요’라고 말했습니다. 아마 지금 페르미 박사가 살아 계신다면, ‘미국은 앞으로도 세계 과학계를 주도할 수 있겠습니까?’라는 질문에 ‘물론 벤자민 리 박사가 있으니까요’라고 답변할 것입니다.”

모두가 그 말에 손뼉을 치며 좋아했다. 좋은 분위기였다. 미국 학자들은 남을 비방하지 않는다. 능력 있는 사람들을 찾아다니거나 초청해서 끝없이 자기 발전에 정력을 쏟는다.

“페르미도 하이젠베르크를 두려워했던 모양이죠?”

에드워드 메이어가 웃으면서 말했다.

하이젠베르크가 누구인가. 원자핵이 양성자와 전자들에 의해 구성되었다기보다 양성자와 중성자들로 구성되어 있음을 이미 1932년에 입증한 사람이다. 그리고 아인슈타인과 우주의 미래를 예측한 논쟁으로 유명하다. 제2차 세계대전 당시 그는 독일에 있었는데 나치는 하이젠베르크를 이용하지 않았다. 당장 유격용 폭탄 만들기에 바빴던 것이다. 만일 나치가 일찍 하이젠베르크를 이용했다면 세계는 더 큰 공포 분위기 속에서 전쟁을 치렀을 것이다. 전쟁 상황이 바뀌었을지도 모른다.

"만일 독일에 아인슈타인과 하이젠베르크, 이탈리아에 페르미가 그냥 있고, 그들이 히틀러나 무솔리니의 정책에 동조했다면, 전쟁은 달라졌을지도 모르죠."

제2차 세계대전 당시 원자탄과 로켓을 만드는 데 관여했던 파울러의 말이다. 그는 과학이야말로 '국가의 운명이다'라는 사상을 가진 사람이다. 정치는 물론 군사적인 측면까지, 국가 운명을 좌우하는 것은 군대를 뒷받침해 주는 과학이라고 본 것이다. 그것만이 아니다. 인류의 존립까지도 과학을 어떻게 운영하는 가에 달렸다고 보았다. 그는 인간의 사유와 철학까지도 과학적이어야 한다고 보았던 것이다.

"오펜하이머가 원자탄을 만들고 실험하고, 또 일본에 사용하려고 할 때 끝까지 반대했지만, 미국이 일본에 원자탄 투하를 결정했을 때 그는 도쿄만은 투하하지 말아 달라고 했다는 소문이 있었죠. 왜냐하면 도쿄엔 유카와 히데키가 있으니까요."

역시 파울러의 말이다.

"그런 이야기가 전합니다. 역시 과학자를 아낄 사람은 그래도 과학자밖에 없었던 것이죠."

옌젠의 말이다.

"이 박사님이 페르미랩에 가시면 아마 매우 중요한 자리에 있게 될 것입니다. 더구나 최근 세계적 관심인 소립자에 대하여 박사님이 어떤 결론을 내주셔야 우리 학계가 활로를 찾을 것입니다."

겔만의 말이다.

"연구하고 있습니다. 교수님과 같이 생활하는 동안 확실하지는 않지만, 가닥이 잡혀가는 느낌입니다."

휘소는 어느 정도 자신 있게 말했다.

메이어의 남편인 에드워드 메이어가 겔만에게 농담을 걸었다.

"겔만 교수가 등장했을 때, 우리는 세계 과학의 모든 문제를 해결할 사람, 특히 물리학에 있어서 이제 아인슈타인, 페르미 시대 이후 겔만 시대가 왔다고 느꼈습니다. 그런데 이 박사를 극구 칭찬하시니, 어리둥절합니다."

"이 박사의 능력은……."

겔만은 좀 더 확실한 어조로 말했다.

"이미 아인슈타인이나 페르미를 뛰어넘었습니다. 제가 이 박사의 논문을 읽고 너무 감동한 나머지 일본의 도모나가 신이치로에게 편지를 보냈습니다. 그랬더니 그쪽의 답변이 '나도 같은 감명을 받았다'며, 1969년 도쿄에서 만난 이 박사를 다시 만나고 싶어 교토대학에 초청할 예정이라고요. 한 일 년간 객원 교수로 모셔, 이 박사와 같이 연구할 수 있다면 좋겠다고 해서 우선 제가 먼저 초청한 것입니다. 그런데 이 박사와 같이 5개월 동안 생활하면서 저는 '나보다도 앞서 있는 학자', '나보다 더 능력 있는 학자'라고 느꼈습니다. 중국의 《삼국지연의》라는 소설을 보면, 오(吳)나라의 승상 주유가 제갈량을 생각하며, '왜 하늘은 나를 세상에 태어나게 하고 또 제갈량을 태어나게 했느냐'라고 소리치며 죽는 장면이 나옵니다. 제가 지금 그런 심정입니다. 다만 나는 주유가 제갈량의 능력을 시기한 것처럼 이 박사의 능력을 시기하거나 질투하지는 않습니다. 도리어 기뻐합니다. 이 박사는 아직 젊으니까 우리가 풀지 못한 문제를 해결해 줄 것이고 우리가 발견하지 못한 많은 것을 찾아낼 것이고, 많은 창조적 이론을 제시할 것입니다. 우리가 사는 시대에 이 박사를 만난 것은, 우리 모두의 기쁨입니다."

겔만의 어조가 너무 엄숙했으므로 잠깐 침묵이 돌았다.

화제가 다른 방향으로 옮겨 가고 있었다. 메이어가 화제를 바꾸었기 때문이다.

"이 박사님은 오늘이 있기까지 많은 책을 보셨을 테고, 또 그 영향을 받았을 터인데, 어느 책을 주로 보았습니까?"

"글쎄요. 어린 시절에는 글방에서 한문을 공부하며 논어를 많이 읽었습니다. 그 외 많은 책을 보았지만 지금도 논어는 자주 봅니다. 한국에 이황(李滉)이란 유학자가 계셨는데 그분 책도 많이 보고요."

"논어라는 책, 저도 대강 내용은 보았습니다만 오늘 일본의 국가경영이나 기업경영이 논어식이라던데, 논어의 어떤 점에 영향을 받았습니까?"

"글쎄요. 뭐라고 딱 잘라말할 수는 없습니다만, 한 예로 논어의 첫 구절에는 '배우고 익히면 끝없이 즐겁다'라는 말이 나옵니다. 학문하는 자세이죠. 그다음 말은 '멀리서 친구가 찾아오면 또한 즐겁지 아니한가?'라고 합니다. 우리 같은 학문하는 사람들이 멀리 떨어져 있다가 이렇게 만나 학문을 논하는 즐거움 같은 것을 그렇게 말한 것인데 퍽 평범하면서도 가슴에 와 닿는 말입니다. 공자는 시경(詩經)의 시를 평하여 사무사(思無邪)라고 극찬했고, 또 현대의 동서양 문학가들이 문학을 즐겨 말할 때도 많이 인용합니다. 문학은 순수해야한다고 말할 때 주로 인용합니다만 문학뿐만 아니라 모든 학문의 바탕은 순수해야 하고 곧 사무사해야 한다고 늘 생각합니다. 또한 제가 늘 생각하는 것은 '자기 자신을 닦아서 남을 편안하게 해주는 정신(修己以安百姓)'입니다. 학문하는 자세를 가장 잘 말한 것이라고 생각합니다."

겔만이 맥주잔을 들며 물었다.

"논어에 '아는 것은 좋아하는 것만 못하고, 좋아하는 것은 즐기는 것보다 못하다'라는 말도 있죠?"

"네, 제가 아주 좋아하는 말입니다."

"이 박사께서는 물리를 즐기십니까?"

"즐기는 경지까지는 못 갔지만 좋아합니다. 하나하나 알아가고, 또 새로운 것을 발견하고, 새로운 이론을 정립할 수 있다는 기쁨에 늘 젖어 있으니까요."

"논어에도 과학정신이 있습니까?"

파울러가 물었다.

"물론이죠. 논어는 과학과 가까운 책입니다. 직접적으로는 '사물을 연구해서 이치를 안다(格物致知)'라는 말이나, 바른 학문의 원리를 이롭게 쓰고(利用) 삶을 넉넉하게 함(厚生)이 여기에 속하겠죠. 하이젠베르크가 라이프니츠대학에 근무하면서 라이프니츠가 공자에 푹 빠진 것을 알게 되어 공자가 주해한 책 주역을 읽었고, 그래서 하이젠베르크가 '인류사는 두 개의 사상이 대립하고 만나서 발전한다. 다른 사상에 상호작용하여 발전하는 것이 진정한 발전이다'라고 자주 인용했는데 이는 주역의 음양 원리와 서로 통하는 말입니다. 곧 앞과 뒤, 처음과 끝, 움직이는 것과 고요히 있는 것, 어둠과 밝음, 위와 아래, 나아감과 물러남, 가는 것과 오는 것, 닫는 것과 여는 것, 찬(滿) 것과 빈(空) 것, 소멸과 생장, 존귀함과 비천함, 겉과 안, 감추어진 것과 드러난 것, 마주함과 등 돌린 것, 따르는 것과 거스르는 것, 삶과 죽음, 홀수와 짝수, 굳셈과 부드러움이 서로 바뀌는 원리를 말합니다. 재미있는 것은 제가 태어난 한국의 '한글'이란 글자가 바로 이 음양과 중용의 원리를 바탕으로 만든 문자라는 겁니다."

이휘소가 좀 길게 말했다.

"공자의 인생철학을 한마디로 말한다면 무엇이라고 할 수 있을까요?"

에드워드 메이어가 질문했다.

"글쎄요. 진인사대천명(盡人事待天命), 할 수 있는 데까지 힘을 다하고 하늘의 뜻을 기다린다는 뜻인데, 물론 이것도 다분히 학문하는 자세의 의미가 들어 있습니다."

"참 좋은 말입니다. 저도 영역된 논어를 대학시절에 보았지만, 이 박사의 말씀으로 듣고 보니 새롭습니다. 이 박사가 태어나신 한국에서는 어떤 과학적 전통이 있습니까?"

파인만 교수가 질문했다.

"금속활자 발명, 측우기 발명, 화약 발명 등 과학의 창조성이 뛰어난 나라입니다. 또한 문화적으로 상당히 발전한 나라죠. 예를 든다면 석굴암의 예술세계나, 백제 금관의 모형, 고려자기 등의 빛깔 등은 고도의 과학적 직감력에 의하여 만들어졌습니다. 다만 문(文)을 중시하고, 과학을 천시하는 경향이 있어서 세계화되지 못한 점과 젊은 사람들, 특히 교육을 받을 수 있는 젊은이들이 문(文)중심의 교육에만 열중했으므로 지금까지는 세계화되지 못했지만 이제 상황이 달라지고 있으니까, 앞으로는 중국이나 일본 못지않게 많은 인재가 나올 것입니다."

휘소는 공손하고 자신 있게 대답했다.

옌젠이 질문했다.

"한국에도 과학연구소가 있습니까? 그런 연구소가 있으면 한번 가보고 싶은데."

"한국과학기술연구소(KIST)를 몇 년 전에 세웠고, 지난 3월 고리원자력연구소가 세워졌습니다. 대학별로도 조그만 실험실이 있지만 아직 시설이나 모든 면에서 미국과 비교할 단계는 아닙니다."

파울러가 질문했다.

"한국도 베트남에 파병했다죠. 이 박사께서는 베트남전쟁이 어떻게 되리라고 예상하십니까?"

"글쎄요. 베트남 국민이 먼저 조국을 지키겠다는 의지가 강해야 합니다. 남의 도움을 받으려면 도움을 받을 수 있는, 남에게 믿을 수 있는 행동을 보여 주어야 하는데, 저로서는 그 이상 무엇이라 확신할 수가 없습니다.”

“‘아는 것을 안다고 하고 모르는 것을 모른다고 하는 것이 아는 것이다(知之爲知之 不知爲之不知 是知也)’라는 공자의 말이 있죠.”

겔만의 농담이었다. 화기애애한 분위기였다.

이런 이야기는 계속되었다. 물리학의 새로운 가능성, 또는 소립자론이 21세기 과학혁명을 가져오리라는 예상 등의 이야기는 밤늦게까지 이어졌다.

화제의 중심은 계속 이휘소였고, 모인 사람들은 한결같이 이휘소보다 연상이고 또 노벨상을 탔거나 탈 후보들이었지만 계속 이휘소에게 질문했다. 이휘소는 경건하고 친절히 답변해 주었다.

뉴욕 생활에 종지부를 찍고 시카고로 이사해야 했다. 이휘소는 박사과정을 공부하는 강주상, 피서영 등 한국교포 학생들도 좋은 성적으로 학위를 얻게 되어 기뻤다. 강주상은 조국에 돌아가 젊은 학생들을 위한 교육자가 되기를 희망했고, 피서영은 미국에서 더 공부하기를 원했으므로 미국원자력위원회 임원으로 추천했다. 여성으로 아직 결혼도 하지 않고, 물리학이란 어려운 학문에 몰두하는 모습이 안쓰러웠다.

양전닝 교수와의 헤어짐도 마음이 아팠다. 친동생처럼 또는 학문에의 동료로서 이휘소에게 친절과 봉사를 계속하여 준 고마운 사람이었다.

페르미국립가속기연구소는 줄여서 보통 페르미랩(Fermi Lab)

이라고 부른다. 설립은 미국 52개 대학이 연합해서 조직, 미국 원자력위원회와 계약 운영하는 세계 최대 물리학 연구소이며 실험실이다.

건설비가 2억 5천만 달러, 매년 경비가 3천만 달러가 든다. 매년 드는 경비는 미국 정부가 미국원자력위원회를 통해서 지원한다.

상주직원이 1천여 명, 그 중 물리학 관계 직원이 3분의 2를 차지한다. 박사학위를 가진 물리학자가 120여 명이다.

가장 큰 입자가속기는 반경이 1킬로미터이다. 그 역할은 고에너지와 소립자 이론 등을 실험하고 그 결과를 미국원자력위원회와 프린스턴고등연구소, 그리고 중요 대학연구소에 알리게 되어 있다.

시카고대학은 미국 최대의 명문대학 가운데 하나이다. 특히 페르미가 시카고대학에 있으면서 물리학과는 미국 최대의 명문학과로 소문나 있었다.

페르미는 1938년 노벨물리학상을 타고, 바로 미국으로 망명하고 나서 주로 시카고대학에서 근무하며, 대학 내 원자핵연구소에서 일했다. 물리학자들 사이에서는 그를 아인슈타인보다 뛰어난 과학자라고 평하기도 했다.

바로 페르미랩은 페르미를 기념하기 위해 붙인 이름이다.

이휘소는 우선 집도 페르미랩 내에 있는 교수사택으로 옮겼다. 시카고대학에서 가까운 곳이었다.

시카고대학에서는 주로 석사, 박사학위의 강의를 맡았고, 페르미랩에서는 바로 이론물리학 연구부장이 되었다. 직함이 이론물리학 연구부장이지 페르미랩 내의 물리적 이론 또는 중요한 실험까지도 거의 이휘소의 사인에 의하여 시행되었다.

1971년 노벨상이 데니스 가보(Dennis Gabor)에게 수여되었다. 홀로그래피(Holography : 레이저 촬영법)의 발명과 개발을 인정한 것이지만 미국인이나 독일인이 아닌 헝가리인에게 상을 준 것은 노벨상 수상자가 너무 한곳에 집중된 인상을 피하기 위한 것이라는 인상을 주었다. 그리고 홀로그래피도 상당히 소립자와 관련이 있는 것이다. 홀로그래피란 물질에서 회절(回折)한 광파(光波), 곧 신호파(信號波)와 다른 균일한 광파, 곧 참조파(參照波)를 간섭시키면서 생긴 간섭 줄무늬를 사진건판 등에 기록하여 그것에 다른 광파를 비추어 신호파를 재생해 물체의 입체상을 복원하는 기술이다. 그런데 물체의 입체상을 복원하는 데는 빛의 성질과 현상이 필수조건이다. 빛이나 전파가 바로 게이지입자이다.

어머니에게 보낸 편지를 소개한다.

어머님 전 상서

전번 편지는 잘 받았습니다. 좋은 말씀을 많이 해 주셔서 감사합니다.

잘 아시는 것과 같이 올해 노벨물리학상은 입자물리학이 받아서 저도 생각하는 점이 많았습니다. 이와 같은 세계 제일 상(賞)에는 후보자도 많고, 또 저의 공적이 아직 제일 많은 것이 아니기에, 수년 내에 받을 것을 바라지 못하겠습니다. 제가 능력이 있는 대로 일생 연구에 더 주력을 하겠습니다. 능력, 행운 모두 있어야겠지요. '진인사대천명(盡人事待天命)'

천이 생일이 어제여서, 어멈이 천이 좋아하는 중국요리를 했습니다. 학년 초에 지능, 학업 시험 성과를 보면 전 미국 동년생(同年生)에서 최소 1% 중에 드는 모양입니다. 올해 1학기 전반에는 미식축구 하느라고 반에서 최고가 되지 못한 것 같습니다. 저와 달리 운동을 좋아하고, 또 도락으로 사진을 합니다.

안이도 1학기 전번 성적이 전우(全優), 공부 열심히 합니다.

이곳 기후도 퍽 추워졌습니다. 서울도 퍽 춥겠습니다.

몸조심하시고, 건강히 지내 주십시오.

1971. 11. 3.
사랑하는 휘소 가족

문제는 산적해 있었다. 1967년 와인버그와 살람 등이 발표한 전약이론(電弱理論)도 실험적으로 입증되지 않고 있었고, 겔만은 모든 물질과 소립자는 업(u)쿼크, 다운(d)쿼크, 스트렌지(s)쿼크로 구성되어 있다는 '쿼크가설'을 제시했고, 1970년에 들어서서는 하버드대학의 글래쇼가 업(u)쿼크, 다운(d)쿼크 외에 참(c)쿼크가 있어야 한다고 주장했다. 그러나 제시만 했을 뿐 질량을 계산해 내지 못하고 있었다.

20세기에 와서 제기된 양자역학은 뉴턴의 운동법칙이나 맥스웰의 전자기법칙과 같은 고전론에 대신하는 새로운 운동법칙이 발견되어 체계를 이룬 것이다. 1900년 플랑크(M.K.E. Planck : 1918년 노벨물리학상 수상)의 복사론, 양자론에서 비롯되어 아인슈타인은 양자론의 의미를 분석하여 파동성과 입자성을 동시에 띤다는 빛의 이중성과 빛이 에너지 양자라는 가설을 제창했다. 1913년 보어는 고전역학을 써서 얻어지는 수소원자의 전자궤도 중 실제로 궤도로써 가능한 것을 선택하는 양자조건과 광자(光子) 방출의 새로운 메커니즘(Mechanism : 기계장치)을 도입했다. 하이젠베르크는 보어 이론을 바탕으로 1925년 행렬역학이라는 새로운 역학을 주장하여, 양자역학의 기초가 되었다.

이와는 별도로 1923년 드브로이는 빛이 입자성과 파동성의 이중성을 가진다는 데 착안하여 이 두 성질의 수직관계가 비슷하다는 이유에서 전자를 비롯한 물질입자도 파동성을 가질 수 있다고 주장했다. 이것을 파동역학이라고 한다. 1926년에 슈뢰딩거는 이를 일반화하여 임의의 퍼텐셜(potential)의 작용을 받는 입자의 파동방정식, 곧 양자파동 역학이론을 내놓았다. 퍼텐셜이란 힘의 장(場) 가운데서 물질입자가 현재의 위치에서 어느 기준점까지 이동할 때, 힘의 크기를 위치 함수로 나타낸 스칼라(scalar)량을 말한다.

얼마 뒤 이 방정식이 하이젠베르크가 세운 운동방정식과 같다는 것이 밝혀져 양자역학의 기초가 완성되었다. 그 뒤 원자의 안정성, 미시적 관점에서 본 물질의 성질, 원자핵, 소립자 및 우주선의 현상이 양자역학에 기초를 두고 연구됐다. 한편, 전자기장(電磁氣場)과 중간자장(中間子場) 따위를 대상으로 하는 양자장(量子場), 곧 장(場)의 양자론이 전개되었는데, 빛의 방출과 흡수 등 장에 대한 여러 가지 방정식의 곤란한 문제가 제기되었다. 그 가운데 가장 중요한 〈게이지이론(Gauge theory)〉을 완성한 사람이 이휘소였다. 또한 〈재규격화가 가능한 질량이 있는 벡터 중간자이론—힉스현상의 섭동이론(攝動理論)〉이란 논문에서 1967년 와인버그와 살람 등이 제안한 전약이론을 완성한 것이다. 편의상 이휘소와 오랜 친분을 쌓았고, 같은 계통을 전공하고 오랫동안 서울대학교의 교수로 있었던 김제완 교수의 글을 인용한다.

지난 1970년대에 있었던 물리학상의 가장 뚜렷한 발견 중 하나는 겉보기와 전혀 다른 2종류의 힘, 곧 전자기력과 약작용(약력이라고도 함) 통합에 성공했다는 것이다. 이른바 전약이론으로 알려진 이 이론은 1967년에 미국의 와인버그 교수에 의해 제창되었다. 그 후 1970년대 초기에 이 이론에 대한 실험적 뒷받침이 나타나기 시작하여 이제는 거의 확고부동한 이론으로 받아들여지고 있다.

이휘소 박사는 바로 이 이론의 발전과정에서 결정적인 역할을 한 인물이다. 워낙 추상적인 이론들이라 구체적으로 설명하기는 사실상 불가능하지만, 그 대체적인 내용은 다음과 같다.

우리 주변에서 일어나는 대부분의 현상은 전자기적 현상으로 알려졌다. 간단한 나침반에서부터 복잡한 전기기구 또는 컴퓨터에 이르기까지, 그뿐만 아니라 모든 식물 및 동물의 생존 역시 전자기적인 작용으로 지탱되고 있는 것이다. 이러한 전자기적 현상을 다루는 전자기 이론이 가장 간단한 〈게이지이론〉이다. 곧 우리가 접하는 자연의 가장 친근하고 중요한 부분이 게이지이론으로 이행된다는 것이다.

이러한 전자기적인 힘을 전달하는 입자를 학자들은 게이지입자라고 부른다. 사실 게이지입자는 낯선 대상이 아니다. 우리가 매일 접하는 빛이나 전파는 바로 게이지입자로 이루어져 있다. 시각을 가능하게 하는 빛은 사실상 작고 작은 게이지입자, 곧 광자(光子)로 되어 있는 것이다(실제로 광자는 너무 작아서 크기가 없는 점이라 할 수 있다).

이러한 빛(전파를 포함)과 물질이 어떻게 상호작용하며, 어떻게 존재하는가를 이해하는 이론을 전기양자역학이라 한다. 이를 더욱 발전시켜 방사성 동위원소에서 방출되는 α 및 β선을 이해하는 데까지 연장하는 이론이 바로 전약이론이다. 이는 와인버그, 글래쇼 및 살람 교수에 의하여 제창되어 1970년대에 정착되었다(1979년 세 사람은 전약이론에 의하여 노벨물리학상을 공동 수상함—필자 주).

와인버그 교수는 이미 1967년에 〈약한 상호작용의 한 모델〉이란 유명한 논문을 통하여 전약이론을 구체적으로 제시한 바 있었다. 그러나 이 이론이 1970년 이후에야 비로소 받아들여지게 된 데에는 두 가지 이유가 있었다. 첫째는 전약이론이 예측되고 있었으며, 이 이론의 특징이라 할 수 있는 중성류(Neutral current)가 실험적으로 발견되지 않았다는 것이다.

1967년까지만 해도 전류는 대전된 전하의 흐름이며, 약작용에 관계된 흐름에도 역시 전하가 변하는 흐름만 있다고 생각되었다. 그러나 와인버그의 이론은 중성자인 입자의 흐름, 곧 중성류도 약작용에 관계하고 있다는 것이다. 이런 중성류를 실험으로 입증해야 한다는 어려움과 함께 전약이론은 또 하나 약점을 지니고 있었다.

이 문제는 이론적 계산에 관련된 것으로, 빛과 물질이 상호작용을 취급하는 전기양자역학의 발전과정(1940~1950년쯤)

에서 가장 어려웠던 문제였다고 할 수 있다. 곧 그 이론에 따라 계산해 보면 무한대의 결과가 나온다. 이것은 계산 결과를 구할 수 없다는 말과 같다. 예를 들어 이 이론에 따라 전자의 자기모멘트(전자가 지닌 자기쌍극자의 크기이며, 나침반의 바늘이 지니는 자기적 성질과 비슷한 것이다)를 계산하면 답이 무한대가 되는데, 이는 실제로 관측된 전자의 자기모멘트의 크기와 물론 어긋나는 것이다.

이 문제를 해결하기 위해서는, 모든 현상에 공용되는 일정한 방법으로 이 무한대를 제거할 수 있는 새로운 이론이 필요하였다. 이를 만족하게 하기 위해 등장한 이론이 바로 재규격화이론(Renormalization theory)이다. 이 이론을 제창한 파인만, 슈윙거(J.S. Schwinger), 도모나가 신이치로는 1965년도 노벨물리학상을 받았다.

그런데 전기양자역학의 게이지입자인 광자는 질량이 0이 지만, 약작용의 힘을 전달하는 입자(W입자라고도 함)의 질량은 양성자(수소원자의 핵)의 약 백배 정도로 알려졌었다. 그래서 질량이 0이 아닌 W입자를 힘의 매개체로 하는 약작용은 재규격이 되지 않기 때문에 모든 이론적 계산치가 무한대가 되고 만다. 이런 모순은 치명적이었다.

따라서 앞서 말한 와인버그의 이론도 재규격, 곧 계산할 수 없는 이론인지 아닌지 확실하지 않았다. 그러나 와인버그의 이론은 질량이 0이 아닌 W입자를 직접적인 방법으로 도입한 것이 아니고, 이른바 〈대칭성의 자발적 깨어짐(Spontaneous symmetry breaking)〉이라는 교묘한 방법으로 도입한 게이지이론이었으므로 재규격이 가능할 수도 있었다.

실제로 와인버그 자신은 그의 논문에서도 재규격이 가능할 것이라고 제의하였다. 곧 자신의 전약이론은 재규격이 가능하고, 계산 결과가 무한대가 아니라 실험치와 맞는 이론일 수 있다는 것이다. 그렇지만 그 이론이 실제로 재규격이 가능하다는 증거가 없는 한, 많은 물리학자는 그 이론을 마음속으로부터 믿으려 하지 않았으며, 1970년대에 이르기까지 주목을 받지 못하였다.

그 뒤 1970년대에 이르러 앞서 말한 중성류가 발견되었고, 와인버그의 이론을 재규격화시킬 수 있다는 사실이 네덜란드의 대학원생이었던 헤라르뒤스 토프트(Gerardus 't Hooft : 1999년 노벨물리학상 수상)에 의하여 증명되었다. 그러나 그의 증명은 일반적인 것이 못 되었다. 일반적이고도 확고부동한 증명을 제시한 사람은 다름 아닌 이휘소 박사였다.

그는 1972년에 발표한 논문인 〈재규격화가 가능한 질량이 있는 벡터 중간자이론—힉스현상의 섭동이론〉에서 이 문제를 끝까지 계산하며, 실제로 재규격화가 가능하다는 것을 밝혔다. 이로서 이른바 말하는 게이지이론의 시대가 활짝 열리게 되었다.

이휘소 박사의 업적 중 또 하나의 중요한 것은 매혹입자(Charmed particle)에 관한 것이다. 우리 주위의 모든 물질은 전자로 구성되어 있다. 그러나 첨단 기술의 상징인 입자가속기로 에너지가 극히 높은 입자를 만들어 다른 물질에 강렬하게 충돌시키면, 물질을 구성하던 원자 속의 원자핵 자체가 파괴되어 온갖 새로운 입자들이 뛰쳐나온다. 그런데 그 입자들의 수가 얼마나 많았던지 그리스 문자 전체를 쓰더라도 이름을 지을 수 없을 정도였다.

대부분 물리학자들은 자연이 단순하며, 또한 간단한 이론으로 표현될 수 있다고 믿는다. 그러한 물리학자들이 복잡하게만 보이는 입자들의 세계를 좀 더 기본적이고 간단한 입자들의 집합체로 설명하고 싶어 하는 것은 당연한 일이었을 것이다.

그래서 그들은 우리 주변의 물질과 소립자는 업(u)쿼크, 다운(d)쿼크, 전자라는 기본입자로 이루어져 있다고 주장하기에 이르렀다. 곧 모든 물질이 양성자, 중성자, 전자의 복합체인 원자로 되어 있듯이 양성자, 중성자, 기타 소립자들도 사실상의 소립자가 아니라 더 기본적인 입자, 곧 쿼크라는 입자들로 구성되어 있다는 것이다.

캘리포니아공과대학의 겔만 교수에 의해 주장된 이 쿼크 가설은 그 후의 실험적 사실들에 의해 뒷받침이 되어, 현재는 모두가 믿는 학설이 되었다. 그런데 1960년대 말에 이르러 하버드대학의 글래쇼 교수는, 보통 물질의 주성분인 u쿼크와 d쿼크 외에 c쿼크라는 전혀 다른 성분의 쿼크가 있어야 한다고 주장했다. 이 c쿼크의 존재를 가정하면 그때까지 해결하지 못했던 문제들이 깔끔하고 쉽게, 곧 차밍(Charming)하게 풀릴 수 있다는 것이다. c쿼크의 명칭은 바로 'charm'이란 단어에서 유래한 것이다.

이휘소 박사는 당시 잘 알려졌던 2개의 입자($k1$과 $k2$: 극히 유사하지만 질량이 약간 다르다)의 질량차로부터 c쿼크의 질량을 계산해 내었다. 얼마 지나지 않아 c쿼크와 그 반입자로 구성된 매혹입자가 발견되었으며, 매혹입자를 구성하는 c쿼크의 질량은 이 박사의 예언과 같다는 것이 밝혀졌다. 이 박사는 매혹입자의 발견에 커다란 공헌을 함으로써, 새로운 물질에 대한 폭넓은 물리적 해석을 가능케 한 것이다.

살람 박사는 서울대에서 개최되었던 '이휘소 기념강연회'에서 이렇게 말했다.

"이휘소 박사의 정확하고도 믿을 수 있는 c쿼크의 질량추정이 없었더라면 매혹입자에 대한 우리의 이해가 이렇게 빨리 형성되지는 않았을 것이다."

게이지이론의 발전에 주도적인 역할을 한 10여 사람을 꼽자면 이휘소 박사를 빼놓을 수 없다. 1970년대에 있었던 어느 물리학 학술회의(입자물리학은 물론)를 막론하고, 이 박사의 업적이 인용되지 않는 학술회의가 없었다. 더구나 많은 경우에 그는 학술회의의 내용과 새로운 논문을 종합하여 결론을 내는 초청연사를 맡고는 하였다.

또한 1970년대의 초에 쓴 〈게이지이론〉은 이 이론을 연구하는 학자들이면 누구나 한 번쯤 읽어야 하는 현대의 고전이 되어 있다.

(〈이휘소〉, 1990.6. 학생과학)

이휘소의 논문 〈재규격화가 가능한 질량이 있는 벡터 중간자이론─힉스현상의 섭동이론〉에서 힉스는 물리학자의 이름이다. 1964년 힉스(P.W. Higgs)가 제안한 것이 이른바 '대칭성의 자발적 깨어짐'이라는 것이다. '대칭성의 자발적 깨어짐'이란 원탁에 둘러앉아 식사하는 경우 수저가 원탁에 빙 둘러 있을 때, 한 사람의 처지에서 보면 왼쪽의 것이나 오른쪽의 것이나 대칭이므로 어느 것을 써도 된다. 그래서 어느 한 사람이 왼쪽 수저를 사용하기 시작하면 다른 사람들도 모두 왼쪽 수저를 사용하는 수밖에 없을 때 대칭성이 깨진 것이라는 것이다. 힉스의 기본적인 아이디어는 간단하다. 곧 축적된 진공의 대칭성이 깨지면서 그 결과로 약력을 매개하는 입자에 질량을 줄 수 있다는 것이다. 이렇게 할 때 생기는 입자를 힉스입자라고 한다.

사실 이휘소가 발표한 두 개의 논문은 미국은 물론 유럽, 일본 등 국가의 유력 일간지에서 거의 특집으로 다루었다. 그리고 미국의 〈물리비평(Physics Report)〉과 영국의 〈내추럴(Natural)〉지에서는 3분의 2를 할애하는 특집을 다루었다.
이휘소의 업적이 어느 정도이냐는 먼저 그 당시 미국 브라운대학교 교수로 있던 강경식 박사의 이야기를 참고하였다.

정말로 더 큰 이 박사의 업적은 1972년부터 시작되었다. 마침 1971년 후반에 들면서 약작용과 전자기작용 현상을 통합하는 장론이 재규격화될 수 있다는 시사가 한 젊은 네덜란드 출신 학자에 의하여 보였고 이 박사가 이 문제를 끝까지 계산해서 실제로 재규격화가 될 뿐만 아니라 네덜란드 출신 학자가 재규격화에 필요로 했던 가상적인 스칼라 중간자(Scalar meson : 실수로 표시할 수 있는 수량의 중간자—필자 주)와 관계되는 모든 spurious singularities(위조되어 나타난 현상)가 서로 상쇄되어 물리적인 관측량이 유한한 값으로 줌을 보여준 것이다. 이것이 바로 1972년에 발표한 〈재규격화가 가능한 질량이 있는 벡터 중간자이론—힉스현상의 섭동이론〉이란 제목의 논문인데 아마도 이 박사가 한 일 중에서 가장 중요한 것으로 꼽힐 수 있을 것이다. 이 일로 말미암아 소립자의 약작용과 전자기작용을 통합하는 게이지장이론이 본격적인 장론으로 학자들 사이에서 취급되게 되었고 수많은 계산이 쏟아져 나오게 되었던 것이다. 이 무렵 필자가 이 박사에게 재규격화 방법을 언제 터득했는가 하고 물은 적이 있다. 1969년도 파리 대학교에 안식년을 택하여 가 있는 동안 수학 기교에 능한 부렛슈 이벳(Buressur-Yvette)의 과학고등연구소에 있는 프랑스 수리물리학자들과 접촉을 한 탓이라고 대답한 것으로 기억된다. 이어서 1972년부턴 게이지통일장이론의 기초와 수학적인 전개를 구체적으로 계속 발표하는 한편 재규격화 증명을 더 명료하고 일반적인 방법으로 되풀이했고, 다른 한편으로 약작용 현상에 게이지통일장이론을 응용하여 실험과 비교하는 현상론 분야에 손을 대기 시작했다. 이러한 일들을 근거로 1973년 〈물리비평〉에서 출판된 이 박사의 백 번째의 종합논문 〈게이지장이론(Gauge theories)〉은 이 분야의 독보적인 단행본으로 모든 소립자물리학자들은 꼭 갖추어야 할 논문 중의 하나로 되어 있다.

이 박사는 까다롭고 지루하도록 긴 계산을 끝까지 해낼 수 있는 수학적인 기교를 터득한 물리학자였고, 추상적이면서 기교적인 것처럼 보이는 이론이 실험현상과 어떤 관계가 있는가를 잘 포착하는 특기를 소유한 학자였다. 이 박사의 이런 면모는 1972년에 페르미랩의 이론물리학 연구부장 직에 취임하면서부터 더욱 뚜렷하게 드러나서 왕년의 대가 페르미 박사를 떠올릴 정도였다.

〈K중간자의 드문 붕괴과정〉을 취급한 논문들에서 발휘한 계산 기교와 능력, 페르미랩에서 얻은 뉴트리노(Neutrino : 중 성미자) 산란실험 사실을 게이지통일장이론을 써서 분석 설명 하는 논문에서 보여준 실험과 이론의 관계에 대한 깊은 지식 이 그 증거라 볼 수 있으며, 그래서 매년 중요한 고에너지물 리학회의에선 실험 사실을 열거하면서 이론과 비교하는 일을 도맡아서 해왔던 것이다.

(한국재미과학기술자회보 제6권 1977.7.)

이휘소의 게이지입자론과 참(Charm)입자론이 발표되고, 실 험에 성공하자 물리학계에서는 적어도 현대물리학이 안고 있 는 핵심 문제를 20년이나 30여 년 앞당긴 사건으로 취급했다. 텔레비전에서나 라디오방송에서도 특집으로 다루었고, 뉴욕타 임스를 비롯한 모든 신문에서 특집으로 다루었다. 텔레비전에 서는 살람, 와인버그, 겔만, 글래쇼 등을 출연시켜, 문제의 중요성과 현대과학에 미치는 영향 등에 대한 토론을 벌이기도 했다. 방송국에 직접 출연하여 대담하는 것이 아니라, 과학담 당기자인 사회자가 각 지역방송을 연결하여 토론하는 방식이 었다. 그 가운데 9월 15일에 있었던 ABS텔레비전의 대담방송 을 소개한다.

먼저 사회자의 인사말이 있었다.

"이번 벤자민 리(이휘소) 박사께서 발표하신 〈재규격화가 가능한 질량이 있는 벡터 중간자이론─힉스현상의 섭동이론〉 이란 논문은 게이지이론을 완성한 과학계의 쾌거라는 것이 과 학계의 평가입니다. 또한 참(c)쿼크를 예언하고 또 참(c)쿼크를 발견하여 그 질량을 계산해 내신 것은 과학계의 새로운 시대를 열었다는 평가입니다. 그래서 대담프로를 만들었습니다. 그럼 먼저 벤자민 리 박사의 의견을 듣겠습니다. 벤자민 리 박사님, 축하합니다. 5년여 동안 끌던 문제를 해결해 주시고 누구도 그것이 가능한 것인지조차 생각하지 못했는데 이 박사께서 완벽하게 해결해 주셨습니다. 말씀해 주시겠습니까?”

“네, 1967년 와인버그 박사와 살람 박사께서 문제를 제기했을 때부터 해답이 있으리라는 확신을 가졌습니다. 그리고 겔만 교수께서 쿼크론을 발표하시고 업(u)쿼크, 다운(d)쿼크 실험에 성공하고 참(c)쿼크론이 제기되었을 때도 증명할 수 있으리라는 확신을 했습니다. 개인적인 의견입니다만 앞으로도 몇 개의 쿼크가 더 발견될 것입니다.”

“네, 감사합니다. 그럼 먼저 살람 교수께서 이번 이 박사의 업적에 대한 평가랄까, 소감을 말씀해 주실까요?”

“먼저 이 박사의 공적에 감사드립니다. 저는 이 박사의 공적을 생각하면서 마리 퀴리(M. Curie) 부인을 연상했습니다. 퀴리 부인은 힘없어 다른 나라에 늘 외침만 당하던 폴란드에서 태어났습니다. 그녀는 가난하고 불행한 국민의 비애를 몸소 체험하면서 소녀 시절부터 조국의 독립과 해방을 위해서는 과학자가 되어 조국을 과학 선진국으로 만드는 길뿐이라고 결심하고, 여학교를 나오고서 학비를 조달하려 가정교사, 음식점 종업원까지 하여 5년간 모은 돈으로 파리의 소르본대학에 유학, 가난하고 비참한 생활 가운데서도 물리학과와 수학 학사학위를 취득한 것이 29살 때였죠. 피에르 퀴리와 결혼, 원자물리학을 개척하여 1903년 남편과 함께 노벨물리학상을 받았습니다. 남편이 죽은 후(1906년), 계속 연구하여 라듐을 발견하고 1911년 노벨화학상까지 받았으며, 제1차 세계대전 때는 전장을 다니며 라듐요법으로 부상병 치료에 종사한 분이죠. 아인슈타인에게 베를린대학 교수생활을 하게 하신 것도 퀴리 부인이었죠.

　제가 이 박사의 능력에 경탄하고 도대체 한국이라는 나라가 어디 있는 곳인가, 한국은 어떤 국가인가, 관심을 두고, 동양사를 보았습니다. 지도를 보면 동아시아 대륙에서 콩알만하게 떨어져 나온 나라더군요. 그리고 한 번도 외침을 해본 적이 없고 일본, 중국, 소련, 미국, 프랑스 등에게 외침을 당한 것이 무려 900여 차례나 되는 나라였습니다. 퀴리 부인의 조국 폴란드가 외침을 당한 200여 번에 비한다면 거의 4, 5배나 더 외침을 당한 나라더군요. 국가의 존망이 걸린 외침만도 10여 차례 되었고요. 또 20세기 초기에는 일본에 합병되어 거의 40여 년간 식민지 생활을 했고, 거기에다가 한국전쟁까지 겪은 나라였더군요.

　이 박사께서는 그런 환경 가운데서 자라면서 과학자의 길을 택했고요. 미국에 유학 와 마이애미대학 때는 하루에 3, 4시간씩 중국식당에서 음식배달을 하면서도 전체수석을 했습니다. 또 2년간의 3, 4학년 코스를 1년 6개월에 마쳤더군요. 머리가 좋은 사람이라 하더라도 어학연수까지 하려면 3년 정도는 걸리는 것인데요. 더구나 학부시절엔 석사, 박사과정의 학생들마저 포기한 스노퍼 교수의 현대대수학 강의를 혼자 듣고, 최고 점수를 받았다더군요. 저도 박사학위과정일 때 스노퍼 교수의 강의를 들은 적이 있지만, 문제 하나의 해답을 얻기 위하여 30여 일이 걸려도 안 풀리는 문제가 많았습니다. 물론 박사학위시험에서 최고의 점수로 미국 역사를 다시 세운 사건은 너무 유명하니까 다시 언급할 필요도 없지만도 그런 면에서 퀴리 부인과 태어난 나라의 사정이나 성장 과정이나 학문에 대한 집념이 비슷하다고 할까요. 적어도 이 박사의 출현은 현대과학을 20년 또는 30년 앞당기는 계기가 될 것입니다. 와인버그 교수나 겔만 교수님은 이 박사의 업적을 페르미와 비교하더군요.”

“네, 감사합니다. 그러면 와인버그 교수님의 말씀을 듣겠습니다. 교수님께서 1967년에 이른바 전약이론을 발표하시고, 이론적 수학적 해답을 못 찾다가 벤자민 리 박사에 의하여 이번 해답과 실험이 완성되었습니다. 소감과, 전약이론이 실생활이나 현대과학에 어떻게 이바지할 수 있는가에 대하여 말씀해 주셨으면 합니다.”

“네, 먼저 벤자민 리 교수께 감사드립니다. 전약이론을 발표하고서, 저는 해답을 찾지 못해 아예 포기했습니다. 어딘가에 해답이 있으리라는 기대는 하고 문제를 제기했습니다만, 5년여간 저 자신도 문제를 못 풀고 있었으니까요. 이번 벤자민 리 교수에 의해서 새로운 시대가 열린 셈이지요. 아시다시피 게이지입자란 전자기적 힘을 전달하는 것이죠. 우리가 매일 접하는 빛이나 전파가 다 게이지입자입니다. 우리가 매일 사용하는 전기, 램프, 컴퓨터, 텔레비전, 라디오, VTR, 전자레인지, 세탁기, 시계, 전자악기, 카메라, 조광기, 인터폰, 반도체, 태양전지나 의학계에서 사용하는 심전계, 근전계, 전동의수, 초음파응용기, 뇌파계, 맥박조정기, 텔레미터나 산업계의 전자사진, 용접장치, 고주파가열, 전기기관차, 통신계의 라디오방송, 텔레비전방송, 무선, 유선텔레비전, 무선호출기, 전송신문, 위성통신, 전화, 해양개발, 전파망원경, 우주개발, 로봇, 원자로, 입자가속장치, 항공관제, 철도관제, 기상레이더, 자동차 무선, 방향탐지기, 자동운전장치, 재고정리, 우편자동처리, 은행창구처리, 정보정리, 공장자동화, 저온계, 고온계, 원자시계, 브라운관, 관전관 등 광범위합니다. 이제 세계는 더 빠르고, 더 안전하며, 더 다양한 전자시대를 열었다고 할 수 있습니다."

"네, 감사합니다. 그러면 로스앤젤레스에 계신 겔만 교수님께서 정리를 해주십시오."

"제가 쿼크론을 제기하고, 업(u)쿼크, 다운(d)쿼크 등 쿼크 가설론을 주장하고, 또 실험에 성공했을 때 글래쇼가 참(c)쿼크를 주장했습니다. 그땐 정말 참쿼크가 있는가까지 의심했습니다. 그런데 이 박사께서 참쿼크의 질량을 Kl과 KS입자로부터 계산해 냈고, 또 실험에 성공했습니다. 이 박사의 능력에 감탄했습니다. 1971년 5개월 동안 같이 연구했지만, 이렇게 빨리 문제를 풀어 주시리라고는 생각하지 못했습니다. 과학계의 큰 쾌거입니다. 감사합니다."

"이상으로 대담을 마칩니다. 많은 과학자는 이 박사의 업적을 페르미가 중성자를 발견한 것과 비교합니다. 감사합니다."

이휘소의 게이지입자론과 참입자론이 제2차 세계대전 전후 페르미가 주장한 중성자론과 비교된 것은 그 효능의 광범위한 성격 때문이다. 중성자는 양성자와 함께 원자핵을 구성하는 입자이다. 보통 n으로 표시된다. 양성자와 함께 핵자이다. 전하 3분의 2인 업(u)쿼크와 다운(d)쿼크 2개로 구성되어 있다. 평균수명은 925s이고 전자와 전자중성미자(re)를 방출하면서 양성자로 변한다. α선을 베릴륨(Be)에 비치어 쏠 때, 방출되는 투과력이 강한 방사선이 수소가 함유된 물질에 흡수된다는 것이 퀴리 부부에 의해 발견되었는데, 이 방사선이 전기적으로는 중성이고 양성자와 거의 같은 질량을 가진 입자라는 것은 1932년 채드윅(J. Chadwick : 1935 노벨물리학상 수상)이 발견했고, 1940년엔 열중성자를 사용하면 물질 내의 원자핵이나 원자자기모멘트와 상호작용에 의한 산란(散亂)중성자의 간섭으로 회절현상을 관측할 수 있다는 페르미의 중성자론이 나왔다.

여기서 저속중성자가 U^{235}의 핵분열을 일으킨다는 사실이 입증되어, 원자폭탄과 원자로를 발명하게 되었다. 중성자는 전기를 지니지 않고 원자보다 작은 까닭에 철주(鐵柱)나 금속, 시멘트 등을 뚫고 자유롭게 넘나든다. 원자탄과 수소탄을 만든 미국 국방위원회는 원자탄이나 수소탄이 인명이나 건물, 문화시설까지 완전히 폐허로 만든다는 사실에 착안, 1957년 이른바 시설이나 자연은 그대로 둔 채, 인명만 살상시킬 수 있는 무기를 만드는 데 착안했지만 15여 년의 연구로도 이론만 무성할 뿐 만들지 못하고 있었다(1976년에 만들었다). 그런데 게이지이론으로 이제 한 걸음 다가선 것이다.

이휘소의 논문과 실험 결과를 보고 겔만은 물론 살람, 파인만, 슈잉거 등은 모두 흥분하여 '물리학의 새로운 발견', '페르미의 재탄생'이라고 극찬했다. 독일에 있는 하이젠베르크도 장문의 편지로 휘소의 업적을 찬양했다.

특히 겔만은 이휘소를 캘리포니아대학에서 주재하는 물리학 연구에 다시 초청, 며칠간이라도 콜로라도주에 있는 물리연구소에서 같이 지내자는 제의를 해 왔다. 당시의 생활을 적은 편지를 인용한다.

어머님 전 상서

만청이 생일축하카드 감사합니다. 이곳 모두 잘 있으니 안심하십시오. 저는 연구에 바빠서 그동안 편지 못했습니다.

내일 저희는 콜로라도 산중으로 갑니다. 이곳 연구소의 위원회와 콜로라도 물리학연구소에 가 있을 예정입니다. 저도 휴가가 필요하고요.

아이들은 잘 자라고 있습니다. 천이는 저보다 더 큰 것 같습니다. 올해 3학기에는 성적이 그렇게 좋지 못해서 야단을 맞고, 4학기에는 잘했다고 합니다만 성적표를 아직 못 받았습니다(우편으로 옵니다). 지능은 높은 것 같고 생물학에 취미가 있는 것 같습니다. 이곳 현재 중고교 생물은 제가 배운 것과는 전혀 달라 현상학적인 것은 별로 없고, 주로 생화학, 유전학, 분자생물학입니다.

저는 천과 같이 현대물리학 공부를 했습니다. 안이도 잘하고 있습니다.

그러면 콜로라도에서 편지하겠습니다.

1972. 8. 10.
휘소 가족

이휘소의 생활은 바쁘게 지나가고 있었다. 주초(週初)마다 페르미랩에서 물리학자들을 모아 놓고 주례회의를 주재했고, 실험부장으로 있는 골드워드(N. Goldward)까지도 일일이 이휘소에게 확인한 다음 실험에 임했으며, 주말마다 신문·잡지·방송 기자들과 인터뷰를 해야 했다. 학교에서는 박사과정을 받는 학생들에게 주 4시간씩 강의를 해야 했다. 미국 내뿐 아니라 영국, 프랑스, 독일 등에 있는 회의에도 두 달에 한 번 꼴은 나가야 했다.

같은 해 9월 20일부터 일주일 동안은 미국원자력위원회 후원 국제고에너지물리학회의를 페르미랩에서 주관하게 되어 있었다. 페르미랩 주관이라 하지만 페르미랩 소장 윌슨(R.R. Wilson)까지도 거의 이휘소에게 일일이 일정과 계획표까지 의논하였다. 윌슨은 1967년 페르미랩을 건설할 당시부터 오로지 세계 최대 이론과 실험을 겸하는 연구소를 만들기 위하여 노력하는 열성파 물리학자며, 특히 시를 좋아하는 면에서 휘소와 취미가 같았다. 주최 측에서는 연구발표를 하지 않는 것이 상례이지만, 국제에너지회장과 미국원자력위원회 또 겔만 교수의 부탁으로 이휘소는 〈힉스입자에 미치는 강작용의 영향〉이란 제목으로 강의를 준비하였다. 아직도 완성되지 않은, 좀 미진한 것이었지만 문제를 제기하고 싶었기 때문이었다. 또한 힉스입자야말로 20세기 후반부나 21세기 물리학의 방향을 결정하는 가장 중요 문제로 떠오르고 있기 때문이다.

자연계에는 네 가지 힘이 있다고 본다. 중력과 전자기력과 강력(强力)과 약력(弱力)이다. 중력은 사과가 떨어지는 것이나 달이 지구를 돌고 있는 것이 다 여기에 속한다. 전자기력은 자석의 N극과 S극이 서로 잡아당기고, 전극의 플러스와 마이너스가 서로 잡아당기는 양자전기 역학이론이 여기에 속한다. 이 두 힘은 우리 생활과 직접 관련이 있다.

강력과 약력은 원자핵의 내부에서 원자핵의 크기 정도의 매우 짧은 거리에서만 작용하는 힘이다. 20세기 전까지는 원자가 그 이상 나눌 수 없는 입자라고 생각했다. 1896년 베크렐(A.H. Bequerel)이 우라늄에서 방사선이 방출되고 있음을 발견하였고, 곧 그 정체를 조사하기 위한 실험에 착수, 러더퍼드(E. Rutherford)는 방사선에 그 종류가 있다는 것을 발견하고 각각 알파선(α線), 베타선(β線)이라 했다. 알파선은 물질을 투과하기 어렵고 베타선은 물질을 투과한다. 알파선은 물질과 어떻게 작용하는가? 알파선이 물체를 투과하기 어려워서 금의 얇은 막(다른 금속보다 금은 얇게 만들 수 있기 때문에)에 알파선을 쬐고 그 작용을 본 결과, 알파선은 거의 전부가 금의 얇은 막을 지나갔지만 극히 소수가 다시 튀어나오는 알파입자를 발견하였다. 거의 금속을 통과하고 아주 극소수만이 다시 튀어나오는 이유는 무엇인가. 그것은 원자 안에는 원자 전체의 크기보다 훨씬 작고 또 알파입자보다 무거운 원자핵이 있다는 것이다. 실험 결과 원자크기의 1만분의 1이라는 입자가 발견되었다. 이것이 원자핵 물리학의 시초였다. 러더퍼드가 영국의 케임브리지대학의 교수로 부임한 1919년의 일이었다. 그 뒤 퀴리 부인이 1932년 원자번호 4인 베릴륨(Be) 원자에 알파입자를 충돌시키면 투과성이 높은 정체불명의 방사선이 튀어나온다는 것을 발견, 러더퍼드의 제자 채드윅이 그것이 중성자임을 발견했다. 채드윅이 발견한 입자는 질량이 양성자와 거의 같고 전하가 0인 입자였다. 전하가 없으므로, 즉 전기적으로는 중성이므로 중성자라고 한 것이다. 그 발견으로 원자핵이 양성자와 중성자로 되어 있다는 것이 밝혀졌다. 그리하여 양성자와 중성자, 이미 발견된 전자가 기본적인 입자라고 생각했다. 그렇다면 양성자와 중성자가 어떻게 결합하여 원자핵을 구성하는가가 문제였다. 양성자의 전하는 +1, 중성자의 전하는 0이므로, 두 입자를 연결하는 보다 큰 힘이 필요한 것이다. 양성자에서 방출된 입자가 중성자에 흡수되고, 중성자에서 방출된 입자가 양성자에 흡수된다. 유카와 히데키는 그 교환되는 입자의 질량을 전자의 약 270배라고 했다. 그리고 양성자와 전자의 중간의 무게이므로 유카와는 그 당시(1935년) 그 미지의 입자명을 중간자(Meson)라고 했다. 유카와는 그 계산을 발표했지만, 물리학계에서는 외면당했다.

우주로부터는 계속해서 입자가 소나기처럼 내리쏟아지고 있다. 1947년 파우엘(C. Powell)은 우주에서 내려오는 입자가 사진건판 위에 만들어 놓은 궤적을 현미경으로 조사했다. 거기서 전자의 270배가 되는 중간자를 발견하였다. 그리하여 유카와는 일본인 최초의 노벨상 수상자가 되었다.

1934년 페르미는 중성자가 양성자, 전자, 뉴트리노(Neut-rino : 중성미자)라는 소립자로 붕괴하는 이론적인 기초를 만들었다. 즉 전자기력과는 다르고 또한 상당히 약한 힘이 존재한다고 해서 '약력'이라 불렀다. 전자기력, 약력, 강력, 중력 등 자연계를 지배하는 네 가지 힘을 하나로 통합하려는 노력이 진행됐다. 아인슈타인도 죽기 직전까지 만유인력과 전자기력을 통합하려는 통일장 연구를 계속했었다. 여기서 힉스입자가 필요하다. 힉스입자란 1964년 힉스가 제안한 것이다. 그러나 힉스입자가 존재하는지는 확실하지 않다. 광자의 질량은 0이다. 또 약력을 중개하는 W입자나 Z입자의 질량도 0이다. 그러나 가속기 실험 결과는 W입자나 Z입자는 매우 무겁다. 즉 질량이 있다는 것이다. 이것을 해결하기 위하여 힉스입자가 유도되었다. W입자나 Z입자만 아니라 쿼크나 렙톤(Lepton) 등 소립자에 질량을 가지게 하는 것은 힉스입자라고 본 것이다. 그리하여 공간에 충만해 있는 것이 힉스입자라고 본다. 힉스가 제안했고, 이휘소가 그것을 확인하는 작업을 계속하고 있다.

세미나는 9월 20일 9시부터 페르미랩 세미나실에서 시작되었다. 모두가 노벨상을 받았거나 후보에 거론되는 세계의 석학들이었다. 물론 이휘소도 계속 후보에 오르내리고 있었다. 세미나장에서 휘소는 1개월 전에 만났던 크라인 교수와 라비, 글래쇼, 와인버그, 살람, 파인만, 겔만 교수 등을 만났다. 세미나가 시작되었을 때, 로스앤젤레스의 캘리포니아대학 명예교수 메이어 씨가 죽었다는 소식이 전해졌다. 한 달 전 콜로라도주에서 있었던 세미나에도 참석했던, 그리고 이휘소에게 도움을 많이 주었던 분이었다. 아직 66세, 소식에 의하면 연구실에서 거의 밤샘을 하고 돌아와 심장병으로 사망하였다고 했다. 독일에서 태어난 메이어는 대학 졸업 뒤 24살의 처녀로 혈혈단신 미국에 와, 세계 물리학 발전에 크게 공헌한 인물이다. 특히 페르미와 함께, 방사선 연구와 소립자 연구의 개척자였다. 모두가 1분간 묵념을 올리고, 세미나가 끝나는 대로 대표단을 보내 조문하기로 할 수밖에 없었다.

5일간의 세미나였다. 페르미랩 소장 윌슨의 인사가 있었고, 이휘소가 사회를 맡았다.

이휘소는 여기서 힉스입자가 양성자보다 약 110배 정도 큰 질량을 가지고 있을 것이라는 예언을 하였다. 이 발언은 엄청난 파문을 일으켰다.

박정희 대통령께

1972년 10월 17일, 박정희 대통령은 이른바 10월유신(十月維新)을 선포했다. 1961년 5월 16일 군사쿠데타에 성공한 박정희는 1963년 제3공화국 대통령으로 당선되어 정치, 경제, 사회의 개혁을 단행하였다. 특히 경제의 고도성장에 이바지했다. 장기집권의 논란 속에 1971년, 야당인 신민당 대통령 후보 김대중과 맞붙어 간신히 이기기는 했지만, 총선거인 국회의원선거에서 참패해 국정을 소신있게 운영하기 어렵게 되었다.

박정희 대통령은 10월 유신을 단행하고는 우리 민족의 지상과제인 조국의 평화적 통일을 위한 남북대화를 뒷받침하고, 자주국방을 강화하기 위하여 이제까지의 정치체제를 비상적 방법으로 혁신하여 국력의 조직적 강화, 국론 통일을 기한다는 명분 아래 특별선언을 발표했다. 국회해산, 정당활동금지, 전국대학의 휴교조치 등 초실정법(超實定法)적인 비상조치를 단행하면서 전국에 비상계엄을 선포했다.

10월 27일에는 평화적 통일에의 지향, 한국적 민주주의 토착화를 2대 특징으로 하는 유신헌법을 발표, 이를 11월 27일 국민투표에 부쳐 가결했다. 물론 계엄하의 선거는 형식이며 방편이었다. 같은 해 12월 27일에는 대통령에 의해 제7차 헌법개정을 선포하고, 헌정의 부분적 복귀가 이루어져 제4공화국이 출범하였다. 유신헌법하에서 대통령은 지방 인사로 구성된 통일주체국민회의에서 선출되고 국회의원의 3분의 1은 대통령의 추천에 의해 이 회의에서 선출하였다. 또한 대통령에게는 헌법에서 정한 국민의 권리와 자유를 제한할 수 있는 긴급조치권이 부여되었고, 유신헌법에 대한 일체의 비판이나 비방은 금지되었다. 신문이나 방송은 사전 검열된 것만 기사가 나가게 되었다.

그 해 10월 21일, 이휘소는 기자회견을 자청하였다. 페르미 랩 회견장에는 70여 명의 내외신기자가 운집하였다. 물론 서울에서 온 일간신문, 방송국 기자들도 10여 명이 되었다. 그리고 미국의 주요 일간지와 방송국, 영국, 프랑스, 독일, 일본 기자들까지 보였다. 이휘소는 미리 인쇄된 내용물을 돌렸다. 유인물은 영어, 한국어, 독일어, 프랑스어, 일본어 등으로 되어 있었다. 그리고 회견이 시작되었다.

"내외신기자 여러분, 저는 오늘 제 조국인 한국의 불행한 사태를 접하고 절박한 책임감을 느낀 나머지 이 회견을 자청하였습니다. 모두들 잘 아시겠지만 한국은 1960년 이승만 대통령 당시 부정선거에 반발한 4·19 대규모 의거로 이 대통령은 물러났고, 그 와중에 수백 명의 젊은이가 죽어 갔습니다. 그래서 세계 신문에 '피의 화요일'이라고 대서특필로 기사가 나간 적이 있습니다. 그 뒤 박정희 씨는 1961년 이른바 5·16 쿠데타의 성공으로 정권을 장악하고 나서 경제성장, 남침위협 등을 슬로건으로 내걸고, 무수한 정략으로 국민을 억압해 가며 정권을 연장해 나갔습니다. 그리고 '10월유신'이라는 전대미문의 정치개혁을 단행하여 전국에 계엄을 선포하고, 국회해산, 정당활동금지, 언론의 비판금지, 전국 학생 등교금지 등을 선포했습니다. 이것은 마치 나치의 히틀러가 불교의 자비사상인 卍을 내걸고, 언론의 비판을 통제하고, 1인독재체제하의 공포정치를 단행한 것과 유사한 것입니다. 유신(維新)이라는 단어는 동양의 고전인 시경(詩經)과 서경(書經)에 나와 있는 것으로써, 잘못되고 낡은 제도를 새롭게 고친다는 뜻으로 언제나 새로운 지식, 새로운 삶, 새로운 제도로써 자기 발전과 사회 발전을 이룩해야 한다는 뜻으로 동양인들이 삶의 지표처럼 쓰는 말입니다.

이번 박정희 씨의 10월유신은 대통령 자신이 헌법을 짓밟은 것이며, 유신을 내세워 1인독재국가로 전락한 것입니다. 또한 정치적으로 몇십 년은 후퇴한 것이며, 박 대통령이 가장 중시하는 경제도 몇십 년은 후퇴하는 결과가 될 것입니다.

한 나라의 대통령이 헌정을 짓밟는데 국민에게 헌정을 지키라고 말할 수는 없을 것입니다. 우리가 4·19의거 때 보아온 것처럼 헌정을 짓밟은 대통령이나 정치가의 말로가 어떠한가는 너무도 자명한 것입니다. 만약 박정희 씨가 유신을 강행한다면 그건 스스로 자멸의 길을 재촉하는 것이며, 4·19때보다 더 큰 민족적 불행을 자초할 것입니다. 그러므로 박정희 씨 자신을 위해서도 이번 10월유신은 있어서는 안 될 길을 선택한 것입니다.

여기서 저는 몇 가지 요구를 박정희 씨에게 직접 하겠습니다. 첫째, 박 대통령의 대국민 사과와 함께 유신을 즉시 철폐할 것. 둘째, 계엄을 철폐할 것. 셋째, 언론자유를 보장할 것. 넷째, 북한을 이용한 정략을 중단할 것. 다섯째, 박정희 대통령은 이번 계기로 공정한 선거를 시행한 다음 스스로 물러날 것 등입니다.

동양의 고전에서는 유신이라는 말과 함께 '스스로 잘못을 깨우쳐 고치지 아니함이 허물이다(過而不改 是謂過失)'라는 말을 즐겨 씁니다. 이제 박정희 대통령의 빠른 결단만이 남았습니다. 저는 재미교포며, 지금은 미국국적과 한국국적을 같이 가진 이중국적의 소유자이고, 또한 조국인 한국을 떠난 지 18여 년이나 되었지만, 결과가 뻔하게 드러나는 잘못된 길로 나아가는 조국을 그냥 보고만 있지 않을 것입니다. 저는 동지를 모아 투쟁할 것이며, 일제시대의 독립군처럼 어떠한 희생도 감수할 것입니다.

기자 여러분, 감사합니다."

1972년 10월 21일
이휘소

이튿날 이휘소의 성명은 미국 내의 신문과 일본, 독일, 프랑스 등 세계의 유력지에서는 박스기사로 나갔고, 시카고에서 나오는 3개의 신문에서는 전문이 수록되어 나갔다. 그러나 한국의 신문에서는 하나같이 무시되었다. 정치인이 아닌 과학자의 신분으로 유신에 반대성명을 발표한 예는 이휘소 박사가 처음 있는 일이었다. 그러나 이휘소의 성명과는 관계없이 조국은 유신체제가 이루어졌고, 재미교포들 사이에서도 유신체제를 지지하는 파와 반대하는 파로 갈렸다.

1973년 1월 초에 워싱턴에서는 재미한인과학기술자협회가 있었다. 협회가 발기된 것은 2년 전, 이휘소도 발기위원이었고, 지금은 부회장을 맡고 있었다. 회장은 이기억 박사였다.

초대회장 김순경 박사의 취임식에서 언급되었듯이 이 모임의 취지는 '후진국인 조국 대한민국, 빈곤과 굶주림과 싸우는 국민을 위하여 조국에 과학적 매개의 구실로 조국 대한민국의 번영을 앞당긴다'는 데 있었다.

이휘소가 유학 올 때와는 달리 유학생도 많이 늘어 2백 명으로 시작된 회원 수는 2년 사이에 3백여 명이 되어 있었고, 그런대로 의미 있게 움직이고 있었다. 최근 많은 과학자, 특히 유능한 물리학자들이 속속 귀국하는 것에 대하여 소문이 무성했다. 사실, 다른 화학이나 생물을 전공하는 학자들 사이에서는 물리를 전공하는 사람들을 부럽게 바라보고 있었다. 그만큼 특별대우를 조건으로 귀국하는 사례가 잦았기 때문이었다.

이휘소 박사는 이 모임의 회원들, 곧 재미한국인 과학자들 사이에 평이 별로 좋지 못하였다. 모임에 잘 참석하지도 않았지만 참석한다고 해도 인사만 하고 바로 연구실이나 학교로 돌아갔기 때문이었다.

"세계적인 과학자면 과학자지, 저는 뭐 조국도 없나? 조국에서 온 과학자들에게 조언 한마디라도 해 주면 안 되나?"

"그러게, 자기들 그룹끼리만 놀고 양전닝, 겔만, 파인만, 와인버그, 크라인, 이휘소, 살람 그 사람들이 한통속이더군.

하여간 이휘소가 대단하긴 대단한 학자야. 무서운 학자야. 이제 이휘소의 시대가 오는 느낌이야. 아인슈타인 시대, 페르미 시대, 겔만 시대, 그리고 이휘소 시대가 오는 것은 확실해. 그런데 우리를 위해서나 고국 대한민국을 위해서나 너무 냉정한 게 흠이지만."

"아니야, 그래도 이휘소가 있으니까 재미한국인 과학자들이 이만큼이라도 움직일 수 있는 거야. 6년 전 진영선 박사가 갑자기 죽었을 때도 누구 하나 선뜻 뭐 하자고 말도 못하고 있는데 추모논문집 발간을 주선해 책을 내드린 것도 이휘소가 있었기 때문이지. 냉정하고 자기주장이 강한 사람이지만, 한국인으로서는 자랑이야."

이렇게 이휘소에 대해 엇갈리는 평이 나오고 있었다.

협의회 회의장소에는 첫 회장을 맡았던 김순경 박사, 지금 회장직을 맡고 있는 이기억 박사 그리고 함인영, 김영배, 강경식, 김기현, 조양래, 김오길, 황보한, 박지영, 배광준, 안세영, 피서영, 박영호 박사 등이 나와 있었다.

피서영 박사가 입구까지 뛰어나와 반갑게 맞이하여 주었다. 피서영은 지난해부터 이휘소 박사의 소개로 보스턴대학에 나가고 있었다.

"그간 잘 있었지?"

"네."

"아버님도 건강하신가?"

"네."

"요사이 서영이의 아버님(피천득)께서 보내 주신 문집을 읽다가 〈5월〉이란 수필을 보고 너무 좋아 외우고 다닌다네.”

뉴욕주립대학에 있을 때 피천득 선생이 서영이와 함께 몇 번 찾아온 적이 있었다. 그때마다 이휘소는 피천득 선생의 순진무구한 동심을 지닌 아이 같은 모습을 보고 사람이 저렇게 아름다울 수도 있다는 사실에 감탄했었다.

“네, 저도 그것을 제일 좋아합니다.”

“서영이가 스물한 살 되던 해에 쓰셨다더군?”

“네. 저는 아버지의 글을 사랑하거든요.”

“‘오월은 아침 찬물로 세수를 한 스물한 살의 청신한 얼굴이다. 하얀 손가락에 끼어 있는 비취가락지다’라는 말은 서영이를 보고 표현한 것이더군.”

“그럴 거예요. ‘새털 같은 머리칼을 적시며’라는 시도 제 모습을 쓰신 것인데, 거기에도 비슷한 표현이 나오니까요.”

“그래, 그 시를 암기하지?”

“네.”

“한 번 외워 보게나?”

“새털 같은 머리칼을 적시며
너는 찬물로 세수를 한다.
‘다녀오겠습니다’ 인사를 하고
너는 아침 여덟 시에 학교에 간다.
학교 갔다 와 목이 마르면
너는 부엌에 가서 물을 떠먹는다.

집에 누가 찾아오면

너는 웃으면서 문을 열어 준다.
까만 눈을 깜박거리며
너는 산수 숙제를 한다.

하늘 가는 비행기를 그리다가
너는 엎드려서 잠을 잔다.

이런 시죠. 아마 제가 대학 2학년 때 쓰신 시일 거예요.”
“아름다운 영상을 보는 것 같군. 한국엔 자주 가나?”
“저는 가지 못하고 아버님이 자주 저를 보러 오십니다. 오실 때면 이 박사님 말씀을 늘 하시죠.”
“소문 듣자니까 재미 물리학자들이 귀국하는 사례가 많다면서?”
“네, 그 때문에 어수선합니다.”
“피 양에게는 유혹이 없었나?”
“별로, 여자니까 그런지도 모르지만.”
“음.”
이휘소는 피서영과 함께 들어섰다. 많은 회원이 다가와 인사를 했다. 뭔가 어수선한 분위기였다.
“이 박사님께서는 귀국하지 않습니까? 많은 동료들이 귀국하고 있어서.”
“저는 그런 부탁을 받은 예도 없지만, 받더라도 얼마간 미국에 더 있을 예정입니다.”
“잘 생각하셨어요. 이 박사님이 경솔하게 움직여서는 안 됩니다. 이 박사님 움직임 하나하나가 재미교포들에게 주는 영향력도 생각해야 합니다.”

회장직을 맡고 있는 이기억 박사의 충고였다.

“그런데, 무슨 일로 귀국하는 사람들이 많아졌습니까?”

이휘소가 질문했다.

“베트남전쟁이 어쩐지 수상합니다. 미국이 결국은 물러설 분위기입니다. 닉슨 대통령은 그렇게 생각하지 않는데 의원 대다수가 베트남전쟁에 지쳐 있고, 국민도 지쳐 있습니다. 베트남이 베트민에게 손들면 김일성이 가만히 있을 것이라고 보장하기가 어렵습니다. 미국은 철수한다고 하다가 만다고 하다가 시끄럽고 그래서 박정희 대통령이 유능한 젊은 과학자들을 불러들여 산업 부문이나 생산 부문뿐 아니라 군대의 현대화, 군사력의 첨단화를 만든다는 소문입니다.”

회장 이기억 박사의 대답이다.

“재미과학자 가운데 귀국한 사람이 몇 명이나 됩니까?”

“30여 명. 재독(在獨), 재영(在英), 재일(在日) 과학자까지 합치면 이미 50여 명 이상 귀국했을 것입니다.”

“그렇게까지 심각합니까?”

이휘소의 질문이다.

“하여간 박정희 대통령이 국제 정세가 한국에 미칠 영향을 심각하게 생각하고 있는 것만은 확실합니다.”

피서영이 끼어들며 말했다.

회의가 시작되었다.

이기억 박사의 인사가 있었다. 가난을 막 벗어나고 있는 조국을 풍성하게 하기 위하여 늘 우리 과학자들이 조국에 헌신해야 한다는 말이었다. 귀국하는 동료와 조국의 어려운 현실에 대한 의견도 잠시 이야기 속에 나왔다.

이휘소가 발의하여 ‘유신’에 대한 반대성명이 있었다. 아무리 상황이 어려워도 정권연장이라는 방법은 타당화될 수 없다는 결론이었다.

이휘소의 발의에 따라 재미한인과학기술자협회에서 ‘10월유신’에 반대성명을 내고, 주미한국대사관에 통고하기로 했다.

회의 중간에 심각한 문제가 간사장 황보한에 의하여 제기되었다.

“박정희 대통령이 유신을 선포하고 ‘통일로 가는 길’이란 슬로건을 내걸고, 국민설득을 강하게 밀어붙여서까지 정권연장을 한 것은 잘못입니다. 그런데 우리의 문제가 또 있습니다. 확실한 정보인지는 몰라도 박정희 대통령이 미사일은 물론 핵무기 개발까지 서두르고 있다는 소문이 있습니다. 박정희 대통령은 ‘선보장, 후철군’이라고 강력하게 미국 측에 항의했었지만 1975년까지 전면 미군철수 예정이라는 미국 측의 통보를 받고 이미 현재 2만여 명의 미군이 철수한 상태에서, 대한민국 5천만 국민의 명운을 책임진 최고 통솔권자로서 초조하리라는 것은 충분히 이해는 할 수 있습니다.

다행히 닉슨이 워터게이트사건으로 정신이 다른 데 있어 분위기가 나아져 가고 있기는 하지만, 그래도 불안한 것은 말할 것 없습니다. 베트남 전선에도 미국 측에서 군대를 보내 달라고 해서 군대까지 보냈는데, 전쟁 상황도 좋아지지 않고, 그래서 박 대통령은 핵무기 개발까지 생각하고 있는 것 같습니다. 현재 미국은 놀라고 있다고 합니다. 그토록 중요한 무기를 만들면서 미국 측과 의논 없이 가능할 수 있다고 보느냐

하는 것이죠. 한국 정부는 '그러면 당신들은 한국 정부와 의논하여 미사일 부대 등을 철수하고 군대도 2만여 명이나 철수했느냐?'라고 말한답니다.

지금 재미과학자 중 많은 사람이 '국방과학연구소', 'KIST', '고리원자력발전소'에 배치되어 있다고 합니다. 또한 대전 지역에 대단위 '대덕과학연구단지'를 만든다고 합니다. 미국은 한국과 핵연료 협상을 맺고 있는 프랑스, 캐나다, 벨기에 등에 협상을 파기하도록 압력을 가한다고 합니다. 재미한국인 과학자, 특히 이휘소 박사는 자타가 공인하는 세계 최대의 물리학자입니다. 미국은 물론 북한에서까지도 조총련계나 다른 루트를 만들어 이 박사의 사생활을 감시할 수도 있습니다. 또한 박정희 대통령까지도 이 박사의 능력이 필요할 때가 올지도 모릅니다. 이휘소 박사께서는 현명하게 판단하셔야 합니다. 비록 이 박사님께서 본회에 자주 나오시지 못하고 계시지만, 본회에 이 박사가 계시기 때문에 조국에 대해서나 대미 관계에도 많은 힘을 발휘할 수 있습니다."

"만약 조국이 핵무기 개발을 하겠으니 돌아오라고 한다면 이 박사님은 가시겠습니까?"

어떤 젊은 학자가 질문해 왔다.

"글쎄요. 판단이 서지 않습니다. 어떤 경우든지 저는 핵을 무기화하는 데 관여하지는 않겠습니다. 그러나 국가나 개인이나 자립의지가 강하고 또 국민이 뭉치고, 능력 있는 국가라고 인정을 받으면, 어느 누구도 국가를 도울 수 있을 것입니다. 지금은 뭐라고 말할 수 없지만, 우리의 능력을 여러분이나 나나 가장 이상적인 데까지 끌어올리기 위해 노력합시다."

이휘소가 확신에 찬 대답을 했다.

누구나 기대와 불안 같은 것이 동시에 나타난 얼굴들이었다. 어떤 판단도 가볍게 할 수 있는 분위기가 아니었다.

"어떤 경우든지, 가족이나 국가를 포기하지는 않을 것입니다. 우리는 그렇게 정신적으로 결합하고 있고, 또 우리 조국 대한민국은 그만큼 자랑스러운 역사와 꿈을 가지고 있습니다. 우리의 사랑하는 부모가 계신 땅, 우리의 후손이 살 땅을 어떻게 포기합니까? 지금은 아무 말도 하지 않지만 더욱 열심히 연구해서 우리의 똘똘 뭉친 힘으로 조국 건설에 이바지합시다. 또한 외국 원조에 의해서만 국방을 맡길 수는 없습니다. 일차적인 책임은 우리 국민이 지는 것이기 때문입니다."

이휘소 박사는 회의장을 나왔다. 어떤 판단도 서지 않았다. 시카고 페르미랩에서 기자회견 약속이 있었다. 시카고행 비행기 속에서 이휘소는 피로로 깊은 잠에 빠졌다.

집에 돌아온 이휘소에게 또 하나의 사건이 기다리고 있었다. 박정희 대통령이 자신의 이름으로 선물을 보내온 것이다. 잘 포장되어 소포로 온 선물은 '李輝昭博士님 惠存'이라고 되어 있고, 밑에는 '大韓民國 大統領 朴正熙 드림'이라고 적혀 있었다. 그리고 속에 있는 봉투에는 다음과 같은 짤막한 메모가 들어 있었다.

이휘소 박사님

안녕하십니까? 국외에서 조국을 빛내고 계신 학자분들의 가정에 조그만 선물을 보냅니다. 약소하지만, 자라나는 아이들에게는 귀중한 것입니다. 큰 아이(아드님)에게는 《한국공예

품전집》을, 작은 아이(따님)에게는 《한국미술전집》을 보내오니, 약소하지만 물리치지 마시고 받아 주시기 바랍니다. 이휘소 박사님의 소식을 접하며 늘 감격하고 있습니다.

1973. 1.
대한민국 대통령 박정희 배상

박정희 대통령 특유의 또박또박 쓴 깔끔한 글씨였다. 천이가 초등학교에 입학하고 얼마 안 되었을 때 박 대통령이 《한국우표사》라는 책을 보내온 적이 있었다. 천이 너무 자랑스러워 학교에서 전시회를 한 적이 있었다. 그때는 천이도 감사편지를 영문으로 보냈었다. 그런데 이것은 이휘소에게 서신까지 곁들인 비중 있는 선물이 아닌가? 더구나 이휘소는 10월유신에 반대성명을 내고 나서 많은 시달림을 받고 있었다. 동조하는 사람도 많았지만 집에서나 직장에서까지 전화로 항의하거나 심지어는 협박까지 하는 사례도 있었다. 물론 그런 것은 미리 예견한 것이기도 했다.

"참 좋은 선물이네요. 그렇지만 당신이 유신에 반대성명을 발표한 것에 대한 회유책일 거예요. 박정희 씨는 독재자이며 인권과 헌법 짓밟기를 몇 번씩이나 한 사람이에요. 절대로 받으면 안 될 것입니다."

부인 심만청의 말이다. 심만청의 결벽증은 이미 여러 번 경험한 바 있지만 이렇게 처음부터 냉정하고 단호하게 나오기는 처음이었다.

"아주 좋아요."

"그림도 좋아요."

천이와 안이 탐내듯이 말했다. 이휘소는 난처한 처지가 되었다. 이 조그만 선물을 놓고 정치적인 것까지 말하고 싶지는 않았지만 아내의 의견을 무시만 할 수도 없었다.

"뭐, 꼭 나한테만 보내온 것 같지도 않고, 재미학자들을 조사해서 보내온 것 같은데 꼭 돌려보낼 필요까지 있을까?"

"돌려주셔야 합니다. 박정희 씨는 언젠가 당신 같은 사람을 이용하려는 검은 속셈이 있어서 이런 선물까지 보낸 거예요."

"나는 박정희 씨를 위한 일이 아니고 조국 대한민국을 위한 일이라고 판단되면, 무엇이든지 할 각오인데."

"물론 당신의 애국심을 무시하고 싶지는 않지만."

"외국에 있는 학자들이나 기업가들의 자손들에게 한국을 이해시키고, 한국 정신과 역사를 배우게 하려는 뜻일 것이오. 너무 한 사람을 나쁜 사람이라고만 취급해서는 안 돼요. 박 대통령은 독재자이며 헌법을 몇 번씩 짓밟은, 그리고 군대를 동원하여 정권을 잡은 사람이긴 하지만, 그 사람에게도 좋은 점은 있소. 물론 좋은 점이 많이 있더라도 유신을 한 것은 용서할 수 없는 일이긴 하지만, 그렇다고 순수한 정성까지 물리친다는 것은 옳은 일이 아닐 것이오."

이휘소가 또박또박 부인 심만청을 보며 설득해 보았다.

"당신이 그렇게 나오신다면 저는 관여하지 않겠습니다만, 뭔가 걱정이 됩니다."

"오늘은 늦었으니, 시간을 두고 의논합시다."

2층 서재로 올라온 이휘소는 오랫동안 갈등에 시달렸다. 그리고 간단하게 답장을 썼다.

박정희(朴正熙) 대통령 전 상서

안녕하십니까?

보내 주신 선물 감사히 받았습니다. 아이들이 아주 좋아합니다. 그러나 집사람은 각하께서 10월유신을 선포한 독재자라고 선물 받기를 꺼립니다.

저는 각하의 순수한 정성이라 믿고 받겠습니다.

제가 유신에 대한 반대성명에서도 밝혔듯이 각하께서는 '10월유신'을 지금이라도 철회하시는 것만이 각하께서 바른 길로 나아가시는 유일한 방법이시며 조국이 가야 할 길이라는 신념에는 변화가 없습니다. 부디 제 뜻을 헤아려 주시기 바랍니다.

감사합니다.

1973. 1. 14.
이휘소 배상

그리고 편지를 최근에 나온 논문집과 함께 소포로 쌌다. 시간은 이미 새벽 1시가 지나고 있었다. 밖에는 눈보라가 몰아치고 있었다.

20년 만에 귀국

　세상은 예상하지 못하는 변화의 연속이다. 1974년이 되면서 워터게이트사건이 비화하여 닉슨 대통령이 사임하고 부통령이었던 포드가 대통령직을 이어받았다. 포드가 대통령에 취임하면서 주한미군 철수도 중단되었고 한미 관계도 상당히 개선되어 갔다.

　워터게이트사건이란 무엇인가? 왜 닉슨은 주한미군 철수를 하다가 중단했는가? 1972년 미국 대통령선거가 한창인 6월 17일 닉슨 선거위원회(공화당)가 조직한 일당 7명이 민주당 선거대책본부가 있는 워싱턴의 워터게이트빌딩에 잠입하여 도청기를 설치하다가 경비원에게 체포, 기소된 것을 워터게이트사건이라 한다. 사건은 애초 10일간은 빌딩 잠입으로 체포된 피의자와 그의 직속상사가 고발된 것만으로 끝나는 것처럼 보였으나 차츰 체제 내의 권력투쟁 양상이 드러나기 시작했다. 우선 체포된 워터게이트 7명 가운데 J. 마콧의 재판 증언에서 닉슨 선거위원회 고위간부들이 사건에 직접 관련된 것으로 드러났고, 닉슨 대통령 자신은 관련이 없다고 주장했으나 사건 진상 규명을 위해 임명된 검찰관 등을 대통령이 해임함으로써 대통령 자신과 그 측근 및 주요 각료의 태반이 사건에 관련된 것으로 드러났다.

사건 발생 10개월째인 1973년 3월 전후 미국 정치, 경제계에서 가장 유력한 조정역을 맡아 온 C. 클리퍼드가 닉슨 대통령의 사임을 요구했다. 그 당시까지 주한미군은 이미 2만여 명이 철수했고, 나머지도 철수 준비를 서두르고 있을 때였다. 이제 닉슨 대통령은 주한미군에 신경을 쓸 시간이 없어졌다. 더구나 베트남에서 손을 뗀다는 협정(1973.1.)까지 맺어진 상태에서 남은 주한미군까지 철수시키려 하자 대통령이 감정에 휘말려 정치를 한다는 비판까지 나오고 있었다. 그 뒤 이 사건으로 닉슨 대통령은 사임하지 않을 수 없었다.

1974년 8월 9일 사임할 때의 외부적 이유는 첫째, 베트남 협정을 맺고도 사이공 정권 유지에 거액을 원조해 낭비한 점. 둘째, 국제통화체제를 붕괴시켜 달러의 신용과 가치를 하락시킨 점. 셋째, 소련, 중국과 데탕트를 중시한 나머지, 세계 자본주의체제 요체로서의 유럽 국가와 일본, 한국 등과의 관계를 악화시킨 점 등이었다. 그러니까 기존 질서를 삽시간에 고쳐 바꾸려던 닉슨의 꿈이 좌절된 것이었다. 또한 닉슨 대통령이 사임하고 포드가 계승한 것은 한국으로서는 참으로 다행이었다. 왜냐하면 포드는 대통령에 취임하면서 새로운 친구를 얻기 위하여 옛 친구를 버리지는 않을 것이라고 선언했기 때문이었다. 닉슨이 대통령에서 물러나자, 가장 좋아한 사람은 박정희 대통령이었다. 박 대통령은 그만큼 닉슨 대통령에게 수모를 당했던 것이다.

박정희 대통령은 같은 해 8월 15일 광복절 기념행사를 다른 때보다 호화롭게 치르려 했다. 그런데 서울 명동국립극장에서 있었던 광복절 기념식장에서 영부인 육영수 여사가 문세광의 총에 맞아 절명하는 사건이 일어났다.

재일교포인 문세광은 국립극장에서 있었던 8·15광복 기념식전에 참가, 박정희 대통령이 기념사를 낭독하는 시간에 식장 앞으로 나오며 대통령에게 권총을 쏘았다. 한 발, 두 발, 세 발…… 일곱 발, 그때 박종규 경호실장이 앞으로 나와 응사했고, 그 과정에서 고등학교 여학생이 유탄에 맞아 즉사했으며, 박 대통령은 연단 밑으로, 뒤에 앉아 있던 각료들은 의자 뒤로 숨었으나, 박 대통령의 뒤에 앉아 있던 육영수 여사는 미처 피하지 못하고 머리에 관통상을 입어 병원으로 옮기던 중 숨졌다. 박 대통령은 남은 경축사를 다 읽고, 피로 얼룩진 식장을 바라보다가 육 여사의 떨어진 신발을 들고 퇴장했다. 이 장면은 세계의 텔레비전에서 계속 뉴스로 나가고 있었다. 그리고 미국의 중요 신문에서는 이 사건이 박 대통령의 유신정책에 대한 저항이라고 해설했다.

또한 박 대통령보다도 더욱 국민들 사이에 인기를 누렸던 육 여사의 죽음이 어떠한 결과를 낳을지 점치는 뉴스도 계속되었다. 1961년 쿠데타로 정권을 잡고, 1963년 박정희 씨가 형식적 선거나마 치러 대통령에 당선되고서 육 여사는 각종 육영사업을 시작했다. 불우 여성의 복지향상, 불우 청소년의 직업알선 등에 앞장섰으며, 어린이공원과 어린이회관, 불우 청소년을 위한 정수직업훈련원을 건립했고, 경로회를 만들어 노인 위로연을 개최했고, 고아원, 양로원에 선물 보내기 운동, 전국 87개의 나환자촌에 자활사업을 지원하면서, 직접 나환자들의 손을 잡으며 위로했고, 무엇보다 청와대 살림도 알뜰히 꾸려 나간 것으로 알려졌다. 전등 하나라도 필요 없이 켜졌을 때는 호통을 쳐 주의를 주었다고 전해졌다. 육영수 여사의 사망으로 박 대통령의 유신정책에 먹구름이 끼기 시작했다고 비판하기도 했고, 한국이 더 강력한 군권정치를 펴면 더욱 강력한 저항세력이 나타날 것이라고 보도하기도 했다.

1974년 9월 1일 이휘소는 미국 국무부의 자료조사원으로 20여 년 만에 귀국했다. 아침 9시, 김포공항에 내린 그는 가족이나 친구에게 일체 연락 없이 나타났다. 그리고 어머니가 계신 집을 찾지 않고, 바로 자료조사에 임했다. 자료조사라는 것은 미국 국무부가 한국이 기초과학진흥자금으로 요청한 AID차관 8백만 달러의 지급 여부에 대한 판단 자료를 얻기 위해 물리, 수학, 화학, 생물 등 4개 분야에 각 1명씩의 미국의 대표적 과학자를 파견했는데, 물리만 한국의 이휘소였고 (그때 이휘소는 이중국적을 가졌었다), 나머지는 모두 미국인들이었다. 그 당시 국내 중앙신문은 물론 지방신문, 서울대학교의 대학신문 등에 '이휘소 특집'을 게재했다.

그 가운데 하나만 인용하면 다음과 같다.

이휘소 박사 20년 만에 귀국

'한국에는 훌륭한 과학 인력이 있고 그들의 의욕도 크지만 이를 뒷받침하는 시설이나 연구비 등 여건은 미비한 것 같다.'

미 국무부 위촉으로 우리나라 자연과학 계통 대학원 교육 강화 가능성을 검토하기 위해 20년 만에 일시 귀국한 세계적인 물리학자 이휘소 박사(40세, 페르미국립가속기연구소 이론물리학 책임자)의 말이다. 미 국무부는 우리나라가 기초과학진흥자금으로 요청한 AID차관 8백만 달러 지급 여부에 대한 판단 자료를 얻기 위해 수학, 물리, 화학, 생물 등 4개 분야에 각 1명씩 4명의 과학자를 파견했는데, 물리의 이 박사를 제외한 나머지는 모두 미국인이다. 지난 1일 이들 미국인 과학자와 함께 내한, 그간 검토를 거의 끝낸 듯한 이 박사는 우리나라에서의 대학원 강화가 가능하다고 보느냐는 질문에 '보고서를 쓰기 전에는 밝힐 수 없다'고 말하면서, '한국과학원이나 한국과학기술연구소 같은 응용 위주의 기관은 산업 초기 단계에는 중요하다. 그러나 이제 한국도 일반대학원을 강화, 기초연구를 튼튼하게 할 단계라고 생각한다'고 지적하며 대학원 강화의 가능성에 대한 대답을 암시했다.

이휘소는 20여 년 만에 가족들을 만났다. 오전 중의 일을 끝내고, 문교부장관 민관식의 초대로 같이 온 학자들과 점심을 마친 뒤 오후에는 참고자료를 일일이 조사한 다음, 저녁 6시쯤에나 집에 도착한 것이다. 물론 공항에서 미리 전화하여 어머님께 연락은 되어 있었다.

유학 갈 때는 신설동이었지만, 지금 집은 녹번동 넘어 대조동이었다. 정부에서 내준 차는 미리 집까지 알아두었는지, 달려서 곧장 집에 닿았다. 조그만 3층집이었다. 1층은 어머니의 병원으로, 2층과 3층은 철웅이와 무언이의 살림집으로 쓰고 있었다.

어머니, 동생 철웅이 부부, 무언이, 영자 부부, 고모, 이모, 친구들이 모여 있었다. 20세에 유학을 떠나 지금 40세에 세계적인 학자가 되어 돌아온 것이었다. 아들을 바라보는 어머니 ……, 박순희 여사.

    미국을 몇 번 다녀간 철웅이, 무언이 그리고 20년 만에 보는 사랑하는 여동생 영자……, 전쟁통에 제대로 먹지도 못하고 자라 병약했던 아이 영자도 어엿한 중년 부인이 되어 있었다.

    "어머님, 절 받으십시오."

    "그래, 아들 절 좀 받자."

    휘소는 어머님께 정중하게 절을 올렸다. 그런데 박순희 여사도 많이는 아들을 닮은 것일까. 어머니는 가족들에게 그가 편히 쉴 수 있게 하라고 이르고 바로 병원 일을 하고 계셨다.

    20여 년 만에 느끼는 가족의 따뜻함이었다. 어머님, 동생들, 친척들의 따뜻한 환영은 또 다른 기쁨이었다.

    20여 년 만에 마셔 보는 고국의 공기도 심장 속까지 느껴오는 따뜻하고 뿌듯한 황홀감이었다. 저녁을 먹고, 이휘소는 가져온 선물을 나누어주었다. 신문, 잡지에 난 그의 기사 등도 화제에 올랐다. 그러나 그의 숙소는 미8군 귀빈실로 지정되어 있었으므로 밤 10시 30분에는 집에서 나와야 했다.

    이튿날 새벽, 어머님과 동생들과 같이 공주의 아버지 산소와 할아버지, 할머니 산소를 찾았다.

    고국의 햇볕이 초가을 들판에 퍼붓는 광경을 보면서, 휘소는 이제 조국을 위해서 일하고 싶은 의욕을 느꼈다. 대학시절 중국식당에서 음식배달을 하면서도, 엉덩이에 부스럼이 나는 것도 참고 며칠이고 책상 앞에 앉아 있으면서도, 너무 책 속에 묻혀 고개 뼈에 이상이 생겨 디스크를 겪으면서도, 미국 역사상 최고의 박사학위 입학성적을 받았을 때도, 눈앞에 다가왔던 조국의 산하가 아닌가?

아버지 산소에 다녀오고 나서도 휘소는 바쁘게 움직여야 했다. 서울대학교에서 특강도 해야 했고, 막 이전된 서울대학교에 세울 과학관의 규모도 예상해야 했고, 그동안 소식이 감감했던 은사, 친구, 친척들도 만나야 했다. 공식적인 일정은 미국에서 같이 온 동료 과학자들과 문교부장관, 대통령비서실 직원들과 같이 계획되어 있었지만, 휘소는 그 외 시간도 바빴다. 또한 동양철학과 과학발달사 책 등도 사야 했다.

＊주 : 1974년 9월 26일 박정희 대통령의 메모지에는 '6시 이휘소 박사와 면담'이라고만 적혀 있다. 대담 내용은 필자의 유추이다.

문교부장관(유기춘)과 서울대학교의 AID차관 문제가 끝나가고 있을 무렵, 박 대통령의 비서실장이 찾아왔다. 9월 26일 6시 청와대에서 대통령이 만나고 싶다는 내용을 정중히 부탁해 온 것이다. 예상은 했지만, 휘소는 박 대통령과 만나고 싶은 생각은 없었다. 그러나 박 대통령의 간곡한 요청이 있었고, 또한 이런 기회야말로 자신의 뜻을 직접 전달할 기회라고도 생각되었다. 이미 언급했지만 박 대통령과는 두 번의 교류가 있었다. 천이 초등학교 시절 한국의 우표를 선물로 보내와 천이 감사의 답장을 보낸 적이 있었고, 또 얼마 전에는 《한국공예품전집》과 《한국미술전집》을 보내서 감사편지를 쓴 적도 있었다. 대통령의 전용차를 미8군 귀빈실까지 보내왔다.
"각하께서 누구보다 정중히 모시라고 하셨습니다."
"아, 네."

차는 용산 미8군을 나와, 삼각지를 통하여 곧장 청와대로 향했다. 휘소는 뒤에 앉아 여러 가지 구상을 했다. 심정이 착잡했다. 박 대통령이 문 밖에까지 나와 있었다.

"이 박사님, 뵙게 되어 반갑습니다."

박정희 대통령이 차에서 내리는 이휘소에게 다가와 정중히 인사했다.

"저를 초대해 주셔서 감사합니다."

이휘소가 박 대통령의 손을 잡으며 공손히 인사를 드렸다.

"이 박사에 대한 소문은 전부터 많이 들었습니다. 한국인의 자랑입니다. 어머님은 건강하시죠?"

"네, 감사합니다."

"자리를 옮길까요?"

"네."

응접실에서 잠시 물 한 컵씩 마시고 별실 식탁으로 이휘소를 안내하는 박 대통령의 심정은 착잡하였다. 그동안 받았던 시련이 대통령의 머리를 어지럽게 했다. 과학의 현대화, 국방의 현대화를 위해서 얼마나 밤잠을 설치고 고심했던가?

1966년 베트남전쟁 참전 대가로 미국은 한국에 한국과학기술연구소(KIST)를 설립해 주었다. 1971년 3월에는 한국전력에 박 대통령이 직접 명령하여 고리원자력발전소를 세웠고, 뒤이어 한국원자력연구소, 한국원자력기술주식회사, 원자력산업회 등을 설립했다. 그리고 1973년 특정연구기관육성법(법률 2671호)을 만들어 한국핵연료개발공단을 설립했다. 특히 한국핵연료개발공단과 국방연구소는 말이 연료개발이나 연구소이지 사실상 국방의 현대화, 특히 미사일 제조와 핵폭탄까지 만들 것을 염두에 두고 있었다.

박정희 대통령이 미사일과 핵폭탄까지 만들 것을 마음속에 새긴 것은 1969년부터 시작된다. 당시 닉슨이 대통령에 취임한 이후 한미 관계는 묘한 알력과 갈등을 겪게 되었다.

닉슨이 누구인가. 1950년대 아이젠하워 대통령 밑에서 부통령을 8년간 지낸 그는 1961년 케네디와 대통령 경쟁에서 패배하고, 캘리포니아주지사마저 떨어져, 완전히 정계에서 은퇴한 야인으로 취급받았던 사람이다. 그가 야인 시절 한국을 방문했을 때(1966. 8.), 누구 하나 따뜻한 마중을 하지 않았다. 김포공항에 내린 그를 맞은 사람은 대학동창 한 사람뿐이었다고 하지 않던가? 그가 서울에서 며칠 있는 동안, 과거에 그렇게 그와 가까이하려 했던 장관은 물론 국회의원들 한 명 나타나지 않았다. 형식상 예의를 차린다고 정일권 총리의 안내로 박정희 대통령과 10여 분간 면담했을 뿐이다.

박정희 대통령이 마지못해 내놓았던 차 한 잔. 이것이 접대의 전부였다지 않는가. 이것이 그가 한국에서 받은 대우 전부였다. 같은 날 미국대사관에서는 미국대사가 닉슨을 초대한 만찬이 있었다. 물론 박 대통령도 초대했지만 참석하지 않았다. 박 대통령뿐 아니라 장관 한 사람도 나타나지 않았다. 일본이나 다른 동남아 국가들의 수상이나 대통령이 직접 만찬을 준비해 준 것에 비하여 형편없는 접대였다. 아니, 미국의 하급관리 취급도 해 주지 않았던 것이다. 그날 저녁 주미대사 브라운에게 닉슨은 이런 말을 했다고 전한다.

"미국은 두 가지 실수를 저질렀소. 첫째는 베트남에 파병한 것이고, 둘째는 주한미군을 주둔시킨 것이오.”

더구나 1968년 한국 정부는 으레 험프리가 대통령이 되리라 믿고 그에게만 정신이 팔려 있었는데, 닉슨이 대통령에 당선된 것이다. 방위비는 물론 국방의 중요한 부분을 미국에 의존하고 있었던 정부로서는 당황하지 않을 수 없었다.

박정희 대통령의 간곡한 요청으로 정상회담을 하기로 했으나, 닉슨이 회담장소로 제시한 곳은 샌프란시스코의 한 호텔이었다. 닉슨이 휴가차 잠시 쉬는 동안 만나겠다는 것이다. 당시 외무부장관이었던 최규하가 직접 워싱턴을 찾아갔지만, 일정이 바쁘다고 비서진마저 상대해 주지도 않았다. 6개월간 사정해서 얻은 대답이 바로 샌프란시스코 호텔이었다.

1969년 8월 21일 미국 방문길에 오른 박 대통령이 샌프란시스코 공항에 내렸을 때에도 누구 하나 나오지 않았다. 미국의 외교관례대로 한다면 최소한 헬리콥터로 상대방의 국가원수를 접대장소까지 안내하는 것이 상례였지만, 공항에는 누구 하나 보이지 않았다. 약속시간에 맞추어 자동차로 호텔에 갔지만, 호텔 로비에도 엘리베이터 앞에도, 올라가 방문을 열고 들어갈 때도 닉슨은 나타나지 않았다. 물론 호텔 건물 어디에도 태극기 하나 걸려 있지 않았다.

박정희 대통령이 호텔 방에서 한동안 어리둥절하게 서 있자니 왼쪽 문이 열렸고, 그 방구석에 서 있는 채 맞이해 주었다. 박 대통령이 50여 발자국 달려가 인사를 할 때까지 닉슨은 반 발걸음만 옮겨 악수했다. 저녁 만찬에서 닉슨은 고향 친구들과 어울리며 담소를 했고, 박 대통령은 외톨이가 되어 눈물을 삼키며 물 한 컵을 억지로 마셨다. 1박을 한 다음날,

그래도 박 대통령은 닉슨과 약속된 한 시간 정도 단독 회담에 기대를 걸었다.

회담장소인 닉슨의 방에 도착한 박정희 대통령에게 닉슨은 일방적으로 아시아의 문제는 아시아의 손에 넘길 것이며, 주한미군도 천천히 감축할 예정이라는 일방적인 통고만 하고 회의는 15분 만에 끝났다. 닉슨이 다른 일정을 핑계로 자리에서 먼저 일어선 것이다. 그 시간에도 박 대통령은 목이 타 물만 두 컵 마시고 나올 수밖에 없었다.

미국에서 돌아오는 비행기 안에서 박정희 대통령은 군의 현대화, 자주국방, 군의 과학화를 생각하며 주먹을 쥐었다. 당시 닉슨 정책을 이른바 닉슨독트린(일명 괌독트린)이라고 한다. 그 중요 골자는 ①미국은 앞으로 베트남전쟁과 같은 군사력 개입을 피한다. ②미국은 아시아의 여러 나라와 조약상의 약속은 지키지만 강대국의 핵(核)에 의한 위협의 경우를 제외하고는 내란이나 침략에 대해 아시아 각국이 스스로 협력하여 그에 대처하게 한다. ③미국은 태평양 국가로서 그 지역에서 중요한 역할을 계속하지만 직접적, 군사적 또는 정치적인 과잉 개입은 하지 않으며, 자조의 의사를 가진 아시아 국가들의 자주적 행동을 측면에서 지원한다. ④아시아 국가들에 대한 원조는 경제 중심으로 바꾸며, 다수 국가 방식을 강화, 미국의 과중한 부담을 피한다. ⑤아시아 국가들은 5~10년 장래에는 상호안전보장을 위한 군사기구를 만들어야 할 것이다 라는 등이었다. 이것은 실제로 아시아 국가에서 전쟁 위험을 가장 많이 안고 있는 한국을 겨냥한 발표문이었다.

당시 미국 국무장관 키신저는 "미국의 국외 병력 배치를 감축시키고, 그들의 방어에 대한 더 큰 책임은 동맹국들에게 돌리는 것이 미국 정부의 보편적 정책이다"라고 말하고 있었다.

그리고 주한미군의 철수를 위한 공식문서가 된 국가안보결정비록(48조)을 1970년 3월 2일 제시하고, 다음 해 3월 주한미군 제7사단 2만여 명을 철수했다. 한국에 제2사단 1만 7천 명이 남아 있었지만, 나머지 병력 철수도 시간문제였다. 미국은 그 대가로 매년 약 2억 달러의 무상 군사원조의 제공을 공약했지만, 그것도 사실상 잘 지켜지지 않았다.

미국은 주한미군 철수뿐만 아니라, 베트남전쟁에서도 서서히 손을 떼려고 하고 있었다. 박 대통령은 1970년 국방연구소에 미사일 제조를 의뢰했다. 국방예산을 어디다 쓰느냐 하는 비난의 소리도 있었지만, 그렇게라도 해서 적어도 북한제 미사일(사정거리 50km)과 대등한 것이나마 보유해야 될 것 같았다. 그러나 국내 과학기술진이 만든 미사일은 1971년 3월 초 발사실험에서 4km 지점에서 터지고 말았다. 기초과학이면 미사일 제조 따위는 어렵지 않다는 것이 많은 사람의 이야기였다. 그뿐만 아니라 원자탄이나 수소탄의 제조까지도 지금은 기초과학이라고 말하기도 했다. 그런데 한국의 과학 수준은 미사일 제조에도 못 미치는 과학 수준인가?

1971년 3월 21일 청와대 집무실에서는 박 대통령이 김정렴 비서실장을 불러 세우고 몇 가지 이야기를 나누었다.

"미국은 자기들 마음대로 우리 국토도 양분시키고, 자기들 필요할 때는 베트남에도 우리 군사들을 보내 달라 해서 보내 주었더니 이제는 주한미군마저 철수시키고, 믿을 수 없는 사람들이야. 김 실장, 우리도 미국과 대등한 수준의 핵무기 개발을 하려면 얼마의 비용이 드나?”

“글쎄요. 조사시키겠습니다.”

“비밀리에 국내 과학자들에게 상세히 조사시켜 보시오.”

“알았습니다. 각하.”

“미국에 있는 한국인 과학자들의 숫자는 얼마나 되나? 내 알기로는 4백여 명이 된다고 들었는데…….”

“공부하는 사람까지 합치면 그 정도는 될 겁니다. 그러나 물리학을 전공하고 더구나 공인된 학자는 30여 명이 됩니다. 그중에서 핵개발하는 데까지 관여하거나, 그럴 능력이 있는 학자는 한두 명이라고 들었습니다.”

“그게 누군가?”

“우리나라 신문에도 몇 번 보도된 적이 있는 이휘소입니다. 프린스턴고등연구소에 있는 젊은 학자인데, 세계 여론에 의하면, 20세기 전반은 아인슈타인에 의하여 세계 물리학이 운영되었다면 20세기 후반은 이휘소에 의하여 세계 물리학이 움직인다고 합니다. 이휘소는 바로 아인슈타인이 몸담았던 프린스턴고등연구소에 26세에 발탁되어 들어갔습니다. 지금은 미국에 있는 학자들뿐만 아니라 전세계에서도 물리학에 관한 한 이휘소의 이론을 따를 사람이 없다고 합니다.”

“이휘소……, 그 사람을 국내에 불러들일 수는 없을까?”

“지금 한국의 과학기술 수준으로, 그를 불러들일 필요는 없을 것 같습니다. 또한 그 사람을 불러들인다면 미국과의 갈등이 지금보다 몇 배 이상 깊어질 것입니다. 더구나 이휘소가 한국에 있다는 것이 세계에 알려진다면, 이른바 강대국들이 한국을 보는 눈이 달라질 것입니다.”

“이휘소……, 그래도 국가가 필요하니 오라면 온다고는 할까?”

“모릅니다. 그의 어머님과 동생, 친척이 다 여기서 삽니다. 소문 듣기로는 국가에 대한 사랑이 철저한 사람이라고 들었습니다만…….”

“이휘소 박사의 어머님은 뭘 하시나?”

“오랫동안 조산원을 하다가 몇 년 전부터 조그만 병원을 하시는 것으로 알고 있습니다.”

“김 실장, 이 박사에게 관심을 가지고 있게. 그리고 내 이름으로 뭐 선물할 게 없을까? 아이들에게도 좋고…… 연구해서 실천하도록 해. 준비가 되는 대로 연락해 주게. 내가 손수 자필 편지라도 넣어 보낼까 싶네.”

“알았습니다. 준비하겠습니다.”

“이휘소…… 이휘소…….”

박 대통령은 독백처럼 이휘소의 이름을 불렀다. 그리고 메모지에 ‘이휘소’라고 써 놓았다.

“김 실장, 과학기술처 최 장관을 들라고 하지.”

“네.”

20여 분 뒤에 최형섭(崔亨燮) 과학기술처장관은 무슨 급한 일인가 싶어 바쁜 걸음으로 청와대에 들어섰다.

“지금 김 실장과 이야기했지만 최 장관은 이휘소에 대하여 알고 있나?”

“네, 만난 적은 없지만 소문은 듣고 있었습니다.”

“그 사람 능력은 어느 정도인가?”

“제가 말씀드릴 수 없습니다. 놀라운 천재인 것은 분명합니다.”

“음…….”

“몇 년 전 나사(NASA)에서 유인인공위성을 달에 발사했을 때도 최종 이론점검은 이휘소 박사에게 의뢰했다고 합니다. 닉슨 대통령의 과학담당고문으로 있는 미국의 천재 겔만이 이휘소 박사에게 의뢰했답니다. 그것이 두 번인가 연기된 것도 이 박사가 안전문제에 이상을 제기했기 때문이라고 알고 있습니다.”

“만약 우리가 최신 미사일이나 핵무기를 만들려면, 이휘소 능력이면 충분하겠지?”

“물론입니다. 미국에서 어떻게 나올지 의문이지만…….”

“미국에서 이휘소를 놓아주지 않을 것이란 말인가?”

“그렇습니다. 현재로써는 물리학 분야에 노벨상을 탄 사람이 미국에 대여섯 명 있지만, 개인적으로는 이휘소의 능력을 따를 사람은 미국뿐 아니라 세계에도 없다는 것이 중론입니다. 미국 물리학계는 물론 미국 정부에서도 그것을 인정하고 있습니다.”

“음, 이휘소…….”

박 대통령은 독백처럼 다시 이름을 되뇌었다. 그의 머리는 재빠르게 움직이고 있었다. 이휘소…… 박 대통령이 핵개발을 강력히 추진하게 된 저변에는 믿는 데가 있었다.

“김 실장과 최 장관이 우선 미국과 독일에 있는 우리 물리학자들을 모아 보지?”

“알았습니다.”

“사전에 명단과 근무처를 뽑아 한 달쯤 여유를 가지고 먼저 김 실장이, 다음 최 장관이 번갈아 돌면서 교섭하는 게 좋을 걸세."

"알았습니다. 이휘소는 어떻게 합니까?"

김정렴 실장이 물었다.

"일단 접촉해 보는 것은 좋겠지만…… 뒤에 여운을 띄우는 정도로…… ."

"알았습니다."

최형섭 장관은 청와대를 나오면서 참담한 기분에 휩싸였다. 핵개발이라…… 미국과의 본격적인 싸움이 시작되는군…… 미국과 핵을 가지고 싸운다?

그러나 일은 생각보다 빠르고 쉽게 진전되는 듯싶었다. 김정렴 비서실장의 미국 방문은 며칠 뒤 이루어졌고, 재미한인 과학기술자협회에서도 한국의 과학 발전을 위하여 헌신할 것을 약속했으며, 20여 명의 과학자가 몰려와 KIST는 명실 공히 과학연구소답게 육성되었다. 그리고 대전 지역의 대덕에 과학연구단지를 조성하여 연구소, 실험실과 숙소 등도 박 대통령이 직접 하나하나 점검하여 지었다. 컴퓨터 연구, 핵과 입자에 대한 연구도 빠르게 진전되는 것 같이 보였다.

박 대통령은 다시 '선보장, 후철군'의 카드를 내밀었다. 그러나 미국은 1975년 말까지 주한미군을 완전히 철수하기로 하고 이미 2만여 명은 철수시켰으며, 이제 8군사령부, 주한미군 사령부마저 완전히 해체한다는 게 미국의 결정이었다.

"분별없는 철군이나 감군은 절대 반대한다."

이렇게 외쳤지만, 이것은 마치 허공에 대고 지르는 공허한 소리에 불과했다. 박 대통령은 1972년 10월유신을 선포했고,

1973년 2월 27일 유신헌법의 골격에 맞춰 총선을 실시했다. 그러나 여기에 강력한 저항세력이 나타났다. 예상했던 것이지만, 저항은 상당한 정도로 크게 나타났다. 함석헌, 김재준(金在俊), 천관우(千寬宇) 등의 재야인사와 천주교, 기독교, 김대중, 김영삼 등의 야당 정치인은 물론이고, 재미과학자 가운데서는 이휘소가 단독으로 '한국에서의 유신 선포는 위헌'이라는 장문의 비난성명을 발표했다. 이휘소와 유신반대성명은 곧 재미한인과학기술자협회에서 채택되었다. 그리고 재일(在日), 재불(在佛), 재독(在獨), 재영(在英) 학자, 교수들도 유신에 정면으로 반대하는 성명을 발표했다.

그런 중에도 박 대통령의 핵개발에 대한 집념은 강했다. 한국에서 핵개발이 은밀히 추진되고 있다는 정보는 물론 미국을 경악시켰다. 미국은 우선 그토록 중요한 문제를 자기들과 한마디 상의도 없이 추진하는 데 노골적인 불만을 터트렸다. 미국으로서는 한국이 핵을 개발할 경우, 핵확산금지에 어긋나며 미국, 소련, 일본, 중국 등 4대 강국뿐 아니라 동아시아와 태평양전략 계획을 수정해야 한다고 생각하였다. 또한 한국이 핵을 보유하면 일본, 북한 등도 핵을 개발할 것을 기정사실로 받아들였다.

"자기들은 제멋대로 오고 싶으면 오고, 가고 싶으면 가면서 우리는 우리대로 핵을 만들겠다는데, 말이 많아."

박 대통령은 툭하면 불만을 터뜨렸다. 미국은 한국인 물리학자들을 예의 주시하기 시작했다. 그 결과 한국이 핵개발을 독자적으로 추진한다는 게 명백해졌다. 미국은 즉각 캐나다, 프랑스, 벨기에 등에 한국과 핵연료 협상을 파기하도록 압력을 가했다. 더 나아가 핵협정 포기를 종용했다. 그뿐만 아니라 FBI, CIA에 명령하여, 이휘소를 감시하도록 했다. 미국에서의 주요인물 감시 방법은 인공위성을 통하여 그때그때 행동을 일일이 추적하는 일이었다. 비록 닉슨은 여론에 의하여 지난 8월(1974년)에 물러났지만, 지금까지는 미국 정책이 바뀐다는 어떠한 결정도 없었다. 이휘소가 한국에서 한 달여 머무는 동안에도 미국은 CIA 동남아시아 책임자 도널드 그레이를 대표로 감시단까지 보냈다지 않은가? 박정희 대통령은 그런 이휘소와 지금 단독으로 만나고 있는 것이다.

식사는 한식으로 정갈하게 차려져 있었다. 국산 양주인가 하는 술도 곁들였다.

"앉으시죠. 이 박사님. 사실은 내가 미국에 직접 가서라도 찾아뵙고 싶었습니다. 그런데 이 박사께서 한국에 계시다는 장관의 보고를 받고 너무나 기뻤습니다. 아이들도 공부 잘하죠?"

"네, 참, 아이들에게 보내 주신 선물 감사합니다."

"뭐, 그게 선물이랄 게 있나요?"

"영부인께서 얼마 전 서거하신 것, 마음 깊이 애도를 표합니다."

"감사합니다. 그게 다 국력이 약해서 일어난 일입니다. 국립극장에서 죽은 마누라의 피묻은 신발을 들고 나오면서, 그 앞에서는 아무 내색 안 했지만, 많이 울었습니다. 나한테 시집 와서, 고생도 참 많이 한 사람이죠."

"국민 된 도리로 뭐라고 드릴 말씀이 없습니다만……."

"마누라 생각은 안 하기로 했습니다. 또 생각하면 뭐합니까? 그런데 이 박사님, 미국 대통령 과학보좌관으로 있는 겔만 박사를 아십니까?"

"네, 프린스턴고등연구소에서 6개월간 함께 있었고, 몇 년 전 겔만 박사의 부탁으로 캘리포니아대학에서 6개월 정도 같이 연구를 했습니다. 노벨물리학상을 탄 사람 가운데서도 가장 뛰어난 분이죠."

"겔만 박사는 이 박사가 더 뛰어나다고 한다던데요?"

"뭐, 인사겠죠."

"북한은 김일성 보좌관으로 서울대학에 있던 이승기 박사가 있고, 중국에는 모택동 주석의 과학보좌관으로 첸쉐썬(錢學森)이 있다죠?"

"이야기는 들었습니다."

"이승기 박사나 첸쉐썬 박사가 이룩한 업적도 대단하죠?"

"네, 이승기 박사는 본디 일본의 교토대학에서 화학을 전공하여 합성섬유인 비날론을 발명한 사람으로 유명했었지요. 해방 후 이승만 정권에 몇 번 과학진흥책을 건의했다가 묵살되자 월북한 것으로 알려졌습니다. 바로 함흥과 흥남에 비날론 공장을 설립하고, 1965년인가 북한 영변에 5메가와트급 연구용 원자로 IRT-2000을 가동시키면서 초대 원자력연구소장에 취임했고, 또한 무기개발에 종사, 로켓을 개발한 것으로 알려졌습니다. 북한에서는 이승기 박사가 만든 로켓을 '이승기포'라고 부른답니다. 또한 최근 소식에 따르면 장거리 미사일 개발, 핵무기 개발을 주도한다고 합니다.

첸쉐썬은 미국에서 공부하고, 1955년 귀국하여, 이른바 중국 과학의 아버지라고 칭송받는 중국인의 영웅이죠. 비행기, 핵무기, 인공위성 등을 개발한 분이죠.”

“우리나라에도 아예 법으로 대통령 옆에 과학보좌관을 두어서, 정치와는 관계없이 생활, 산업, 군대 등 모든 분야의 과학 발전에만 전념하는 기구를 둘까 합니다. 장관은 아무래도 여론에 따라 바뀔 수도 있고, 장관이 바뀌면, 정책도 일관성 없게 되고 해서…….”

“훌륭하신 생각입니다.”

“이 박사께서 귀국하시어, 그 자리를 맡든지, 아니면 대덕 과학단지를 책임지든지 하시면 좋을 것 같은데…….”

“글쎄요. 각하께서 저를 특별히 생각해 주신다니 감사합니다. 하지만 먼저 유신철폐와 함께 각하께서 야인으로 돌아가시는 것이 각하를 위해서나 나라의 미래를 위해서나 필요한 일 아니겠습니까. 영부인께서 돌아가신 것도 유신 때문입니다. 유신을 고집하시면 또 무슨 불행이 닥칠지 불안합니다. 이미 각하께서는 어느 정도 경제성장도 시켰고, 또 많은 업적을 쌓으셨습니다. 각하께서는 국방의 현대화나 경제성장 등을 말씀하시지만, 그것은 후임자가 누가 되었든지 실천할 것입니다. 또한 미사일이나 핵무기 개발도 필요하다면 할 수도 있을 것입니다. 그러나 그러한 무기를 만드는 일에 개인감정이 들어가면 좋은 결과를 기대할 수 없을 것입니다.

미국의 신문에서는 각하께서 먼저 5·16쿠데타를 일으킨 것부터가, 단순한 애국심에서 하셨겠지만, 정당한 행위는 아니라고 봅니다. 더구나 10월유신은 각하 자신이 국법을 짓밟은 것입니다. 각하께서 국법을 지키지 않으시면서 어떻게 국민에게 국법을 지키라고 하실 수 있습니까? 만약 이런 상태가 계속되면, 경제가 성장하고, 국방이 현대화된다고 하더라도 국가는 계속 혼란에 빠질 것입니다. 왜냐하면 국가의 헌법을 짓밟는 사건은 계속될 것이기 때문입니다. 한 국가의 흥망은 외침보다도 내부에서 일어나는 경우가 많기 때문입니다. 각하께서 빨리 선택하실수록 민족 앞에 떳떳하고 좋은 길이 펼쳐질 텐데, 망설이시는 이유가 무엇입니까? 각하께서 결단을 내려 주신다면, 각하의 어떤 부탁도 받아들이겠습니다. 저도 어려서부터 꿈꾸길, 선생 일 하며 농사나 짓다가, 기회가 닿으면 국가에 이바지하고 싶었습니다.”

휘소가 또박또박 박 대통령의 표정을 살피며 말하는 동안, 박 대통령은 담배에 불을 붙이며 연기를 깊숙이 들이마셨다. 담배에 가 있는 손마디가 미세하게 떨리고 있었다. 특히 야인으로 돌아가라는 말이 나왔을 때는 표정마저 잠시 일그러져 있었다. 이미 비서실에서 휘소와 만나면 이러한 이야기도 나올 수 있으리란 보고를 받았지만, 막상 정면으로 유신철폐까지 서슴없이 강조하리라고는 생각하지 못했던 것이다. 더구나 유신철폐와 함께 야인으로 돌아가라는 말을 정면에서 하는 사람도 처음이었다. 거기다가 지금 와서 5·16부터 잘못된 것이라고 말하고, 아무리 국방이나 경제가 튼튼해져도 국법을 짓밟는 대통령이 있는 데서는 의미가 없어진다는 말을 할 때는 얼굴빛마저 변해 있었다. 박 대통령은 다시 담배에 불을 붙였다. 자제하기 위하여 노력하는 것이다. 박 대통령이 조금 화제를 바꾸며 대답했다.

“이 박사님, 자, 한잔합시다. 이 박사께서 발표한 유신 반대성명을 접하고 저도 착잡했습니다. 결코 오래 이 자리에 있지는 않을 것입니다. 이 박사께서 귀국하신다면 저는 60만 대군을 이 박사 한 사람 경호하는 데 쓸 각오입니다. 적어도 대통령인 나보다 이 박사님 경호에 온 힘을 쏟아 드리겠습니다.”

“만약 제가 귀국한다면, 각하께서는 저에게 무슨 일을 하게 하시겠습니까?”

“지금 말했습니다만 할 일이 너무 많습니다. 공장의 현대화, 군대의 과학화, 생활의 과학화 등…… 그러나 무엇보다 중요한 것은 군대의 현대화입니다. 아시겠지만 미군이 철수하고, 베트남이 패배하면 김일성도 마음이 달라져, 또 침입합니다. 이때 만약 우리나라에 미사일이 있고, 핵폭탄도 있다면, 김일성도 함부로 덤비지 않습니다. 미국은 한국에 미군을 주둔시키나 안 시키나 저울질하다가 자기 나라 국익과 관계가 없다고 판단될 때는 갈 것입니다. 1975년까지 모든 미군이 철수한다는 계획 아닙니까? 그런데 대통령인 내가 가만히 당하고만 있어야 되겠습니까? 미국이 떠나도 가만히 있고 또 김일성이 쳐들어와도 가만히 있고……, 그럴 수는 없지 않습니까? 나는 김일성이 쳐들어 와도 이승만 대통령 때처럼 쉽게 물러나지는 않을 것입니다. 아니, 가능하다면 쳐들어올 수 없도록 하자는 것입니다. 그러니 이 박사께서 오신다면 장관 정도의 자리 가지고는 안 될 테고, 대통령 과학자문위원과 대덕단지 책임소장 정도 겸임하시어 과학 한국의 책임을 져주시면 어떻겠습니까? 모든 경비는 어떤 다른 부서와도 관계없이 우선으로 배정하겠습니다.”

박 대통령은 조금 흥분해 있었던지, 또 술을 마시며, 계속 말을 이었다.

"이 박사님이나 주위 많은 사람은 말합니다. 우리나라가 핵무기를 만들면 일본도 북한도 만들 것이라고……. 나는 그들이 만들어도 좋다는 것입니다. 우리도 남을 침입하지 않겠으니, 남도 우리를 침입하지 말라는 것입니다. 그런데 그게 말로 될 것 같습니까? 북한에는 자체 개발한 미사일이 있습니다. 우리는 없습니다. 미국은 주한미군 철수와 함께 한국에 있는 미사일, 핵무기까지 전부 철수시킨다는 것입니다. 만약 미사일과 유도탄으로 다시 북한이 남침한다면, 우리는 카빈총이나 엠원총, 권총 따위나 들려서 우리 젊은이들을 싸움터로 보내야 합니다. 그럴 수는 없지 않습니까?"

박 대통령의 표정이 매우 진지했으므로 휘소도 뭐라고 말하기가 곤란했다. 그러나 가만히 있을 수만은 없어서 한마디했다.

"저는 어떤 경우든지 핵무기 개발은 원하지 않습니다."

박 대통령이 휘소의 말을 받아 말했다.

"무기 만드는 데 관여하고 싶은 학자가 있겠습니까? 저도 들은 이야기지만 아인슈타인도 제2차 세계대전 당시 미국이 강력히 요구했는데도, 독일이나 일본 등에서 가공할 무기가 만들어질 수도 있다는 정보만 당시 대통령인 루스벨트에게 전하고 빠지지 않았습니까? 더구나 이 박사가 모시던 오펜하이머도 원자탄을 만들고 싶어서 만들었겠습니까? 그것을 만든 목적은 무엇보다 미국은 강하다, 상대국보다 더 가공할 무기가 있다, 미국 국토에 해를 끼친 나라에는 그만한 보복을 한다는 의지를 보이기 위해서 아니겠습니까. 이 박사님도 6·25

전쟁을 겪었죠?"

"네, 중학교 때 겪었습니다."

"전쟁이 어떤 것인지 보셨죠?"

이휘소는 순간, 피란 대열 속에서 무수히 울던 시절, 부산 피란 시절, 밥 한 끼를 제대로 때우지 못한 시절이 생각났다. 생각하면 아버지가 일찍 돌아가신 것도 전쟁의 후유증이었고, 동생 영자나 무언이가 몸이 약한 것도 전쟁의 아픔 탓이었다. 박 대통령은 휘소의 대답을 기다리지 않고 계속 말을 이었다.

"전쟁은 없어야 합니다. 만약 있게 되면, 이겨야 합니다. 이기든 지든, 없는 것이 이상적입니다. 그런데 만약 북한이 또 남침한다면, 6·25때처럼 미국이나 유엔이 다시 파병할 것인가? 내가 미국 대통령에게 구걸하고 비굴하게 아부하면, 데려간 군대를 또 파병할 것인가? 나는 믿지 못합니다. 닉슨은 주한미군 철수를 시작했고, 닉슨이 비록 한 달 전에 대통령 자리에서 물러났다고 해도 내년까지 주한미군을 완전철수시킨다는 정책이 바뀐 것은 아닙니다. 우리나라 실정을 베트남과 같은 맥락에서 보고 있는 것입니다. 베트남에서의 미군철수는 시간문제입니다. 그런데 이 박사님, 내가 '철군반대'라고 소리쳐 봐야 반응이 없던 미국이 '철군하라, 대신 우리도 미국이 가진 무기를 만들겠으니, 원조해 달라'고 했더니 많이 달라집디다. 만약 우리가 '미군이 철수하면 핵무기를 개발하겠다'고 공개한다면 더욱 달라질 것입니다. 적어도 미사일이나 핵무기가 없다 하여도 개발할 능력이 있으면 달라질 것입니다. 이스라엘에는 미군이 주둔하고 있지 않지만, 핵무기 개발을 하는데 미국이 반대하지 않았습니다. 아니, 도리어 미국이 도왔습니다. 그 결과 적국 사이에서도 이스라엘은 큰소리치고 삽니다. 그래서 나도 미군이 철수해도 좋으니 도와 달라고 한 것입니다. 그런데 그것도 해준다고 하고서 잘 안 해 줍니다. 그래서 우선은 북한이 가지고 있는 미사일과 성능이 비슷한 것이라도 만든다는 것이 제 각오입니다. 성능이 우수하지는 못해도 대등한 무기는 있어야 되지 않겠습니까. 그래서 사실은 몇 해 전에 국내 기술진들에게 미사일을 만들게 하고, 실험을 했지만 실패했습니다. 사람들은 미사일이나 핵무기를 만드는 것이 기초과학이라던데 말입니다. 성능이 좋은 미사일은 히로시마에 떨어진 원자폭탄보다 10여 배나 강하다면서요? 이 박사의 힘이 필요할 때입니다.”

휘소는 너무 진지하게 요구하는 박 대통령의 요구를 바로 거절하기 어려웠다.

“미사일 개발이나, 핵개발은 저 혼자 힘으로 되는 것이 아닙니다. 적어도 막대한 예산과 6백여 명의 인원이 필요합니다.”

박 대통령은 단호하게 말했다.

“알고 있습니다. 각오도 되어 있습니다.”

“저는 지금 각하께 무슨 말을 드려야 할지 잘 모르겠습니다.”

“하여간 한국인으로서 이 박사가 계신다는 것이 나로서는 늘 자부심을 느끼게 합니다. 미국도 이 박사가 한국 태생이라는 것을 알고, 이 박사께서 조국이 위기에 처할 때는 조국을 위하여 가만히 있지는 않을 것이라는 인상만이라도 심어 준다면, 한국을 바라보는 눈이 많이 달라질 것입니다.”

"알았습니다. 각하께서도 진정한 민주주의 실현을 위하여 노력하시면, 미국도 많이 달라질 것입니다. 미국은 여론을 중시하는 나라입니다. 대통령이라도 여론에 부딪히면 굴복할 수밖에 없는 나라입니다."

"그렇겠지요. 그러나 반드시 그렇지만은 않습니다. 국익을 먼저 생각하는 데가 미국이지요. 주한미군을 언제까지 주둔해 달라고 말할 수는 없지요. 그러나 지금은 아무리 생각해도 우리 측 처지에서도 미국 측 처지에서도 때가 아닙니다. 이 박사의 힘이 필요합니다. 이 박사님이 조국을 위해서 일해 주셔야 합니다."

"노력하겠습니다. 각하께서도 제 의견을 참고하시기 바랍니다."

"이 박사님, 명심하겠습니다."

"감사합니다."

"이 박사님, 자주 뵙도록 해 주십시오."

"알았습니다."

대화는 이렇게 끝나고 있었다. 박 대통령이 청와대 정문까지 나와 주었다. 그리고 이휘소의 손을 굳게 잡았다.

"바로 미국으로 가시죠?"

"네, 말일쯤에 갈 예정입니다."

청와대를 나오는 휘소의 마음이 편하지만은 않았다. 박 대통령의 일방적 요구만 들은 느낌이었다. 초가을 저녁 기운이 차갑게 느껴졌다.

이휘소는 며칠 뒤 미국으로 떠났다. 저녁 7시 출발, 김포공항에는 비가 내리고 있었다. 어머니, 철웅이, 영자, 무언이와 친구들 몇 명이 나와 있었다.

"너 이번 기회에 귀국해서 살면 어떻겠니?"

"아직 그런 생각은 없어."

"딴은 미국에서도 다른 과학자들보다 최고의 대우를 받고 있으니까 서두를 것은 없지만……. 박 대통령이 너에게 상당한 주문을 한 모양인데, 너무 신경 쓰지 마라. 그분은 애국심은 강하지만 매우 독선적인 사람이다. 대통령이 귀국하라고 해서 선뜻 움직이면 안 돼."

"언젠가는 귀국할지 모르지만, 지금은 아니야."

"그래, 이왕 노벨상을 타고 나서 귀국해라. 한 3년 또는 4년 내에 너에게 노벨상이 떨어질 것은 확실하니까. 한국 사람들은 뭐든 상을 타야 인정해 주거든. 네가 노벨상을 타고 와 봐라. 사람들의 눈동자가 완전히 달라질 거다."

이런 대화가 휘소와 친구들 사이에 오갔다. 그리고 어머니가 휘소에게 말했다.

"벌써 미국에서 산 지가 20여 년 되고, 또 국내에 호적을 남겨 두면, 때로 번거로운 일도 있고 하니, 국내 호적을 완전히 지우고 미국으로 가져가는 게 좋지 않을까?"

"아닙니다. 어머님, 그냥 두십시오. 어머님 호적 밑에 제 이름이 있어야 마음이 편합니다."

"그래, 네가 좋을 대로 해라."

휘소는 친구들과 악수를 하고, 어머니에게 절을 올렸다. 빗발이 더욱 거세게 퍼붓고 있었다.

아, 나의 조국아

　한국에서 돌아온 휘소의 생활은 연구와 강의, 페르미랩의 행정으로 역시 바쁘게 움직이고 있었다. 그 당시 이휘소는 지난번 세미나에서 제시한 〈힉스입자에 미치는 강작용의 영향〉에 매달려 있었다. 힉스입자는 진공상태에서 생겨나는 입자론이다. 미국의 최첨단 과학으로도 아직 이해되지 않는 입자론이다. 미국 정부는 캘리포니아공과대학 교수며 대통령 과학보좌관 겔만과 미국원자력위원회, 그리고 프린스턴고등연구소, 페르미랩의 요구를 받아들여 텍사스주 왁사하치에 87억 달러의 예산으로 진공상태에서 생겨나는 입자 규명에 나서고 있었다. 또한 유럽원자핵공동연구소(CERN)에서도 페르미랩의 가속기보다 7배나 에너지가 높은 양성자 가속기를 건설 중이다. 일본과 독일에서도 국제협력을 통해 1조 eV의 전자—전자 가속기를 건설하려고 계획하고 있다. 진공상태의 성질 규명은 힉스입자를 찾는 데 있다. 우주 크기가 어느 정도이고, 우주 생성이 언제부터인지 헤아릴 수 없듯이, 입자의 세계가 얼마나 작을 수 있으며, 얼마나 짧은 시간 내에 없어질 수 있는지 알 길이 없다. 그만큼 입자는 많다. 우주는 입자의 생성과 소멸에 따라 변화하고, 변화시킬 수 있다. 지구와 별 사이, 태양 사이, 달 사이가 진공상태이지만 아무것도 없는 상태는 아니다. 한없는 입자가 생겨났다 없어지며, 입자가 변화하고 또 변화를 주는 상태이다. 세계의 시선을 한몸에 받는 휘소로서는 힉스입자론에 매달리는 것이 모험이지만, 휘소가 아니면 쉽게 접근하기도 어려운 연구였다. 휘소는 이 연구에 최대한 시간을 할애했다.

1975년 새해가 되어도, 휘소는 계속 연구에 몰두했다.

양성자와 중성자는 업(u)쿼크와 다운(d)쿼크로 되어 있다. 쿼크와 렙톤은 6종류씩 있는데 우리의 일상 세계를 구성하고 있는 것은 업쿼크와 다운쿼크 그리고 전자 등의 일부 소립자라고 할 수 있다. 쿼크와 렙톤은 종류에 따라 다양한 질량을 가진다. 그 가운데서도 업쿼크와 다운쿼크는 가벼운 쿼크이다. 아인슈타인의 상대성이론에 따르면 에너지와 질량은 같은 것이다. 예를 들어 태양 안에서 일어나는 핵융합 반응에서는 수소원자의 질량 가운데 일부가 에너지로 변하고 있다. 질량이 큰 입자가 높은 에너지를 가진 입자이다. 에너지는 반드시 높은 상태에서 낮은 상태로 이동하기 때문에 높은 소립자(무거운 소립자)는 안정되게 존재할 수 없고, 계속 붕괴하여 낮은 소립자(가벼운 소립자)가 된다. 그리고 주위의 에너지가 적당히 높으면, 그 에너지를 통해서 무거운 소립자가 새로 만들어진다. 그러므로 만들어진 소립자와 붕괴하는 소립자의 비율이 맞는 상태가 되고, 일정한 양의 무거운 소립자가 존재하게 된다. 따라서 에너지가 높은 상태에서는 무거운 소립자가 존재하지만 에너지가 낮은 상태에서는 무거운 소립자는 붕괴할 뿐 만들어지지는 않고 가벼운 입자만 남는다.

현재의 이론에서는 우주는 팽창하고 있으며, 시간을 반대로 더듬어 올라가면 과거의 우주는 그만큼 작았다고 본다. 더욱 거슬러 올라가면 최종적으로 빅뱅(big bang : 대폭발)이라 불리는 에너지가 매우 높은 상태가 있었고, 이 빅뱅에서 우주가 탄생하였다고 본다. 이러한 이론을 빅뱅설이라 한다. 이것은 1946년 미국의 가모(G. Gamow)가 제창한 것이다. 현재 우주가 팽창되고 있다는 것은 먼 은하가 우리 은하계로부터 밀려간다는 사실로 알 수 있다. 그 후퇴 속도는 100만 광년 떨어진 은하에 대해 약 15km/s이다. 이 사실에서 우주는 과거로 거슬러 올라가면 갈수록 고밀도이며, 약 150억 또는 200억 년 전에는 밀도가 끝없이 높았다고 추정된다. 빅뱅우주론에 따르면 우주가 초기에는 이처럼 고밀도였을 뿐만 아니라 동시에 고온이었다고 본다. 우주의 초기가 이 상태이고, 그것이 급격히 팽창 냉각하는 과정에서 여러 가지 원소가 합성된다. 실제의 우주에서는 팽창, 냉각하는 과정에서 열핵반응에 따른 핵융합이 일어나고 여러 가지 원소가 합성된다. 그리고 팽창속도와 물질밀도와의 관계로부터 우주의 탄생 후 수백 초 만에 열핵반응이 끝나 대부분이 양성자로 남고 헬륨 등의 경원소(經元素)가 조금 합성되었다고 보인다. 그 뒤 우주는 대부분 양성자와 전자로 된 뜨거운 플라스마(plasma) 상태로 있었다. 플라스마란 자유로이 운동하는 음양(陰陽)의 하전입자(荷電粒子)가 혼재하여 전체로서 전기적 중성이 되어 있는 물질의 상태나, 기체 방전(放電)으로 기체 분자가 고도로 전리(電離)한 상태나 별의 내부, 성간(星間) 공간에 있는 물질의 상태 외에 반도체 내의 전자와 정공(正孔)의 집단을 말한다. 핵융합 반응에서는 초고온의 플라스마를 얻는 것이 과제이다. 플라스마

상태에서는 빛이 물질과 적당히 빠르게 산란, 흡수, 방출 반응을 반복하기 때문에 이 시기의 우주는 특히 불투명하였다. 약 10만 년 뒤, 우주 온도와 밀도는 충분히 떨어지고 빛은 이미 물질을 플라스마 상태로 유지할 만큼 충분히 반응하지 않고, 양성자와 전자는 결합하여 중성의 수소원자를 형성함으로써 우주는 빛에 대해서 투명해졌다. 이것을 우주에 대한 플라스마의 재결합이라 한다. 중성화된 물질은 중력적으로 불안정해지고 낮은 밀도의 흔들림이 크게 성장할 수 있게 된다. 이렇게 해서 은하나 제1세대 별이 생기고 현재의 우주 모습으로 진화되었다고 가모는 주장한다. 가모가 처음 빅뱅론을 주장했을 때는 소수의 사람만 흥미를 느꼈다. 하지만 1964년 A. 펜자스와 R.W. 윌슨을 통해서 $3°K$라는 특히 저온의 빛(우주빅뱅복사)이 우주를 충족시키고 있다는 것이 발견되었고, 동시에 이것이 뜨거운 우주의 흔적이라는 점이 밝혀졌다. 게다가 이론적으로 예견되었던 우주 초기의 원소 합성량이 관측 사실과 일치하는 것이 확인되어 빅뱅이론이 확립되었다. 또한 최근 물질의 보다 기본적인 구조가 밝혀짐에 따라 우주론에서도 원소 합성의 시대보다 더 거슬러 올라가 고온, 고밀도 시대의 모습이 연구되고, 물질 그 자체의 기원이나 빅뱅을 기원으로 하는 것보다 더 오랜 문제가 해명되는 것도 가능하다고 보게 되었다.

우주 탄생에서 얼마 되지 않은 무렵의 고에너지 상태에서는 높은 에너지에서 무거운 소립자가 만들어지므로 톱쿼크 등의 무거운 소립자도 전자 등의 가벼운 소립자와 더불어 존재했다. 그러나 우주가 팽창하면서 에너지가 낮아지고, 그에 따라서 가벼운 소립자만 존재하게 되었다. 그래서 현재의 우주에는 가벼운 소립자만 존재하게 되었다.

빅뱅 무렵에는 네 가지 힘도 하나였다. 에너지가 상승하면 전자기력과 약력이 같은 것이 되고, 에너지가 더 상승하면 강력도 전자기력이나 약력과 같은 것이기 때문이다. 가속기로 입자를 가속하여 충돌시키면 높은 에너지 상태가 된다. 그러한 고에너지 상태에서의 소립자를 조사하는 일은 빅뱅 무렵의 우주를 살피는 일과 연결된다.

현재로서는 전자기력과 약력의 관계가 거의 밝혀졌다. 그 두 힘에 강력까지 합하여 게이지이론에 바탕을 두고 세 힘 사이의 관계를 밝히는 작업을 대통일이론(GUT)이라 한다. 또한 세 가지 힘 이외에 중력까지 포함한 이론이 요구된다. 이 대통일이론을 만들어 가는 데 중요한 입자가 힉스입자인 것이다. 이미 말했지만 힉스입자란 1964년 힉스가 제안한 데서 따온 이름이다. 그런데 힉스입자에 대하여는, 그것이 정말로 우주 공간에 충만한 것인지조차 정의가 되지 않았다. 그런데 휘소가 힉스입자는 존재하며, 그것이 계산상 양성자보다 질량이 110배가 된다고 예언한 것이다. 그리고 힉스입자는 자연계의 모든 입자가 질량을 갖게 하는 입자라고 주장했다. 이것이 〈힉스입자에 미치는 강작용의 영향〉이란 논문의 주요 내용이다. 이러한 휘소의 주장은 물리학계에 커다란 파문을 일으켰다. 그러나 그 당시까지도 휘소의 주장을 뒷받침해 줄 실험기구가 없었다. 휘소의 주장이 맞을 것이란 여론이 있었던 까닭은, 휘소의 예언이 빗나간 예가 한 번도 없었기 때문이다. 어느 학자의 말대로라면, 이 해답은 21세기 중기는 되어야 나올

터였다.

한국의 상황도 다소 나아져 가는 느낌이었다. 미국의 변화에 따라 정치가 춤을 추고, 경제가 뒤흔들리는 것을 보아야 하는 것이 안타깝지만, 어찌 되었든 닉슨이 물러나고 포드가 대통령이 되면서 박 대통령과의 관계가 조금은 나아지고 있었다. 더구나 같은 해(1974년) 미국 대통령 포드는 미소정상회담을 위하여 모스크바로 가던 중 한국을 방문, 11월 22일부터 24일까지 한국에 머물렀다. 박 대통령은 모든 공무원과 서울시내 중고등학교 학생들까지 동원하여 환영하였다. 서울의 교통은 완전히 마비되었지만, 좌우에 겹겹으로 늘어선 시민과 학생들은 태극기와 성조기를 흔들며 박 대통령과 포드 대통령이 지나는 길을 메웠다. 박 대통령은 차 위에서 손을 흔들며 한껏 포드 대통령과 가까운 사이라는 몸짓을 취했다. 그날 저녁 만찬장에는 모든 국무위원과 여러 계층의 대표인사들이 초청되었다. 35여 석의 좌석이 꽉 찼다.

포드는 박 대통령에게 핵무기 개발 전면중지를 촉구하고 그 조건으로 두 가지를 제시했다.

1. 3만 8천여 명 주한미군 유지.

2. 5억 달러 규모의 국군 현대화계획 및 경제투자.

박 대통령이나 한국 정부로서는 할 말이 없었다. 그러나 박 대통령이 만족한 것만은 아니었다. 미국이 유신에 반대했던 정치인, 종교인, 재야인사, 학생 등의 석방과 언론자유를 요구한 것이다. 분명한 내정간섭이었지만 그렇다고 들어주지 않을 수도 없었다.

어쨌든 미군철수 동결로 박 대통령은 미사일 개발과 핵무기 개발을 중단하였다. 그러나 그동안에 쏟았던 정력이 아까워, 거의 완성 단계에 있는 미사일 실험을 비밀리에 명령했다. 1975년 1월 초 ○○기지에서 미사일 실험발사를 했지만, 미사일은 6km 지점에서 터져 버리고 말았다. 정상적인 미사일이 최소한 50km까지 날아가는 것에 반해 형편없는 결과였다. 아! 미사일 하나 개발하는 데 그동안 쏟은 정열의 대가가 이것인가? 문제는 무엇인가?

같은 해(1975년) 4월 17일 크메르(Khmer : 현 캄보디아)공산군이 수도 프놈펜에 진입, 우파 정부군을 무너뜨리고 크메르는 다시 공산군 치하에 넘어갔다. 그 사건을 전후해서 미군이 베트남전쟁에서 완전철수를 결정, 4월 30일에는 자유 베트남 정부가 베트민의 베트콩에 함락되었다. 본디 베트남에서 미군철수 시에는 한국정부와 미리 의논하기로 약속되어 있었지만, 그 약속마저 지키지 않았다. 베트남에 파병을 요청할 때와는 상황이 달라져 있었다. 이러한 때 김일성은 중국을 기점으로 공산국가들을 순방하며, 한반도에서 전쟁이 나면, 남은 것은 통일이고, 없어지는 것은 박정희 정권과 휴전선이라고 공공연하게 말하고 있었다. 그리고 전 북한군에게 비상전쟁 상황을 발표, 휴전선을 초긴장 상태로 몰아넣었다.

한반도 전체에 긴장이 감돌고 있었다. 박 대통령은 얼마나 다급했던지, 전군에 비상령을 선포하고, 일선 지역과 서울 외곽 지대에 겹겹이 철책을 쌓고 군대를 포진시켰다. 만일 닉슨이 계속 정권을 잡고, 주한미군을 완전철수시켰다면 어떻게 되었을까? 다행히 주한미군이 다시 주둔하게 되어 어느 정도 믿을 구석이 생겼지만, 사태의 심각성은 한 치 앞을 내다볼 수 없는 어둠이었다. 박 대통령은 긴급조치 제9호를 선포했다. 유언비어 날조와 유포, 학생들의 집회 및 정치 발언을 엄하게 다스렸다. 다행히도 김일성의 호전적인 발언에 적극적인 찬동을 하는 공산국가들이 적어, 김일성은 전군 전투태세 명령만 내리고, 남침을 결정하지는 못하고 있었다.

그러나 사태는 그렇게 간단히 풀리지 않았다. 1976년 주한미군 완전철수를 선거공약으로 내건 카터(J.E. Cater)의 미국 대통령 당선으로 한국은 다시 걷잡을 수 없는 불안에 빠져 버렸다. 거기에 한 술 더 떠 카터는 '박정희 대통령은 도덕성이 없는 인물. 인권탄압을 일삼는 국가에는 원조도 할 수 없다'라고 노골적인 비난을 퍼부었다. 당시 박 대통령은 주한미군 철수와 관련, UPI, AFP 통신과 인터뷰를 통하여 이렇게 말했다.

"솔직히 한반도에 평화가 정착되기까지 주한미군이 현 수준으로 주둔하기를 희망한다. 그러나 미국이 철수한다면 구걸하지는 않겠다."

또한 신문협회, 방송협회장단과의 회의에서도, 강력히 핵개발 의사를 표명했다.

"한국은 핵개발 의사가 없다. 그러나 미국에서 핵을 완전히 철수시키면서 핵개발을 하지 말라는 것은 말이 안 된다."

당시 피터 헤이즈는 〈헤이즈 보고서〉를 통해 이렇게 보고했다.

"박 대통령은 NPT(핵확산금지조약)에 가입했고, 핵무기를 보유하지 않는다고 약속했음에도, 1978년까지 자체 핵무기를 보유할 계획을 세우고 있다.”

1977년 1월 20일 카터가 미국 대통령에 취임하자 가장 먼저 한 일이 한국에 배치하였던 미사일부대 철수였다. 한국 정부에 한마디 통고도 없이, 한국 정부의 간절한 요청마저 묵살한 채 철수하기 시작한 것이다.

1977년 1월 29일 국방부를 연두 순시하는 자리에서 박 대통령은 이렇게 말했다.

“한국은 핵무기나 전투기를 개발하지는 않을 것이다. 그러나 여타한 다른 분야에서는 우리의 능력을 총동원하여 개발할 것이다. 우리는 대량생산, 대량공급할 준비까지 되어 있다.”

그러나 이러한 이야기는 며칠 만에 번복되었다. 같은 해 2월부터 미 지상군 미사일부대가 철수되기 시작하면서 박 대통령은 주재양(朱載陽) 박사를 한국핵연료개발공단의 소장으로 은밀히 임명하고, 본격적으로 미사일 개발과 핵개발을 추진하였다. ‘박 대통령의 핵개발에 대한 집념은 눈물겨울 정도였다’고 당시 과학기술처장관 최형섭 박사는 회고한다.

“당시 박 대통령의 핵개발에 관한 집념은 눈물겨울 정도였다. 소장 주재양 박사와 나는 기술상담이고 박 대통령이 실질적인 소장이었다. 박 대통령은 하루에도 몇 번씩 연락을 해왔고, 한 달에 한두 번 정도는 직접 와서 연구결과를 점검하였다. 박 대통령은 거의 예고 없이 나타났다.”

박 대통령의 이러한 집념은 그러나 사방에서 다시 압력을 받았다. 미국은 주한미군 철수를 전제로, 한국의 핵개발을 저지하기 위하여 엄격한 핵관리를 관계 부처에 시달했다. 그리고 미국과 우방 관계에 있는 나라에서는 다시 한국에 핵수출

금지를 강력히 내세웠다.

1977년 2월 미국은 미사일부대를 철수한 데 이어, 미 지상군 1만 7천 명도 한국 정부와는 상의 한마디 없이 철수를 시작했다.

"미국은 자기들 이해관계에 따라 행동하는 사람들이다. 이제부터는 구걸 시대도 지났고, 의존 시대도 지났다. 이제 악몽 시대에서 벗어나 우리나 우리 후손이 잘살아가야 될 시점에 와 있다. 책임은 크고 할 일은 많다."

박 대통령은 이렇게 큰소리쳤지만, 마음이 편할 리가 없었다. 언제 공산화될지 모르는 상황이었다. 베트남의 패망을 목격한 박 대통령으로서는 참담하고 우울한 날이 계속되었다. 미국은 집요하게 한국의 핵개발을 저지하고 있었고, 우방국이라는 프랑스, 서독, 벨기에, 영국, 캐나다 등은 한결같이 미국의 눈치만 보고 있었다. 미군 완전철수는 시간문제로 박두하고 있었고, 박 대통령의 독촉과는 관계없이 국방과학연구소와 한국핵연료개발공단의 진전 상황은 부진하기 짝이 없었다. 박 대통령의 성화에 다시 1977년 3월 중순에 개시된 미사일 실험발사는 무참하게도 전번과 같이 6㎞ 지점에서 보란 듯이 터지고 말았다.

박 대통령은 마지막 카드인 이휘소를 떠올렸다. 그리고 비통한 심정으로 이휘소에게 애걸하는 편지를 썼다. 청와대에 들어와서 친필로 구걸의 긴 편지를 쓰기는 처음이었다.

주한미군 완전철수를 선거공약으로 내건 카터가 한국 국민만 불안하게 한 것은 아니었다. 그것은 재미, 재일교포 사이에서도 초미의 관심사가 되었다. 그들은 한국에 있는 친지들에게 이민을 권고하기도 했고, 실질적으로 이때부터 이민의 숫자는 배 이상 늘었다.

거기다가 박 대통령이 핵무기를 개발할지도 모른다, 또는 개발하고 있다는 내용이 구체적인 관심사가 되고 있었다. 그래서 신문과 잡지에서는 자주, 한국에서의 핵무기 개발의 문제점을 다루고 있었다.

더구나 미국 내에 있던 상당수의 과학자가 속속 귀국하고 있었다. 이휘소도 그런 사실들을 알고 있었지만 차분히 연구에만 몰두했다. 물리학 회의나 특강 같은 곳에도 더욱 열심히 다녔고, 정기적으로 열리는 기자회견에서도 더욱 성실하고 자신 있는 태도를 보였다. 그 당시 미국에서 휘소를 만난 사람들은 휘소가 '이제 조국을 위하여 일하고 싶다'라는 말을 자주 했다고 한다. 그런데 왜 결정을 못 내렸을까? 적어도 과학계 분위기가 1, 2년 내에 노벨물리학상은 휘소에게 주어야 한다는 인식이 박혀 있었고, 휘소 자신도 마음으로 느끼고 있었기 때문이다. 어머니나 조국에 '노벨상을 타 올 만큼 성공하고 왔습니다'라는 것이 사실 휘소 자신에게는 아무것도 아니지만, 가족들이나 조국에서 바라보는 눈은 많이 다를 것이라고 생각되었다. 또 한 가지는 연구할 수 있는 여건의 문제였다. 한국에는 무엇 하나 이론을 발표해도 실험할 수 있는 여건이 되어 있지 않았다. 실험의 결과 하나하나를 점검하면서, 또 새로운 사실을 구상하고 연구하는 것이 몸에 밴 휘소로서는 상당한 갈등 속에서 헤매고 있었다.

그런 가운데서도 이휘소는 중성 K중간자의 약작용 붕괴과정에서 관측된 C.P.(Cassio Peiumiluteium : 원자검토기, 원자량 174.99) 비보존법칙을 게이지장론으로 설명하는 일을 하고 있었다. 또한 페르미랩 실험실의 한 팀이 보고한 새로운 실험 사실인 3개의 M경입자가 뉴트리노 산란과정에서 생성되는 현상을 설명하는 일을 했는데, 종래의 게이지통일장이론에서 채택했던 게이지그룹 Su(2) (1)대신에 Su(3) (1)을 새로 제의하는 논문을 〈물리학지〉에 발표했다.

1977년 3월 20일에 이휘소는 박 대통령의 친서를 받았다. 페르미랩으로 박 대통령이 보낸 사람이 직접 찾아와 정중하게 인사를 하고 주었다. 고급 화선지에 작은 붓으로 정성스럽게 글자 하나하나에 신경을 쓴 필적이었다.

휘소는 이것을 받는 순간, 짜릿한 느낌으로 온몸이 떨렸다.

이휘소 박사 혜람

이휘소 박사님, 안녕하십니까? 박사님을 뵈온 지 벌써 3년이나 되었습니다. 그동안 박사님의 소식은 이곳에서도 자주 듣고 있습니다. 그리고 박사님께서 제가 선포한 유신에 반대한 것 때문에 저 나름대로 많은 고민도 했습니다. 저는 언제까지나 대통령직에 있지는 않을 것입니다. 이제 제가 대통령직을 그만두느냐 계속하느냐 하는 것 등 모든 것이 국방에 달렸다고 생각합니다. 지금 나라는 어지럽고, 국방은 허술하고 언제 공산화가 될지도 모르는 상황에서 대통령직을 내놓을 수도 없게 되었습니다.

이 박사도 아시다시피 우리 정부에는 한마디 상의도 없이 이미 미군 철수가 시작되었습니다. 미사일부대는 이미 철수를 끝낸 단계이고, 지상군 1만 7천 명이 철수를 시작했습니다. 이것은 베트남처럼 한국이 공산화되어도 좋다는 전제 신호이기도 합니다. 이제 얼마 후면 한국에 남아 있는 핵도 철수할 것입니다. 이건 시간문제입니다. 저도 미국 정부 측에 몇 번 자제를 호소하고, 부탁도 하여 보았지만, 더는 구걸하는 것도 추한 꼴이 되었습니다. 이제 더는 초라한 모습을 보이는 것도 그렇지만, 그래도 애원해서 들어줄 희망이라도 보인다면 저는 어떠한 일이라도 할 각오입니다. 이 박사님도 아시다시피 저나 한국 정부가 요구해서 들어줄 단계는 이미 지났습니다. 가능성도 없는 구걸 행각으로 국가의 이미지만 손상되는 추한 모습을 또 보이고 싶지는 않습니다.

언제인가는 이런 때가 오리라는 생각으로, 박사님도 아시다시피 저는 독자적으로 미사일 개발과 핵무기 개발을 추진하고 있었습니다. 재미과학자들을 본국에 초청한 것이나 귀국시킨 것도 이런 저의 뜻의 일부입니다. 이 박사님을 초대하거나 모시지 못한 것은 박사님을 초대하는 것은 미국에 선전포고를 하는 결과나 마찬가지라는 중론에 못 이겨서 못했던 것입니다. 저는 사실 박사님의 능력을 추앙하고 박사님이 한국 사람이라는 사실에 무한한 자부심과 긍지를 가지고 있습니다.

그러나 지금 조국은 위태로워졌고, 사정은 매우 급해졌습니다. 이미 카터와의 싸움은 시작이 되었고, 여기서 우리는 비굴하지 않게 승리해야 할 처지가 되었습니다. 그 사람은 비굴한 기운만 보이면 깔고 뭉개는 묘한 도덕정치를 하는 사람이라고 합니다.

이제는 의존하던 시대에 종막을 고할 때라고 생각합니다.

우리 자체가 독자적으로 미사일 개발, 핵무기 개발, 인공위성 개발까지 해서 감히 누구도 우리를 넘볼 수 없도록 해야겠습니다. 다시는 6·25의 쓰라린 경험 같은 것은 맛보지 않게, 우리 백성들이 전쟁으로 살상되는 비극이 다시는 없도록 이 박사께서 도와주셔야겠습니다.

이휘소 박사님, 조국을 건져 주십시오. 1974년엔가 박사님을 처음 뵈었을 때 저는 '이 박사를 보호하기 위해서는 60만 대군이라도 동원하겠다'라고 했었습니다. 이것은 지금도 진심입니다. 우리 민족이 사느냐 죽느냐 하는 문제는 지금 이 박사의 마음에 달렸습니다.

그동안 재미물리학자들의 협력을 얻어 미사일 개발부터 서둘렀고, 또 시험도 해보았지만 하나같이 성공하지 못했습니다. 지금은 이 박사님의 힘이 필요할 때입니다. 박사님이 처한 위치가 어떠한지는 저도 잘 알고 있습니다. 그러나 박사님께서도 조국이 공산화되는 것을 눈뜨고 보고만 계시지는 아니할 것입니다.

이 박사님께서 조국을 위해 한 번 일어서 주십시오. 조국의 운명이 풍전등화 같은 상황 앞에서, 언제 어떻게 될지 모르는 절대 위기의 상황에서 감히 이렇게 박사님께 애원합니다. 박사님의 건강과 가운이 길이 빛나기를 빕니다.

1977년 3월 18일
대한민국 대통령
박정희 배상

편지는 이렇게 끝나 있었다. 이휘소는 편지를 읽으면서 참담한 심경 속에 사로잡혔다. 암담한 기분이었다. 이휘소는 그 날(1977.3.20.) 일기를 다음과 같이 우리말로 적고 있다.

박정희 대통령께서 나에게 편지를 보내왔다. 조국이 나를 필요로 할 때라는 절박한 내용이었다. 내가 핵을 공부하고 연구한 것은 처음에는 적성에 맞기 때문이었다. 그 다음 나의 목적은 핵연료를 이용한 인류의 구원이었다. 핵에너지를 이용한 자원의 개발, 자원의 새로운 창조는 무한히 열려 있다. 나는 지금까지 여기에 내 생애를 바쳤다. 또 앞으로도 그러고 싶다. 그러나 조국이 공산화되거나 전쟁의 소용돌이 속에 처할 위험에 있다고 가정하자. 아니, 지금 조국이 내가 겪은 6·25나 그보다 더한 비극의 문턱에 있다고 판단되었을 때, 내가 조국을 위하여 할 수 있는 일은 무엇일까?

미국은 베트남에서 손을 떼었고, 또 한국에서도 손을 떼고 있다. 명백한 사실은 조국이 위험한 처지에 있다는 사실이다. 미군철수, 조국의 공산화…… 등 이런 것을 보면서 핵을 자원 개발에만 이용하려던 나의 신념이 흔들린다면 그것은 잘못된 판단일까? 조국을 지키기 위하여, 조국에 내가 할 수 있는 핵 개발 원리를 제공한다면, 그것이 조국을 지키게 하는 힘이 된다면, 비록 박 대통령이 유신을 철폐하지 않을지라도 나를 낳고 나를 길러 준 조국의 현실을 내가 배반할 수는 없는 것이 아닌가? 그것이 나를 죽음으로 몰아넣는 것인지도 모르지만. 죽는다…… 나의 죽음으로 조국을 살릴 수 있다. 정말 그렇게 해야 하는 걸까? 내가 죽어 조국이 조국으로 남고, 내가 사랑하는 어머니와 형제, 친구들을 구할 수 있다면, 나는 그 길을 택해야 될까? 조국은 나에게 너는 너의 능력을 이때에 쓰지 않으면 너는 평생 후회할 것이라고 말하는 것인가? 살신성인(殺身成人) …… 견위치명(見危致命) …… 멸사봉공(滅私奉公) …… 진인사대천명(盡人事待天命) …… 나의 운명…… 어머니, 아내, 아이들, 그리고 형제들…… 하늘이여……. 무엇이 참다운 삶이고 내가 지금 어떤 행동을 하여야 하는가를 안내하여 주소서.

휘소는 일기 쓰기를 마치고 자리에서 일어섰다. 문밖에 있던 아내 만청이 묻는다.

"밤늦게 어디 나가시려고요?"

"응, 산책하려구."

"몸도 안 좋으신 것 같은데."

"괜찮소, 아이들은 다 자나?"

"네."

"바로 오겠소."

휘소는 페르미랩 주위로 천천히 차를 몰았다. 밤기운이 어느 정도 마음을 안정시켜 주었다. 그는 차에서 내려 넓은 잔디밭에서 밤늦도록 뒹굴었다. 하늘을 바라보며 그는 지금까지 연구한 학문의 목적과 신념이 서서히 무너지는 듯한 착각에 빠졌다. 학문을 하고, 얼마만큼 인류를 위해서 봉사를 하고, 노벨물리학상을 타고, 세상 사람들이 찬양을 보내고 이러한 환상을 더듬거려 보았다. 그때 조국은 공산화되고 전쟁의 소용돌이 속에 폐허가 되고…… 베트남 패망을 본 이휘소의 머리는 어지러워졌다. 생각하면 조국을 떠난 지 24년, 아는 사람 하나 없는 미국 생활의 시작, 오로지 학문에만 전념했던 무수한 낮과 밤, 때로는 학비가 모자라 식당에서 밥 나르기, 배달하기 등도 했지만 한순간도 학문에서 손을 뗀 적은 없었다. 그리고 무엇보다 한국인으로서 나의 임무를 다하려 했다. 조금도 비굴하지 않았다. 누구에게도 져 본 적이 없었다. 시험을 보거나 논문을 발표하거나 실험을 하거나, 수석을 빼앗긴 적도 없었고, 논문은 늘 새롭고 창조적인 이론이었으며, 아직도 내 손에 의하여 실험한 많은 것은 실패한 적이 없었다. 시간이 아까워 조국에 계신 어머니와 동생들이 보고 싶지만 그런 사연 때문에 조국을 찾지는 않았다. 1974년 9월 한 달간 조국에 있었던 것도 미국 정부의 심부름으로 간 것이었다.

조국을 떠난 지 24년, 조국에 다녀온 지 3년, 지금 나는 무엇인가? 지금 나는 어디 있는가? 나는 지금 어떻게 하는 것이 나를 찾는 것인가?

어느 경우이고 자립해야 한다. 개인이고 국가이고 자립하지 않고는 항상 시달림을 받게 된다. 경제적 자립, 정치적 자립, 과학적 자립, 사회적 자립, 문화적 자립…… 자립을 위해서는 자립하겠다는 의지가 필요하다.

박 대통령이 지금 암담한 심정으로 몸부림치고 있지만, 계기를 잘 만들면 도리어 자립과 활기의 바탕을 마련할 수도 있을 것이다. 한국 국민의 잠재력을 키우는 계기가 될 수도 있을 것이다. 모든 위대한 창조가 고통 가운데서 나오듯이 이휘소는 연구실에서나 또는 집에 들어와서나 공상과 갈등과 번뇌 속에 빠져들고 있었다.

지금 나는 어떻게 하여야 하는가? 날 보고 어떻게 하라는 것인가?

귀국을 한다? 나 휘소는 한국 정부를 위하여, 조국의 국방과 과학의 자립을 위하여, 한국 국민으로서 신명을 바치기 위하여 조국을 찾는다면, 그러고 나서 내가 할 수 있는 일은 무엇인가? 조국을 위하여 일하고 싶다. 그렇다고 미국과 대결하고 싶지는 않다. 그러나 조국은 운명과 관계되는 일이고, 미국 정부의 일은 단순히 경제적인 이해관계와 도덕정치를 내건 정책상의 문제가 아닌가. 통치자는 때로 도덕정치를 하지 못하는 사람이 나올 수도 있지만, 그렇다고 선량한 국민이 피해를 보게 할 수는 없는 것이 아닌가? 미국이 베트남에서 손을 떼고 베트남이 패망하면서 선량한 베트남 국민이 지금도 갈 곳이 없어 해상의 배 위에서 방황하는 사람들이 얼마인가?

내가 귀국한다고 미국의 정책이 바뀔까? 물론 어느 정도 영향은 있을지도 모른다. 그렇다고 그 영향이 반드시 좋은 쪽이라고 생각할 수도 없는 것이 아닌가? 내가 귀국하게 되면 미국은 오기가 나서 더 빨리 주한미군을 철수하고, 북한이 우리를 공산화시켜도 방관하는 결과를 가져올 수도 있는 것이 아닐까? 아니면 한국에 내가 있다고 해서, 미국이나 북한이 함부로 못한다고 장담할 수는 없는 것이 아닌가? 이휘소는 도저히 판단이 서지 않았다.

20여 일이 지나고서 시카고대학에서 오전 강의를 끝내고 페르미랩에 들어왔을 때, 지난번 왔던 사람이 또 편지를 내밀었다. 이휘소는 담담히 편지를 받았다.

　이휘소 박사님 혜람
　이휘소 박사님, 안녕하셨습니까? 지난번 편지를 받으셨을 것입니다. 무례한 점, 여러 가지로 용서하십시오.
　제가 박사님께 편지를 띄우고서 20여 일 동안 미국은 저나 한국 정부에 한마디 상의도 없이 미사일부대, 핵부대 완전철수에 이어 지상군 1만 7천여 명을 철수했습니다. 주한미군은 해체한 것이나 다름이 없습니다.
　박사님께서, 지금이라도 귀국하여 주십시오. 박사님이 한국에 계신다면, 미국이 그렇게 함부로 하지는 못할 겁니다. 박사님의 귀국만이 조국을 구하는 방법입니다. 시간은 절박하고 상황은 매우 급해졌습니다. 다시는 미국 측에 비굴할 수도 없고 비굴하게 굴지도 않겠습니다. 박사님, 다시 청하오니, 귀국하여 주십시오.

1977년 7월 8일
대한민국 대통령
박정희 배상

　같은 날 저녁 이휘소는 재미시카고 한인교민회장이며, 외과 의사인 김완일 박사에게 전화했다.
　"김 박사님, 오래간만입니다. 저, 이휘소입니다."
　"이 박사님께서 웬일이십니까?"
　"저녁이나 함께하고 싶어서 전화했습니다."

"아이고, 이 박사님과 함께 하는 식사라면 만사를 제쳐놓고 나가야지요."

"6시 30분쯤, 아리랑식당에서 뵈었으면 싶은데……."

"네, 감사합니다."

시카고 시내에는 늦은 봄비가 촉촉이 내려 있었다. 이휘소는 손수 차를 몰았다. 휘소에게 배정된 기사가 있었지만, 먼저 보내고 약속시간에 맞추어 아리랑식당에 도착했다. 김완일 박사가 얼굴 가득 웃음을 띠며 맞이해 주었다.

"이 박사님께서 저와 같은 사람과 식사시간을 만들어 주시고, 참 영광입니다."

김완일 박사가 너무 즐거워하며, 미리 예약된 방으로 안내하였다. 김 박사는 본래 쾌활하고 낙천적이며 헌신적이다. 그래서 교민 사이에서도 상당한 인기가 있었다. 거기다가 몇 년 만에 들어보는 모국어가 묘한 감정으로 다가왔다. 식당에 있던 사람들 몇 명이 인사를 건네 왔다.

"김 박사님께서는 지금 한국의 정세를 어떻게 생각하십니까?"

"글쎄 말입니다. 정치 이야기는 하고 싶지도 않지만, 베트남이 패망한 지 얼마 되지도 않아서 미국은 믿을 수 없는 나라라는 세계 여론이 자자한데, 또 주한미군마저 철수시켜서 어떻게 하겠다는 것인지, 그 생각을 하면 잠을 자다가도 깜짝 깜짝 놀랍니다. 더구나, 고국의 동포들이 돈마저 미국이나 일본으로 빼돌린다네요. 제 가까운 친척도 여차 하면 미국으로 올 준비를 하느라고 재산 일부를 저에게 보관해 달라고 부탁하기에 곤란하다고 했더니, 막무가내로 제 통장에 돈을 넣어 둡디다. 과학자들은 도리어 박 대통령의 초청으로 귀국하는 사람이 많다죠?”

“네, 귀국하는 사람들도 있지만, 보통은 혼자만 가던지, 부부가 가고 아이들이나 집은 그냥 미국에 두고 가는 경우가 대부분입니다. 귀국을 하면서도 불안한 모양입니다.”

“그렇겠죠.”

그때 마침 식사가 나왔기 때문에 이야기가 잠시 중단되었다. 식당 주인까지 와서 휘소와 김 박사에게 머리를 숙여 인사를 하였다.

식사를 하면서 김완일 박사가 질문해 왔다.

“만약 북한이 다시 남침한다면, 전쟁 상황은 어떻게 되겠습니까?”

“글쎄요. 모르겠지만 미군이 철수하고 도와주지 않는다면 서울, 인천, 수원까지 미치는 미사일로 북한이 공격할 것입니다. 현대 전쟁은 인간의 두뇌와 과학전이라고 할 수 있으니까요. 한강 다리를 전부 파괴하는 데 걸리는 시간을 줄잡아 2분 정도, 지금은 전쟁을 군대로 하는 시대가 아닙니다. 무기로 합니다. 다시 말하면 과학전입니다.”

“이 박사께서도 6·25를 겪었죠?”

“네, 중학교 때……그 전쟁의 후유증으로 아버지께서 일찍 돌아가시고, 동생들도 영양실조에 시달렸던 것이 지금까지 남아서 병약합니다.”

“저는 전쟁에 직접 참가했었습니다. 1·4후퇴 당시에는 후퇴 중간에 지금의 38선 부근에서 부상을 당했죠. 대학을 졸업하고 바로 일어난 일입니다. 전쟁이 우리나라에서 다시 있으면 안 되죠."

식사가 끝나가고 있었다. 차가 나왔다.

"이걸 좀 봐 주시겠습니까?"

휘소는 박 대통령이 보내온 편지를 내밀었다.

"이게 뭡니까?"

김완일 박사가 편지를 펼쳐 보았다. 얼굴빛이 달라지고 있었다. 침묵이 흘렀다.

긴장감이 감돌고 있었다.

"어떻게 하시겠습니까?"

김완일 박사가 말했다.

"아직 결심이 서지 않았습니다. 귀국한다고 상황이 달라진다고 할 수도 없고 해서."

휘소가 대답했다.

"이 박사님은 유신에 반대성명을 냈죠?"

"유신과 이것은 별개입니다."

"그렇죠. 이 박사님께서 대통령 고문 과학담당관 등에게 알아보아 정말 카터 대통령이 주한미군을 완전철수할 것인가? 또, 전쟁이 나도 지원마저 없을 것인가를 알아보시는 게 어떨까요?"

"글쎄요. 지난번 닉슨은 대통령이 되고 나서 주한미군 철수를 주장했습니다. 그런데 카터는 선거공약으로 내걸었습니다. 대통령에 취임하고 나서 제일 먼저 하는 일이 주한미군 철수입니다. 박 대통령도 추한 꼴을 보이고 싶지 않을 것입니다. 저도 마찬가지이고……."

"그래서 어떻게 하시겠다는 것입니까?"

"판단이 서지 않습니다. 그래서 김 박사님을 찾아온 것이 아닙니까?"

"이 박사님, 영구 귀국은 하지 마십시오. 협조는 하지만, 반드시 귀국해서 살아야만 나라를 위하는 것은 아니니까요."

"……."

"그리고 또 많은 책임은 박정희 대통령에게도 있습니다. 장기집권에 야당, 학생 등을 마구 탄압하고, 거기다가 유신까지 선포하니 여론이 좋을 리가 없죠. 한 지도자의 잘못으로 수많은 국민에게 주는 피해가 어떤 것인가까지를 생각하지 않는 것입니다. 말은 좋죠. 빈곤퇴치, 국군 현대화, 벌여놓은 일의 수습 등 그런 것은 누가 해도 해야 할 일이죠. 물론 박 대통령이 잘하고 있는 것도 있지만, 국민과의 약속을 다반사로 어긴 사람이라는 점은 분명합니다. 지난번 대통령선거도 한 번만 더 하고 다시는 안 하겠다고 하고 일 년도 안 되어 유신을 선포하지 않았습니까? 한 국가가 흥할 때는 위에서부터 엄격히 헌법을 준수하고, 국가가 망할 때는 위에서부터 헌법을 지키지 않았을 때, 주로 일어납니다. 그러니 이 박사님, 너무 박 대통령의 말에 마음 쓰실 필요는 없습니다."

"알았습니다. 참 여러 가지 말씀 감사합니다."

이휘소는 체중이 3kg이나 줄었다. 그만큼 밤을 지새우는 일이 많아졌다. 20여 일이 지난 5월 초에 휘소는 다시 김완일 박사를 병원으로 찾아갔다.

"김 박사님, 지난번에는 폐가 많았습니다."

"이 박사께서 웬일이십니까?"

"다리에 통증이 있어 왔습니다."

"어디 좀 봅시다."

김완일 박사는 휘소를 끌고 방으로 들어갔다. 그리고 진단을 하면서 말했다.

"아무 이상이 없는데요?"

"사실은 의논드릴 것이 있어 왔습니다."

간호사를 내보내고 주위를 정리한 다음, 휘소가 다시 말을 꺼냈다.

"제가 아무 대답도 하지 않고 있을 수는 없었습니다. 박 대통령께서 저에게 편지를 보낸 것은 국가를 지키겠다는 순수한 마음에서 나온 것인데, 제가 가만히 있을 수는 없었습니다."

휘소는 또 말을 이었다.

"박 대통령의 말씀대로 더는 비굴할 수 없습니다. 비굴해서라도 효과가 있다면 모르지만, 가능성도 없는데 비굴하게 하면, 개인은 물론 국가까지 이미지가 손상당합니다. 한 번 이미지가 손상당하면 세계의 놀림감이 됩니다."

"……."

"저는 한국에서 핵무기를 개발하는 것을 찬성하지는 않습니다. 저의 선배이며, 함께 프린스턴고등연구소에서 일한 오펜하이머의 말년을 보고 저는 어떤 국가라도 핵을 전쟁의 수단으로 쓰는 것은 옳은 일이 아니라고 생각합니다. 제 개인적인 견해로는 미국이고 소련이고 핵무기는 폐기되어야 한다는 신념입니다. 그러나 세계 여러 국가는 이미 핵을 전쟁이나 방어의 수단으로 개발해 놓고 있습니다. 북한도 이미 미사일은 개발된 상태이고, 김일성 보좌관으로 있는 이승기 박사를 중심으로 핵도 얼마든지 개발할 수 있을 것입니다.

제 개인의 생각으로는 미국의 방위권에서 한국을 제외하자는 것이 카터의 정책입니다. 그렇지 않고는 한국 정부와 상의도 없이 미사일부대와 핵을 철수할 수는 없는 일입니다. 그리고 주한미군도 반 이상이 철수했습니다. 나머지 주한미군마저 철수시키는 것은 시간문제입니다. 미사일을 만들고 핵무기를 만드는 것은 물론 공정상의 문제로 몇 가지 어려움은 있겠지만 한국의 기술진을 가지고도 가능할 수 있습니다. 만약 주한미군을 완전철수시키고, 한국을 미국의 방위권에서 제외한다면, 현실은 베트남처럼 공산화되는 것은 시간문제입니다. 김 박사님, 그래서 박 대통령이 저를 불렀습니다.”

“이 박사님, 그래 어찌하시겠습니까?”

“이것을 제 몸속에 넣어 주십시오.”

휘소는 투명 용지에 쓴 가로 10cm, 세로 4cm 정도의 문서를 내밀었다. 이것은 휘소가 따로 정리한 것을 다시 50분의 1로 축소하여 만든 정밀한 계산서였다.

“이것을 어떻게 하시겠다는 것입니까?”

“이것을 제 몸속에 넣어 주십시오. 건강에는 지장이 없겠지요?”

“얼마 동안은 지장이 없겠습니다만⋯⋯.”

“박사님이 잘 처리하여 주십시오.”

김 박사가 침통하게 휘소를 바라보았다. 침묵이 흐르고 있었다. 김 박사가 설득한다고 휘소가 자기 결심을 포기할 것 같지는 않았다. 그리고 무엇보다 자기를 찾아온 것도 평소 자기를 믿었기 때문이라고 생각되었다. 무엇보다 이휘소가 한국인이라는 자부심이 교포 사이에서는 항상 긍지와 자랑이었는데…….

"알았습니다. 그래도 다시 한 번 생각해 주십시오."

"몇 번을 생각하고 다짐한 것입니다. 말씀은 고맙지만, 제 결심을 바꿀 수는 없을 것입니다. 왜냐하면 지금으로서는 저만이 할 수 있는 일이니까요."

"알았습니다."

침통한 침묵이 흐르고 있었다.

김 박사는 다른 의사와 간호사의 출입을 금지한 가운데, 휘소의 다리에 마취주사를 놓았다. 살이 베어지고 소독된 서류를 넣고 수술은 생각보다 빠르고 신속하게 진행되었다.

"고맙소, 김 박사."

"이 박사, 감사합니다."

김완일 박사가 손을 잡았다.

"차나 한 잔 나누시죠?"

"네."

김완일 박사는 손수 커피를 끓였다. 차를 나누면서 김 박사가 말을 꺼내었다. 분위기는 조금 전과는 달리 차분해 있었다.

"제가 6·25를 겪고, 국내에서 의료 일을 보다가 50년대 말에 일본에 있은 적이 있습니다. 이른바 경성제대(현 서울대) 의학부 출신들의 위한 초청으로 한 달 정도 도쿄에 있을 때 들은 이야기입니다.

그 당시, 일본제 카메라 니콘(Nicon)이 세계 시장을 석권할 때입니다. 그런데, 니콘이 세계 시장을 석권할 수 있었던 이유가 무엇인가? 제2차 세계대전 전후까지도 카메라 하면 독일제였지 않습니까? 카메라 회사를 차린 니콘 회사 사장이 아무리 해도 독일제를 기술적인 면에서 따라잡을 수가 없었답니다. 그런 때에 그 사장 아들이 독일로 유학, 아예 일본 국적을 버리고 독일로 이민해서, 독일 여자하고 결혼하고, 독일 카메라 회사 직원으로 취직했답니다. 거기서 카메라의 정밀 구조와 기술을 습득했답니다. 그런데 이것을 자기 아버지 회사에 알릴 방법이 없어, 카메라의 정밀 구조 방법을 적은 필름을 몸에 삼키고 죽었다고 합니다. 그렇게 해서 기술을 빼냈다는 소문이 있습니다. 기술전쟁이죠. 얼마 후 독일제보다 좋은 성능인 일제 카메라가 나왔다는 소문이 있었습니다."

"저도 일본에 있을 때 들은 적이 있습니다."

"이 박사님, 몸조심하십시오."

"네, 염려하지 마십시오."

차창 밖에는 봄기운이 무르익고 있었다.

이튿날은 마침 일요일이어서 휘소가 만청이와 천이, 안이에게 제의를 했다.

"우리 냇물에 물고기 잡으러 갈까?"

"좋아요."

아이들이 찬성하며 좋아했다.

"별안간 무슨 천렵이죠? 내일 일본에 가신다면서."

"중고등학교 시절 한국에서 살 때 동생들과 함께 천렵을 한 적이 있었소. 서울에서 100여 리 떨어진 광릉이란 곳에 과수원이 있었는데, 6·25전쟁이 나고 수복한 후, 얼마간 그곳에서 지냈었소. 그 광릉 숲의 개천에서 민물고기를 잡아먹으며 배고픔을 달랜 적이 있소. 같이 갑시다. 한인 채소상에서 고추장과 호박, 감자 등만 가는 길에 준비하면 될 거요.”

“네.”

아침식사를 일찍 마치고 휘소가 손수 운전대를 잡았다. 시카고 시가지를 벗어나 캐나다 국경 지대로 가는 길에 낚싯대와 채소를 준비했다. 휘소가 최근 준비한 차는 다트(DART) 3000c이다. 차는 고속도로를 거쳐 나이아가라폭포의 지류가 흐르는 수풀 가운데 멈췄다.

“당신이 천이와 안이와 함께 고기를 잡아 보시오. 오늘 요리는 내가 해볼 테니.”

“아빠도 요리할 줄 아세요?”

천이와 안이 질문해 왔다.

“그럼, 한국에서도 가끔 했었지만 아빠가 대학원에 다닐 때는 자취생활을 했었기 때문에 늘 밥과 반찬을 해 먹었다. 물론 엄마처럼은 못하겠지만.”

“아빠, 낚시질은 어떻게 하는 거죠?”

“여기 낚시의 바늘 끝에 지렁이를 끼워 넣고, 낚싯줄을 흐르는 물에 띄우고, 내렸다고 올렸다가를 반복하다가 고기가 물렸다 싶으면 끌어당겨라.”

“쉽구나!”

고기는 뜻밖에 많이 잡혔다. 붕어, 잉어, 메기까지 한 시간여만에 준비한 통이 거의 찼다. 미국에서는 민물고기를 잘 먹지 않는 관습 때문인 듯했다. 만청이와 천이, 안이가 너무 즐거위했다.

이휘소는 오랜만에 요리까지 했다. 밥과 찌개까지 손수 끓이고, 직접 만청과 아이들에게 밥과 찌개를 퍼 주었다. 5월, 정오의 햇살이 신록에 어울려 찬란한 빛으로 타고 있었다.

이휘소는 다음날(1977. 5. 19.) 저녁 일본 도쿄에 도착하였다. 세미나는 23일부터 시작되지만 며칠 앞당겨 온 것이다. 시내에서 좀 떨어진 호텔에 여장을 푼 휘소는 곧 어머니에게 전화했다.

"어머님, 저 휘소입니다. 지금 세미나 관계로 도쿄에 와 있습니다. 세미나는 며칠 뒤에 시작되는데 다른 볼일도 있고, 또 어머님도 보고 싶어 좀 일찍 왔습니다. 어머님 내일 도쿄로 와 주셨으면 합니다. 어머님과 상의할 것도 있고, 또 뵙고 싶어서 드리는 부탁입니다."

"그래, 내가 도쿄에 가는 것이야 어렵지 않겠지만, 무슨 일인데? 그래, 알았다."

어머니의 말이 의구심으로 조금 떨리는 느낌이었다.

"걱정하지 마십시오. 도쿄까지 온 김에 어머님을 한번 뵙고 싶은 것뿐이니까요."

"그래, 알았다. 내일 아침 8시쯤 비행기로 가겠다. 9시 30분에 도착할 것이다. 내일 공항에서 만나자."

"네, 어머님. 공항에서 기다리겠습니다."

다음날 나리타공항에서 만난 박순희 여사가 좀 불안한 표정으로 휘소에게 물어 왔다.

"얼굴이 안된 것 같다. 어디 편찮니?"

"아닙니다. 어머님, 세미나 준비로 며칠 간 잠을 많이 못 잤습니다."

"그러면 다행이지만, 네 표정이 뭔가 불안해 보인다. 뭔가 있구나?"

"아닙니다. 어머님 회갑도 못해 드리고 해서 어머님과 시간을 가지고 싶었습니다. 또 다른 부탁도 있고."

"회갑에는 네가 부쳐준 돈과 선물로, 네 동생들과 며느리들이 차려 준 음식상으로 즐겁게 보냈다. 그런데 긴히 의논할 것이 무엇이냐?"

"차차 말씀드리겠습니다."

휘소는 렌터카로 어머님을 모시고, 시내로 들어갔다.

"제가 어머님께 선물을 사 드리고 싶습니다. 동생들에게도."

"아니다. 필요한 것은 다 있다."

"그냥 제가 손수 골라 드리고 싶습니다."

도쿄 시내의 롯데백화점에서 내린 휘소는 어머니의 손을 잡고 백화점을 이리저리 돌아다녔다. 반지, 시계, 옷, 구두, 모자 등을 하나하나 골라 세심하게 신경을 써 가며 봤다.

"오늘은 평소의 휘소 같지 않다. 애야."

"평소의 저는 어떠했는데요?"

"너는 독립심이 강하고, 이런 물건에는 한 번도 신경을 쓴 적이 없었잖니?"

"그건 어머님을 닮았기 때문이지요."

"그래?"

백화점을 나오면서 휘소가 물었다.

"무언이는 좀 나아졌나요?"

"독일에서 돌아와 몇 번 직장을 나가려 했지만, 번번이 중간에 그만두고, 그냥 집에서 지낸다. 말이 없고 그 애 처도 비슷한 증세가 있지만, 철웅이와 철웅이 처가 잘해 주어 좀 안심이다. 너무 걱정하지 마라."

"네, 제가 장남이 되어서 어머님과 동생들을 돌봐야 되는데 뵐 낯이 없습니다."

"철웅이가 네 역할까지 해주니 걱정하지 마라. 그런데 이런 기회에 네가 한국에 갔다가 일본으로 오면 될 텐데, 나를 이 곳까지 오게 한 이유는 무엇이냐?"

"제가 지금 한국에 갈 사정이 못됩니다. 제가 가게 되면 아무래도 언론기관이나 정치계에서 알게 되고, 그러면 시끄러울 것이고요."

"그렇겠다. 집 안에 무슨 일이 있는 것은 아니겠지?"

"아닙니다. 어머님, 한국 사정은 어떻습니까? 단편적인 소식은 신문을 통하여 보았지만 자세한 것은 잘 몰라서요."

"사는 데는 지장 없다. 박 대통령의 유신 인가가 항상 문제이지만, 더구나 베트남이 망하고 크메르가 공산정권에 넘어가고 나서 주한미군마저 철수한다고 해서 구파발, 불광동 등의 기슭까지 군대들이 삼엄하게 포진되어 있고, 무악재 고개까지 겹겹이 군대들이 지키고 있다. 전선 지역은 더욱 심각하겠지만. 예비군까지 비상대기하라는 지시가 떨어졌다고 한다."

"외부에서 보기보다는 절박한 모양이군요?"

점심때가 다 되어 어머니와 함께 호텔로 돌아온 휘소는 구내 한식당에서 조촐하게 식사를 하였다. 이미 어제 예약할 때 어머니가 즐겨 드시는 생선찜과 불고기찜 등으로 세심하게 준비된 식탁이었다. 어머니이신 박순희 여사나 휘소나 본디 생일이니, 회갑이니 그런 것은 별로 관심 밖의 일이었다. 생일이라 해서 시내 식당에서 가족들과 함께 식사를 하는 때도 있었지만, 어디까지나 가족들과의 친목을 위한 일이었고, 더구나 고급 식당은 생리에 맞지 않아 특별한 경우가 아니면 꺼리고 있었다. 생각하면 어머니의 삶은 그런 한가한 시간의 여유마저 거의 없는 삶이었다. 일제하에 결혼하고, 어려운 살림을 꾸려가기에 바빴고, 해방 전후에는 모든 정성을 휘소에게만 쏟았었다. 그리고 6·25전쟁 때 부산과 마산 등지에서 보낸 피란 생활과 서울 수복 후에는 살던 집마저 없어져 광릉 숲에 있는 2천여 평의 불모지를 과수원으로 개간한다고 모든 가족이 동원하여 일하기에 바빴고, 조금 여유가 생기자 남편이 몸 져누워 몇 년을 보냈고, 남편을 여의고서는 오로지 아이들을 위한 삶이었다.

그리고 이제 휘소의 명성이 자주 세계의 신문이나 방송에 거론될 만큼 세계적인 학자로 자리를 굳히고 있는 지금은 무언이 내외가 자폐증 증세까지 보여 안타깝게 하고 있다. 그래도 보람 있는 삶이란 인식을 늘 가질 수 있었던 것은 휘소의 명성 때문이었다. 휘소도 늘 희생만 하고 위안만 주는 어머님을 가진 것을 자랑스럽게 생각하고 있었다.

"휘소야, 흔들리지 마라. 네 얼굴에 뭔가 어두운 그림자가 드리워 있는 것 같다."

"아닙니다. 어머님, 올라가시죠."

오래간만에 어머니와 식사를 한 휘소는 어머님을 모시고 호텔 방으로 올라왔다. 오월의 따뜻한 기운이 창밖에 무르녹고 있었다. 방으로 들어온 휘소는 우선 어머님께 큰절을 올렸다.

"제가 어머님 회갑 때도 찾아뵙지 못하여 이렇게 감사의 절을 드립니다."

"그래, 나는 너를 자식으로 둔 것이 큰 행복이다. 네가 나를 끊임없이 행복하게 하는데 또 무얼 바라겠느냐?"

1974년 9월 한국을 방문했을 때, 어머님의 회갑이 1년여 남았지만 미리 앞당겨 하자는 데 합의를 보고 집 안에서 간소하게 치른 적이 있었다. 그때도 휘소는 다른 일에 쫓겨 1시간여 동안만 시간을 냈을 뿐이었다.

"그래, 내게 긴히 의논한 일이 무엇이냐?"

"네, 잠시 기다리세요."

휘소는 여행용 가방에서 박 대통령이 보낸 편지를 다시 소포로 싼 것을 어머니께 내놓았다.

"이것은 박 대통령이 제게 따로 보낸 서신입니다. 제가 보관하는 것보다 어머님이 보관하고 계십시오. 심각한 문제가 될 내용도 있으니 외부에는 이야기하지 마십시오. 10년이나 20년 뒤에는 말해도 될 것 같습니다만."

"그래, 무슨 내용인지 모르지만 이렇게 중요한 것을 내가 혼자 보관할 수 있을까?"

"저도 복사본은 따로 가지고 있습니다."

"그래, 하여간 소중히 보관은 하겠다만……."

"그리고 이것은 어머님이 너무 고생하시어, 그동안 따로 저축한 통장입니다. 1만 달러 정도 됩니다. 통장을 드리오니 요긴하게 쓰십시오.”

“집에도 여유가 없을 터인데, 또 내가 병원을 하고 있고, 둘째 철웅이도 직장에 나가서 돈 걱정은 이제 거의 하지 않는데 이런 큰돈을 받아도 괜찮은지 모르겠다.”

“집에는 대학과 연구소에서 나오는 돈으로도 여유가 있습니다. 이것은 원고료와 특별강사비 등을 모은 것입니다.”

“네 가족을 위해 쓰는 것이 내게 쓰는 것이다. 하여간 내가 보관하고 있으마.”

시간은 이미 3시 30분을 가리키고 있었다.

“어머님, 피로하실 텐데 잠시 쉬시겠습니까?”

“아니다, 괜찮다.”

“그러면 좀 일찍 나가실까요?”

“그래.”

예약된 비행기는 6시였다. 어머니를 모시고 비행장으로 차를 천천히 몰았다. 공항 주차장에 도착하여 어머니를 모시고 나가면서 휘소가 뜻밖의 말을 하였다.

“어머님, 저는 애국자입니다. 제가 아니면 할 사람이 없겠기에 제가 일을 합니다. 어머님께 폐가 된다면 용서하십시오.”

“그게 무슨 말이냐?”

박 여사의 목소리가 조금 떨리고 있었다.

“네가 나에게 못할 말이라도 있느냐?”

“아닙니다. 제가 왜 어머님께 무슨 속이는 게 있겠습니까? 지금 제가 나라를 위해서 무엇을 할 수 있나를 생각하고 있었습니다.”

“그래.”

이렇게 대답은 했지만, 박 여사는 무언가 불안감이 들었다. 그러나 지금까지 희소의 모든 것을 믿었었고, 또 그가 훌륭하게 일을 처리하고 있다는 생각으로 마음을 돌렸다.

"염려하지 마십시오. 어머님."

"그래, 너를 믿지만……."

공항에는 사람들도 붐비고 있었다. 일찍 절차를 마치고 어머니를 보낸 희소는 홀가분한 심정이 되어 호텔로 가는 발길을 재촉했다.

운명과 진실

돌아오는 길에 휘소는 전신국에 들러 청와대로 전문을 쳤다.

〈5월 20일 pm 9시 정각, 나리타공항 대기. 이휘소〉

그리고 호텔로 돌아와 저녁을 간단히 마친 이휘소는 목욕을 하였다. 진인사대천명(盡人事待天命)이다. 나는 내가 할 수 있는 일을 다해야 한다. 내가 할 수 있는 일이 어떠한 것인지는 판단이 서지 않지만, 그러나 지금 어떻게 할 수 있다는 말인가? 가족을 지키기 위하여 남편도 없이 이리저리 뛰어다니시던 어머니의 영상이 아련히 떠올랐다. 그렇다. 어머니는 가족만 지켜 주신 것이 아니다. 어린 우리에게 끊임없이 꿈을 키워 주시면서 사람이 어떻게 살아야 하는가에 대한 해답을 주신 분이시다. 병원을 개업하시고서도, 누가 아프다면 밤늦은 시간에도 왕진가방을 챙기시고 뛰어나가시던 분이시다. 아이들이 건강해야 가정이 건강해지고 나라도 건강해진다는 신념으로 일하시는 분이시다. 모든 사람이 법을 지키지 않는다고 하더라도 나만은 지켜야 한다고 가르치신 분이다. 모두가 조국을 배신해도 나만은 조국을 지키라고 일러주신 분이시다.
　어머님이시여, 저를 용서하소서. 그리고 저를 지금까지 지켜 주었듯이 앞으로도 저를 지켜 주소서. 그리고 이휘소는 대학시절 읽었던 헤밍웨이의 소설 《누구를 위하여 좋은 울리나》를 생각하였다. 사랑하는 여인 마리아를 살리기 위하여 자신이 죽는 로버트 조단, 사랑하는 사람들을 보호하기 위하여 온갖 수모를 겪은 《바람과 함께 사라지다》의 주인공 스칼렛 오하라의 영상도 떠올렸다. 그날 밤은 편하게 잠을 잤다.

이튿날 아침식사를 하고 나서 이휘소는 방에서 꼬박 앉아 몇 가지 정리를 하였다. 우선은 며칠 뒤에 있을 세미나에서 발표할 원고를 꼼꼼하게 정돈하고, 자신에게 닥칠지도 모르는 여러 상황을 상상해 보기도 했다. 그러나 어떠한 일이 일어날지는 연상되지 않았다. 이미 뜻은 정해져 있는 것이고, 그것이 내가 조국을 위하여 할 수 있는 최선의 길이었다는 그 사실 하나만은 의심하고 싶지 않았다. 그러나 반드시 이런 방법이 최선의 길이었을까? 그렇다고 지금 어떻게 할 수 있다는 말인가? 뜻을 결정하고 나서는 고요해지고, 고요하고 나서는 편안해지고, 편안하고 나서는 헤아려 생각하게 되고, 생각하고 나서는 얻을 수 있다고 했는데, 내가 이렇게 떨리는 것은 무엇 때문인가? 오직 고요함 가운데서만 움직임을 주체할 수 있으며, 움직임에는 두려움이 없어야 한다고 하지 않았던가? 그렇다면 나는 아직도 사욕(私慾)에 눈멀어 있는 것인가? 노벨물리학상, 어머니, 아내, 동생들, 아이들, 나를 버리고 내가 오로지 조국 역사 앞에 떳떳할 수 있는 길이 지금은 이런 방법밖에 없었을까?

저녁 7시, 간단하게 식사를 마친 휘소는 나들이하는 기분으로 택시를 잡았다. 나리타공항 KAL 안내소에는 안내원 몇 명이 이미 대기하고 있었다. 그리고 휘소를 친절하게 안내해 주었다. 100여 명이 탈 수 있는 소형 비행기였다. 비행기 내 일등석에는 안내원 두 명만이 자리를 같이했다. 안내원 두 명이 상당히 긴장된 표정으로 휘소를 안내해 주었다. 비행기는 어둠을 가르고 솟아올랐다. 그리고 곧 동해를 가로지르자 조국 산하가 두 눈에 들어왔다. 이것이 조국을 마지막으로 보는 것일지도 모른다? 아니다, 나는 조국을 떠나서 내 삶을 생각한 적이 없다. 조국은 내 몸이며 혈맥이다. 불빛이 여기저기 흩어져 들어오고 돼지의 젖무덤처럼 점점이 있는 산하가 정겹게 느껴졌다. 23년 전 조국을 홀로 떠날 때나 3여 년 전 조국을 20여 년 만에 찾았을 때의 모습 그대로였다.

비행기는 김포공항을 거쳐 서울공항쪽으로 기수를 돌렸다. 서울의 시가지가 아직도 휘황한 불빛에 젖어 있었다. 전쟁의 소용돌이 가운데 앙상한 몰골만 남았던 서울이 거대한 공룡처럼 빛을 발하고 있었다.

한 시간이 좀 지나고 서울공항에 내리자 바로 대기하고 있던 헬리콥터로 안내되었다. 조금 뒤에 헬리콥터는 청와대 정원에 내려앉았다. 박 대통령이 나와 기다리고 있었다.

"고맙소. 이 박사, 고맙소. 이 박사, 정말 고맙소……."

박 대통령이 이휘소를 잡고 눈물을 글썽거렸다.

"나는 오늘을 영원히 기억할 것이오. 이 박사, 고맙소."

대통령은 다시 또 이휘소의 몸을 끌어안았다.

"지금 저만이 할 수 있다고 해서 하는 것입니다. 각하."

"고맙소. 이 박사."

바로 지하실로 내려간 휘소는 미리 대기하고 있던 의사 두 사람의 집도로 수술을 시작했다. 수술은 간단히 끝났다. 박 대통령이 처음부터 끝까지 옆에서 지켜보고 있었다.

"이 박사, 고맙소."

박 대통령이 피가 묻어 있는 문서를 얼굴에 대고 눈물을 흘렸다.

"저는 각하와의 약속을 지켰습니다. 각하께서도 저와의 약속을 지켜 주셔야 합니다."

"알았소. 꼭 지키겠습니다. 차라도 한 잔 하시죠?"

"아닙니다. 비행기 속에서 하죠."

휘소는 바로 헬리콥터를 탔다. 박 대통령은 눈시울이 젖은 채 정원에 서 있었다.

"이 박사, 고맙소. 이 박사……."

박 대통령은 눈시울에 젖어 몇 번이고 휘소의 손을 잡았다.

"고맙소, 이 박사님……."

헬리콥터는 바로 서울을 한 바퀴 돌고 서울공항에 도착하였고, 또 지체 없이 일본행 비행기에 올랐다. 휘소는 아무 일도 없었던 듯이 도쿄대학에서 열린 세미나에 임했다.

※ 필자 주 : 이 장의 내용은 한국과 미국, 일본 등에 퍼져 있는 소문과 당시 대통령비서실장, 외무장관 등을 지낸 이동원의 《대통령을 그리며》 등을 참고하여 적었다. 진실은 가려져 있기 때문이다.

지상에서 영원으로

1977년 6월 1일, 미국에 돌아온 이휘소는 모든 일에 더 적극성을 보였다. 연구소에서의 역할도 더욱 활발했고, 대학에서의 강의도 가장 충실한 교수로서, 그는 미국 과학계에서 가장 능력 있고 존경받는 인물로 공인되어 있었다. 가정에서도 그는 더 철저하게 아내 만청, 아들 천, 딸 안에게 정성을 다하였다.

"천이와 안이야, 우리 요번 일요일에는 어린이공원에 갈까?"

"정말? 아빠, 엄마도 가고요?"

"물론이지."

"거기서 뭐 하고 놀까요?"

"기차놀이도 하고, 공중돌기도 하고……."

"아빠, 언제 가 봤어요?"

"아니, 어려서부터 지금까지 한 번도 못 갔다."

휘소는 토요일이나 일요일이면 가족과 함께 강가를 거닐거나 산에 올라 마음껏 아이들과 뛰어놀고, 만청에게 그동안 연구실에 파묻혀 못해 준 사랑도 베풀었다.

그리고 그는 아이들에게 한국 이야기도 들려줬다. 일제강점기에 공부하던 이야기, 6·25전쟁 때 피란살이 이야기, 할머니가 고생하면서 학비를 댄 이야기, 그리고 한국의 아름다운 자연과 풍습들도 말하여 주었다. 특히 6·25전쟁 때 피란 시절 이야기, 부산과 마산 생활, 그 속에서도 공부하던 이야기, 서울에 올라왔지만 있을 곳이 없어 광릉의 움막에서 얼마간 지낸 이야기, 형제들 상황, 한국 역사, 특히 이순신 장군 이야기를 할 때면 아이들은 눈을 반짝이며 흥미 있어 하였다. 그리고 그는 한글과 일본어와 중국어, 영어, 독일어, 프랑스어를 비교하면서 한글의 우수성도 설명해 주었다.

"아빠, 어떤 면에서 한글이 가장 우수하지요?"

"네가 공부를 해보면 안다. 한글은 음(陰)이 있고 양(陽)이 있다. 그리고 하늘이 있고 땅이 있고, 또 자음과 모음이 있어 음양 법칙과 천지 법칙이 조화를 이루고 있지. 그렇게 과학적으로 창조된 글자는 세계에서 한글뿐이지. 그리고 과학적 신비가 글자 속에 다 들어 있는 것이 특징이지."

"영어에도 자모의 법칙이 있잖아요."

"그렇지, 그러나 한글처럼 음양과 천지의 원리를 바탕에 깔지는 않았지. 언어의 발생과정도 영어나 독일어, 프랑스어는 로마 이전부터 있었던 라틴계 언어가 분화되어 발전한 것이지만 한글은 전부터 있던 말에다 과학을 첨가한 창조적인 언어이지. 그리고 같은 한자권이지만 일본어는 한문을 간략히 쓰게 만든 것이라고 할 수 있고."

"그런데 왜 한국에서는 나쁜 소식만 들려……."

"그게 무슨 소리냐?"

"아빠도 유신인가에 반대했었잖아요? 나쁜 사람들이 정치를 하고 그러나 보지요?"

"유신이 좋은 것은 아니지만, 그것을 하는 사람들이 반드시 나쁜 사람들은 아니란다."

"아빠는 한국 이야기를 그렇게 많이 하시면서 왜 우리를 한국에 한 번 데려가 주지 않아요?"

옆에 있는 안이가 물었다.

"그래, 이번 여름방학에는 우리 가족이 한 번 가자. 할머니가 너희를 보고 싶어 하신단다."

"정말?"

"그래, 그 대신 공부를 잘해서 떳떳해야 한다. 한국 사람은 어디 가든지 남보다 우수해야 한다. 남보다 열심히 공부하고, 남보다 일도 많이 하고, 그래야 세계에서 살아갈 수 있단다."

"그건 왜 그래요?"

"나라는 작고, 자원이란 것도 별것이 없고, 그러니 다른 나라 사람들보다 무엇이든지 실력으로 이겨야 살 수 있겠지? 가진 것이 없으면 언제나 천시를 받게 되는 것은 사람이나 국가나 마찬가지야. 한국이 20세기 초에 일본에 강제로 합방되었던 일도 가난하고 실력이 부족해서 그런 거였고, 제2차 세계대전 이후 전쟁 당사국도 아닌 한국에 38선이 그어진 것도 국력이 약했기 때문이다. 또 미국이 한국은 도덕심이 부족한 나라니, 한국에서 손을 떼겠느니 어쩌구하며 떠드는 것도 한국이 약한 나라이기 때문이지."

"그래도 요사이는 한국 대통령께서 미군더러 나갈려면 나가라고 한다면서요?"

"그랬지. 그만큼 강해졌기 때문이다. 실력 있는 분들도 많이 있기 때문이고."

"박정희 대통령께서 아빠 믿고 큰소리치는 것은 아닌가요?"

천이가 눈을 똑바로 뜨고 이휘소를 바라보며 물었다.

"아빠를 믿기도 하겠지만, 아빠만을 믿는 것은 아니겠지."

휘소는 박 대통령이 자기를 믿고 큰소리치고 있다는 사실을 아예 부정하지는 않았다.

"그런데 우리는 미국 시민이잖아요. 아빠도 엄마도 안이도 나도……."

"그렇지, 그러나 아빠는 한국 사람이었으니까 너희도 모두 한국 이름이 있지 않니? 그리고 미국 시민이라는 것보다 한국 사람의 피가 섞였다는 데에 자부심을 느껴라. 한국은 나라가 작지만 정신이 있는 나라란다."

이런 대화는 계속되었다. 이미 천(泉)은 중학교에 다니는 건실한 청년티가 났으며, 공부도 전부 A를 맞았고, 안(安)도 예술적 재능에 뛰어났다.

1977년 6월 15일 페르미랩에서는 페르미 탄생 73주년 기념 행사가 있었다. 페르미는 이탈리아 로마대학교 물리학 교수로 있을 때인 1933년, 우라늄·라듐과 같은 방사성 원소가 전자를 내놓으면서 다른 원소로 바뀌어 간다는 β(베타)붕괴이론을 발표했고, 또 우라늄에 중성자를 충돌시켜서 지금까지 없었던 새 원소(초우라늄)를 발견하여 1938년 노벨물리학상을 받으러 스웨덴에 가족과 함께 갔다가, 그대로 미국에 망명한 20세기 전기 세계 최대 물리학자 가운데 한 사람이다. 아내가 유대인이므로 신변의 위험을 피해 망명한 것이라고 하지만 무엇보다 자유로운 인권을 누리고 살며 연구하고 싶었던 이유도 있었다. 미국에서 페르미는 시카고대학 교수 생활을 하면서 원자로를 만들었고, 그 원리를 이용하여 오펜하이머가 원자폭탄 제조를 하게 되었다. 휘소가 유학 준비를 하던 1954년 11월 그는 암으로 죽었다. 페르미랩이라는 명칭이 페르미의 이름에서 따온 것임은 말할 것도 없다.

페르미 탄생 73주년 추모행사에는 페르미랩 소장 윌슨 박사, 뉴욕주립대학의 톨 총장과 양전닝 박사, 프린스턴고등연구소의 프레이저 박사, 크라인 교수 등이 참석하였다.

날이 천천히 밝아왔다. 정원에 있는 나무에서 새들이 울고 있었다. 오후 2시 콜로라도주에 있는 국립과학연구소에서 초청강의가 있었다. 뉴욕주립대학의 양전닝 교수와 임페리얼대학(런던대학교)의 살람 교수와 휘소가 초청되었다. 마침 아이들도 쉬는 날이기 때문에 가족과 함께 가기로 되어 있었다.

가족과 함께 식사를 마치고, 서재에서 얼마 동안 강의할 원고를 간추렸다.

정오에 간단한 간식으로 점심을 대신하고, 만청과 천이 안이를 뒤에 앉힌 뒤 천천히 차를 몰았다. 페르미랩에는 휘소에게 딸린 전문기사가 있지만 웬만한 일에는 휘소가 직접 차를 몰았다.

이슬비가 내리고 있었다. 안개도 흐릿하게 끼어 있었다. 시카고 시내를 벗어나자 도로는 한산했다. 트럭 몇 대가 휘소의 차를 따르고 있었지만, 일 나가는 차려니 생각되었다. 뒤이어 따라오던 트럭 두 대가 휘소의 차 가까이 다가섰다. 신경이 날카로워졌다.

  콜로라도주에서 아스펜으로 가는 일리노이주 가까운 케와네시 근처 80번 주간도로까지 왔을 때, 맞은편에서 오던 대형 유조차가 별안간 중앙선을 넘어 휘소의 차 정면으로 돌진하였다. 중앙분리대는 너비가 22m였다. 그리고 2m 가까이 가운데가 파여 있었으며, 잔디와 잡초가 어우러져 있었다. 거기다가 6월의 들꽃이 가득했다. 그 가운데로 대형 유조차가 달리고 있었다. 운전대에는 40대로 보이는 흑인이 타고 있었다. 휘소의 차는 주행선에 있었기 때문에 여유가 있었다. 차의 속도를 30㎞ 정도로 줄였다. 그러나 유조차는 22m나 되는 중앙분리대를 넘어 정면으로 돌진해 왔다. 휘소는 급히 갓길 끝으로 차를 몰았다. 더는 피할 수도 없는 상태였다. 유조차는 중앙분리대를 넘어 휘소의 차를 정면으로 받았다. 차의 앞머리가 부서지고 휘소는 쓰러졌으며, 만청, 천, 안은 순식간에 일어난 사고에 정신을 잃었다. 직감적으로 "아!" 소리를 지르며 다만 흑인의 운전 솜씨가 의도적이라는 느낌을 받았다. 경찰이 오고 휘소를 차에서 끌어내리고…….

  이 부분에 대해서는 필자의 해설이 필요하다. 이휘소 박사는 어떻게 사망했는가? 사건 당시 로이터 합동통신에 의하면 다음과 같다. '이휘소 박사는 콜로라도주의 한 과학회의에 참석 차 여행하다가 일리노이주 남부에서 자동차 사고를 당했다.' 그 이상의 자세한 보고가 없다.
  이휘소 박사가 사망하고서 언론계에 유포된 세 가지 정보가 있었다. 첫 번째는, 40대 흑인 남자가 운전하는 대형 유조차가 중앙분리대를 넘어 이휘소 박사의 차를 정면으로 치고 도

망갔다는 설이다. 이때 이휘소 박사의 차 옆과 뒤에도 대형차가 따라가고 있었는데, 그들이 공범일 것이라는 설이다. 필자는 이 가설이 가장 합당하다고 생각한다.

필자는 1987년 겨울과 1992년 여름, 두 번 그곳에 갔었다. 1987년 겨울에는 뉴욕주립대학에서 이휘소 박사와 함께 근무했던 사회학과 교수이자 여류시인인 제니(Zeny)와 함께 갔었고, 1992년 여름에는 혼자 갔었다.

콜로라도주에서 아스펜으로 가는 일리노이주와 가까운 케와네시 근처 80번 주간도로(이휘소 박사가 사망한 곳)는 편도 2차선, 왕복 4차선이다. 그리고 중앙분리대의 너비가 22m나 되었다.

"왜 이렇게 중앙분리대가 넓은가요?"

제니에게 내가 물었더니 다음과 같이 대답했다.

"미국의 고속도로는 만들 때부터 이렇게 만듭니다. 차가 많아져 도로 사정이 나쁠 때는 중앙분리대를 안에서부터 헐어가면서 도로를 넓게 하기 위한 것이죠."

그러니까 우리나라의 경우는 고속도로를 넓히려면 도로 옆 땅을 매수하여야 되지만, 미국의 고속도로는 처음 만들 때부터, 중앙분리대를 고속도로 너비만큼 크게 확보, 중앙선을 침범하는 차 사고를 방지하고, 교통량이 많아지면 쉽게 안으로 도로를 넓힌다는 뜻이었다.

당시 상황은 오후 1시 20분쯤이었고, 비가 계속 내리고 있었다. 가족 세 명은 차 뒷자리에서 자고 있다가 갑자기 당한 사고였다. 가족 셋은 부상, 아무것도 기억하지 못한다고 한다. 그러니까 흑인이 운전하는 대형 유조차가 중앙분리대를 넘어 이휘소 박사의 차를 들이받고서 도주했다는 첫 번째 설을 믿는 수밖에 없다.

두 번째는, 역시 40대 흑인 남자가 운전하는 대형 유조차의 뒷바퀴 하나가 빠져 굴러서 중앙분리대를 넘어 이휘소 박사의 차를 쳤다는 설이다. 평지인 이곳의 지리적 요건을 생각할 때, 차바퀴가 빠져 중앙분리대를 넘을 수 있다고는 추측되지 않는다. 이휘소 박사의 차가 1차선으로 달렸다고 가정하고 유조차가 1차선(유조차는 2차선만으로 가게 되어 있지만)으로 달렸다고 가정하더라도 빠진 바퀴가 굴러 중앙분리대를 넘는다는 것은 거의 불가능하게 되어 있었다.

왜 그런가, 빠진 바퀴는 구르는 방향대로 굴러가다가 상황에 따라 방향이 바뀔 것이다. (지금까지의 실험 결과는 달리는 차바퀴가 빠질 경우, 10m 정도까지 구르다가 엎어지는 경우가 99퍼센트이다.) 만일 유조차의 대형 바퀴가 굴러 반대 방향에서 오는 이휘소 박사의 차를 치려면 적어도 100m 이상의 거리가 필요하다. 그리고 차바퀴가 중앙분리대에 들어섰다면 방향은 제멋대로 바뀔 수 있을 것이다. 그러나 반대 방향으로 넘어간다는 것은 거의 불가능하다. 왜냐하면 중앙분리대의 가운데에는 조그만 나무들도 있었고, 또 어느 정도 파여 있었기 때문이다. 어떻게 평지에서 구르던 바퀴가 경사가 진 분리대를 넘을 수 있단 말인가?

세 번째는, 역시 40대 흑인이 운전하는 대형 유조차의 앞바퀴가 빠져 중앙선을 넘어 이휘소 박사의 차를 들이받았다는 설이다. 앞바퀴가 빠지게 되면, 운전자는 급브레이크를 밟았을 것이다. 그런 경우 중앙분리대까지 계산해서 약 100m의

거리가 필요하다. 그리고 상대 운전자도 부상하거나 죽었을 것이다. 그 자리에서 이런 경우가 가능한가 생각해 보았지만, 역시 있을 수 있는 사건이라고 생각되지 않았다. 필자는 제니에게 두 가지 상황을 설명하고 질문해 보았다.

"도깨비의 장난 같은 말(There is no knowing what is what)."

그는 이렇게 대답해 주었다. 역시 같은 질문을 교통안전협의회에 질문해 보았다.

"바퀴가 빠져 사고를 내는 경우는 교통사고의 10만분의 1이다. 더구나 그 바퀴가 굴러 맞은편에서 오는 차를 받는 경우 평지에서는 역시 10만분의 1이다. 미국의 고속도로는 중앙분리대 자체가 넓어 빠진 바퀴가 중앙선을 넘는 사건은 전혀 없다. 마찬가지로 앞바퀴가 빠진 차는 달리는 속도에 따라 차이는 있지만 바로 전복된다."

최근 〈말〉지의 오연호 기자가 당시 미국 경찰이 발표한 사건기록을 찾아와 알렸다. 사고 발생시간은 1977년 6월 16일 1시 22분, 가해차량은 1974년에 만든 대형 트럭(모델 FREIGHTLINER), 이휘소 차는 1975년산(産) 다트. 이 박사의 차는 운전석과 앞트렁크가 완전히 부서져 복구비 2천8백 달러에 해당하는 피해를 입었다. 가해자 차는 너비 22m의 중앙분리대를 가로질러 50km 정도의 속도로 오는, 더구나 갓길까지 피해서 멈추어 있는 이휘소의 차를 정면으로 들이받았다. 이러한 내용이었다.

페르미랩에 비상벨이 울렸다. 이휘소 차에 설치된 긴급벨이었다. FBI, CIA에서 페르미랩 소장에게 긴급전화가 걸려 왔다.

"이휘소 교통사고로 사망, 가해자는 40대 후반의 흑인……."

미 국무장관실에도 비상벨이 울렸다.

"이휘소 박사 사망……."

FBI, CIA 요원이 삽시간에 주위 400㎞의 도로를 감쌌다. 그러나 어찌 된 일인지 범인에 대한 소식은 전연 발표하지도 않았다. 아니, 어떻게 부딪혔으며, 어디가 어떻게 손상되어 죽었는지조차 발표하여 주지 않았다.

"이휘소 사망……."

이 사건은 UPI, AP, 로이터 통신으로 세계 언론계와 각국 대사관으로 속속 전달되었다.

밤 11시 30분(한국 시각) 청와대 대통령 집무실의 긴급벨이 울렸다.

"이휘소 사망."

박정희 대통령은 전화 속에서 들리는 소리를 듣고 전화통을 창밖으로 내던져 버렸다. 집무실 창문이 박살이 났고, 떨어져 나간 전화통에서는 계속 소리가 울려 나왔다.

"……일리노이주에 있는 국립과학연구소에 강의 차 가던 중 교통사고로 이휘소 박사가 사망했다고 합니다. 각하."

그렇지 않아도 박 대통령의 심기는 극도로 불안한 상태였다. 최근 청와대에서 비밀스럽게 말하는 것까지 미국에서는 다 알고 있다고 했다. 청와대뿐 아니라, 박 대통령 전용차 안에서 하는 비밀스런 대화까지 다 도청당하고 있다는 것이다.

미국의 도청 방식은 무선전신 전파방식이다. 도청 대상이 되는 방 안이나 차 안에 사전에 어떤 장치도 필요 없이 무선전파를 이동시키면 진동하는 소리나 잡음에 부딪혀 그대로 송신하는 방식이다. 이 전파는 전파 발신장소와 도청 대상 간에 장애물이 있어도 관계없이 벽과 유리를 통과한다. 거기다가 어제 아침(6월 15일) 월성에서는 캐나다와 영국의 기술을 도입하여 건설하려는 두 번째 원자력발전소(월성 1호기) 기공식을 했다. 워싱턴에서는 카터가 한국 핵문제와 관련하여 비밀 보고를 받았다고 전했다(1977. 6. 16. 조선일보). 같은 날 뉴욕타임스에서는 한국의 핵무기 개발 능력을 특집으로 다루었다. 미국에서 아무리 방해해도, 행방불명된 플루토늄을 암시장에서 탈취하여서라도 개발할 것이라는 기사였다. 미국뿐 아니라 일본, 프랑스, 소련 신문까지 계속 한국의 핵무기 문제를 특집으로 다루고 있었다.

박 대통령은 잠이 오지 않았다. 그래, 해보자. 핵을 쓰지는 않겠다. 그러나 만들기는 하겠다. 박 대통령은 혼자 독주를 마시고 있었다. 최근 갑자기 한국의 핵개발 기사가 세계적인 화제가 되었다. 담배 연기가 집무실에 자욱했다. 그런데 이휘소마저 죽었다니……

박정희 대통령은 지난 어느 날 밤 1시에 청와대에서 잠시 이휘소를 만났을 때, 이미 죽음까지 각오한 듯한 그의 눈빛을 읽었었다. 아! 죽음을 각오하고 말없이 다리 속에 숨겨 온 피투성이 메모지를 넘겨주던 이휘소, 그래도 이렇게 죽을 수가 있단 말인가?

"각하, 무슨 일입니까?"

비서실장 김정렴이 급히 뛰어들어왔다.

"김 실장, 미국과의 단교를 선언해. 그리고 국내에 있는 미국인들을 전부 쫓아버려."

"각하, 무슨 일입니까?"

"무슨 일이거나, 그렇게 해. 나쁜 자식들……."

"각하."

"이휘소가…… 이휘소가 죽……."

"이휘소가 죽었습니까?"

"죽은 게 아니야. 죽였지."

"누가 죽였습니까?"

"미국이 그랬지. 그 사람들 청와대를 24시간 도청하지 않나?"

"이휘소는 미국 CIA에서만 24시간 감시하는 것이 아닙니다. 소련에서도 인공위성으로 이휘소를 항상 감시한다고 들었습니다. 북한에서도 이휘소 때문에 신경을 쓴다는 정보도 있고요."

"그건 또 뭔가?"

"지난번 닉슨 대통령이 주한미군 철수를 시작하다가 중단한 것도 이휘소의 힘이 작동한 거라고 북한은 믿고 있습니다."

"어쨌거나 이휘소는 미국에서 죽였어. 아니, 설령 미국에서 죽이지 않았더라도 보호를 해야지. 나쁜 놈들. 도덕정치를 한다는 사람들이 그리고 눈앞에 있는 범인도 안 잡았다는 거야……."

박 대통령은 마음을 가라앉히려는 듯 독주를 꺼내 꿀꺽꿀꺽 마셨다.

"미국대사가 온다고 전화가 왔습니다."

"몰아내 버려. 그리고 내일 아침에 내가 직접 미국에 항의하는 성명을 발표하겠네."

"이휘소 이야기를 꺼내면 좋지 않습니다."

"알았네."

이튿날 박정희 대통령은 직접 나타나 미국대사를 불러 항의하고, 내외신기자를 불러 성명을 발표했다.

"미국은 한국의 청와대를 24시간 도청하며, 마치 한국을 식민지시하고 있다. 주권국가로 한국을 대접하는 것도 아니고 진정한 우방으로 대우하지도 않는다. 우리는 다시 미국에 애걸하지도 않겠거니와 미국과 국방까지도 협상하지 않겠다 (1977. 6. 18. 국내 신문)."

국방까지도 협상하지 않겠다는 박 대통령의 발언은 비상한 충격을 주었다. 박 대통령은 노골적으로 청와대 국무회의에서 공공연히 말하곤 했다.

"한마디 상의도 없이 이미 미사일부대 완전철수, 지상군 2만여 명 철수, 연말까지 전 미군철수 예정…… 이렇게 하는 국가를 믿고 국방을 의논할 수는 없다. 미국이나 소련이 가진 무기를 우리도 가지면 된다."

같은 날(6월 17일) 저녁, 박 대통령은 별안간 청와대에서 방위산업진흥확대회의를 주재했다. 방위산업체 대표들과 3군 총장이 참석한 이 자리에서 박 대통령은 다음과 같이 말했다.

"미군철수는 기정사실이니, 방위산업을 앞당기라. 문제는 기술개발이다. 난관이 있겠지만 국운을 걸고 지원하겠다. 또한 우리에게는 우수한 두뇌를 가진 과학자들도 있다. 준비도

되어 있다.”

물론 기술개발이라는 말은 핵무기 개발에 초점을 둔 것이다. 3일 뒤 뉴욕타임스에서는 이렇게 미 CIA의 말을 인용, 보도했다.

“너에게 비밀이란 있을 수 없다. 우리는 모든 것을 알고 있다.”

1977년 6월 18일 국내 신문에는 일제히 이휘소의 죽음을 톱기사로 다루었다. 그중 하나만 인용한다.

‘재미물리학자 시카고대학 교수 이휘소 박사 역사(轢死)’
〈시카고 17일 로이터 합동〉 소립자물리학의 현대이론을 발전시키는 데 이바지한 한국 출신 이론물리학자 ‘벤자민 리 박사(42세)’가 16일 일리노이주 남부에서 자동차 사고로 사망했다. 미국에 귀화한 이 박사는 시카고 페르미국립가속기연구소의 이론물리학 책임자였고, 시카고대학교 물리학 교수였다. 페르미랩이 발표한 성명으로는 이 박사는 콜로라도주의 한 과학회의에 참석 차 여행하다 일리노이주 남부에서 자동차 사고를 당했다 한다. 이휘소(미국명 벤자민 리) 박사의 죽음에 대해 국내 과학자들은 한결같이 ‘한국인으로서 노벨물리학상을 탈 수 있는 가장 유망한 과학자였는데……’라며 말끝을 맺지 못하고 있다.

이 박사는 1935년 서울에서 출생해 경기고 2학년(1952년) 때 대입검정고시에 합격, 서울대학교 공과대학 화학공학과에 1등으로 입학해 재학 중인 1954년에 미국으로 유학을 떠났다.

미국으로 건너가 물리학으로 전환, 마이애미대학 물리학과를 졸업하고(1956년), 피츠버그대학에서 석사(1958년), 펜실 베이니아대학에서 박사학위(1960년)를 받았다. 학위 취득 후에는 바로 같은 대학 조교수를 거쳐 약관 28세에 정교수가 되었고, 1965년에 뉴욕주립대학으로 옮겼다가 다시 1974년부터 지금까지 시카고대학 교수 겸 페르미국립가속기연구소 이론물리학 연구부장을 맡아왔다.

1973년에는 재미한인과학기술자협회 제2대 부회장을 역임하기도 했으며, 1974년 9월에 잠깐 한국을 다녀갔다. 그는 이제까지 130여 편의 수준 높은 논문을 발표했는데, 대표적인 업적으로는 약력과 전자력의 통일장이론의 재규격화가 가능하다는 사실을 논리적으로 증명(1974년)한 것을 들 수 있다.

이 박사는 중국계 말레이시아 태생인 마리안느 여사(40세, 미생물학, 중국명 심만청)와 결혼, 슬하에 일남 일녀를 두고 있다. 한국에 소아과 의원을 개업하고 있는 어머니 박순희(朴順姬) 여사가 있다.

—1977년 6월 18일, 〈중앙일보〉

잃어버린 이름

1977년 6월 21일 오전 10시 페르미랩 강당에서 이휘소의 장례식이 있었다. 장례식에는 윌슨 소장을 비롯한 모든 미국 과학자와 독일, 일본, 영국, 벨기에, 캐나다 등에서 온 물리학자들로 강당 500석은 물론 정원까지 만원이었다.

1944년 원자핵론으로 노벨물리학상을 받은 라비, 일본인으로 이휘소가 교토대학에서 강의할 때 협력했던 유카와 히데키, 원자핵의 변화론으로 유명한 월턴(Walton : 1951년 노벨물리학상 수상), 핵자기공명을 발견한 퍼셀, 전자의 자기모멘트를 결정한 업적으로 유명한 쿠시(Kusch : 1955년 노벨물리학상 수상). 휘소와 뉴욕주립대학에서 함께 있었던 양전닝, 소립자론에서 획기적 업적을 이룬 리정다오, 반양성자의 발견으로 유명한 페르미의 제자 체임벌린(Chamberlain : 1959년 노벨물리학상 수상), 같이 노벨상을 탄 세그레(Segre), 감마방사선의 공명 흡수에 대한 연구가 뫼스바우어(Mössbauer : 1961년 노벨물리학상 수상), 원자핵과 소립자 연구로 1963년 노벨상을 탄 위그너(Wigner), 휘소와 같이 소립자론으로 유명한 파인만, 같이 상을 받은 슈윙거, 핵반응이론가 베테(Bethe : 1967년 노벨물리학상 수상), 소립자물리학자 앨버레즈(Alverez : 1968년 노벨물리학상 수상), 미국 대통령 과학보좌관이며 아인슈타인과 페르미 이후 이휘소와 함께 실질적으로 미국 과학을 주도한 겔만, 슈리퍼(Schrieffer : 1972년 노벨물리학상 수상), 일본인 에사키 레오나(江崎玲於奈 : 1973년 노벨물리학상 수상), 예베르(Giaever : 1973년 노벨물리학상 수상), 조지프슨(Josephson : 1973년 노벨물리학상 수상), 천체물리학자 라일(Ryle : 1974년 노벨물리학상 수상), 하이젠베르크와 함께 원자핵 내 집단운동과 입자운동의 연관성에 대한 발견으로 유명한 닐스 보어의 아들 아게 보어(Aage Niels Bohr : 1975년 노벨물리학상 수상), 모텔손(Mottelson : 1975년 노벨물리학상 수상), 레인워터(Rainwater : 1975년 노벨물리학상 수상), 리히터(Richter : 1976 노벨물리학상 수상), 와인버그, 글래쇼, 살람, 겔만의 제자로 휘소와 나이가 비슷해 가까이 지낸 윌슨(K.G. Wilson : 1982년 노벨물리학상 수상), 호프트 등등의 얼굴이 보였다. 한국인으로는 재미한인과학기술자협회의 이기억 박사, 강경식, 김기현, 김영기, 조양래, 김오길, 강주상, 피서영 등이 참가했으며, 컬럼비아대학교에 있는 이원영 교수가 한국인을 대표하여 장례를 주관하였다. 그리고 장례식은 페르미랩과 시카고대학 공동 주관하에 이루어졌다. 장송곡이 울리고, 이휘소의 관 위에 성조기가 덮였으며, 조화가 쌓이고, 페르미랩 소장 윌슨의 조사가 시작되었다.

친애하는 여러분 우리는 오늘 벤자민 리(이휘소)에게 사랑과 명예, 그리고 존중을 표명하는 고별 인사를 나누고자 이 자리에 모였습니다.

우리는 지금 인간이 얼마나 연약한 것인가를 다시 한 번 느겪습니다. 그러나 또 다른 면으로 말한다면 강인하다고 표현할 수 있습니다. 한 개인이 공헌한 업적은 쌓여서 인간 조건의 자산이 되며, 삶이 계속됨으로써 이 지상에서 영생을 성취할 수 있습니다. 현재 우리의 문명과 문화가 극치의 발달을 이루어, 우리 개개인의 삶을 보배롭게 하며, 우리에게 삶의 의미와 만족을 줍니다. 벤자민 리는 특별히 그러한 문화에 이바지했기 때문에 우리는 그를 인정하고 존경하는 것입니다.

　잠시 저는 문화로 가는 진화과정에 대하여 말씀드리겠습니다. 문화의 진화 과정에는 특별히 두 가지 중요한 요소가 있습니다. 하나는 우리가 집단적으로 매일매일 사는 자체입니다. 학교를 지지하고, 직장에서 일하며, 정치를 하고, 사회적인 기관이나 박물관, 극장, 연극, 도서관 등이나 또 다른 것을 통해서 우리 문화가 꽃피고 있습니다. 그렇지만 또 다른 중요한 요소는 특히 천재적인 소질을 가진 사람이 우리와 같이 있다는 것입니다. 지금 내가 생각하기에는 아르키메데스, 아리스토텔레스, 레오나르도 다빈치와 같은 사람, 물리학 쪽으로 말한다면 뉴턴, 아인슈타인, 페르미 같은 사람을 들 수 있습니다. 그 사람들이 특별히 발명한 것이라든가 또 새로 개발한 것은 우리가 생각하는 자체를 바꾸고, 우리의 문화를 완전히 바꾸어 놓았습니다. 우리는 그런 사람들을 깊이 존중하며, 나는 그 사람들 가운데 벤자민 리를 같이 참가시켜야 한다고 믿습니다. 이것은 벤자민 리가 레오나르도라든가 아인슈타인 같다는 뜻이 아니라 그 사람들과 비슷한 면으로써 계속 정진하고 있었고, 또한 우리가 하고자 하는 패러다임, 곧 연구 자체의 태도가 그러했습니다. 생각하건대 벤자민 리는 특히 이론물리학자들 가운데 가장 탁월한 창조적인 지식을 갖고 있었으며, 또한 아주 소수, 특히 전세계 역사에서 몇 명 안에 손꼽힐 만한 물리학자였습니다. 우리가 지금을 물리학의 황금시대로 본다면 벤자민 리가 공헌한 것이 얼마나 이 황금의 꽃을 피우는 데 큰 공헌을 하였나 알 수 있고, 그것으로도 높은 찬양을 보내지 않을 수 없습니다. 또한 그는 천재로서 전문적인 학문만을 발달시킨 것이 아니라, 인간으로서 유머러스하였으며, 헌신과 책임감으로 생동했기 때문에, 모든 사람이 그를 존중하고 사랑했으며 동료의 많은 사랑을 받았습니다.

내가 생각건대 벤자민 리는 한국에서, 특히 전쟁 중에 성장한 사람으로서 어떻게 독학을 통해 그렇게 다양한 지식을 탐구할 수 있었고, 또한 그렇게 탁월한 이론가로 발전할 수 있었는가를 생각해보면 실로 놀라운 것입니다. 그는 서울대학교를 졸업하기 전에 주한미공군이 장학금을 지급해 주었으므로 미국에 올 수 있었습니다. 그 사람이 벤자민 리를 볼 수 있게 해 주었다면 그에게도 감사를 해야겠습니다. 오하이오에 있는 마이애미대학, 피츠버그대학을 통하여 그가 천재라는 사실이 알려졌고, 펜실베이니아대학에서는 크라인 교수와 함께 연구하기도 했었습니다. 거기서 그는 부인 마리안느를 만났으며, 결혼하고서 스물여덟 살에, 정말 너무나 이해하기 힘든 스물여덟 살에 정교수로 부임했습니다. 그리고 벤자민 리는 모든 특별한 재능을 가진 학자가 하는 것 같이 가족과 함께 물리학의 중심지인 교토, 프린스턴, 파리, 제네바 같은 곳을 여행하며 많은 사람에게 지식을 전달해 주기도 하고 받기도 하며 스스로 능력을 쌓았습니다. 그리하여 벤자민 리는 전세계의 물리학자 가운데 가장 뛰어난 이론학자가 되었습니다. 그리고 우리에게는 정말 큰 행운이라고밖에 말할 수 없는데, 페르미랩에 온 것입니다. 벤자민 리는 다른 데가 아닌 이곳을 자기의 전문직종으로 택한 것입니다. 모든 이론가는 유명해지면 대개 대학에 안주합니다만, 벤자민 리는 이론은 대학에만 필요한 것이 아니라 우리같이 실험을 주로 하는 페르미랩에도 필요한 것이고, 또 이곳에는 그 실험할 수 있는 모든 기구와 여건이 준비되어 있다는 사실을 알았던 것입니다. 유명한 연구소는 단순히 실험만 하는 게 아니라 그 이상이 있는 것입니다. 물리학은 자연 자체를 위하는 일이고, 이론과 실험이 병행해서 이해되며, 그리하여 자연의 원리를 더 잘 이해되게 하는 것입니다. 그렇게 효과적으로 하기 위해서는 이론과 실험을 병행해서 두 손가락을 꼰 듯이 하여야 합니다. 실험물리학자는 누구든지 이론가인 동시에 실험을 할 수 있는 재능이 겸비되어야 합니다. 벤자민 리는 바로 그 점이 뛰어났던 것입니다. 그는 가장 추상적인 이론을 생각하면서도 이론이 실험과 병행되어야 한다는 것을 실천한 사람입니다. 그리고 그것이 바로 페르미랩에서 가장 필요로 했던 점입니다. 그는 그러한 실험을 하기 위하여 어떤 것을 해야 하고, 필요한 기구라든가 시설은 무엇인가 하는 점을 항상 염두에 두고 개발했던 것입니다. 또한 연구를 하고 실험을 하면서 이론 개발에도 총력을 기울였습니다. 그래서 벤자민 리는 이론이 갈 방향이라든가 실험이 어떻게 되어야 한다는 것, 그러한 비전을 우리에게 제시하여 줌으로써 더욱더 모든 분야가 풍부해졌으며, 그러므로 지금 우리는 누구도 채울 수 없는 공허를 맛보게 되었습니다.

그는 이론을 통해서 가장 기초적인 것을 이해시키는 데 공헌했으며, 우리가 지금 과학이라고 하는 그곳에, 최첨단에 서서 홀로 걷고 있었던 것입니다. 그는 100편이 넘는 논문을 발표했고—지금도 몇몇 논문은 난해하여 이해하지 못하고 있지만—그 하나하나는 명백히 대가적인 고전입니다. 그는 다른 사람들에게, 특히 실험물리학자들에게 어떻게 해야 하는가, 무엇을 해야 되는가, 그런 것에 대해 대화를 통해서 이론을 잘 설명할 수 있는 자질이 있었습니다.

지금 내가 그의 많은 업적을 어떻게 말할 수 있겠습니까? 그러나 일부라도 말해 보겠습니다. 바로 어떠한 force, 곧 힘이라는 것을 가지고 연구한 점입니다. 지금 페르미랩에서는 세계에 흩어져 있는 다른 실험실과 마찬가지로 어떻게 자연적으로 원자 형성이 되어 있는가를 캐내는 중입니다. 또한 이 원자들이 어떠한 분자들에 어떠한 힘을 가지고, 어떠한 요소들에 영향을 주는가를 연구하고 있습니다. 우리가 분자를 잘 안다는 것, 그리고 어떠한 것들이 그 분자에 붙어 있고 어떠한 것은 그렇지 않은가, 분자는 무엇으로 만들어졌는가, 이런 것을 이론화할 때 우리는 힘에 대하여 아는 것입니다. 이것이 바로 본질적인 자연 그 자체를 이해하는 일입니다. 우리는 아직 분자의 원리를 잘 모릅니다. 그러나 어떠한 요소, 곧 어떤 소립자들이 양성자나 전자에 네 가지 힘을 작용하고 있다는 사실을 알고 있습니다. 중력, 전자기력, 핵력, 그리고 우리가 잘 모르는 동떨어진 힘이 따로 존재합니다. 그 원소를 우리는 핵이 쇠퇴한다든가 아니면 '약한 힘(week force)'이라고 말합니다.

내가 아주 어렸을 50년 전에는, 아마 그전에도 이러한 모든 힘의 원력이 합일된다고 생각을 했었습니다. 그리고 어떻게 그 힘들이 서로 다르게 작용해 합일되는지, 그 근원적이고 자연적인 힘이 어디에서 시작되는지를 찾으려는 희망이 있었습니다. 아인슈타인은 그러한 합일적인 것, 곧 그 물리 현상을 통합하기 위하여 일생을 노력하다가 실패한 사람입니다. 우리는 이런 것이 그저 우리가 꿈꾸는 바가 아니라, 우리나라가 처음 생길 때라든가 아니면 다른 언젠가에 비슷한 현상이 있었을 거라고 믿어왔습니다. 또한 우리의 신념은 자력의 힘이 전기의 힘과 다르다는 사실입니다. 하나는 지상적인 것, 곧 돌이나 공기의 기압이나 천둥으로 나타낼 수 있습니다. 그러나 덴마크의 물리학자 외르스테드(H.C. Oersted)는 1820년에 실험을 통하여 전력 자체가 자력에 영향을 준다는 것, 곧 컴퍼스(compass)에 영향을 준다는 것을 증명했습니다. 그것은 맥스웰이 자력의 힘과 전력의 힘이 통합되는 원리를 차지(charge)라 이해하게 했습니다.

벤자민 리도 똑같은 꿈을 꾼 것입니다. 모든 것이 다 통합되어 물리가 하나로 되는 꿈을 꾼 것입니다. 미국에 있는 와인버그나 유럽에 있는 살람 같은 사람들은 몇 년 전에 게이지 이론을 밝힘으로써 전력이라든가 '약한 힘'이 하나의 charge의 다른 부분임을 증명냈습니다. 그것이 사실이라면, 우리가 아는 모든 그 힘은 네 개에서 세 개로 줄어듭니다. 또 한 핵의 힘을 말할 때에도 같은 맥락에서 이해할 수 있습니다. 벤자민 리는 이러한 것이 정당하다고 믿는 학자였습니다. 와인버그는 벤자민 리에게 자기 이론을 확실시하는 데 도움을 주었다고 많은 찬사와 사의를 표했습니다. 특히 벤자민 리는 게이지이론이 다시 회복된다는 것을 증명했습니다. 그는 와인버그나 살람이 말한 바를 증명해주는 데 큰 공헌을 한 것입니다. 그리고 이러한 증명이 예측한 대로 실험할 수 있었던 것입니다. 우리가 그러한 실험을 하고 있을 때, CERN(유럽원자핵공동연구소)에서도 독립적인 실험을 했으며, 그 이론이 예측한 대로 발견되는 순간 흥분의 도가니에 빠졌었습니다. 벤자민 리가 증명한 것은 아직 누구도 모르는 부분을 통합시켜 일어나게 하는 힘이었습니다. 이것만으로도 그는 과학에서 영원히 남을 큰 공헌을 한 것입니다.

자, 이제 다시 벤자민 리가 우리 실험실 페르미랩에서 어떠한 일을 하였나 돌이켜 생각합시다. 벤자민 리는 실험자들이나 이론가들과 점심식사를 하거나 커피를 마시면서 대화를 통해 항상 창조적인 새로움을 추구하는 데 도움을 주었습니다. 그는 선생으로, 스승으로, 시카고대학의 교수로, 페르미랩에서도 모든 사람의 스승 역할을 담당했습니다. 그리고 벤자민 리는, 우리 실험실이 어떻게 해야 되는가? 더욱더 이상적인 일은 무엇인가? 일하는데 가장 충실한 역할은 무엇인가? 어떻게 협조해야 하는가? 이 모든 중요한 부분을 통합하여 가장 성공적인 실험실을 만드는 담당자였습니다. 벤자민 리는 매주 연구논문이 발표될 때마다 우리가 실험할 것을 듣고 중요한 부분을 지적하고, 또 새로운 현상을 밝혀 주면서도 아주 기쁘게 대해 주었습니다. 그는 물리학 자체를 즐거워하였으며, 그는 물리학 자체를 창조적 학문으로 높였고, 그가 하도 즐거워하니까 주위 사람들도 모두 그러한 점을 닮아갔습니다. 그를 통하여 모두 합일이 되고, 완숙한 사람으로서 발달되는데 도움이 되었습니다. 또한 벤자민 리는 행정가로서, 이론, 토의, 그룹의 장으로서 항상 우리가 어떠한 실험을 하느냐 하는 선택에 충분한 도움을 주었습니다. 그는 그런 일조차 즐거워했습니다. 그는 실험실에서 일어나는 일이나 생활에서 이루어지는 모든 것을 즐거워했습니다. 네드 골드워드 실험부장은 벤자민 리를 통하여 어떠한 실험을 언제 해야 되는가를 항상 지시받아야 했습니다. 그런데 인원의 문제라든가, 사람들 배치의 문제라든가 그럴 때에는 항상 인간적이면서도 단호한 사람이었습니다. 벤자민 리는 아주 당당한 장사 같은 사람으로서, 모든 사람이 그에게 조언을 구할 수 있고, 기댈 힘이 있었습니다. 그리고 어떠한 문제가 있다든가, 어떠한 선택을 해야 될 때, 그는 항상 명확한 비전, 선택의 길을 안내했습니다. 또한 벤자민 리는 아주 중요한 조언자로서 실험에 필요한 것을 조언을 해주러 콜로라도로 가던 중에 돌아가셨습니다. 이러한 조언자들은 미국 곳곳에서 모여서, 우리 페르미랩에서 무엇을 실험해야 되고 어떻게 해야 되는 것을 조언해 주는 역할을 담당하는 사람들이었습니다. 그리고 그 회의는 철학적인 것, 또 우리가 무엇을 해야 되는가, 어디까지 왔나, 앞으로 갈 방향은 무엇인가 등을 정하는 중대한 회의입니다. 벤자민 리는 이런 회의에서 더욱 빛났습니다. 벤자민 리는 회의를 위해서 많은 준비를 했고, 얼마나 중대한 회의인가를 말하고, 아주 생동감이 있는 토의를 통해서 우리가 앞으로 결정해야 하는 실험에 좋은 선택을 할 것을 제시했습니다.

그러나 지금 그가 그 자리에 없어서 우리는 얼마나 많은 고

통을 겪어야 되는지 모릅니다. 그를 잃음으로써 느끼는 고통
은 말할 수 없습니다. 그러나 페르미랩에 벤자민 리가 없어
앞으로 겪어야 할 부분을 생각하면 그것도 지극히 한 부분인
것입니다. 이제 우리가 페르미랩에서 어떻게 하는 것이 벤자
민 리를 명예롭게 하는 것이겠습니까? 우리가 벤자민 리를 명
예롭게 할 수 있는 것은 그가 구상한 일을 함으로써 가능합니
다. 우리는 그렇게 하기에 노력할 것입니다. 그리고 벤자민
리가 없더라도 그가 상상한 만큼 우리의 이론 그룹을 더욱 강
하게 만들겠습니다. 우리는 온 힘을 다할 것입니다.

우리는 아직 그의 전문적인 물리학자로서의 면만을 말했습
니다. 그는 가장으로서 그의 가족과 친구들에게 총애를 받았
습니다. 그리고 또한 아버지를 잃은 가족에게는 우리가 동료
를 잃은 것보다 더욱 큰 슬픔일 것입니다. 우리는 이 자리에
서 그의 부인 마리안느, 아들 제프리(泉), 딸 아이린(安)에게
큰 동정심을 표합니다.

우리가 그의 물리학을 말한다는 것은 그의 삶에서 아름다움
과 사랑을 빛으로 밝혀주는 자체를 보는 일입니다. 또한 벤자
민 리는 한 인간으로서 그동안 그의 생활과는 관계없이 모든
것에서 성공한 사람입니다. 그래서 우리는 셸리(Shelley)가 키
츠(Keats)가 죽었을 때 한 말을 다시 할 수 있을 것입니다.

He is a portion the loveliness
Which once he made more lovely.
그는 사랑 자체였고
그 사랑을 더욱 아름답게 만든 사람이다.

조사는 이렇게 끝나고 있었다. 양전닝 박사와 한국인 물리학자들 사이에는 다음과 같은 말이 오갔다.

"일 년만 더 살았더라도 노벨물리학상을 타는 건데……."

"글쎄, 올해 노벨물리학상은 마땅히 이 박사에게 가는 건데."

강주상, 피서영, 이기억 박사 등 한국인 물리학자들 사이에는 이런 말이 오갔다.

"24시간 이 박사를 감시했다는 게 사실이라면 이 박사의 죽음에 대하여 침묵하는 게 뭘까?"

"글쎄, 단순한 자동차 사고라도 결과나 처리과정, 이 박사의 차를 친 상대방도 밝혀 주지 않고……."

암담하고 어두운 분위기가 장례식장을 감쌌다. 긴 장례 행렬이 빗발 속에 이어졌다. 피서영이 참지 못하고 울음을 터뜨렸다.

일본 교민 간에는 누구에게 나왔는지 이런 소문이 돌았다.

"김일성이 200만 달러를 써서 조총련을 이용하여 미국 흑인을 매수, 이휘소를 죽였대……."

"북한이 어렵다면서 그런 거금을 들여 사람을 죽여?"

"김일성이 어려운 것은 아니지, 백성들이 어렵지. 사람 없애는 데는 돈을 아끼지 않는대……."

"200만 달러 가지고 사람을 죽일 수 있을까? 더구나 이휘소라면 세계적인 학자인데?"

"미국도 문제야. 가난한 흑인이나 하급계층 사람들을 매수하면 사람도 마음대로 죽일 수 있대. 이휘소니까 그렇지, 보통 사람들은 10만 달러만 주면 얼마든지 죽일 수 있다더군.”

“그러게. 딴은 케네디도 그렇게 죽었다고도 하지…….”

“김일성이 죽일 놈이야. 그렇게 많은 사람을 죽이고도 뻔뻔해. 젊은 시절부터 사람 죽이는 데는 이골이 난 인간이지. 오래 살 거야.”

“정말 김일성이 그랬는지는 확실하지 않잖아.”

“그렇긴 하지만…….”

이 소문은 곧 로스앤젤레스와 뉴욕, 시카고 등에서도 곧 퍼졌다.

“김일성이 조총련 사람을 시켜 흑인을 매수해 이휘소 박사님을 죽였대. 2백만 달러를 썼다고도 하고 3백만 달러를 썼다고도 하고…….”

소문은 상당히 멀리 퍼졌다. 그리고 얼마간 지속하였다.

며칠 뒤 국회에서는 고흥문 의원으로부터 이휘소 박사의 죽음을 해명하라는 질문이 나왔다. 그는 최형섭 과학기술처장관에게 이렇게 물었다.

“이휘소 박사가 교통사고로 사망했다는 기사를 보았을 적에, 이 박사가 노벨물리학상에 가까이 접근하는 사람이라서가 아니라, 핵이론에 가장 탁월한 존재였다는 점에서 본 의원은 지금 우리나라 사태로 보아 상당한 충격을 받았습니다. 그래서 이런 생각을 해보았습니다. 그것이 단순한 교통사고가 아니지 않느냐, 우리나라가 핵을 개발하게 될 때 어쩌면 제일 먼저 요구하는 사람이 바로 이 박사가 아니냐, 여기에 흑막이 개재되어 있지 않느냐에 대하여 최 장관께서 답변해 주시기 바랍니다.”

최형섭 장관의 답변은 간단했다.

"바퀴가 빠진 트레일러에 받혀 죽었다는 보고를 받았습니다. 그 이상은 모릅니다."

"재미과학자의 관리는 어떻게 하고 있습니까? 그리고 재미과학자를 초청하여 정부에서는 무기를 만들고 하는 모양인데, 그 정황을 설명해 주시기 바랍니다."

최형섭 장관이 대답했다.

"이 박사님을 포함하여 세계적으로 이름이 날 만한 학자는 거의 미국 시민권을 가지고 있습니다. 그래서 저희가 이 사람들에 대해서 현지에서 무슨 보호를 한다든가 이러한 것은 가능하지 않습니다. 재미과학자들은 저희와 긴밀한 연락을 해서 거기에 있으면서 저희를 도와주는 사람과 또 한국에 나와서 저희를 도와주는 사람 이러한 두 그룹으로 나누어져 저희와 긴밀한 협조를 하고 있습니다. 우리의 원자력 분야에 있어서도 여러 최신 지식의 축적과 공급에 필요한 비교적 긴밀한 연락 아래 피차간에 협조하고 있습니다."

(이상은 〈국회속기록〉 인용)

며칠 뒤 국내 신문에는 다음과 같은 기사들이 나오고 있었다.

〈전략〉 20일 전에 미국서 우리 물리학의 거두인 벤자민 리가 '자동차 사고로 죽었다'고 로이터통신이 보도했었다. 소립자물리학의 세계적인 권위자로서 참(charm)이라는 기본입자의 존재에 대한 이론으로 관심을 끌던 그였다.

40대 초반이어서 그에 대한 기대가 컸지만 사건은 국내외의 큰 충격으로 끝났다. 그런데 어찌 된 일인지 자세한 보도가 없다. '콜로라도주의 과학회의에 가던 길에 일리노이주 남부에서 사고를 당했다'는 페르미국립가속기연구소의 발표만 보도되었다.

며칠 전 국회에서 '단순한 교통사고냐?'는 질문이 마침내 나왔다. 1968년 미국 시민이 되었으나, 4년 전 고국을 다녀간 뒤부터 '이제부터는 조국을 위해서 일할 때'라고 입버릇처럼 되뇌었으며, 그가 내년 4월 귀국할 것으로 국내 학계에는 알려졌었던 것이다. 미국으로 건너가 4년 만에 박사학위를 얻고 28세에 펜실베이니아대학 정교수가 되어 천재라 일컬어졌으며, 1962년부터 노벨물리학 수상자와 공동연구에 들어갔던 한인계 일인자였다.

소립자이론이라지만 그것은 최근 연구가 진척 중이고, 그가 도달한 이론에선 핵물리학 관리쯤은 이미 통달한 지 오래라는 것, 순수한 이론물리학자였던 미국의 오펜하이머가 사실상 제2차 세계대전 중 원폭제조의 지도자였다는 사실을 인정한다면, 그의 능력이 어떤 것인가는 쉽게 알 수 있다. 국내 물리학계는 우리 정부에 훈장 추서를 건의코자 한다. 재미 250명의 과학자를 위해서도 우발사고인지 분명해져야 한다.

1977년 7월 5일, 〈조선일보〉

이휘소가 의문의 죽음을 당한 두 달 뒤에 박 대통령은 보국훈장을 수여하였다. 수상식에는 이휘소를 대신하여 이휘소의 어머니가 참석해 훈장을 받았다.

제1342호

훈장증

전미합중국국립페르미가속기연구소
이론물리학부장
고 이휘소

위는 우리나라 과학기술 분야 발전에 진력하여 국민복지 향상에 이바지한 바 크므로 대한민국 헌법 규정에 의하여 다음 훈장을 추서함.

국민훈장 동백장

1977년 8월 24일

대통령 박정희
국무총리 최규하
총무처장관 심홍선

박 대통령은 이휘소의 어머니 박순희 여사의 손을 잡고 눈시울을 붉히며 말했다.
"참으로 훌륭한 분이었는데…… 너무 훌륭한 분이었는데…… 너무 아까운 분이었는데……."
그리고 그는 손수건을 꺼내 눈물을 닦았다.

이휘소가 박 대통령에게 미사일 및 핵제조 개발 원리를 넘겨주고 의문의 죽음을 당한 후를 앞뒤로 해서 미국의 원자력 정책은 급변하였다. 핵관리의 엄격한 체계 구축, 우방국에 대하여 한국과의 핵협정 파기 등을 강력히 요구했을 뿐만 아니라 카터는 한 술 더 떠서, "한국은 인권탄압을 중지하고, 긴급조치를 즉각 해제하고, 독자적인 핵개발 추진을 즉시 중지하라"고 노골적으로 요구했다.

박 대통령은 이러한 카터의 요구에 "청와대를 24시간 도청하며, 한마디 상의도 없이 주한미군을 데려가는 사람과 대화하고 싶지 않다. 카터는 근본적으로 도덕성이 없는 사람으로서 도덕정치를 하는 사람이다"라고 응수했다. 박 대통령은 감정적인 발언마저 서슴없이 해버렸다.

"국가에는 영원한 우방도 영원한 적도 없다. 그리고 핵확산 금지조약도, 자기들은 이미 다 만들어 놓고 남의 나라보고 만들지 못하게 하는 것이니, 패권주의 사상에서나 가능한 발상이다."

박 대통령의 이러한 발언은 카터에게도 충격적이었다. 카터는 박 대통령에게, "박 대통령은 반체제 인사를 즉각 석방하라. 그리고 핵무기 개발을 중단하지 않으면 2억 9200만 달러의 미 수출입은행 차관약정을 파기하겠다"고 응수했다.

이러한 한·미간의 대립은 박 대통령에게 미사일 개발과 핵개발에 더욱 박차를 가하게 했다. 박 대통령이 하도 야단이니까 한 측근이 핵공장을 비밀리에 만들 수 있는 아이디어를 제공하자, "내가 다 알아서 하고 있어, 관여하지 말게, 곧 돼. 그것만 되면 대통령을 그만두고 영남대학이나 내려가 있겠어"

라고 말했다.

박 대통령은 한국핵연료개발공단과 한국국방과학연구소에서 합동으로 제작하는 유도탄 개발과 핵개발 상황을 알아보기 위하여 매일 아침과 저녁에 직접 전화로 확인하고, 일주일에 한두 번은 예고 없이 들러 연구원들과 종사자들을 격려했다. 식사도 같이했고 좀 늦은 경우는 종사자들에게 방해된다고 가까운 중국식당에서 손수 우동을 시켜먹고 찾아가 연구원들을 격려했다. 박 대통령의 집념은 눈물겨울 정도였다.

박 대통령은 집무실에 앉아 한가할 때면 먼 하늘을 바라보며 이휘소의 영상을 더듬었다. 다리를 베고, 살 속에서 메모지를 내주던 모습, 그 피투성이의 메모지를 받아들고 감격하였던 대통령 자신의 모습, 이휘소가 차에 깔려 죽는 영상, 지금까지 이휘소의 의문의 죽음에 한마디 변명도 없는 미국, 박 대통령은 이제 이휘소의 영혼을 위해서라도 이휘소가 내어 준 메모지대로 다 실험을 거쳐야 할 책임을 느꼈다. 이제, 내가 핵무기 개발로 조국의 방위를 완벽하게 해 놓아야 하는 것은 하늘이 나에게 명령한 뜻이다. 천명(天命)이다.

대통령은 다시 전화 확인을 했다.

“주재양 소장님, 이휘소 박사의 메모는 해독이 끝났습니까?”

“네, 일 단계 해독은 끝났습니다.”

“일 단계라는 게 뭐요?”

“대전차로켓, 다연발로켓, 중거리로켓, 장거리미사일 제조원리 등입니다.”

“핵무기 개발 해독은?”

"일 년 정도 기간을 주십시오."

"올해(1978년)까지 끝내시오. 그리고 일 단계 실험은 언제 가능하겠소?"

"올해 8·15경축행사 때 전후해서는 가능하다고 생각합니다."

"실수 없도록 해주시오."

대통령은 전화를 끊었다. 마침 최형섭 과학기술처장관이 들어왔다.

"최 장관, 이휘소는 역시 미국에서 죽였지?"

"글쎄요."

"이 박사가 죽은 지 벌써 일 년 가까이 되는데 무슨 발표 하나 없어. 24시간 인공위성이 추적하였다는 게 사실이라면 그 당시 사진이라도 공개해야 하지 않나?"

"뭐라고 말씀드릴 수가 없습니다."

"그건 그렇고, 오는 8월에 미사일 발사실험 준비를 국방부장관과 의논해서 완전하게 준비해 두게."

"알았습니다."

과학기술처장관이 나간 다음, 다시 박 대통령은 무료히 이휘소의 영상을 더듬었다. 정치를 하고, 많은 사람이 아부도 하고, 많은 사람이 유신에 반대도 하고, 그런데 이휘소는 자원개발을 목적으로 물리학을 공부하고, 세계 최대의 핵이론가로 이름이 나고, 그러나 국가가 공산화될 위험에 처할 때, 유신정책에는 과감하게 반대성명을 내고도 자기의 목숨을 아끼지 않고 행동한 이휘소…… 애국이란 무엇인가? 말없이 애국을 실천한 그의 모습에서 박 대통령은 몇 번이고 스스로 해답을 구하고 있었다.

미사일 개발과 핵무기 개발은 외국의 지원 없이 독자적인 기술과 자원에 의하여 진행되고 있었다. 여러 가지 기술문제, 자원문제 등의 어려움이 있었지만, 박 대통령의 열성에 감격한 과학자들과 6백여 명 직원들의 협조에 의하여 해결되곤 하였다.

1978년 8월 15일 전후 미사일 개발 실험발사.

1980년 8월 15일 전후 핵무기 실험. 이것이 대체적인 과학기술처와 한국핵연료개발공단과 국방과학연구소의 합동계획서였다. 물론 이 계획은 박 대통령이 몇 번 확인하고 가능성을 점치고 종사하는 과학자들과 의논한 결과이기도 했다.

어려움은 산재하여 있었다. 핵분열 물질의 생산과 핵탄두의 운반체 개발 등이 문제였다. 미국은 물론 다른 나라들도 한국과 핵협정을 맺으려 하지 않았고 맺었던 핵원료협정도 미국의 압력에 의하여 중단된 것이나 다름없었다. 막막한 며칠이 지났다. 다시 이휘소의 메모를 펼쳐 보았다. '실험용' 원자로를 대체해도 좋다는 메모를 보는 순간, 연구실 분위기는 별안간 달라졌다고 한다. 이러한 어려움은 몇 번씩 반복되었지만 그때마다 이휘소의 치밀성에 감탄했다. 이휘소는 천만분의 1도 실수할 수 없도록 치밀하고 정확한 계산법과 만약의 경우를 우려한 모든 준비물을 메모지에 준비하여 놓고 있었다.

1978년 8월 26일 ○○기지에서 한국국방과학연구소가 제작한 (사실은 한국핵연료개발공단과 공동제작) 중장거리미사일 발사실험이 있었다. 과거에 몇 번씩 실패한 경험이 있는 박 대통령이나 과학기술처장관, 또는 거기 모인 사람들은 초조와 기대가 섞인 착잡한 심정이었다.

첫 번째, 대전차로켓(3.5인치 로켓을 다시 개발한 것)의 실험이 있었다. 성공이었다.

두 번째, 다연발로켓(28연발, 사정거리 20km) 실험도 성공이었다.

세 번째, 중거리로켓(사정거리 50km) 실험발사도 성공이었다. 중거리로켓의 사정거리 50km는 북한이 보유하고 있는 소련제 미사일의 사정거리와 같은 수준이었다. 이것을 우리의 기술만으로 개발한 것이다.

마지막 관심의 초점이었던 장거리미사일 발사 실험도 성공이었다. 장거리미사일은 사정거리 150km, 유효사거리 350km로 북한 전역은 물론 소련과 중국의 일부 지역까지 영향권이 미치는 것이었다. 이 성능은 미국이 개발한 최신 장거리 나이키미사일보다 성능이 우수한 것이었다. 이것을 외국의 도움 없이 독자적으로 개발한 것이다. 이로써 한국은 세계에서 일곱 번째의 미사일 보유국이 된 것이다. 그것도 세계에서 가장 성능이 좋은 장거리미사일을 순수한 우리 기술로 개발한 것이다. 박 대통령은 마지막으로 장거리미사일 발사실험마저 성공하자 너무 감격한 나머지 눈물을 흘렸다. 감격하는 박 대통령을 바라보던 과학기술처장관, 국방부장관, 관계 과학자들도 눈시울이 붉어졌다.

박 대통령은 임원들의 노고를 일일이 위로하고 차에 올라 손수건을 꺼내 몇 번이나 눈물을 닦았다. 박 대통령은 다시 이휘소의 순수하고 맑은 눈동자의 영상과 어울려 그의 죽음을 떠올렸다.

다음날 미국을 제외한 소련, 일본, 프랑스, 영국, 서독은 물론 홍콩, 싱가포르 등 전세계 신문의 일면 톱기사는 하나같이 '한국 장거리미사일 발사성공―한국에서 핵무기 개발은 시간문제'라고 다루기 시작했다. 특히 소련의 〈적성〉지에서는 전면 통기사로 다루고 사설까지 동원해 염려스런 사태라고 논평하였다. 중국, 일본, 홍콩, 프랑스에서도 우려를 표명하였다. 세계가 경악과 공포의 분위기에 휩싸인 것이다.

다만 미국만이 침묵했다. 침묵한 것이 아니다. 미국 정부의 훈령을 받은 미국대사 스나이더는 과학기술처장관 최형섭을 자주 방문했고, 박 대통령에게 강력한 압력을 가하기 시작했다. 박 대통령은 아예 미국대사와의 면담마저 거절했다. 분위기는 냉랭함을 넘어 험악해지기 시작했다. 박 대통령은 집무실에 앉아 몇 번이고 독백으로 다짐했다.

"이제, 이휘소의 영혼을 위로하기 위하여도 중단할 수는 없다. 지금의 의존 시대를 벗어나지 못하면, 영원히 벗어나지 못할 수도 있다. 이휘소는 남에게 의존만 하며 눈치만 보는 조국을 바라볼 수 없어 죽음으로써 자립의 기틀을 우리에게 남긴 것이다."

박 대통령은 이휘소를 생각할 때마다 새로운 용기와 결의를 다짐했다. 아니, 박 대통령은 이휘소의 영상을 한시도 잊은 적이 없었다.

카터는 한국에서 일어나는 이러한 상황에 강렬한 쐐기를 박기 위하여 1979년 6월 29일 한국을 방문하였다. 일본에서 있었던 선진 7개국 정상회담에 참석하고 온 것이었다. 2박 3일의 예정으로 방문한 카터는 의전이고 뭐고 다 집어치우고 도착성명도 없이 밤 8시 56분에 비행기 트랩에서 내리자 헬리콥터 편을 이용, 동두천에 있는 주한미군사단 병영으로 날아가 버렸다. 비행장까지 나갔던 국무총리, 외무부장관 등 30여 명은 허탈감에 잠겼다. 그 다음날 카터는 한 국가의 대통령으로는 걸맞지 않게 팬티 바람으로 미군 사병들과 조깅을 했다. 이것은 박 대통령이나 한국이라는 나라 자체를 무시한 행동으로 보였다.

6월 30일 아침, 박 대통령은 국무총리와 외무부장관, 비서실장을 따로 불러 청와대 잔디밭에서 미국 대통령 카터를 어떻게 맞을 것인가를 놓고 의논하였다. 그 당시 청와대 내에서 하는 말은 도청이 되고 있다고 생각되어, 중요사항은 밖에서 의논하는 것이 상례가 되어 있었다. 물론 밖에서 하는 대화도 도청이 될 것이지만. 지난번 주한미군을 2만여 명 철수할 때도 한국에는 한마디 상의도 없었지만 일본에는 부통령 먼데일을 보내어 상황설명을 했었다. 일본의 부탁으로 보름이나 지나고서 미국대사를 통해 편지 한 통만을 보냈을 뿐이었다. 선거공약으로 주한미군을 철수하겠다는 미국 국민과의 약속을 지킬 수밖에 없다는 내용이었다. 그 외에도 카터 미 대통령에게 받은 수모는 말할 수 없이 많았다. 그래도 참을 수밖에 없다는 결론이었다. 박 대통령은 여의도광장에서 카터를 대대적으로 환영하기로 결심을 굳혔다. 그리하여 동두천에서 여의도까지 헬리콥터로 온 카터를 위하여 사열대를 급히 준비시키고, 공무원을 동원하고, 학생들까지 동원하여 대대적으로 환영하였다. 박 대통령과 함께 차를 타고 군대를 사열하고 예포도 쏘았고, 또 50여만 명의 시민이 거리를 메운 채 태극기와 성조기를 들고 환영하게 하였지만 카터의 표정은 그리 밝지 않았다.

사열이 끝난 다음 청와대 만찬에 참석한 카터는 인권탄압 완화, 긴급조치 해제, 한국의 핵개발 추진 중단을 강력하고 공공연하게 요구했다. 박 대통령은 이러한 카터의 요구를 즉각 거절, 일축해 버렸다. 양국 관계는 파국에 직면하는 것이 아닌가 싶을 정도로 살벌했다.

"한국의 독자적인 핵무기 개발은 세계핵확산금지법에도 저촉되는 것이 아닌가?"

"당신의 국가 미국은 핵무기를 보유하고 있으면서 우리 한국이 핵무기를 만드는데, 못 만들게 하는 것은 패권주의 발상이 아닌가?"

분위기가 험악해졌으며, 만찬 장소에서 박 대통령은 격한 감정을 추스르지 못하고 밖으로 나와 버렸다. 비서진의 부탁으로 30여 분 만에 다시 돌아온 박 대통령이 가까스로 감정을 추스르고 말했다.

"나는 당신의 내정간섭적인 요구를 하나도 수용할 수 없소. 우리 국토는 우리가 지킬 것이오."

만찬장소는 살벌한 분위기였다. 그 자리에 참석한 300여 명의 내외귀빈들은 아무 소리 없이 커피만 마시고 있었다. 그날 만찬에서 제대로 식사한 사람은 서너 명뿐이었고, 음식은 그대로 거둬졌다.

박 대통령과 정상회담을 끝내고 미 대사관에 도착한 카터는 차에서 내리지 않고 15분 이상이나 차 속에서 보좌관들과 회담을 했다. 극비의 긴박한 지시를 내리는 분위기였다. 내용은 공개되지 않았다.

주한미군 철수도 일시 중단되었다. 표면적인 이유는 북한의 전쟁도발 억제, 소련의 태평양 군사력 증강 등을 들었으나, 한국의 독자적 핵개발 추진을 포기하는 데 목적이 있었던 것은 말할 것도 없다.

같은 해(1979년) 10월 26일 박 대통령은 김재규의 총탄에 맞아 청와대 별실 궁정동 지하에서 파란만장한 생애를 마감했다. 김재규는 정말 미국 CIA요원이었을까? 한국의 핵무기 개발을 저지하기 위하여 미국은 김재규를 희생양으로 삼은 것일까?

당시 건설부장관을 지낸 신형식(申炯植)은 "박 대통령의 핵개발에 대한 집념은 무서웠다. 지금 생각하면 그 집념 때문에 불의의 죽음을 당하지 않았나 싶다"라고 술회하고 있다.

박정희 대통령의 큰딸 박근혜(朴槿惠)는 이렇게 말한다.

"당시 핵개발 최우선 과제의 하나는 미국의 감시망에 적발되지 않고 하는 것이었습니다. 아버지는 핵개발 문제에 대해 그 누구에게도 문서로 지시하지 않았습니다. 과학자들을 핵개발에 참여시킬 때도 철저한 보안조치를 취했습니다. 자기가 담당한 일밖에 모르는 점조직 방식으로 운영되었습니다. 직속 상관에게 보고하지 않았고, 특수임무를 수행하는 연구원도 있었습니다. 그러나 청와대에서 있었던 핵개발에 대한 논의 내용을 미국 측이 우리 정부 측에 들이대면서 핵개발 포기를 종용한 사실을 확인했습니다. 그런 내용이 도청 아닌 방법으로 어떻게 알아내겠습니까. 아버지의 죽음은 핵개발과 밀접히 관런돼 있습니다."

(1992. 4. 월간조선)

당시 청와대 공보비서관 선우련(鮮于煉)은 이렇게 말한다.

1979년 1월 2일 화요일 오후, 국군묘지 참배와 성묘를 마치고 집에 온 나는 정인량 청와대 경호처장의 전화를 받았다.

"부산 조선비치호텔입니다. 각하께서 내려오라고 하십니다."

곧바로 그날 저녁 열차편으로 부산에 내려가 해운대 동백섬 입구에 자리잡은 조선비치호텔에 투숙, 정 처장에게 도착했음을 알렸다.

"오늘은 늦었으니 내일 새벽에 조선비치호텔 커피숍에서 대기해 주십시오."

아침 일찍 목욕을 한 뒤 커피숍으로 내려갔다. 1월 3일 새벽 7시 부산 해운대 조선비치호텔 1층, 커피숍에는 이른 시각이어선지 종업원들도 보이지 않았다.

무심히 밖을 내다보자 대통령이 아들 박지만 군과 함께 티셔츠 차림으로 해운대 백사장으로 걸어오고 있었다.

커피숍에 들어온 박 대통령이 물었다.

"언제 왔나?"

"어제저녁에 왔습니다."

"누구랑 같이 왔나?"

"혼자 왔습니다."

여기까지 말하고 난 뒤 대통령은 옆에 있던 지만 군을 먼저 올려 보냈다. 대통령이 들어오자 어디선가 종업원이 나와 주문을 받았다. 모두 커피를 시켰다.

내가 먼저 말을 꺼냈다.

"올해 기자회견 질문에 대해서 구상하고 계십니까?"

"아직 손 안 댔어."

"이번에는 조총련계 재일교포 모국방문단과 같은 취지로 중국 간도를 비롯해 공산권 교포들의 모국방문 제의를 하는 것이 어떻겠습니까?"

"북괴가 방해할걸."

"성패는 별개로 하고 인도적 측면에서 큰 뉴스일 겁니다. 전 아직 비서관 기분입니다. 국회의원이 됐다는 실감이 나질 않습니다. 항상 각하를 곁에서 모시고 싶습니다."

"그래? 본때를 보여 주지. 사표 내면 그 자리에 앉으려고 기다리는 대기자들 있잖아. 피스톤(필자주 : 피스톤처럼 앞으로 나가면 뒤가 채워지는 것을 의미) 같은 것 아니야?"

박 대통령이 소리 내어 웃었다.

잠시 뭔가 생각하던 박 대통령이 밖에 대기하고 있던 부산시경찰국장을 불렀다.

"밖에 있는 경찰관들에게 따뜻한 것 좀 주도록 해요."

그렇게 지시하고는 박 대통령이 나를 보며 말했다.

"나하고 산책이나 하지."

"산책은 하셨으면서, 뭘 또 하십니까?"

"뭐 또 한 번 하지."

박 대통령은 일어나 백사장 쪽으로 향했다. 백사장 저쪽 끝까지 말없이 걸었다.

"뭘 이렇게 멀리 오십니까?"

내가 묻자 박 대통령은 그즈음 문제가 됐던 미국의 청와대 도청사건을 빗대어 말했다. (선우련 당시 유정희 의원은 미국이 청와대에 설치했다는 도청장치는 끝내 찾지 못했다고 덧붙였다.)

백사장 끝까지 가도록 말이 없던 박 대통령이 마침내 입을 열었다.

"내가 오늘 자네에게 꼭 할 말이 있어 불렀네. 내가 1980년에는 그만둘 거야."

숙연한 표정이었다. 도청을 의식한 듯 목소리는 낮았고 옆에서 걸어가는 나를 바라보지도 않고 시선을 정면으로 고정한 채 굳은 얼굴이었다. 나도 긴장한 목소리로 물었다.

"아직 할 일이 많은데 어떻게 1980년으로 못박으십니까?"

"이유가 있어. 1980년 전반기에 핵폭탄이 완성된다고 국방과학연구소장한테서 보고받았어. 핵폭탄이 생기면 김일성도 감히 남침을 못할 것 아닌가. 북괴가 남침하더라도 우리가 핵을 던지면 북한도 날아갈 것 아닌가. 쳐내려오지 못하게 하는 것이지. 공격을 위해서가 아니라 방어용이야. 1980년까지 완성이 되면 그 해 국군의 날 여의도행사를 부활시켜서 군대사열할 때 원자탄을 세계에 공개하겠어. 그리고 그 자리에서 사퇴성명을 내고 물러나는 거야."

이렇게 말한 박 대통령이 나를 보며 덧붙였다.

"임자는 내가 지금까지 한 정책 중에서 잘했다고 칭찬받을 것은 언급하지 말고, 내가 국민에게 잘못한 것만을 찾아서 국민에게 미안하다는 내용의 치사를 써 줘. 치사 내용에는 우리가 핵을 갖게 됐다, 누구도 넘보지 말라는 내용을 포함하고, 그걸 공개하고 나면 사퇴성명을 내고 나는 초야에 묻혀 충고나 하면서 농촌에서 살겠네.”

“왜 저한테 말씀하십니까?”

“이건 우리 둘만의 비밀이야. 정식루트로 할 성질이 아니라서 자네에게 맡기는 것이니 누구에게라도 입을 열지 말고 국회의원 행세 안 해도 좋으니 이 일에 전념해 주기 바라네. 자네를 국회의원으로만 둘 생각이 아니니, 이 일 해줬으면 좋겠어.”

우리 두 사람은 이런 말을 하며 천천히 백사장을 걸었다. 박 대통령의 모습이 긴장한 듯 무척 진지한 표정이었지만 내가 그보다 더 초긴장 상태여서 더는 물어볼 수도 없었다.

호텔에 돌아왔을 때 시간은 오전 7시 30분. 대통령의 이 지시를 받고 나는 이날 들었던 애기를 암호로 기록하여 나중에 의원회관 금고에 넣어 두었다. 핵폭탄을 ○○○으로 표기한 기록이었다.

대통령이 1980년에 사퇴하겠다는 말을 들은 사람은 나 외에도 두 사람이 더 있음을 뒤에 확인했다. 대통령이 돌아가신 다음 날인 10월 27일 청와대에서 박진환 새마을담당특보를 만났을 때였다. 박진환 특보가 아쉽다는 듯이 이런 말을 했다.

“1981년까지만 사셨다면…….”

“무슨 소린가?”

“남덕우 총리와 함께 있는 자리에서 박정희 대통령이 1980년 가을에 하야하겠다는 말씀을 하셨어.”

이 말을 듣고 '아, 이제 증인이 생겼구나!' 나는 속으로 확신했다.

(1993. 3. 월간조선)

2010년 1월 〈주간조선〉 오원철 전 청와대 경제수석 인터뷰 기사 중 '최규하 대통령에게 넘긴 핵비밀 서류 두 통이 전두환 신군부에 의해 미국에 넘겨졌다'는 그 기사를 읽고 나의 자료 정보와 판단이 옳았다는 확신은 더욱 굳어졌다.

이휘소 박사의 죽음과 박정희 대통령의 죽음이 미궁 속에 빠진 채, 누가 해결의 열쇠를 가졌는지도 모르는 채, 역사는 격류 속에 묻혀 갔다. 그러나 그 잃어버린 시간을 찾는 작업은 아직 끝나지 않았다.

에필로그
역사와 시간은 멈추지 않는다

핵무기 개발을 반대한 이휘소

북한은 지금도 '체제유지를 위해' 끊임없이 국제사회와 계산된 교묘한 흥정을 위장하며 핵무기 프로그램을 밀어붙이고 있다. 1994년 10월 제네바합의로 해결된 것처럼 보였던 북핵문제는 2002년 10월 북한의 농축우라늄프로그램으로 다시 불거졌다. 제네바합의가 폐기되고 북한이 핵확산금지조약(NPT)에서 탈퇴하자, 중국의 주선으로 베이징에서 6개국회담이 열렸다. 이러한 가운데서도 북한은 핵무기를 실어보낼 장거리미사일 실험을 강행하였다. 그러나 거듭된 6자회담도 주목할 만한 성과를 거두지 못한 채 북한에 마냥 끌려다니는 답보상태에 머물고 북한 핵문제는 아직도 한반도, 나아가 국제사회가 풀어가야 할 난제로 남아 있다.

이러한 시점에서 우리는 '개발도상국인 조국 대한민국에서 핵무기 개발은 결코 있어서는 안 된다'고 단언했던 당대 최고의 물리학자 이휘소 박사를 재조명해 보았다. 한동안 일각에서는 1970년대 박정희 핵개발 프로젝트가 이휘소와 연관이 있을 것이라는 확신과, 추측일 뿐이라는 설이 나돌았다. 그것은 진실로 꿈꾸는 열망의 동화일 뿐이란 말인가.

이휘소는 부모가 모두 의사인 집안에서 태어났다. 의사집안이지만 부모는 검소했고, 가난하고 아픈 사람을 위할 줄 알았으며 자식에 대한 사랑 또한 지극했다. 이휘소가 외롭고 먼 타국땅의 열악한 조건에서도 열심히 공부할 수 있었던 것은 아마도 자신을 끔찍이 사랑해 준 고국의 따뜻한 가족 덕분이었을 것이다. 아프고 병든 사람을 위하는 부모의 모습을 보고 자란 휘소도 많은 사람에게 도움을 주는 사람이 되고 싶다는 생각을 하게 된다.

한편 이휘소는 위대한 물리학자였음에 틀림없다. 그에게는 그의 천재적 재능을 일찍 꿰뚫어 보고 대성의 기회를 마련해 준 훌륭한 은사들을 만나는 행운도 있었다. 그러나 이러한 행운의 원천에는 목표를 향해 최선을 다하는 인간적 소양과 근성을 철저히 심어준 어머니의 더없는 사랑과 냉엄한 훈도가 있었다.

어린 시절부터 호기심이 넘쳐났고, 세상 모든 것에 궁금증을 가지던 휘소는 책 속의 해답만으로는 결코 만족할 수 없는 아이였다. 그러나 "책 속에서 답을 찾지 말고, 질문을 찾기 위해 책을 읽으라"던 어머니의 말씀을 되새기며 책을 열심히 읽어 나갔다.

이휘소와 소년 시절을 함께했던 친구들은 비록 그의 물리학적 업적에 대해서는 자세히 몰랐지만, 그의 연구에 힘입은 여덟 명의 물리학자가 노벨물리학상을 받았다는 사실로 미루어 그의 학문적 위치가 얼마나 대단한 것인지 쉽게 짐작할 수 있었다. 그러기에 누구나 42세에 요절한 그의 의문의 죽음을 못내 안타깝게 생각하는 것이다.

이휘소 박사의 업적은 크게 두 가지이다.

첫째는 '게이지이론'의 재규격화이다. 1972년 미시세계의 현상을 근본적으로 설명하는 기초이론을 실험을 통해 검증해 낸 것이다. 이로 인해 미시세계의 현상을 의미 있는 이론값으로 계산할 수 있었고 실험적으로 확인이 가능해졌다.

둘째는 '참(Charm)입자'의 탐색이다. 1970년대 K중간자의 희귀붕괴 과정에서 새로운 참쿼크가 예견됐는데, 이휘소는 참쿼크의 탐색방도를 여러 방면에서 제시하는 연구결과를 발표했다. 이로 말미암아 이휘소는 유명한 '이론물리학자'에서 더 뛰어난 '현상론 물리학자'가 됐다.

이러한 업적 때문에 이휘소가 살아 있었다면 1999년 노벨물리학상을 받았을 것이라는 주장은 충분한 설득력이 있다. 노벨상은 최대 3명까지, 2개 분야 이내에서 시상하는 제한조건이 있고, 한번 수상한 주제는 다시 시상하지 않는다는 원칙이 있다. 이 조건으로 볼 때 이휘소는 참입자 분야보다 게이지이론의 재규격화로 노벨상을 탔을 가능성이 높아 보인다.

이휘소가 세상을 떠난 지 30여 년이 흘렀다. 그는 한국이 낳은 이 시대 최고 입자물리학자이자 노벨물리학상에 가장 가까이 다가갔던 과학자였지만, 42세의 젊은 나이에 의문의 교통사고로 안타깝게 목숨을 잃었다.

1966년 월남전 참전 대가로 미국은 우리나라에 한국과학기술연구소(KIST)를 설립해 주었다. 1971년 3월에는 박정희 대통령이 명령하여 고리원자력발전소·한국원자력기술주식회사·원자력산업회 등을 설립하고, 1956년 이승만 대통령이 세운 한국원자력연구소를 확장한다.

그리고 1973년 박정희 대통령은 한국핵연료개발공단을 설립하여 연료개발은 물론이고 국방의 현대화, 특히 미사일과 핵폭탄 제조까지 염두에 두고 있었다.

박정희 대통령이 핵개발을 마음에 새긴 것은 1969년부터였다. 닉슨이 미국 대통령에 취임한 뒤 한미 관계는 묘한 갈등을 겪는다. 그때 닉슨 정책의 주요 골자는 '미국은 앞으로 베트남전쟁과 같은 군사력 개입을 피하고, 아시아 여러 나라와 조약상의 약속은 지키지만 강대국의 핵에 의한 위협의 경우를 빼고는 내란이나 침략에 대해서는 관여하지 않는다. 또 미국은 태평양 국가로서 그 지역에서 중요한 역할을 계속하지만 직접적·군사적 또는 정치적인 과잉 개입은 하지 않으며, 아시아 국가들의 자주적 행동을 지원한다. 아시아 국가들에 대한 원조는 경제 중심으로 바꾸고 다수 국가 방식을 강화하여 과중한 부담을 피할 것이다. 따라서 아시아 국가들은 5~10년 뒤에는 상호안전보장을 위한 군사기구를 만들어야 할 것이다' 등이었다.

이것은 실제로 아시아에서 전쟁 위험을 가장 심각하게 안고 있는 한국을 겨냥한 발표문이었다. 그리고 주한미군의 철수를 제시한 다음 해 3월, 주한미군 제7사단 2만여 명을 전격 철수시켰다. 한국에는 제2사단 1만 7천 명이 남아 있었지만, 나머지 병력 철수도 시간문제였다. 따라서 한국으로서는 안보에 대한 자구책을 강구해야 할 급박한 시기를 맞은 것이다.

이에 박정희 대통령은 1970년 국방연구소에 미사일 제조를 지시한다. 적어도 북한제 미사일(사정거리 50km)과 대등한 것이라도 보유하려는 생각이었다. 그러나 국내 과학기술진에 의하여 만든 미사일은 1971년 3월 초 발사실험에서 실패하고 말았다. 미사일 제조 따위는 기초과학이므로 쉽게 만들 수 있다는 안이한 생각의 결과였다.

박정희 대통령은 1972년 10월유신을 선포하면서 그의 핵개발에 대한 집념은 계속되었다. 한국이 극비로 핵개발을 추진한다는 정보는 미국을 경악시켰다. 미국은 한국이 핵을 개발하면, 미국·소련·일본·중국 등 4대 강국뿐 아니라, 동북아시아와 태평양 전략 계획을 수정해야 한다고 생각하였다. 또 한국이 핵을 보유하면 일본·북한 등도 핵을 개발하려 할 것을 예상했다.

미국은 즉각 캐나다·프랑스·벨기에 등에 한국과 핵연료 협상을 파기하도록 압력을 가했고, 나아가 한국과의 핵협정 포기를 종용했다.

FBI, CIA에 명령하여 재외한국인 물리학자들, 특히 이휘소 박사를 감시하도록 했다. 한국에서 영입할 과학자들의 이름이 거론될 때, 세계 물리학계의 큰별로 자리잡고 있던 이휘소 (Benjamin W. Lee)의 이름이 빠졌을 리가 없기 때문이다.

이휘소는 미국 프린스턴고등연구소에서 소립자물리학계의 새로운 길을 튼 인물이다. 또 제2차 세계대전 중 원자폭탄 제조책임자인 핵물리학자 오펜하이머 박사가 매우 총애하던 그의 제자였다. 오펜하이머는 그를 아인슈타인이나 페르미보다 더 뛰어난 과학자로 극찬하였다. 이휘소는 길고 많은 양의 계산을 끝까지 해낼 수 있는 수학적 기교를 가진 발군의 물리학자였다.

1974년 9월 1일, 이휘소가 20여 년 만에 귀국하였다. 미국 국무부가 한국의 기초과학진흥자금으로 요청한 AID차관 8백만 달러의 지급여부에 대한 판단자료를 얻기 위해 자료조사원 자격으로 보낸 것이다. 물리학·수학·화학·생물학 4개 분야에 1명씩의 미국 대표 과학자를 보냈는데, 물리학 분야만 한국 태생 이휘소이고 나머지는 모두 미국인이었다.

그때 박정희 대통령이 그를 청와대로 초청했다. 이휘소는 '아무리 경제성장을 이룩해도 헌법을 유린하면서 현대화된 사회는 혼란이 계속될 것'이라고 충언한다. 그리고 '유신철폐와 함께 물러나 야인이 되라'는 말까지 한다. 이에 대해 박 대통령은 미군철수로 인한 한국의 안보위협을 상기시키며, 이휘소의 도움을 요청했다. 인류의 해악을 주는 핵무기 개발을 하고 싶지 않던 이휘소는 박정희 대통령의 제의를 거절한다.

1977년 3월 20일, 이휘소는 화선지에 붓으로 정성들여 쓴 편지를 받는다. 박정희 대통령은 자신이 하야하기 전에 국토방위를 튼튼히 하고 싶다고 운을 떼었다. 주한미군의 미사일 부대가 이미 철수하였으며, 남아 있는 지상군 1만 7천 명이 철수를 시작했다는 말 속에 박 대통령의 절박한 우국지심이 담겨 있었다. 그날 이휘소는 혼란스러운 마음을 일기에 담아 적는다.

박정희 대통령께서 나에게 편지를 보내왔다. 조국이 나를 필요로 할 때라는 절박한 내용이었다.

내가 핵을 공부하고 연구한 것은 처음에는 적성에 맞기 때문이었다. 그다음 나의 목표는 핵연료를 이용한 인류의 구원이었다. ……

　그러나 조국이 공산화되거나 전쟁의 소용돌이 속에 처할 위험에 놓여 있다고 가정하자. 아니, 지금 조국이 나와 온국민이 겪은 질곡의 6·25, 그보다 더한 참극의 문턱에 있다고 판단될 때, 내가 조국을 위하여 할 수 있는 일은 무엇일까?

　……조국을 지키기 위하여 조국에 내가 할 수 있는 핵개발의 원리를 제공한다면, 그것이 조국을 지키게 하는 힘이 된다면, 비록 박정희 대통령이 유신을 철폐하지 않을 경우라도 나를 낳고 나를 길러준 조국의 현실을 내가 배반할 수는 없는 것이 아닌가? 그것이 나를 죽음으로 몰아넣는 것인지도 모르지만.

　죽는다……. 내가 죽음으로 조국을 살릴 수 있다. 정말 그렇게 해야 하는 걸까? 내가 죽어 조국이 자유민주주의 대한민국으로 남고, 내가 사랑하는 어머니와 형제, 친구들을 구할 수 있다면, 나는 그 길을 택해야 될까? 조국은 나에게 너는 네 능력을 이때 쓰지 않으면 평생 후회할 것이라고 말하는 것인가?

　……하늘이여……. 무엇이 참다운 삶이고 내가 지금 어떤 선택을 해야 하는지를 가르쳐 주소서.

　그로부터 20여 일 뒤, 그는 또다시 박정희 대통령의 편지를 받는다. 역시 그의 귀국을 간절히 바라는 내용이었다.

　그해 5월 초, 이휘소는 친분이 있던 외과의사를 찾아가 투명용지에 쓴 기밀문서를 내밀었다. 핵무기 제조원리를 따로 정리하여 축소해 만든 정밀한 문서였다. 다른 이들의 출입을 금지시킨 가운데 그의 다리가 마취되고, 살 속에 소독된 종이가 넣어졌다.

1977년 5월 20일, 이휘소는 세미나에 참석하기 위해 도쿄를 방문한다. 하지만 중요한 것은 그 세미나가 아니었다. 그날 밤 9시, 그는 비밀리에 박 대통령이 보낸 비행기를 타고 청와대에 도착해 박정희 대통령에게 문서를 전달한다.

이휘소의 희생, 그가 남긴 조국애

이 위대한 구국의 결행을 그려본다.

1977년 6월 16일, 이휘소는 자가용을 끌고 가족과 함께 집을 나섰다. 이슬비가 내리는 데다 안개까지 끼어 시야가 확실하지 않았다. 시내를 벗어나자 몇 대의 트럭이 그의 차에 따라붙었다. 일리노이주에 가까운 케와네시 근처에 다다랐을 때, 맞은편에서 오던 대형 유조차가 갑자기 중앙선을 넘어 이휘소와 가족이 탄 차를 정면으로 들이받는다. 차의 앞머리가 처참하게 부서지고 가족 모두 정신을 잃었다. 가족들은 가벼운 부상을 입었으나 이휘소는 사망하고 만다.

1977년 8월 24일, 박정희 대통령은 그에게 우리나라 과학기술분야 발전에 이바지한 공로로 보국훈장(국민훈장 동백장)을 추서하였다.

이휘소가 미사일 및 핵제조 개발원리를 넘겨주고 의문의 죽음을 당한 전후, 미국의 원자력정책은 급전환한다. 핵관리의 엄격한 체계구축, 우방국에 대한 한국과의 핵협정 파기 요구 등이었다. 또한 지미 카터 미국 대통령은 '한국은 인권탄압을 중지하고, 긴급조치를 즉각 해제하며, 독자적인 핵개발 추진을 즉시 중지하라'고 압박한다.

이에 대해 박정희 대통령은 '자기들은 이미 다 만들어 놓고 남의 나라에게는 만들지 못하게 하는 것이니 패권주의 사상에서 가능한 발상이다'라고 응수하였다.

이런 한·미 대립은 박 대통령에게 미사일 개발과 핵개발에 더욱 박차를 가하게 했다. 미국은 물론 다른 여러 나라들도 한국과 핵협정을 맺으려 하지 않았고, 이미 맺었던 협정도 미국의 압력에 의해 중단되었다. 이에 따라 한국의 핵개발은 핵분열물질의 생산과 핵탄두의 운반체 개발 등이 문제가 되었다. 난관이 거듭되던 무렵, 이휘소 박사의 극비메모를 펼치자 '실험용 원자로'를 대체해도 좋다는 글귀가 눈에 띄었다. 이휘소의 치밀함 덕분에 몇 번이나 어려움을 넘길 수 있었다. 이휘소는 천만 분의 일도 실수 없이 진행되도록 치밀하고 정확한 계산법과 만약의 경우를 우려한 모든 준비물을 적어놓았던 것이다.

1978년 8월 26일, 한 군사기지에서 중장거리미사일 발사실험이 있었다. 관심의 초점이었던 장거리미사일 발사실험은 완벽히 성공하였다. 사정거리 150km, 유효사거리 350km로 북한 전역은 물론 소련과 중국의 일부 지역까지 미치는 것이었다. 이로써 한국은 세계에서 일곱 번째의 미사일 보유국이 되었다.

다음날 미국을 제외한 전 세계 신문의 일면 톱기사는 하나같이 '한국 장거리미사일 발사성공—한국에서 핵무기 개발 시간문제'였다. 미국은 강력한 압박을 가하기 시작했다. 그러나 목숨까지 내놓은 이휘소 박사를 생각하면 박정희 대통령은 더더욱 멈출 수 없었다.

아인슈타인과 페르미를 넘어서는 뛰어난 재능으로 세계 물리학계를 이끌어 가던 이휘소는 조국을 위하여 삶을 희생했다. 우리는 그의 뜨거운 조국애를 잊어서는 안 되는 것이다.

북한은 왜 핵개발을 했나?

북한은 왜 핵개발을 했을까? '한국과 미국을 공격하기 위해'라는 설이 있지만 그렇지 않다. 핵공격을 한다면 한미안보조약에 의해 북한도 당장 미국의 핵공격을 받는다. 또 유엔의 국제적인 제재와 응징을 북한이 모르지 않을 것이다.

북한의 입장에 서서 생각하면 이해하기 쉽다. 김정일을 비롯하여 지도층의 가장 큰 걱정은, 현 권력체제가 붕괴하는 것이다. 권력을 손에 쥐고 주요한 직위에 있는 한 북한 특권층은 호사스런 생활을 한다. 하지만 체제가 붕괴하면 이런 특권적 지위에서 쫓겨나 언제 처형당할지도 모른다. 루마니아의 차우세스쿠 대통령의 예를 보면 그 답은 분명하다.

1990년 남북고위급회담 당시 우연히 한국의 한 관리와 북한의 한 관리가 동석하여 자동차로 이동한 일이 있었다. 운전기사를 포함하여 단 3명만 탄 이 자리에서 우리 관리는 북한의 보장성원(국가보위부 요원)이 없는 자리를 이용하여 북한관리로부터 속마음을 들으려고 했다. 그즈음 동유럽 사회주의 모든 국가가 붕괴하고, 소련도 붕괴하기 직전이었다. 당시 북한도 곧 붕괴될 것이라는 예측이 국제적으로 보도되었다.

차 안에 두 사람만 있게 되자, 북한의 고위관리가 이렇게 말했다.

"남은 북을 통일하려고 하지 않나요?"

"한국에서는 그럴 생각이 없습니다."

"혹시 만에 하나 북이 붕괴하였을 때에 내 가족을 돌보아 주지 않겠습니까? 만일 남이 붕괴하면 내가 당신의 가족을 돌보아 주겠습니다."

이 발언에서 당시 북한이 체제붕괴를 이미 지도층에서 진심으로 걱정하고 있었다는 것을 알 수 있다.

북한의 핵개발 징조가 불거진 것은 1988년부터 1989년쯤이었다. 당시 관계기관에서는 북한의 원자력연구시설에 사용이 끝난 핵연료의 재처리시설이 건설된 사실을 확인했다. 북한에는 작은 실험용 원자로밖에 없었다. 사용이 끝난 핵연료도 많지 않았다.

따라서 재처리시설은 필요 없었다. 재처리시설은 사용이 끝난 핵연료로부터 핵폭탄용 플루토늄을 추출하는 시설이다. 그러므로 재처리시설의 존재는 핵무기를 개발하고 있다는 증거가 된다.

당시 북한군에는 전쟁을 계속할 능력이 없었다. 석유가 없기 때문이었다. 또 무기도 재래식 무기뿐이었다. 한국과 주한미군의 공격에 반격할 수 있는 군사력은 없었던 것이다.

한국과 미국이 이 사실을 알고 공격해 오지나 않을까 북한은 우려했다. 그 공격을 막으려면 핵무기를 보유해야 한다고 생각했던 것이다.

핵무기 개발에는 미사일이 필요하다. 핵무기를 아무리 많이 보유해도 운반수단이 없으면 의미가 없으며 상대에게 위협이 될 수 없다. 따라서 미사일에 탑재할 수 있을 정도로 소형화하지 않으면 핵개발은 성공했다고 말할 수 없다. 또 미사일의 탄두 부분도 핵탄두를 탑재할 수 있는 시스템과 구조를 갖춰야 한다.

'선군정치' 내세우는 북한 정치체제

북한은 스스로 체제를 '선군정치(先軍政治)'라 부르고 있다. 이것은 당보다도 군을 우선한다는 정치체제이다. 본디 사회주의는 공산당과 노동당 등의 당을 우선하는 체제이다.

그런데 북한은 '선군'을 슬로건으로 하고 있다. 이는 사실상 '군국주의'이다. 왜 당보다도 군을 우선시하는가. 당이 그 기능을 다하지 못했기 때문이다. 또 당 우위라는 것은 노인들이 발언권을 가지는 것을 뜻한다. 김정일로서는 부패한 노동당 관료와 교활하고 보수적인 노인들의 저항에 참을 수 없었을 것이다.

김정일은 1994년 11월 1일에 '사회주의는 과학이다'라는 논문을 발표하고, 당 관료의 부패를 다음과 같이 비판했다.

"혁명을 하는 사람들이 노동자계급의 당에 들어오는 것은 사리(私利)와 공명, 권세를 위해서가 아니라 인민에 복무하기 위함이다. 노고는 누구보다도 먼저 지고, 즐거운 것은 뒤로 미루고, 어려운 일은 앞서서 받아들이고, 성과는 타인에게 양보하는 것이 참된 공산주의자이고 노동자계급의 당원이다."

그러나 이런 국민의 표본 같은 당 간부는 거의 없다. 평양에서 들려오는 당 간부의 실태는 김정일이 바라는 이상적인 당 간부와는 거리가 먼 '책임은 다른 사람에게 떠맡기고', '성과는 가로채고', '사람을 밀어내려는' 당 간부들뿐이다.

김정일도 약 20년 전부터 당이 부패하고 기능을 다하지 못하는 사태를 잘 알고 있었다. 따라서 교활한 노인들이 권세를 누리는 유교적 문화의 타파를 노렸던 것이다. 그것이 바로 '선군정치'이다.

북한은 '선군정치의 시작'을 처음에는 김정일의 논문이 발표된 다음 해인 1995년 1월 1일로 했다. (중앙방송 1995년 5월 18일) 그러나 공개된 기록에서의 첫 언급은 1998년 4월 8일이었다. 조선인민군 김영춘 총참모장은 김정일의 국방위원장 추대 5주년 기념연설에서 다음과 같이 말했다.

"(김정일은) 군대는 곧 인민이고, 국가이며, 당이라는 독자적인 군중심 사상을 보였다."

이것은 북한사회주의를 부정하려는 듯한 연설이다. 왜냐하면 사회주의에서는 당은 반드시 군 위에 있기 때문이다. 사회주의국가 군대는 절대적으로 당에 따르는 기관이다. 그런데 '군은 당이다'라고 말했던 것이다. 당과 군을 대등한 위치에 둔다는 것이다.

이 연설이 이루어진 한 달 뒤에 '선군정치'라는 말이 처음으로 등장했다. 〈노동신문〉은 1998년 5월 26일에 '선군정치는 군대의 중시와 강화를 선행시키는 정치'라는 논문을 보도하였다.

게다가 1999년 6월 16일에 당 기관지 〈노동신문〉과 〈근로자〉는 '우리당의 선군정치는 필승불패'라면서 다음과 같은 공동사설을 보도했다.

"선군정치는 군사우선의 원칙 아래 혁명과 건설에 따르는 모든 문제를 해결하고, 군대를 혁명의 중심으로 세우고, 사회주의 위업 전체를 밀고 나아가는 방식이다.”

이 공동사설은 김정일의 당에 대한 쿠데타가 성공한 것을 뜻하고 있다. 잡지들까지 ‘군대를 혁명의 중심’이라고 인정했기 때문이다. 본디 사회주의국가에서는 ‘당이 혁명의 중심’이고, 당 이외에는 그 역할을 할 기관은 없는 법이다.

북한-중국, 북한-러시아의 관계

북한-중국의 관계는 한국전쟁을 함께한 ‘피로 얽힌 동맹’이라고도 표현된다. 그러나 이제 북한과 중국은 동맹관계가 아니다. 보통 나라끼리의 관계 또는 우호관계를 유지하고 있는 정도이다.

중국과 북한의 관계를 잘 말해 준 사실이 있다. 2006년 7월에 북한은 미사일 발사실험을 했다. 그때 북한이 이를 중국에 통보했던 시점은 겨우 발사 20분 전이었다. 이 미사일 발사실험 직후에 중국 외무부 대변인은 “중국과 북한은 동맹국이 아니다”라고 분명히 말했다. 또 핵실험 때에도 북한은 그 직전에서야 통보했다.

이런 북한과 중국의 관계를 보면 예전의 ‘동맹국’으로서의 모습은 찾아보기 어렵다. 북한이 공격을 받은 경우는 “적절한 행동을 한다”고 표현하고 ‘자동개입한다’고는 말하지 않는다. 중국은 한반도전쟁에 휘말리고 싶지 않다는 태도인 것이다.

중국은 예전에는 북한에 석유와 식량 등을 무상으로 지원했지만, 지금은 이런 지원이 없어졌다. 원유 공급에 대해 중국은 100만 톤까지의 수량은 보증하지만, 무상은 아니다. 50만

톤은 시장보다도 싼 우호가격으로, 나머지 50만 톤은 시장가격으로 모두 달러로 지급해야 한다.

따라서 북한은 50만 톤 이상의 원유를 중국에서 사들일 수 없는 상태가 계속되고 있다. 다만, 중국은 최저 50만 톤에 대해서는 지급이 늦어진 경우에도 공급은 계속하고 있다. 그렇지 않으면 북한 측의 정유소가 조업정지되기 때문이다.

러시아는 더 엄격하다. 고르바초프 정권시기의 소련과 옐친 정권시기의 러시아와는 최악의 관계였다. 민주화를 추진했던 러시아는 북한에 대해 무관심했다.

따라서 무상지원도 전혀 없었다. 러시아는 완제품에 대해 돈을 내지 않으면 공급도 하지 않는다. 석유에 대해서도 1980년대 후반부터 달러 지급을 요구했다. 또 돈을 내지 않으면 공급을 끊었다. 그래서 1990년대는 러시아로부터의 석유공급이 거의 멈추고 말았다.

다만 미국이 2003년에 우라늄농축계획의 존재를 이유로 50만 톤의 중유공급을 중지했으므로, 북한은 매년 40만 톤 규모의 석유제품을 러시아로부터 사들였다. 그러나 미국의 금융제재가 시행되어서인지 2006년 구매량은 겨우 10만 톤으로 급격히 줄었다.

이렇게 보면 러시아와의 관계는 말 그대로 '보통국가의 관계'가 된 것을 알 수 있다. 다만 6자회담에서 북한의 입장을 지원하는 발언을 자주 하고 있을 뿐이다.

개혁개방의 기회를 잃은 북한

북한은 왜 핵폭탄 제조라는 위험한 줄타기에 계속 집착하는

가? 아마도 세습전체주의 체제유지에 가장 좋은 카드로 활용할 수 있다고 믿었기 때문일 것이다. 핵무기 야망국가들은 무기를 어느 정도 제조할 때까지는 절대 비밀에 부치므로 증거를 잡기란 현실적으로 불가능하다. 그러므로 증거가 있느냐는 말은 순진한 사람들의 말이며, 막상 핵실험을 할 때가 되어서야 놀라 충격을 받기 마련이다. 그러나 북한이 만든다는 우라늄폭탄은 실험이 필요 없는 경우이므로 더욱 심각한 문제를 일으킨다.

어떤 이는 이제 공산주의로의 통일은 불가능하므로 언젠가는 북한의 핵이 '우리 것이 될 것이다'라고 말한다. 그러나 김정일이 체제보존용으로 핵무기 개발을 하는 이상 현실화될 수 없는 망상이며, 한반도의 비핵화만이 한민족의 생명안전을 도모할 수 있다.

북한은 핵무기 말고도 미사일·생화학무기 등 무시무시한 대량살상무기 카드를 갖고 있다. 이 때문에 김정일의 선택이 늦춰지고 우왕좌왕하고 있는지도 모른다. 1994년 제네바합의는 사실상 국제사회의 북한 개혁개방에 대한 기대도 담겨 있었다. 또 세계는 냉전체제의 붕괴로 평화주의가 어느 때보다 새로운 시대정신으로 떠올랐으며, 북한이 적어도 중국방식의 개방을 수용하리라는 관측이 지배적이었다. 그러나 북한은 개혁개방을 전혀 하지 않았으며, 부시 행정부로부터 '악의 축'의 하나로 지목받기까지 이르렀다.

김정일이 적극적으로 개혁개방에 나섰다면 오늘과 같은 기아문제를 비롯한 경제적 파탄은 모면했을 것이다. 특히 한국이 독일식 흡수통일을 하지 않는다고 국제사회에 공언했으므로, 북한으로서는 제네바합의 이후 몇 년간은 개혁을 위한 절호의 기회였다. 그럼에도 김정일은 미사일개발문제를 꾸준히 일으키고, 북한 주민을 몇백만이나 굶게 하며 몇십만 명의 탈북자를 내는 등 전무후무한 폐쇄적 공산주의국가로 권력을 놓치지 않으려고 계속 안간힘을 쓰고 있다. 김정일이 1990년대에 이미 붕괴해 버린 공산주의체제를 아직도 붙잡고 시장경제를 도입하지 않았으므로 기아사태로 외국에 식량구걸을 해야만 했던 것이다. 핵무기 개발에 드는 자금과 노력을 경제개혁에 투입했다면 국제사회의 큰 호응을 얻었을 뿐 아니라 최악의 기아사태로 국제사회의 식량원조로 지탱하는 경제파탄은 어느 정도 막을 수 있었을 것이다.

1989년 10월 고르바초프 소련 대통령이 동독 국가원수 호네커에게 "개혁을 더 늦추면 하늘의 벌을 받는다"고 경고한 것도, 동독의 멸망도 북한에는 교훈이 되지 못했다. 당시 북한은 오히려 동유럽과 소련 몰락에 대해 "가짜 사회주의는 망하지만 진짜(북한의) 사회주의는 발전한다" 큰소리쳤다. 그러나 이런 북한의 오만은 북한을 개혁개방으로 이끌어 나가는 데 걸림돌이 되어 절호의 개혁개방 기회를 놓치고 말았다.

플루토늄탄과 우라늄탄의 차이

북핵위기는 1993년 3월, 북한이 핵확산금지조약(NPT)에서 탈퇴하면서 시작됐다. 영변 핵시설을 통해 플루토늄 핵무기를 개발한 것이다.

2002년 10월 북한이 미국에 우라늄농축프로그램(UEP)을 보유하고 있다고 밝힌 일이 2차 북핵위기의 발단이 됐다. 이 대목에서 궁금한 것은 플루토늄으로 핵무기를 개발하던 북한이 '왜 우라늄농축에 나섰을까' 하는 점이다. 전문가들은 그럴 만한 이유가 있다고 말한다.

그 사정을 이해하려면 플루토늄탄과 우라늄탄의 차이를 알아야 한다. 먼저 플루토늄은 원자로에서 쓰고 남은 '사용 후 연료봉'을 재처리해 만든다. 사용 후 연료봉에 포함된 약 1%의 플루토늄239를 화학처리를 통해 90% 이상으로 농축한다.

이러한 플루토늄 추출공정은 비교적 까다롭지 않고 비용도 우라늄농축방식보다 상대적으로 낮다는 장점이 있다. 이것이 개발도상국들이 핵무기 개발에 플루토늄방식을 쓰는 이유이기도 하다.

그러나 이 방식의 결정적 단점은 원자로와 재처리설비 등 대규모 시설이 필수적이라는 점이다. 그만큼 핵사찰이나 첩보위성 감시에 쉽게 드러날 수 있다.

1986년 9월, 영변 5MW 원자로를 가동하기 시작한 북한은, 1989년 처음으로 핵연료봉에서 플루토늄을 추출한 이래 1994년 북·미제네바합의 이후 핵시설을 동결해 추가 플루토늄 생산이 공식 중단됐다. 그럼에도 두 차례 더 재처리를 통해 플루토늄 50kg 이상을 보유하고 있으리라는 게 국제사회의 판단이다.

북한은 영변 핵시설을 통한 플루토늄 핵무기 개발 외에 우라늄농축을 통한 핵개발에도 나선 것으로 확인되었다.

1990년대 우라늄농축 관련기술을 파키스탄에서 수입하기 시작한 데 이어 2002년 고농축우라늄(HEU) 프로그램을 운영하고 있다는 사실을 미국에 실토한 바 있다.

우라늄탄은 천연상태 우라늄을 정제하여 그 속에 포함된 우라늄235 비율을 0.7%에서 90% 이상으로 농축시키는 핵농축 과정을 통해 만들어진다.

우라늄농축시설에 어마어마한 자금이 들어가므로 개발비가 많이 들지만, 농축시설을 여러 곳에 나누어 감출 수 있어 대외적으로 숨기기에 유리하다. 일단 제조시설이 설치되면 농축 우라늄의 지속적이고도 은밀한 생산이 가능해진다.

또 하나 플루토늄탄은, 핵무기 제조는 쉬워도 실제 폭파를 위해서는 첨단기술이 필요하다. 기폭장치가 한 치의 오차도 없이 동시에 작동해 순식간에 동시 핵반응을 일으키게 하는 기술이 필요한 것이다. 북한은 이 문제에 어려움을 겪고 있다고 알려졌다.

반면 우라늄탄은, 핵농축에 고도의 기술과 큰 비용이 들어도 일단 핵무기를 개발하면 실제 기폭은 플루토늄탄보다 쉽다고 전문가들은 분석한다. 이것이 북한이 우라늄탄 개발에 매달리게 한 이유로 보인다.

백악관이 흔들린 날

미국은 1993~1994년에 북한이 핵무기 제조에 이르기 전에 핵개발계획을 중지시키려고 북한과 교섭을 했다. 최종적으로 1994년 가을에는 북·미합의가 성립해 큰일은 벌어지지 않았다. 수석대표로서 교섭을 담당했던 당시 미 국무부 북한문제 담당대사 전임 로버트 갈루치(미 조지타운대학 외교대학원 원장·교수)에 의하면 그 무렵 클린턴 정부는 1994년 4월, 미군의 북한과의 전투상태를 결의하고 개전 직전까지 갔다. 클린턴 대통령은 북한 핵시설을 파괴하기 위해 북한에 대한 선제 공격을 결의했다는 것이다.

이런 사실을 당시 윌리엄 페리 국방장관도 1995년 1월 미 의회에서의 증언을 통해 밝혔다. 북한의 핵무기 개발을 막기 위해 미군이 어떤 대책을 마련하려 했었는지를 페리 장관은 "솔직히 말하면 우리는 어떻게 하면 좋을지 충분히 알고 있었다"고 말했다.

이 증언에 대해 갈루치는 "페리 장관이 말한 '어떻게 하면 좋을지'는 핵개발 중인 영변의 핵개발시설을 선제공격한다는 것이었다"고 해설한다.

갈루치가 말한 바로는 미군에 의한 선제공격 시나리오는 1993년 가을부터 백악관 관리들을 중심으로 짜였다. 같은 해 11월 15일에는 백악관 내 군사적인 중요문제 등을 협의하는 상황실에서 회의가 열렸다. 출석자는 앤서니 레이크 안전보장 문제담당 대통령보좌관, 샌디 버거 대통령보좌관, 워런 크리스토퍼 국무장관, 레스 애스핀 국방장관, 그리고 존 샬리카쉬빌리 장군(뒤에 미군 통합참모본부의장 취임), R. 제임스 울시 CIA 국장 등 클린턴 정부의 쟁쟁한 간부들이다.

논의 초점은 영변에 있는 핵개발시설이나 핵폭탄을 파괴하는 데 있었다.

레이크는 "표적의 파괴 자체는 가능하다. 핵개발시설을 방사능 유출이 없도록 완벽하게 파괴하는 것은 가능하다"고 말했으나, 추출이 끝난 플루토늄이 이미 어딘가로 이동된 경우에는 그 추적조사가 불가능해서 "굳이 선제공격으로 영변을 급습하는 효과는 불확실해질 것"이라고도 말했다.

울시 CIA 국장도 "핵폭탄은 쉽게 이동할 수 있으므로 표적의 포착이 어렵다. 우리가 영변의 모든 시설이나 건물을 하나하나 샅샅이 뒤질 수는 없다"고 말해 그 목표물을 장악하고 포착하는 일, 그리고 파괴하는 일의 어려움을 강조했다.

울시 CIA 국장은 회의 전에 영변을 중심으로 한 주변의 위성사진을 꼼꼼히 보고 온 듯, 정보전문가로서 영변의 지형을 해설했다.

"영변의 핵개발시설은 산의 경사면 아래에 있어 높은 산을 배경으로 건설되어 있다. 이 경우 전투기가 공격하면 전투기가 산의 경사면에 충돌할 가능성이 커진다. 매우 공격하기 어려운 지형이다."

이를 보충하기 위해 샬리카쉬빌리 장군도 영변 부근의 무장상황을 설명했다.

"영변 주변에는 300대의 고사포가 설치되어 있으며, 주변 6개소에 지대공미사일기지가 배치되어 있다. 게다가 지하기지이니만큼 공격은 매우 어렵다. 이 경우 1991년 이라크공격 때 '데저트 스톰작전'에서처럼 미군 항공모함에서 크루즈미사일을 발사하면 표적파괴는 가능하다."

김정일에 휘둘리는 미국

소련의 정치적 위협이 사라지고 나서 1990년대 중반에는 인류사상 최대의 공포, 그리고 최악의 파괴를 가져올 수 있었던 군비확충경쟁이 마무리되었다. 더할 수 없는 불안정과 무모한 대립 속에 상식적인 범위 내로 상한선이 정해진 것은 인류 모두에게 커다란 안도감을 주었고 냉전이 끝났다는 현실감을 안겨 주었다.

클린턴에게 이 군비확충경쟁의 제한은 전략적 우위성을 추구하는 '부시독트린'의 작은 수정을 뜻했다. 미·소 두 나라는 오랜 세월에 걸쳐 상대가 명확한 전략적 우위성을 획득할 것에 대해 두려워했다. 그리고 냉전이 끝나자 경제력과 기술면에서 크게 앞서 온 미국은 이 기회를 틈타 전략적 우위성을 확립할 생각은 없다고 러시아를 안심시켰다. 이 구두 약속을 성문화한 것이 바로 '핵군축조약'이었다.

그러나 경제적으로 러시아보다 압도적으로 유리한 처지에 있던 미국은 자원을 집중적으로 유용하면 통상전력의 즉각적인 전개능력을 높일 수도, 통상전력장비를 고도화할 수도 있었다. 곧 러시아가 맞설 수 없도록 세계적 규모의 자유재량권을 얻을 수도 있었다. 결과적으로 미국과 러시아, 두 나라는 안보면에서 진전을 보았으나 군사활동의 범위를 세계 구석구석까지 넓힘으로써 대적할 자가 없는 세력을 확립한 것은 미국뿐이었다.

단 몇 분 만에 지구를 파멸시킬 수 있는 두 대국 사이에 전략면에서 접점이 이루어진 것은 전세계에 커다란 이익을 가져왔다. 그러나 당시 국제사회가 필요로 했던 것은 더욱 포괄적이고 효과적인 안전보장체제였다. 그다지 부유하지 않은 나라가 핵무기를 손에 넣고 인접국과의 정치적 투쟁에 쓰려는 불길한 생각은 버섯구름처럼 번져 새로운 봉쇄의 틀 형성을 요구하는 논거가 되었다. 이 문제가 떠오른 것은 부시 정권 때의 일이다. 북한·인도·파키스탄·리비아·이란의 계획을 막을 수 있는 막강한 힘을 가진 국가는 냉전의 멍에를 푼 미국뿐이었다.

북한의 폭거가 드러난 것은 클린턴의 첫 번째 취임식으로부터 겨우 몇 주 뒤였다. 국제원자력기구(IAEA)는 핵개발프로그램 보고서의 내용에 의심을 품고 북한에 대해 특별사찰 수용을 요구했다. 북한은 이 요구를 거부했을 뿐만 아니라 핵확산방지조약(NPT) 탈퇴를 일방적으로 통고했다. 이 조약의 제10조 규정을 들어 국가안전보장상의 이유로 탈퇴를 주장한 것이다.

이 노골적인 도발행위는 취임 직후의 미국 신임 대통령인 '제2대 글로벌 지도자'에게 처음 직면하는 위기였다.

북한의 의혹에 대해서는 추측할 수밖에 없었다. 그러나 이 일은 미국이 세계에서 통솔력을 발휘할 때 유념해야 할 교훈을 시사했다. 북한은 틀림없이 1991년의 이라크전쟁을 참고했을 것이다. 이 전쟁에서 미국은 군사적인 면에서 신속하게 조치를 취함으로써 일방적으로 승리를 거머쥐었다. 미군의 압도적인 통상전력 앞에 의지할 만한 억지력이 없던 이라크는 어찌할 바를 몰랐다. 북한은 또 소련 붕괴와 미·러의 전략적 협조를 눈앞에 두고 핵억지에 관한 정세변화를 염려했음이 틀림없다. 일국주의를 취하는 미국의 핵위협에 대해 러시아 핵전력의 역할은 감소한 것이 아닐까? 러시아의 핵우산은 이미 자국만을 보호하는 것으로 다른 여러 사회주의국가들에게는 뻗치지 않는 것이 아닐까?

북한에 또 하나의 의지처인 중국은 최소한의 전략적 억지력을 유지할 자세를 관철하고 있었다. 중국으로서는 미국의 위협을 봉쇄하기에 충분한 핵전력도, 무슨 짓을 저지를지 모를 호전적인 인접국 북한에 대해서는 핵우산으로 충분한 방어력도 갖추고 있지 못하였던 것이다. 따라서 핵억지력을 잃은 북한은 아마 다음과 같은 결론에 다다랐을 것으로 상상해 볼 수 있을 것이다.

‘국익을 지키는 최고의 방법은 자체 핵무기—애초에는 한국이나 일본에 미치는 것이 고작일지 모르지만—를 비밀리에 개발하여 미국의 권익에 큰 타격을 주는 능력을 갖추는 것’이라고.

그 뒤 계속된 성과 없는 기록은 클린턴 정권이 자랑스럽게 생각할 만한 것은 아니었다. 북한이 NPT 탈퇴를 선언했을 때 미국은 지극히 이성적으로 대응했다. 북한의 핵에너지개발이 평화적으로 추진되도록 핵연료(원자폭탄 연료를 만들 수 있음)에서 경수로로의 전환을 지원하겠다고 제안한 데다 북한에 무력행사를 하지 않겠다는 뜻을 약속했던 것이다. 미국 행동의 자유가 최대화되어 북한이 거의 고립화되던 시기에 클린턴 정권은 건설적인 제안만 제시했을 뿐, 해상봉쇄 등의 제재를 전혀 취하지 않았다. CIA의 추측에 의하면, 1993년 말까지 북한은 12킬로그램의 플루토늄 추출을 끝마쳤다. 이 양은 핵폭탄 1~2개 분량이다.

이런 과정에서 한동안 북한은 양보하는 척하면서 도발을 거듭했다. 1994년 북한은 핵사찰 수용에 합의했다가 곧 거부로 돌아섰고, IAEA 탈퇴를 선언했다가 최종적으로는 미국과 ‘틀형성 합의’를 성사시켰다. 이것은 북한이 핵무기 개발을 단념하는 척하면서 미국과 한국의 경제적 원조로 장래 경제, 외교 관계를 정상화하겠다는 것이었다. 한마디로 핵카드로 실속을 다 챙기자는 속셈이었다.

저지할 수 있는가

1999년, 클린턴 정권의 전 국방장관이 북한의 수도 평양을 방문해 북·미간의 광범위한 화해가 가능한지를 비공식적으로 탐색했다. 2000년 말 미국 대통령선거 2주 전에는 국무장관 올브라이트가 평양에서 김정일과 회담했다. 교착된 북·미관계를 타개하기 위해 평양에 온 울브라이트 장관은 클린턴 대통령의 방북도 가능한 듯한 분위기를 풍겼다. 여기까지 오면 미국 측의 자세는 설득이라기보다 회유였다.

북한문제에서는 세 가지 추론 도출이 가능하다. 첫 번째는 북한은 어떤 시점에 놓여 있어도 핵무기를 얻기 위한 비용보다는 핵무기로부터 얻을 수 있는 이익을 더 크게 예상하고 있다는 것. 두 번째는 미국의 우유부단함을 알아챈 북한이 남북통일을 희망하는 한국의 정서를 부추겨 한·미 공동태세의 붕괴를 꾀하는 것. 가장 중요한 세 번째는 북한이 초지일관으로 핵개발을 계속해 미국 정부 고관이 결론지은 것처럼 계속 여러 개의 핵무기를 제조해 나감으로써 도발적인 수법을 사실상 성공으로 이끌려 하는 것이었다.

이전에 미국은 인도와 파키스탄의 핵개발문제에서도 같은 방식으로 끌려다니는 듯한 무익한 노력만 거듭했다.

북한의 무용담이 널리 퍼진 속에서 클린턴 정부는 핵확산을 막을 결정적 요인으로 NPT의 무기한 연장을 위해 힘을 쏟았다. 일부 나라들은 이 움직임에 대해 국가안전보장상의 불평등을 세계규모로 영구제도화하느냐고 크게 반대했다. 당시 미국에는 다음과 같은 비판이 쏟아졌다. NPT의 무기한 연장의 시비는 둘째 치고 핵보유국 수를 줄이는 진지한 노력이 없으면 원자력에너지의 개발기회를 보장하는 자세도 없다고…….

마침 그 무렵 두 가지 사건이 연달아 일어나 클린턴 정부에게 한층 더 어려움을 안겼다. 하나는 프랑스가 태평양에서 여러 번 핵실험을 강행했다는 점이다. 유럽 핵억제력의 신뢰성을 유지하기 위해서는 핵실험에 의한 기술갱신이 불가피하다고 프랑스 정부는 주장했지만, 이것은 명백히 프랑스만의 핵억제력 문제이다. 1995년 미국이 실현한 NPT의 무기한 연장도, 염치없는 인도와 파키스탄의 항의도 프랑스의 핵실험을 멈추게 하는 것은 불가능했다. 이런 가운데 중국이 자국 내에서 지하핵실험을 실시했다.

당시 클린턴 정권은 포괄적핵실험금지조약(CTBT)을 상원에 비준시키기 위해서 분주했다. 국제사회의 인정을 받는 형식으로 핵불확산을 위한 방화벽을 세우기 위해서는 CTBT는 필수적인 구성요소였기 때문이다. 그러나 프랑스의 핵실험 강행은 비준 찬성파의 세력을 약화시켰다. 상원의 심의에서는 강한 의견들이 쏟아져 나왔고, 당리당략의 분쟁이 확산되어 거의 확실했던 비준은 결국 부결되었다. 미국이 핵확산방지를 고집하는 주된 목적이 '핵전력의 독점'에 있다는 많은 나라의 생각은 이 코미디에 의해 더욱 굳어졌다.

이러한 흐름 속에 인도와 파키스탄은 별다른 신경을 쓰지 않고 자국의 핵무기 개발에 몰두할 수 있었다. 1993년 초 미국정부는 파키스탄에 대한 일방적인 규제가 무의미하다는 것을 이해한 것으로 보인다. 숙적 인도의 핵개발이 방치된 상황에서 미국이 제재를 더한다면 파키스탄 정부는 핵개발의 촉진에 박차를 가하지 않을 수 없었기 때문이다. 동시에 파키스탄만을 표적으로 한 제재는 남아시아지역에 있어서 미국의 국익을 떨어뜨리고 있었다.

미국의 대북 핵정책—가능성 1 '선제공격'

대량살상무기(WMD)를 개발하는 나라에 대해 군사력을 행사하는 것은 부시 정부만의 전매특허는 아니다. 공화당 사람들이 '소극적'이라며 비난했던 클린턴 정부 때도 있었던 일이다.

클린턴 정부 시절에 국가안전보장회의(NSC)의 스태프를 맡았던 로버트 리트워크의 분석에 따르면, 다른 나라의 WMD 개발을 막기 위해 '외과수술적인 선제공격'을 검토한 것은 부시(재임 2001~2009년) 정부가 등장하기 전에도 여섯 차례쯤 있었다.

1963년 전후 케네디·존슨 두 대통령이 검토했던 중국의 핵개발시설에 대한 공중폭격계획, 1981년 이스라엘이 실행한 이라크 오시라크 원자로의 폭격, 1991년 이라크와의 걸프전쟁, 1994년 클린턴 정부가 계획했던 북한의 영변 핵시설 공격계획, 1998년 미국이 이라크에 대해 벌인 '사막의 여우'작전, 1998년 수단의 화학무기공장에 대한 항공모함 미사일공격이 그것이다(중국과 북한에 대한 공격은 실행되지 않았다).

그러나 부시 정부가 출범한 이후에는 9·11테러를 거쳐 'WMD의 개발과 배치에 대한 선제공격'이 미국의 국가안전보장전략의 하나로 확실하게 자리잡았다. 2002년 1월의 '악의 축' 발언에 이은 같은 해 9월, 부시 대통령은 '국가안전보장전략'을 발표하고, "깡패국가의 WMD 개발·보유를 막기 위해서라면 선제공격도 불사한다"고 선언했다. 이듬해인 2003년 3월에 WMD 개발 '의혹'단계에 있었던 이라크를 선제공격하여 이라크전쟁을 일으킨 것은 다 아는 사실이다.

이런 원리·원칙에 따르면 부시 정부가 이라크보다 훨씬 명확한 형태로 WMD 개발에 매진하고 있는 북한에 대해 '외과수술적인 선제공격을 한다'는 선택지를 검토한다 해도 전혀 이상할 것은 없었다. 실제로 이런 주장은 정권의 안팎에 존재해 있었다.

일단 전쟁이 나면 군사력이 우세한 한·미연합군이 북한을 압도하여 비교적 단기간 내에 승리를 거둘 것은 틀림없다. 그러나 문제는 최종적인 승부가 아니라 그 앞의 단계에서 한국과 주한미군이 입을 피해의 크기에 있다.

북한을 공격한다는 '매력적' 아이디어에는 수도권 및 서울 시민(및 한국군·미군)이 북한 화포의 먹이가 되어 수십만 명이 목숨을 잃을지도 모르는 위험이 늘 붙어다닌다. 이동식 미사일을 비롯해 지하에 감춰져 있는 여러 가지 대포 등 북한의 각종 재래식 무기는 미군도 제대로 파악하고 있지 못하고 있다. 그러므로 사전에 그것들을 모조리 없앤다는 것은 거의 불가능하다.

클린턴 정부 시절 북한의 핵시설에 대한 선제공격계획을 국방부로 하여금 입안하게 한 당사자였던 윌리엄 페리 전 국방장관과 애슈턴 카터 전 국방차관보는 2006년 6월 22일 〈위싱턴포스트〉 신문에 연명으로 기고하고, "필요하다면 대포동미사일로 표적을 한정하여 외과수술적인 공격을 단행해야 한다"

고 주장하였다. 이에 대해 민주당이 군사력 행사에 소극적이라는 걱정을 불식시키기 위한 정치적 주장이라는 측면도 있었지만, 어쩌면 '대포동'뿐이라면 숫자도 얼마 안 되는 데다 위치정보도 파악하기 쉽고, 항공모함 미사일 등으로 확실하게 파괴할 수 있다는 전망이 있었는지도 모른다.

다만 미국이 아무리 "표적은 대포동으로 한정한다"고 말했다 해도 북한이 그것을 액면 그대로 받아들인다는 보장은 어디에도 없었다.

미국의 대북 핵정책―가능성 2 '체제전환'

북한이 핵무장을 하는 궁극적 목적이 '체제유지'에 있다고 한다면 논리적으로는 그 체제를 타도하는 것이 북한의 핵무장을 저지하는 가장 효과적인 수단이다. 부시 정부가 거의 종교적인 정열을 갖고 전제정치를 증오하고, 민주주의 확대를 부르짖는 것을 생각하면 더더욱 '북한의 체제전환=김정일체제의 타도'는 가장 정당한 선택이었을 것이다.

그러나 정당한 선택이 항상 실현 가능하거나, 문제해결에 도움이 되는 것은 아니다. 북한의 체제전환에도 다음과 같은 문제점이 따랐다.

첫째, 북한의 핵개발저지를 목표로 하는 한, 체제전환에 시간이 걸리면 의미가 없다. 이를테면 김정일체제의 붕괴까지 10년이 걸리면 그동안에 북한은 수십 발의 핵탄두를 보유하게 될 것이다. 더구나 중국이 경제지원과 무역관계를 계속한다면 적어도 단기간에 체제전환의 실현 가능성은 낮아질 수밖에 없다.

둘째로, 북한이 조용히 붕괴하여 준다는 보장이 없다. 궁지에 몰린 북한이 이판사판이라며 군사적 공세로 나오면 한국 및 미군이 막대한 손해를 입게 된다. 곧, 체제전환을 겨냥한 접근도 선제공격을 가하는 경우와 마찬가지로 전쟁이 되어 버릴 위험이 있는 것이다. 또한 체제붕괴 과정에서 군의 지휘명령계통이 어지러워지면 우발적인 경우도 포함하여 대량파괴무기나 DMZ 부근의 화포가 한국을 향해 쓰일지도 모르고, 또 핵물질이 국외의 테러리스트에게 유출될 가능성도 부정할 수 없다.

셋째로, 북한의 체제를 전환하는 것은 가능한 것인가 하는 문제가 있다. 김정일체제의 '내구성'에 대해 미국의 판단은 크게 요동쳐 왔다. 1994년에 제네바합의가 맺어지던 무렵 미국 정권의 안팎에서는 "김정일체제가 오래가지 않는다. 북한을 위해 경수로를 만들어 줘도 그것을 쓰는 것은 한국일 것이다"라는 낙관론이 널리 퍼져 있었다. 그러나 1997년 무렵부터 '김정일체제가 무너진다는 전제 아래 북한정책을 말하는 사람은 초보자'라는 분위기가 워싱턴을 덮고 있었다.

과거의 사례를 보더라도 경제적인 압력에 의해 체제전환을 촉구하는 시도는 그다지 좋은 성적을 내지 못했다. 예를 들면 이라크의 후세인체제는 걸프전쟁 뒤의 경제제재를 10년 이상이나 버텼으며, 아마 미국에 의한 공격이 없었으면 지금까지도 살아 남았을 것이다. 쿠바 카스트로체제는 '쿠바위기' 이후 반세기 가까이 미국으로부터 경제제재를 받으면서도 꼼짝 않고 있다. 중국이 북한을 계속해서 지원하느냐의 여부를 포함하여 김정일체제의 존속 가능성을 예측하기는 매우 어렵다.

마지막으로 체제전환 뒤의 '수혈' 문제가 있다. 이를테면 김정일체제가 무너졌다 해도 누가 뒤를 이을 것인가? 한국과의 통일이 이상적이라는 데는 이견이 없겠지만, 적어도 과도기적으로는 북한사회를 정치적으로 대표할 세력이 없으면 큰 혼란에 빠지기 십상이다. 군 또는 조선노동당 내부에 김 정권의 대체세력은 존재할까? 북한 내부에 자유민주주의 세력을 조직화하는 것은 가능할까? 망명 북한인 사이에 지도자가 될 수 있는 사람은 과연 있을까? 등등의 문제가 널려 있다.

미국의 대북 핵정책─가능성 3 '부분적 타협'

1994년의 북·미합의에 실패한 클린턴 정부와 똑같다는 소리를 듣고 싶지 않다는 부시 대통령의 정치방침이 존재했으므로 "북한과 교섭해야 한다"는 의견이 팽배해지는 경우는 거의 없었다.

그러나 "북한과 교섭해서 어떤 종류의 타협을 추구해야 한다"는 의견이 미국 내에 전혀 없었는가 하면, 그렇지는 않았다. 전면적인 타협은 논외로 하더라도, "모든 타협을 거부하여 결과적으로 북한의 핵개발을 그냥 놔두는 것보다는 그것의 속도를 늦추는 일에라도 주력해야 한다"는 의견이 민주당뿐만 아니라 공화당 의회관계자들에게도 뿌리 깊게 존재했다.

그 배경에 있는 것은 "북한의 핵개발문제는 대화로 해결해야 한다"는 이상주의가 아니었다. 북한의 핵개발을 확실하게 막을 수단이 없다는 것과 미국의 외교정책이 앞으로도 중동에 계속해서 에너지를 쏟을 것이라는 예상을 이유로 하는 일종의 현실주의였다. 북한과의 교섭을 주장하는 사람 중에는 교섭형식에 대해서도 6자회담을 고집하지 않고, (북한이 바라는)

북·미 두 나라 간의 교섭에 따라야 한다는 유연한 의견의 소유자가 많았다.

미국이 북한의 핵개발에 대해서 '부분적 해결'을 모색하려는 경우를 대담하게 예측하면 '북한이 최종적으로는 CVID(완전하게 검증가능하고, 나아가 돌이킬 수 없는 핵폐기)를 받아들인다'는 원칙에 따라, 그에 이르는 1단계로 '북한이 NPT에 복귀하여 핵무기 개발을 포기하는 한편, 핵을 평화적으로 이용할 권리는 인정한다'고 합의하는 것도 하나의 상정안이었다.

북한으로서는 IAEA의 감시 아래서이긴 하지만, 영변의 핵실험로를 계속 가동한다면 사용이 끝난 핵연료의 재고를 늘릴 수가 있었다. 미국이나 국제사회의 합의를 또다시 백지화하고 재처리를 하게 되면 핵무기 개발을 재개할 여지를 남기게 된다. 이를테면 기존의 핵무기와 추출이 끝난 플루토늄을 파기하는 데 합의하더라도 사찰 단계에서 속이면 된다고 생각할는지도 모른다. 아무튼 핵무기가 있는 곳은 아무도 모르는 것이다. 그 사이에 국제사회가 가한 제재가 단계적으로 해제되고, 새로운 경제협력을 이끌어 내면 한숨을 돌리는 것도 가능했다.

'대강의 합의'든, CVID든 논의했던 것은 '북한이 핵개발을 전면적으로 포기하는' 대신에 경제지원을 한다는 것이 기본이었다. 반면에 부분적 타협을 위한 새로운 안은 경제원조의 제공이라는 사탕은 물론 주겠지만, '북한의 핵(개발능력)을 일부 유지한다'는 점에서 미국 측의 대폭적 양보가 된다.

그렇지만 미국에도 이런 종류의 거래를 할 가치는 존재한다. 북한에 무기급 플루토늄 추출작업을 일단은 멈추게 할 수가 있고, 또 합의시기에 달렸기는 하지만, 북한이 보유하는 핵무기의 수를 최대 10여 개, 적으면 한 자릿수로 줄이는 것도 가능해지기 때문이다. 핵무기의 수를 이 정도로 억제할 수가 있으면 군사적 관점에서 보는 북한의 위협은 미국에 한정적인 것으로 그친다.

진정한 북핵 불능화 방법

핵공학적 측면에서 본다면, 북한의 시범적 3대 핵시설(5MW 흑연감속원자로·방사화학실험실·핵연료봉공장)의 불능화는 결코 간단한 것이 아니다. 예를 들어, 영변의 5MW 흑연감속원자로를 불능화시키기 위해서는, 사용 후 핵연료봉을 모두 원자로 밖으로 빼내어 원자로 건물과 인접해 있는 냉각수조에 집어넣는다.

사용 후 핵연료봉 인출작업과 함께 원자로시스템의 냉각재인 탄산가스를 모두 빼낸다. 이 탄산가스는 모두 고준위 방사성폐기물에 속하므로 밀폐된 용기에 조심해서 밀봉 저장하고 방사성 폐기물 처리·처분장으로 보낸다.

원자로 상단부를 통해 제어봉을 모두 제거한다. 수십 개에 이르는 조정봉들도 모두 고준위 방사능을 가지고 있다. 흑연감속재를 잘게 부숴 역시 원자로 상단부를 통해 끄집어낸다. 1500톤 정도이다. 이 또한 고준위 방사능물질이다.

원자로 내부는 모두 비워졌으므로 격납용기만 방사능 차단벽체 내에 남았다. 일반적으로 원자로를 불능화한다면 격납용기 안에 콘크리트를 채워 넣어야 된다.

이 외에 증기발생기·수증기관·냉각수관 등도 모두 폭파공법으로 파쇄시켜야 한다. 겉으로 드러나 있는 파이프는 모두 절단해 폐기물처리·처분장으로 이송해 녹여 버린다. 열교환기·냉각수 순환펌프·탄산가스 순환펌프 등도 모두 제거해 폐기물처리·처분장으로 이송시키고 나서 절단장비로 잘게 잘라 녹여야 한다.

이런 작업은 실제로 매우 느릴 수밖에 없으며 고방사능 아래 위험한 작업이므로 CNN 촬영팀이 접근해 전 세계에 생중계할 만큼 한가롭지 못하다.

최종적으로 원자로시스템 운전조종실이 남는다. 운전조종실의 각종 계기를 제거하고 실내장치들을 모두 폭파시키면 영변 5MW 흑연감속원자로는 전혀 의미 없는 콘크리트 더미일 뿐이다. 그야말로 '돌이킬 수 없는 상태'가 된다.

원자로 건물을 폐쇄하고 봉인한 뒤 방사능 강도가 약해질 때까지 기다려야 한다. 내부의 방사능 준위를 검사하고 IAEA에 보고해 육안검사가 가능해지면 최종적으로 불능화 검증을 받게 된다.

북한의 핵프로그램 신고는 이런 핵시설 불능화에 비하면 매우 간단하다. 북한이 마음만 먹으면 하루 이틀이면 충분하다. 무엇인가를 감추고, 불리한 부분은 없애고 변형시키려 하기 때문에 약속을 지키지 못하는 것이다.

완전성과 정확성을 확보한 핵신고서를 제출한다는 것은 북한 처지에서는 핵포기와 더불어 체제를 포기하는 것과 같다. 북한이 테러지원국 명단에서 해제되고 적성국 교역법 적용중단조치를 받는다고 김정일체제가 보장되는 것도 아닌데 순순히 핵신고서를 내놓을 리가 없다.

중국의 생각은

북한의 핵개발을 둘러싼 게임의 주역은 아니지만 중국의 생각은 어떨까?

중국공산당과 북한노동당은 오랫동안 우호관계에 있고, 한국전쟁 때 함께 싸운 관계를 두고 '피의 우정'이라고도 불려왔다. 그러나 최근 북한과 중국의 관계는 이제 과거와 같은 밀월관계는 아니다.

그러나 중국이 하는 말로는 북한과의 관계는 예나 지금이나 "좋아하므로 소중히 대한다, 싫으니까 험하게 대한다"는 수준이 아니다. 북한의 존재가 중요한 것은 북한의 미래가 중국에는 지정학적으로 매우 큰 의미가 있기 때문이다.

북한은 군사적으로나 사상적으로나 중국에 필요불가결한 완충국가이다. 중국이 국경을 맞댄 이웃나라에 미군이 배치되는 사태를 면하고 있는 것도, 자유민주주의적 정치체제를 지닌 나라와 이웃하지 않아도 되는 것도 북한이 '그곳에 있는' 덕분이다. 이와 같은 연장 선상에서 생각하면 북한의 핵무장에 대한 중국의 자세를 가늠하기란 그리 어렵지 않다.

북한이 급속히 핵무장을 추진하고, 미국을 자극하여 선제공격을 당하는 사태를 가져오면 북한의 현 체제는 무너진다. 그 결과, 북한으로부터 1백만 명 규모의 난민이 중국의 둥베이 지방으로 유입되는 것도 곤혹스럽지만, 무엇보다 북한이라는 국가 자체가 사라지는 것이 중국으로선 뼈아픈 것이다. 그래서 중국으로서는 북한의 핵개발에 제동을 걸고 싶다. 중국이 북한에 에너지 공급을 때로는 축소하면서도, 북한이 6자회담에 복귀하도록 압력을 가하는 것도 그 때문이다.

다만 북한의 핵개발을 막기 위해 에너지와 식량지원을 장기간에 걸쳐 완전하고 계속해서 중단하는 것까지 중국에 기대할 수 있느냐 하면, 그것은 어렵다. 너무 줄여서 북한의 현 체제가 붕괴하면 중국으로선 꿩도 새끼도 다 잃는 것이 되기 때문에 이 또한 중국이 바라는 바가 아니다.

중국의 자세를 결정하는 것 가운데 가장 큰 것이 미국과의 독특한 관계이다. 북한문제뿐만 아니라 군사문제가 얽히고설킨 외교문제 대응책을 결정할 때는 중국은 항상 그것이 미-중 관계에 끼치는 영향에 세심한 주의를 기울인다. 타이완문제를 제외하고 '경제발전이라는 국가건설상의 최우선 과제를 실현하기 위해 미국과의 관계를 절대로 악화시켜선 안 된다'는 것이 냉전 뒤의 중국외교에서 가장 중요한 원칙이었던 것이다.

북한의 행동에 대해서는 최근의 중국정부도 우리 정부와는 조금 다른 뜻에서의 딜레마에 빠져 있다. 한편으로 북한의 도발행위를 용인하면 미국과 국제사회로부터 '국제평화 파괴자의 공범'이라는 딱지를 얻게 된다. 다른 한편으로는 북한에 대해 지나치게 엄격하게 대한다면 북한을 폭발시키는 한국·미국과의 군사적 충돌을 일으키거나, 북한의 체제붕괴를 가져오게 되면 이것 또한 중국에는 골치 아픈 사태가 되고 마는 것이다. 어쨌든 중국은 북한과 밀접한 관계를 유지하면서 현 체제를 유지하도록 조종하고 있는지도 모른다.

'베다'의 진리

중국의 수도 베이징에서 가장 가깝게 자리잡은 이웃 북한! 중국인은 이 '북한'이라는 나라를 어느 정도 이해하고 있을까? 아마 대부분의 중국인은 잘 모를 것이다.

시험삼아 북한에 대한 이미지를 중국인에게 물어보면 어떤 대답이 돌아올까? 예를 들면 40세 이상의 중국인이면 '피로 쌓은 우정'이라고 답할지도 모른다. 이 세대에 공통되는 것은 베이징을 자주 방문했던 김일성이 마오쩌둥(毛澤東)과 저우언라이(周恩來)와 악수하거나 포옹하거나 하는 모습일 것이다. 하지만 30대 사람들에게는 그런 이미지조차 남아 있지 않다. '30년 전 못 살던 중국과 똑 닮고, 굶주림에 인민이 탈출하는 사회주의 독재국가가 옆에 있다'고 아는 정도일까? 20대·10대라면 더 모호해진다. 북한과 한국의 구별도 할 수 없고, 그 중에는 북한을 한국 일부라고 생각하는 사람까지 있을 정도이다.

오늘처럼 정보가 넘쳐나는 사회에서도 중국에서는 북한정보가 좀처럼 전해져 오지 않는다. 그것은 지도부가 덩샤오핑(鄧小平) 시대부터 국책으로써 북한정보를 공개할 것을 피해 왔기 때문이다. TV·신문·잡지 등의 미디어가 주로 다루는 것은 국가지도자와 VIP 간의 친선 분위기의 상호방문과 교류 등 표면적인 뉴스로 한정되어 있다. 중국정부는 국가공무원에게 외교부 직원도 포함하여 공공장소에서 허가 없이 북한에 관한 어떤 논평이나 평론을 해서는 안 된다는 내부지침을 내놓았다.

'북한의 험담을 하지 않도록', '북한 국가체제를 논하지 않도록', '북한을 자극하지 않도록' 등 철저한 북한정보 봉쇄정책은 일관된 중국의 '북한회유외교'의 산물이기도 하다. 예전에 중국이 소련과 미국 등 초강대국과 싸운 적은 있어도 북한의 원한만은 사고 싶지 않은―김일성과 김정일을 적으로 돌리고 싶지는 않은 것이다. 이전 중국은 북한을 정말 형제 또는 위기에도 자신의 몸을 걱정하지 않고 도와주는 친척이라고 생각했기 때문일지도 모른다.

그러나 이것이 매우 큰 착오이고 중국의 편견에 지나지 않는다는 것은 누구라도 잘 알 것이다.

역사적인 사실은 어떨까? 중국은 도의상 또는 경제적으로나 군사적으로도 북한을 계속 도와 왔지만, 반대로 북한으로부터 그런 도움을 받은 기억은 없다. 공자의 말을 빌리면 '예상왕래(禮尙往來, 예에 대해서는 예로 응하는 서로의 왕래가 중요하다는 의미)'가 될 것이다. 지금의 방식으로 말하면 'give and take'가 되지만, 이 50년 남짓의 세월을 보면 중국으로부터의 'give'는 있어도 'take'는 없다는 관계가 이어져 왔다.

이런 일방적인 관계를 더는 지속해서는 안 된다고 생각하는 관료도 중국에는 적지 않고, 그중에서도 국무원발전연구센터의 북한문제 연구학자 등은 "지금까지 중국이 한 원조를 합치면 그 총액으로 북한을 하나 더 만들 수 있다"고 개탄한다.

북한은 체제유지를 위해 끊임없이 국제사회와 흥정만을 고집하며 '체제유지를 위해' 핵무기프로그램 개발에 더욱 박차를 가하고 있다. 1994년 10월 제네바합의로 해결된 것처럼 보였던 북핵문제는 2002년 10월 북한의 농축우라늄프로그램으로 재발하였다. 제네바합의는 폐기되고 북한이 핵확산금지조약에서 탈퇴하자, 중국의 주선으로 베이징의 6자회담이 열렸다. 북한문제 해법은 6자회담에서 '리비아방식＋반대급부'를 받아내는 데 있었다. 반대급부는 경수로와 에너지 공급, 그리고 경제제재 해제 등이다. 북한이 살길은 6자회담을 통해 북핵문제 해결의 돌파구를 열고 경제개혁을 통해 체제를 유연화시키는 데 있다. 이것은 한반도의 긴장을 풀고 남북화해 협력을 가속하는 효과를 가져올 것이다.

시간은 멈추지 않는다. 지금도 무섭게 달려가고 있다. 때문에 김정일은 초조한 것이다. 결국 북핵과 북한의 생존문제는 북한 김정일의 선택에 달려 있는 것으로 볼 수밖에 없다. 그러나 소련과 동유럽처럼 어느 한순간에 북한이 몰락할 수 있음을 국제정치학자들은 예견하고 다만, 시간이 문제라는 것이다. 세계 역사에 어느 독재자도 시간을 이겨낸 자는 없다.

시간은 만유(萬有)를 만든다. 만유를 돌아서 행진한다. 때는 아버지로 있으면서 만유의 아들이 되었다. 그보다 위력이 앞서는 자 없다. 때로 저 하늘을 낳았고, 또 여기 땅도 낳았다. 과거도 미래도 한가지로 그때부터 나와서 그곳을 얻는다. 때는 국토를 만들어 내었다. 때에 의하여 해는 빛나고 만물은 때에 의존하고, 눈은 때에 의하여 본다.

이 '베다'의 진리를 박정희와 이휘소는 알았으리라.

공석하(孔錫夏)

동국대학교 국문학과 졸업. 연세대학교 대학원 졸업. 1960년 〈자유문학〉 제1회 신인상 시 부문 당선. 시집 《상(像)의 주문》《사물의 빛》《겨울 서정》, 감상집 《21세기의 공자》《우리 고전 시 감상》《고도를 위하여》《영미시 즐겨보기(공저)》《사랑받는 영미시 120선(공저)》, 소설 《이휘소》《프로메테우스의 간》《삼풍백화점》《공자를 찾아서》《참성단을 찾아서》《화인(畫人) 최북》《우리 동네 구두박스 속의 엄대철 사장은 말한다》 등이 있다. 현재 덕성여자대학교 평생교육원 교수 역임.

한국이 낳은 세계적 과학자
Lost Benjamin W. Lee

로스트 이휘소

공석하 지음
1판 1쇄 발행/2010. 3. 3
1판 2쇄 발행/2019. 4. 1
300부 한정판
발행인 고정일
발행처 동서문화사
창업 1956. 12. 12. 등록 16-3799(윤)
서울 중구 다산로 12길 6(신당동, 4층)
☎ 546-0331~6 (FAX) 545-0331
www.dongsuhbook.com
잘못 만들어진 책은 바꾸어 드립니다.

*

이 책의 출판권은 동서문화사가 소유합니다.
의장권 제호권 편집권은 저작권 법에 의해 보호를 받는 출판물이므로 무단전재와 무단복제를 금합니다.

*

사업자등록번호 211-87-75330
ISBN 978-89-497-0656-6 03810